DuMonts Kriminal-Bibliothek

Phoebe Atwood Taylor wurde 1909 in Boston geboren und lebte in Massachusetts, wo sie 1976 starb. Neben über zwanzig Romanen um den kauzigen »Kabeljau-Sherlock« Asey Maro, die auf Cape Cod spielen, schrieb sie eine weitere Reihe von Detektivromanen, in denen Leonidas Witherall in seiner skurrilen Art verzwickte Kriminalfälle löst.

Von Phoebe Atwood Taylor sind in DuMonts Kriminal-Bibliothek erschienen: »Kraft seines Wortes« (Band 1003), »Ein Jegliches hat seine Zeit« (Band 1010), »Wie ein Stich durchs Herz« (Band 1021), »Wer gern in Freuden lebt …« (Band 1032), »Mit dem linken Bein« (Band 1051), »Die leere Kiste« (Band 1058), »Schlag nach bei Shakespeare« (Band 1073), »Kalt erwischt« (Band 1086), »Zu den Akten« (Band 1101) und »Todernst« (Band 1112).

Herausgegeben von Volker Neuhaus

Phoebe Atwood
Taylor

Wie ein Stich durchs Herz

Aus dem Englischen von Manfred Allié

DuMont

Der Schauplatz und die Personen dieses Buches sind frei erfunden, und eventuelle Ähnlichkeiten mit lebenden oder toten Personen oder real existierenden Orten sind rein zufällig und nicht beabsichtigt.

Die der Übersetzung zugrundeliegende Ausgabe erschien 1979 unter dem Titel *The Cut Direct* bei Foul Play Press, The Countryman Press, Port Washington, N.Y.

Neuausgabe 2002 DuMont Literatur und Kunst Verlag, Köln

Umschlagmotiv von Pellegrino Ritter
Umschlag- und Reihengestaltung: Groothuis, Lohfert, Consorten (Hamburg)
Druck und Verarbeitung: Clausen & Bosse, Leck
Printed in Germany
ISBN 3-8321-6709-9

Kapitel 1

Eine halbe Stunde lang hatte der struppige Kater nun schon auf dem Pflaster des Bürgersteigs gekauert und den Roadster nicht aus den Augen gelassen, der nahe am Bordstein geparkt stand.

Nichts hatte ihn auch nur im geringsten von der Wache ablenken können, die er starren Auges dort hielt. Den eisigen, tobenden Märzwind, der ihm das Fell zerzauste und in den Türmchen der Fachwerkhäuser der Ward Street heulte, beachtete er nicht. Er kümmerte sich nicht um die Feuerwehrwagen von Dalton Centre, die ihre nächtliche Runde drehten. Sogar das verführerische Miau einer flotten graugetigerten Mieze ließ ihn kalt.

Nur zweimal hatte der Kater sich gerührt, und auch da nur, um den übellaunigen Tritten eines einsamen Fußgängers zu entgehen, eines verdächtigen Zeitgenossen, der den Block zweimal umrundet hatte; jedesmal war er vor dem Roadster stehengeblieben und hatte ihn mit einem durchdringenden Blick gemustert, der demjenigen des Katers an Intensität nicht nachstand. Doch nun war das verdächtige Individuum verschwunden, der letzte Widerhall seiner hektischen Schritte gänzlich verklungen.

Stoisch war der struppige Kater näher an den Rinnstein herangetreten, und da kauerte, starrte und wartete er nun.

Ein Blick auf seine düstere Erscheinung genügte, um Miss Margie Dodge innehalten zu lassen. Sie zupfte Cuff Murray, der sie haushoch überragte, am Ärmel und zeigte auf ihn.

»Das ist aber eine komische Katze! Halt mal, Cuff, und schau dir das an. Was hältst du von der Katze da?«

Cuff schob sich die Melone in den Nacken und besah sich gehorsam das Tier, bis er sich von Margies ungeduldig wippendem Fuß zu einer Äußerung gedrängt fühlte.

»Ich glaube«, sagte er, »es ist ein Kater.«

Margie seufzte. Cuff war ein lieber Kerl. In der Statur war er einem Überlandbus nicht unähnlich, auch wenn – so schien es

Margie bisweilen – sein Verstand eher mit der Geschwindigkeit eines vollbeladenen Lastwagens arbeitete. Cuff hatte, wie sie zu sagen pflegte, eine Schwäche für das Offensichtliche.

»Eigentlich wollte ich wissen, was der Kater beobachtet«, sagte sie geduldig. »Was ist das, was er so anstarrt?«

»Busfahrkarte.« Cuff hob ein rosa Stück Papier auf und reichte es ihr. »Das ist nämlich 'n Ticket nach Boston. Jemand ist gerannt, weil er den Bus an der Ecke erwischen wollte, und hat's dabei verloren. Wahrscheinlich will der Kater nach Boston. Komm jetzt weiter, Süße.«

»Nein, warte«, sagte Margie. »Da stimmt was nicht, und ich kann nicht weitergehen, bevor ich nicht weiß, was. Der Kater hat uns nicht ein einziges Mal angesehen. Der merkt gar nicht, daß wir da sind. Was ist es, was ihn so fasziniert?«

»Vielleicht der Wagen«, meinte Cuff. »Der Wagen gefällt ihm wahrscheinlich. Mir übrigens auch. Der hat was. 'n toller Schlitten.« Er räusperte sich. »Wär' das nichts für dich, Süße?«

»Oh nein!« Margie beeilte sich, eine abwehrende Handbewegung zu machen. »Du weißt doch, was du mir zum Thema Autos versprochen hast! Ich will dieses Auto nicht –«

»Für dich ist mir nichts zu gut, Süße.« Cuffs Stimme bekam etwas Bittendes. »Das würde überhaupt keine Umstände machen. Und es ist ein toller –«

»Schluß jetzt«, sagte Margie mit Bestimmtheit, »schlag dir den Roadster aus dem Kopf, Cuff Murray! Mir geht's nur um den Kater – ich bekomm' eine Gänsehaut, wenn ich ihn mir ansehe. Was starrt er so an? Geh mal hin, und schau nach!«

»Aber Margie«, wandte Cuff ein, »wie soll einer denn wissen, was im Kopf von so 'nem streunenden Kater vorgeht? Man kann doch nicht hingehen und ihn fragen –«

»Schau in den Rinnstein«, beharrte Margie. »Ich bleibe, wo ich bin. Womöglich ist es 'ne Ratte, und ich hasse Ratten. Nun geh schon, Cuffy.«

»Und wenn jemand vorbeikommt und mich sieht –«

»Wenn einer fragt, was du da machst«, sagte Margie munter, »dann sage ich, du suchst das blöde Diamantenkollier, das ich in die Gosse geworfen habe. Nun mach schon –«

Cuff zuckte ausdrucksvoll mit den Schultern und begab sich zum Rinnstein. Margie ging ihm ja über alles, aber manchmal erinnerte sie ihn an den diensthabenden Sergeant drüben auf der

Wache von Dalton Hills. Der hatte auch immer solch sonderbare Ansinnen.

Bedachtsam zog Cuff die zusammengefaltete *Racing Gazette* aus der Manteltasche und breitete sie sorgfältig über eine vereiste Pfütze neben dem Kater aus. Er hatte keine Lust, sich seine beste Hose für diese blödsinnige Erkundung dessen zu ruinieren, was ein streunender Kater sich gerne ansah. Außerdem war es seine einzige Hose, solange die Wohnungsmiete nicht bezahlt war.

Während er so kniete, fiel sein vorwurfsvoller Blick auf die Schlagzeile und das Titelfoto von Salamander Sal. Sal, ein Pferd, auf das Cuff große Stücke gehalten hatte, hatte den Nachmittag damit verbracht, sich an den Gänseblümchen am Startpfosten gütlich zu tun, während das fünfte Rennen lief. Es war Sals Schuld, daß sich das Guthaben auf Cuffs Bankkonto im Augenblick nicht einmal auf den Gegenwert für eine kleine Cola mit Zitrone belief – ein Umstand, von dem seine Hauswirtin bereits erfahren und weswegen sie entsprechende Maßnahmen ergriffen hatte. Margie mußte er die Sache erst noch beibringen.

»Nun beeil dich doch, Cuff.«

»Ja doch«, sagte Cuff mißmutig, »ja doch.«

Er legte sich auf den Bürgersteig und steckte seinen Kopf zwischen den Rinnstein und das schmale Trittbrett des Roadsters. Der Kater beobachtete ihn finster.

Es vergingen mehrere Minuten, bis Cuff sich erhob, die *Racing Gazette* wieder in seiner Tasche verstaute und Margie am Arm nahm.

»Komm weiter. Wir verdrücken uns.«

»War es 'ne Ratte?« Margie, der Cuffs unterschwellige Abneigung gegen den Kater nicht entgangen war, vermutete schon, daß an der Sache mehr dran sein mußte.

»Da liegt einer unter dem Auto«, sagte Cuff. »Tot.«

Die schroffe Art, in der Cuff das sagte, war kein Zeichen von Herzlosigkeit. Er persönlich fand, daß ein plötzlicher Tod nichts war, worüber man sich allzusehr aufregen mußte, und er hoffte nur, daß Margie diese Meinung teilte. Er war erleichtert, daß sie nicht aufschrie oder eine Szene machte. Sie gab nur einen leisen, hohen Ton von sich und klammerte sich ein wenig fester an seinen Arm.

»Ich hab's doch gespürt – ich wußte, daß da was nicht stimmt. Ich hatte so ein Gefühl, als ich den Kater da sitzen sah – aber wie ist denn der Mann unter das Auto gekommen? Bist du sicher, daß er wirklich tot ist?«

»Der Knabe«, versicherte Cuff ihr, »ist tot wie nur was. Jetzt komm –«

»Aber wir können ihn doch nicht da liegen lassen, Cuff! Wir müssen irgendwas machen – wie ist er denn überhaupt unter das Auto gekommen? Was sollen wir zuerst tun?«

»Schätzchen«, sagte Cuff, »jetzt hör mir mal zu. Wenn wir nicht zufällig nachgeschaut und ihn gefunden hätten, dann hätten wir auf den Knaben keinen Gedanken verschwendet, oder? Also, dann –«

»Aber Cuff, wir müssen doch –«

»Schätzchen«, sagte Cuff mit Nachdruck, »du hast den Kater gesehen, und du hattest das Gefühl, da stimmt was nicht. Und so war's ja auch. Na gut. Jetzt habe ich mal ein Gefühl. Mein Gefühl sagt mir: Wenn wir da die Nase reinstecken, dann gibt's Ärger. Und deshalb verdrücken wir uns, klar?«

»Wir verdrücken uns nicht!« sagte Margie. »Wir kümmern uns um den armen Kerl –«

»Wofür willst du denn Ärger riskieren?« fragte Cuff. »Der Knabe ist tot. Verstehst du – er will zum Bus nach Boston rennen und verliert seine Fahrkarte. Die will er sich wiederholen und paßt nicht auf, wo er lang läuft, und jemand überfährt ihn mit dem Auto. Er kriegt 'n Stoß und fliegt –«

»Woher weißt du, daß er überfahren worden ist?« unterbrach Margie ihn.

»Sieht man an seinem Hut«, entgegnete Cuff. »Und am Brot und den Sachen, die er bei sich hatte. Alles zerquetscht. Er ist ganz mit Matsch und Dreck beschmiert. Der is' hier auf der gefrorenen Pfütze an der Straße ausgerutscht und so hingeknallt, daß er unter den Roadster geflogen ist, verstehst du? Und wenn du jetzt die Bullen rufst – ehrlich, Margie, du kannst dir gar nicht vorstellen, auf was für Fragen die kommen können. Der Knabe ist tot, und uns geht das – was machst du denn da?«

Margie lag flach auf dem Bauch und nahm den Rinnstein in Augenschein.

»Der ist nicht tot, Cuff! Komm mal her.«

Mr. Leonidas Witherall, der halb betäubt, alle viere von sich gestreckt, unter dem Wagen lag, blinzelte kurz zu ihr auf und beeilte sich dann, die Augen wieder zu schließen.

Ein Kater, ein Mann mit Schnurrbart. Ein Kater, ein Mann ohne Schnurrbart. Ein Kater, und nun auch noch ein Mädchen. Es schien überhaupt kein Ende zu nehmen mit diesen weitaufgerissenen Augen, die ihn neugierig anstarrten, als ob er ein Kanalarbeiter sei oder eine U-Bahn-Baustelle.

Nachdenklich wischte Leonidas Witherall sich einen Dreckspritzer von der rechten Wange, und im selben Augenblick streckte sich auch Cuff neben Margie aus.

»Nun komm, Schätzchen, auf geht's! Ich sag' dir doch, ich hab' da so 'n Gefühl. Ich hab' so was nicht oft, aber wenn ich's habe, dann lohnt es sich auch, daß man darauf hört –«

»So wie bei Salamander Sal, hm?« Es machte Margie eine diebische Freude zu sehen, wie Cuff zusammenzuckte. »Aber sicher weiß ich das. Ich wollte ja eigentlich nichts dazu sagen, aber – schau mal, Cuff, der Knabe hat sich bewegt. Ich habe gesehen, wie er sich bewegt hat.«

»Rigor dingsbums«, sagte Cuff unglücklich. »Der Knabe ist mausetot, und –«

»Das bin ich nicht!« warf Leonidas Witherall mit Nachdruck ein.

Cuff schlug mit dem Kopf gegen das Trittbrett.

»Was?«

»Es tut mir leid, wenn ich Sie enttäuschen muß«, sagte Leonidas. »Aufrichtig leid. Aber ich bin nicht tot. Ich bin verdreckt und zerschunden, und ich bin wütend. Aber tot bin ich nicht.«

»Dann müssen Sie ihn verklagen, Mister!« rief Cuff.

»Wen bitte«, erkundigte sich Leonidas, »soll ich verklagen?«

»Den Kerl, der Sie überfahren hat. Haben Sie denn nicht seinen Namen und die Adresse? Nicht mal die Autonummer? Mensch, Mister, da hätten Sie doch dran denken müssen! Sie haben ganz schön tot ausgesehen! Ich hab' noch nie einen gesehen, der so mausetot aussah – was Sie da für 'ne Klage anstrengen könnten –«

»Cuff«, sagte Margie, »steh mal auf, und geh auf die andere Seite, und sieh zu, ob du dem Mann unter dem Auto raushelfen kannst. Können Sie sich bewegen, Mister?«

»Was für 'ne Klage!« sagte Cuff. »'n Jammer, daß Sie seine Nummer nicht haben – Mensch, der Kerl hat Sie überfahren und liegen lassen, stimmt's?«

»Auch ich hatte den Eindruck«, sagte Leonidas, »daß er mich überfahren hat.«

Der Anflug eines Lächelns spielte um seine Lippen. Margie strahlte ihn an, und in Gedanken verehrte sie ihm eine Orchidee. Der alte Knabe hatte Humor.

»Hmnja, in der Tat.«

Es fiel Margie auf, daß er gar nicht versuchte, vorsichtig seine Glieder zu bewegen. Offenbar wußte er auch so, was ihm fehlte.

»Abgesehen von etlichen Schürf- und Platzwunden ist ein verstauchtes Handgelenk meine einzige nennenswerte Verletzung.«

»Gut«, sagte Cuff. »Bleiben Sie ruhig liegen, und ich hol' Sie raus.«

Mit der Vorsicht, die er einer Vase aus der Ming-Dynastie hätte angedeihen lassen können, zog Cuff Leonidas Witherall unter dem Wagen hervor und trug ihn höchstpersönlich zum Bordstein, wo Margie sich mit Taschentüchern seiner annahm und ihn von Schmutz und Unrat befreite.

Nach fünf Minuten intensiven Schrubbens erhob sie sich, um das Ergebnis zu begutachten.

Der Knabe sah eigentlich gar nicht schlecht aus, allerdings war er schon reichlich betagt – alles jenseits der fünfzig war für Margie alt. Sein langes, schmales Gesicht wirkte auf sie aristokratisch, wie ein Diplomat im Kino. Er hatte einen Schnurrbart und einen ulkigen kleinen Spitzbart –

»Hören Sie mal«, sagte Cuff plötzlich, »hab' ich Sie nicht schon irgendwo gesehen, Mister? Sie sehen aus wie jemand, den ich irgendwo schon mal gesehen hab'. Wo hab' ich Sie denn bloß schon mal gesehen?«

»Genau, was ich auch gerade dachte«, sagte Margie. »Ich habe ihn auch schon irgendwo gesehen. In der Schule vielleicht, oder in 'ner Bücherei. Ich hab' Sie schon mal gesehen, das weiß ich genau. Oder Ihr Bild. Sind Sie etwa beim Film, und ich hab' Sie mal im Kino gesehen?«

Mr. Witherall seufzte. So etwas passierte ihm täglich. Es passierte ihm nun schon so viele Jahre lang Tag für Tag, daß er gar nicht daran denken mochte, wie viele, und für ihn hatte dieses Spiel schon seit langem einen erklecklichen Teil an Faszination eingebüßt.

»Hab' ich ihn im Kino gesehen?« sinnierte Margie. »Oder doch in der Bücherei –«

»Ich heiße Witherall«, sagte Leonidas, »doch man sagt, ich habe große Ähnlichkeit mit Shakespeare. Man hat es mir so oft gesagt, daß ich keinen Grund habe, daran zu zweifeln, daß ich das wandelnde Ebenbild Shakespeares bin. Immer wieder zwicken mich Shakespeare-Verehrer in die Seite, um zu sehen, ob ich echt bin. Die Ähnlichkeit fällt sogar Zeitgenossen auf, deren sonstige Vorstellungen über den Barden eher vage sind –« Er hielt inne und wandte sich an Cuff. »Ist das mein Zwicker, den Sie da auf der Straße gefunden haben? Ich danke Ihnen –«

»Er meint die Brille, Cuff«, sagte Margie mit strenger Stimme. »Und die Brieftasche. Gib ihm seine Brieftasche, Cuff. Du erinnerst dich doch, daß du sie eben aus dem Rinnstein aufgehoben hast? Und die Schlüssel. So ist's brav. Gib's ihm alles. Ist das eigentlich Ihr Kater, Mr. Witherall? Der ist immer noch ganz fasziniert – was hat das Tier bloß?«

»Ich wünschte«, sagte Leonidas, »ich könnte mich der Illusion hingeben, er verzehre sich vor Mitgefühl für einen Gefährten der Gosse, doch ich fürchte, es sind die Fischfrikadellen.«

»Fischfrikadellen?« Margie blickte ihn verständnislos an.

»Vielleicht auch der Käse. Sie müssen wissen, ich habe den Abend bei einem ehemaligen Confrère an der Akademie – Merediths Akademie, eine Straße von hier – zugebracht –«

»Das ist diese schnieke Knabenschule«, sagte Margie, »die gerade von Boston hierher gezogen ist, hm?«

»So ist es. Die Köchin von Professor Otis ist eine warmherzige Frau, die im Glauben lebt, alle Junggesellen stünden unablässig am Rande des Hungertodes. Als ich im Begriff war, mich zu verabschieden, verehrte sie mir ein umfängliches Sortiment an Nahrungsmitteln, die ich mit nach Boston nehmen sollte. Frisch gebackenes Brot, unzählige Fischfrikadellen und eine große Portion Gorgonzola – ähm – Cuff, ob Sie vielleicht das Paket Fischfrikadellen hervorholen und dem Kater verehren möchten? Er hat sie sich verdient.«

Cuff legte die Fischfrikadellen eine neben die andere auf den Rinnstein. Der struppige Kater begutachtete sie, gähnte und begann dann feierlich und gesetzt sein langerwartetes Mahl.

»Wenn er reden könnte«, kommentierte Leonidas, »würde er zweifellos etwas Philosophisches über Hiob und den Lohn der

Geduld schnurren. Geben Sie ihm den Käse noch dazu, als Nachtisch. Die gesamte Otis-Familie nahm am Einpacken und Umpacken dieses Käses anteil, was zur Folge hatte, daß ich laufen mußte, um den Bus zu erreichen, und –«

»Sollen wir Sie zu einem Arzt bringen, Mr. Witherall?« unterbrach Margie ihn. »Meinen Sie nicht, Sie sollten sich besser untersuchen lassen?«

»Nein«, entgegnete Leonidas rasch. »Oh nein. Wirklich nicht!«

Margie legte die Stirn in Falten. »Sie sehen aber ziemlich mitgenommen aus – ich weiß, was wir machen. Cuff, du läufst zur Drogerie und holst Aspirin. Und einen Becher Wasser. Ich bleibe hier bei Mr. Witherall –«

»Man könnte doch auch von den Häusern hier aus telefonieren«, sagte Cuff, »oder jemanden bitten –«

»Ganz Ward Street liegt seit neun Uhr in den Betten«, sagte Margie und öffnete ihr Portemonnaie. »Hier, nimm das. Du marschierst zum Drugstore und holst Aspirin und einen Becher Wasser. Verstanden? Und – was grummelst du da von Ideen vor dich hin?«

»Daß du zu viele davon hast«, verkündete Cuff, nahm den Vierteldollar und machte sich auf den Weg.

Margie sah ihm nach, wie er die Straße entlangschritt, und wandte sich dann wieder Leonidas zu.

»Und nun zu Ihnen, Mister Shakespeare«, sagte sie. »Was soll das eigentlich alles? Was wird hier gespielt? Sie brauchen gar nicht Ihre komische Brille aufzusetzen und so zu tun, als ob Sie nicht wüßten, was ich meine. Das wissen Sie ganz genau. Warum haben Sie sich bei Cuff totgestellt? Und dann so getan, als würden Sie ganz plötzlich zu sich kommen, als Sie uns erst mal in Augenschein genommen hatten? Wen hatten Sie denn erwartet? Warum haben Sie unter dem Auto gelegen und sich solche Mühe gegeben, sich totzustellen? Ihnen fehlte doch gar nichts. Und das wußten Sie. Also, was ist los?«

Leonidas betrachtete den Kater, der eben die fünfte Fischfrikadelle in Angriff nahm, und ließ lässig den Zwicker an einem breiten schwarzen Band baumeln.

»Sie sind eine ungewöhnlich scharfsinnige junge Dame«, sagte er schließlich. »Um ehrlich zu sein – ich war im Glauben, Ihr gutes Aussehen schlösse Scharfsinnigkeit –«

»Lassen Sie das«, sagte Margie. »Wer hat Sie überfahren? Was ist passiert?«

»Dieser Wagen« – Leonidas berührte leicht das Schutzblech des Roadsters – »war es, der mich niederstreckte. Niederstreckte, das darf ich wohl ohne zu zögern sagen, in böswilliger Absicht. Der –«

»Was! Etwa dieses Auto? Das jetzt hier steht? Hören Sie mal, Shakespeare, wenn das Auto hier Sie überrollt hätte, dann wären Sie mausetot, genau wie Cuff das gesagt hat. So wie Sie da drunter lagen –«

»Ich versichere Ihnen«, sagte Leonidas, »es war just dieser Wagen. Dort, bei der großen Pfütze auf der Straße, erfaßte er mich. Und als ich zu mir kam, legte eben jemand letzte Hand an, mich hier am Rinnstein stilvoll unter dieses Gefährt zu drapieren –«

»Wer?«

Leonidas zuckte die Schultern. »Ich war ganz und gar nicht in der Verfassung, mir die Züge der fraglichen Person einzuprägen. Nur an seinen Schnurrbart erinnere ich mich – der mir wohl deswegen auffiel, weil ich, als der Roadster sich mir näherte, für den Bruchteil einer Sekunde den Fahrer sah, und dieser trug ebenfalls einen Schnurrbart –«

»Warum haben Sie denn nicht geschrieen?« wollte Margie wissen. »Warum haben Sie nicht irgendwas getan?«

»Sind Sie jemals überfahren worden?« erkundigte Leonidas sich höflich. »Nein? Auch für mich war es eine neue Erfahrung. Wie es scheint, werden die Reflexe in Mitleidenschaft gezogen, wenn man von einem rasenden Roadster aufs Korn genommen und erfaßt wird. Der Geist wünscht mancherlei zu tun, doch das Fleisch versagt den Dienst. Kurz, ich war nicht in der Lage zu reagieren. Ich hatte Angst.«

»Ich verstehe das nicht«, sagte Margie.

»Da geht es Ihnen nicht anders als mir«, erwiderte Leonidas. »Als ich mich so weit erholt hatte, daß ich wieder einen Gedanken fassen konnte, näherten sich Schritte, und wiederum zeigte sich mir einen Augenblick lang das schnurrbärtige Gesicht. Und dann –«

»Hören Sie mal, Shakespeare, jetzt reicht es aber! Ich –«

»Das sind keine Hirngespinste«, erwiderte Leonidas in aller Ruhe, und Margie, wie sie zu ihrem eigenen Erstaunen feststellte, glaubte ihm. »Die Worte, die dieser verdächtige Zeitgenosse von sich gab, als er nach dem Kater trat, brachten mich zu dem

Schluß, es sei gut für mich, mich nicht vom Fleck zu rühren. Es erwies sich als eine äußerst glückliche Entscheidung. Er kehrte zurück. Daß ich ihn schließlich von meinem Tod überzeugen konnte, ist wohl kaum meinen schauspielerischen Fähigkeiten zuzuschreiben. Ich war, im wahrsten Sinne des Wortes, zu Tode erschrocken. Einige Minuten später tauchten dann Sie und Cuff auf –«

»Sagen Sie, warum unternehmen Sie eigentlich nichts?« fragte Margie. »Wegen diesem Kerl, meine ich. Warum versuchen Sie nicht rauszufinden, was eigentlich passiert ist?«

»Meine liebe junge Dame«, sagte Leonidas, »wenn offensichtlich ist, daß jemand es darauf anlegt, Sie umzubringen, indem er mit einem schweren, schnellen Automobil auf Sie zuhält, und keinen Zweifel daran läßt, daß er zu einem zweiten Versuch bereit ist, sollte sich ein solcher als notwendig erweisen, dann ist es wenig sinnvoll – ähm –«

»Den Helden zu spielen«, brachte Margie den Satz für ihn zu Ende.

»So ist es. Außerdem wäre ich dazu nicht in der Lage gewesen. Mein Wunsch, jenes Individuum möge sich entfernen, war bei weitem größer als derjenige, Genaueres über meine Lage in Erfahrung zu bringen. Der Mann ging, und ich blieb, und soweit es mich angeht, erscheint mir das nach wie vor als ein befriedigender Abschluß der Angelegenheit.«

Margie dachte für eine Weile nach.

»Wer würde Sie denn umbringen wollen?« fragte sie. »Und warum?«

Leonidas schüttelte den Kopf. »Es schmeichelt mir, zur Vernichtung auserwählt zu sein, aber ich weiß nicht im geringsten, warum mir diese Ehre zuteil wurde. Ich war, wie ich Ihnen schon sagte, Lehrer an der Akademie und lebe im Ruhestand. Nach meiner Pensionierung war ich mehrere Jahre lang auf Reisen, und als ich zurückkam, mußte ich feststellen, daß die Wirtschaftskrise meine eiserne Reserve zu einem einzigen rostigen Nagel hatte zusammenschmelzen lassen. Mir bleibt nur eine spärliche Pension, die ich mit Schriftstellerei aufbessere und damit, daß ich für wohlhabende und nicht so unternehmungslustige Bostoner Sammler auf die Jagd nach seltenen Büchern gehe. Augenblicklich habe ich drei Dollar und fünfzig Cents im Portemonnaie, und jener unbekannte Zeitgenosse unternahm keinerlei Versuch, sie zu entwenden. Ich bin in keine amourösen Dreiecksgeschichten verstrickt. Kurz gesagt, Margie, kein Mensch, der bei Verstand ist, hätte einen Grund, mich umzubringen, weder aus Geldgier noch aus Eifersucht.«

»Vielleicht war der Kerl betrunken. Der Fahrer, meine ich«, sagte Margie. »Vielleicht ist das die Lösung.«

»Ich wünschte, ich könnte das glauben, aber er war nüchtern, grauenhaft nüchtern. Auf eine grimmige, verbissene, entsetzliche Weise nüchtern.«

»Und was machen Sie nun?«

»Ich fahre mit dem nächsten Bus nach Boston zurück«, sagte Leonidas. »Dankbaren Herzens. Aber sagen Sie, kann man es zulassen, daß ein Kater mehr als fünf Fischfrikadellen verspeist, ohne einmal zu kauen, ohne zu bedenken –«

»Warten Sie«, fiel Margie ihm ins Wort. »Mir ist gerade was eingefallen. Was bin ich blöd! Die Nummernschilder! Wir haben das Kennzeichen, und das reicht doch. Die Zulassungsstelle kann uns sagen, wem das Auto gehört, und dann –«

»Daran habe ich auch schon gedacht«, sagte Leonidas. »Aber hätte jemand einen so offensichtlichen Hinweis zurückgelassen? Warum sollte er mich unter sein Automobil praktizieren, wenn der Besitzer des Wagens sich so leicht ausfindig machen läßt?«

»Sie meinen, das Auto ist wahrscheinlich gestohlen«, sagte Margie. »Oder so was.«

»Oder so was«, pflichtete Leonidas ihr bei. »Ich frage mich immer wieder, warum man mich nicht in der Pfütze hat liegen lassen, Margie. Warum hat jemand den Roadster so ordentlich hier am Bordstein geparkt? Warum hat er mich dann so malerisch darunter gelegt – Margie, ob es noch lange dauert, bis Cuff kommt? Ich – mir wird schwindelig –«

Sekunden später kam Cuff um die Ecke und traf auf eine besorgte, bleiche Margie.

»Wo hast du den Becher Wasser? Du Bauer, wo ist das Wasser? Wo hast du denn gesteckt?«

»Ach, Margie«, sagte Cuff kleinlaut. »Im Drugstore, da hatte ich irgendwie so 'n Gefühl. Da war 'n Knabe, der hat vier Dollar reingesteckt und überhaupt nichts –«

»Du hast also meinen Vierteldollar in einen Spielautomaten gesteckt. Na ja. Jetzt pack mal mit an, du Schwachkopf –

Shakespeare ist zusammengeklappt. Wir müssen ihn zu einem Doktor bringen, und zwar schnell –«

»Auf der Pine Street gibt es einen«, sagte Cuff. »Da habe ich eben 'n Schild gesehen. Ich geh' und hole ihn –«

»Das tust du nicht«, sagte Margie. »Du würdest womöglich unterwegs dein Glück beim Würfeln versuchen. Du schnappst dir jetzt Shakespeare und trägst ihn hin – nun mach schon, du Tolpatsch!«

Das Sprechzimmer, in dem er zu sich kam, erschien Leonidas Witherall als der mit Abstand abscheulichste Ort, den er jemals gesehen hatte. Das erste, worauf sein glasiger Blick fiel, war eine Vitrine aus gebeizter Eiche voller scharfer, glitzernder Messer. Ein verstaubter Totenschädel grinste vom obersten Brett auf ihn herunter. Leonidas zuckte zusammen, drehte sich zur Seite und wünschte sogleich, er hätte es nicht getan. An der gegenüberliegenden Wand hing ein klassischer, dadurch jedoch nicht weniger abstoßender Stich aus dem achtzehnten Jahrhundert, betitelt *Der Gebrauch der Blutegel.*

Der Arzt, ein verschlafen wirkender Mann in einem hastig übergeworfenen grauen Morgenmantel, war damit beschäftigt, ein Gebräu aus übel aussehenden Flüssigkeiten zusammenzumischen. Leonidas betrachtete sie mit Mißfallen, dann lehnte er sich zurück und versuchte, sich auf dem unbarmherzig harten Polster des Operationstisches zu entspannen, auf dem er lag. Dieser Trank, ging es ihm durch den Kopf, war vermutlich für ihn bestimmt. Er versuchte sich mit dem Gedanken zu trösten, daß zumindest die Anwendung von Blutegeln seines Wissens inzwischen aus der Mode gekommen war.

»Wieder zu sich gekommen, was?« ließ sich der Doktor kurz angebunden vernehmen. »Trinken Sie das.«

Das Gebräu hatte schon von ferne abscheulich ausgesehen; von nahem betrachtet war es so ekelerregend, daß Leonidas sich zur Gegenwehr gezwungen sah.

»Wozu soll das gut sein?«

»Sie sollen das trinken, habe ich gesagt!«

»Mein guter Mann« – Leonidas setzte seinen Zwicker auf –, »ich bin ohnmächtig geworden. Nichts weiter. Mir schwanden die Sinne. Ich bin überzeugt, es wird nicht notwendig sein, mir nach einer simplen Ohnmacht ein derart abscheuliches Gebräu zu verabreichen!«

»Hören Sie!« entgegnete der Doktor ärgerlich. »Ich bin gerade aus dem ersten Schlaf gerissen worden, den ich seit zwei Tagen bekommen habe. Ich habe keine Lust, mit Ihnen zu diskutieren, nachdem ich meinen schlimmsten Schnorrer von einer Lungenentzündung kuriert und seine Frau von Zwillingen entbunden habe. Und nun trinken Sie!«

»Mein lieber Herr«, sagte Leonidas, während er sich aufrichtete und nach seiner Brieftasche suchte, »ich versichere Ihnen, ich bin kein Schnorrer. Und Ihre schlaflosen Nächte sind ebensowenig meine Angelegenheit wie Ihre Manieren. Wenn Sie bitte so freundlich sein wollen, mir Ihr Honorar für diese – ähm – Behandlung zu nennen, dann werde ich – dann soll – werde ich –«

Entgeistert blickte er die Brieftasche an, die er in der Hand hielt. Das war nicht seine Brieftasche. Es war eine völlig fremde Brieftasche, bestes Schweinsleder, aufwendig handgenäht. Er erinnerte sich, daß Cuff ihm auf Margies Anweisung eine Brieftasche und einen Schlüsselbund übergeben hatte, und er hatte sie geistesabwesend eingesteckt. Und zwar diese Brieftasche –

»Was ist denn los?« wollte der Doktor wissen.

»Diese Brieftasche«, sagte Leonidas und öffnete sie, »diese Brieftasche gehört –«

Plötzlich ging ihm auf, daß der Arzt gar nicht mit ihm, sondern mit der erregten Frau sprach, die im wehenden Morgenmantel ins Sprechzimmer gestürmt war.

»Harry, diese beiden – das Pärchen, das mit diesem Mann gekommen ist – ich habe dich gewarnt, du sollst vorsichtig sein mit Patienten mitten in der Nacht, nach dem, was Dr. Granby passiert ist –«

»Was ist denn los?«

»Dieser Kerl, der junge – er hat das ganze Silber von der Anrichte mitgenommen – das Silber von Großmutter! Und deine Uhr – deine beste Uhr, die auf der Kommode im Flur lag! Du mußt ihnen nach, Harry –«

»Cuff?« Leonidas konnte es nicht glauben. »Wollen Sie damit sagen, daß Cuff und Margie Diebe –«

»Siehst du, Harry, er ist ein Komplize!« stieß die Frau triumphierend hervor. »So, so, Cuff und Margie! Er ist ihr Komplize, genau wie bei Dr. Granby – ihnen nach, Harry, schnell, ich rufe die Polizei. Auf den hier passe ich auf. Du holst Großmutters Silber zurück und deine beste Uhr –«

Die Frau griff nach dem Telefon, während der Doktor schon aus dem Sprechzimmer stürzte.

Leonidas, der hörte, wie sie mit lauter Stimme nach der Polizei rief, traf eine schnelle Entscheidung.

Er hatte nicht vor, für die menschlichen Schwächen von Cuff und Margie geradezustehen. Er hatte mehr als genug für eine Nacht erduldet, und er sah keinen Grund, diese Nacht noch Weiteres zu erdulden, aller Wahrscheinlichkeit nach in einer feuchten Zelle. Außerdem hatte er die Brieftasche, über die er sich Gedanken machen mußte.

Alles drehte sich um ihn, als er die Beine vom Operationstisch schwang. Von dem rostroten Teppich sprangen ihm große schwarze Flecken entgegen.

Leonidas atmete tief ein, schloß die Augen und nahm das Glas mit der ekelerregenden Mixtur. Fest entschlossen und ohne mit der Wimper zu zucken, leerte er es bis auf den letzten Tropfen. Dann sprang er zu Boden.

Was immer in dem Gebräu enthalten gewesen sein mochte, es verlieh seinen Füßen Flügel. Er hatte die nächste Ecke der Ward Street schon hinter sich gelassen, bevor der Arzt überhaupt gemerkt hatte, was geschehen war.

Vier Blocks weiter hielt Leonidas inne und versuchte sich zu orientieren.

Er stand an der Schnellstraße. Und – er hätte vor Freude aufjauchzen können – eben kam ein Bus Richtung Boston heran!

Er trat vom Bürgersteig auf die Straße, um dem Fahrer ein Zeichen zu geben, und im selben Augenblick bog eine Limousine um die Ecke. Leonidas sah die Limousine, doch die mütterlich wirkende Frau hinter dem Steuer sah Leonidas nicht.

Zum zweiten Mal in jener Nacht machte Leonidas unsanft mit dem Pflaster Bekanntschaft.

Es war ein fremdes Zimmer, in dem er aufwachte, aber das machte Leonidas nichts aus. Mittlerweile hatte er sich daran gewöhnt, daß er an Orten zu sich kam, die er nie zuvor gesehen hatte. Wenigstens war der dickgepolsterte Sessel, in dem er nun saß, bequemer als der Rinnstein der Ward Street oder der Operationstisch des Doktors namens Harry.

Leonidas gähnte; plötzlich aber stutzte er.

Ihm gegenüber, in einem zweiten dickgepolsterten Sessel, saß der schnurrbärtige Mann, der den Roadster gefahren hatte!

»Hören Sie, guter Mann«, begann Leonidas, doch dann hielt er inne.

Es war sinnlos, Bennington Brett anzusprechen.

Bennington Brett war tot.

Entsetzt starrte Leonidas auf den Messergriff, der aus der Brust des Mannes ragte.

Nicht nur, daß Bennington Brett tot war.

Man konnte, ohne in Gefahr zu laufen, Widerspruch zu ernten, sagen, daß Bennington Brett ermordet worden war.

Kapitel 2

Doch schon im nächsten Atemzug widersprach Leonidas sich. »Aber nein! Natürlich ist er nicht ermordet worden!« sagte er entschlossen. Er wußte nicht recht, warum, aber er fühlte sich besser, als er seine eigene Stimme hörte. Sie vermittelte ihm eine Art Sicherheit, auch wenn er nicht hätte sagen können, worin diese Sicherheit bestand. Die gleiche tröstende Wirkung ging auch von seiner Armbanduhr aus. Es war ihm eine große Erleichterung, auf das Zifferblatt zu blicken und zu sehen, daß es Viertel nach sechs war.

»Das ist doch lächerlich«, sagte Leonidas. »Lächerlich. Unmöglich!«

Und das war es natürlich auch. Das mußte es einfach sein.

Alles nur Einbildung. Ein Alptraum. Die ganze phantastische Szenerie, die er hier vor sich sah, war das Endergebnis der verwirrenden Ereignisse der vergangenen Nacht, des ewigen Überfahrenwerdens, des Konsums übelaussehender Flüssigkeiten in den Sprechzimmern von unfreundlichen Ärzten mit schlechten Manieren.

Bennington Brett war nicht ermordet worden; er war nicht einmal tot. Der Messergriff war nichts als ein Schatten. Er würde jetzt einfach seinen Kneifer aufsetzen, sagte sich Leonidas zuversichtlich, und alles würde sich in Wohlgefallen auflösen. Alles würde wieder ins Lot kommen.

Besonders der Messergriff.

Doch je länger Leonidas ihn betrachtete, selbst unter Zuhilfenahme seines Kneifers, desto unmißverständlicher und schockierender real erschien ihm der Griff.

Dieser Messergriff war kein Irrtum seiner kurzsichtigen Augen, auch keine Fata Morgana, nichts, was man leichthin als Trugbild hätte abtun und vergessen können.

Dieser Messergriff war nur allzu real.

Genau wie alles übrige auch.

Während er noch bemüht war, sich an diesen Gedanken zu gewöhnen, fühlte Leonidas sich plötzlich um etwa fünfzig Jahre zurückversetzt zu jenem Tag, an dem er an der Seite seines Vaters auf den roten Plüschsitzen des Tivoli-Varietés gesessen hatte. Die Haare hatten Leonidas zu Berge gestanden, als er die Vorstellung des berühmtesten Messerwerfers seiner Zeit verfolgte, und sein Hals war so trocken gewesen, daß er nicht mehr schlucken konnte. Mit Freude und Hingabe hatte der Unvergleichliche Zolu ein Messer nach dem anderen auf die verschleierte Dame geworfen, die ungerührt vor einer hölzernen Wand gestanden hatte. In einem überwältigenden Finale, bei dem Leonidas das Blut in den Adern gefroren war, hatte Zolu die Dame dann noch in eine Kiste gesteckt und sie, ehe man sich versah, in zwei Teile gesägt.

Jener Nachmittag war Leonidas stets als emotionaler Höhepunkt in seinem Leben erschienen. Er hatte nicht damit gerechnet, jemals wieder so fasziniert und entsetzt zur selben Zeit zu sein, ja, er hatte niemals gedacht, daß das überhaupt möglich sein könnte.

Aber da hatte er sich getäuscht.

Was er bei der Vorstellung des Unvergleichlichen Zolu empfunden hatte, war nichts gewesen im Vergleich dazu, wie ihm nun zumute war. Diesmal war sein Mund so trocken, daß sich seine Zunge wie ein Reibeisen anfühlte, die Kiefer schmerzten ihm vom Zähneknirschen, und in die Handflächen hatten sich seine Fingernägel als kleine Halbkreise eingedrückt. Und erst sein Kopf!

Leonidas zwang sich dazu, sich in den dickgepolsterten Sessel zu setzen und zurückzulehnen. Systematisch und mit unendlicher Akkuratesse rezitierte er Bryants *Thanatopsis*, sämtliche Verse, die Satzzeichen eingeschlossen. Dann atmete er tief durch und machte sich erneut daran, die Lage zu überdenken.

Der Mann im Sessel gegenüber war Bennington Brett. Sein schwammiges, unzufriedenes Gesicht, das ihn mit ewiggleicher Verdrießlichkeit durch die Englischkurse sämtlicher Jahrgänge von Merediths Akademie verfolgt hatte, war unverwechselbar. Kein Schnurrbart hätte je die Anzeichen von angeborener Schwäche in seiner Mundpartie verbergen können.

Bennington mußte, überschlug Leonidas kurz, etwa fünfunddreißig sein, auch wenn er wie mindestens fünfundvierzig aussah.

Seit seinem Schulabschluß vor rund achtzehn Jahren hatte Leonidas ihn kaum mehr als ein halbes dutzendmal gesehen. Durchweg zufällige Begegnungen, bei Treffen der Ehemaligen, einmal bei einem Fußballspiel, ein- oder zweimal im Foyer des Parker-Hauses.

Irgendwie war ihm der Fahrer des Roadsters in der Ward Street bekannt vorgekommen. Der goldgeprägte Name auf der schweinsledernen Brieftasche, die Leonidas im Sprechzimmer des Arztes hervorgeholt hatte – der Brieftasche, die Cuff im Rinnstein gefunden hatte –, hatte die Frage nach seiner Identität eindeutig beantwortet. Bennington war der Fahrer des Roadsters gewesen. Bennington hatte mit dem Wagen auf ihn zugehalten. Bennington hatte versucht, ihn umzubringen.

»Warum?« fragte sich Leonidas. »Warum?«

Das war eine Frage, die fast schon mystischen Charakter hatte. Sie faszinierte ihn. Doch andererseits schien sie ihm nun, wo so viele andere Probleme auf ihn einstürmten, im Grunde so wichtig auch nicht mehr.

Wie zum Beispiel hatte sich Bennington Brett in dieses Zimmer setzen können, in den dickgepolsterten Sessel? Und, wo diese Frage nun schon einmal aufgekommen war, wie war Leonidas selbst in seinen dickgepolsterten Sessel gekommen? Und zu welchem Zeitpunkt? Und wo, wenn man der Sache nun wirklich auf den Grund gehen wollte – wo war er überhaupt?

Und dann gab es natürlich noch die wichtigste Frage von allen, diejenige, im Vergleich zu der die anderen nichts als Nebensächlichkeiten waren – wer hatte Bennington das Messer in die Brust gestoßen?

Leonidas seufzte. Zunächst einmal mußte er jemandem von Bennington berichten.

Die Polizei war wohl das Naheliegende.

Leonidas seufzte von neuem. Es wäre wohl besser gewesen, er hätte im Sprechzimmer des Arztes nicht die Flucht ergriffen. Vielleicht wäre die Angelegenheit zu einem glücklicheren Abschluß gekommen, wenn er sich hätte festnehmen und zu Cuffs und Margies Diebstahl von Großmutters Silber und Doktor Harrys bester Uhr hätte verhören lassen. Eine Anklage wegen Diebstahls, sogar wegen schweren Diebstahls, war einer Mordanklage allemal vorzuziehen. Und Leonidas konnte sich in immer stärkerem Maße des Eindrucks nicht erwehren, daß, ganz gleich wer Bennington

Brett ermordet haben mochte, er, Leonidas Witherall, in Kürze der Hauptkandidat für den Verdächtigen Nummer Eins sein würde. Ganz wie die Dinge sich in Büchern zu entwickeln pflegten.

»Ich werde die Polizei verständigen«, ließ sich Leonidas' Gewissen vernehmen. »Auf der Stelle. Es war schon falsch, so lange zu zögern. Eine gute Stunde habe ich verschenkt, wenn nicht mehr.«

Er war verblüfft, als er entdeckte, daß seine Armbanduhr sechs Uhr neunzehn zeigte. Sein Zögern hatte ganze vier Minuten gedauert, die Rezitation von *Thanatopsis* mit inbegriffen, sämtliche Verse, mit allen Satzzeichen!

Sein pflichtergebener Versuch, die Polizei zu rufen, wurde schon im Keime erstickt.

Die Telefonschnur war, wie er nach einem schroffen und wenig erfolgreichen Monolog an die Vermittlung feststellte, säuberlich durchtrennt.

Leonidas legte den Hörer auf und nahm den Kampf mit seinem gesunden Menschenverstand auf.

Es gab keinen Grund, warum er nicht in aller Eile das Haus verlassen sollte. Er brauchte nur einige Türen zu öffnen, und er hatte die ganze entsetzliche Affäre um Bennington Brett hinter sich gelassen.

Andererseits änderte auch der Umstand, daß er wenig von Bennington hielt, nichts an der Tatsache, daß dieser ermordet worden war. Daß es feige war, sich unter diesen Umständen aus dem Staub zu machen. Nicht anständig. Nicht – Leonidas rang nach einem Wort. Nicht sportlich. Sich zu verdrücken, abzuhauen, das war ja schon ein Eingeständnis der Schuld.

Außerdem hatte Leonidas hinreichendes Vertrauen in die Methoden der Polizei, um zu ahnen, daß ein übereilter Aufbruch zu diesem Zeitpunkt später leicht den Anlaß zu einer unsanften Verhaftung geben konnte, so daß dann nur um so mehr Erklärungen fällig wären.

In diesem Falle lag das Heil nicht in der Flucht.

Dies war offensichtlich ein Fall, in dem er seinen Verstand gebrauchen mußte.

Er griff zum Telefonbuch. Bevor ihn dieses Problem zu sehr in Verlegenheit brachte, war es vielleicht gut, ein paar Antworten zu finden.

Die zwei Minuten, die er mit dem Telefonbuch zubrachte, erwiesen sich als außerordentlich produktiv.

Bennington Bretts Adresse war Paddock Street 95, Dalton Hills. Sein Anschluß hatte die Nummer Dalton Hills 4334. Die Nummer auf der Wählscheibe des Telefons, das vor ihm stand, lautete Dalton Hills 4334. Mit Hilfe eines einfachen logischen Schlusses wußte Leonidas nun, wo er sich befand. Er war in der Paddock Street 95, Dalton Hills, in Bennington Bretts eigenem Haus.

Es fiel Leonidas auf, daß unter der Adresse Paddock Street 95 noch ein weiterer Brett verzeichnet war, und diese Entdeckung ließ ihn erleichtert aufatmen. Es war also doch nicht Benningtons Haus. Es gehörte seinem Onkel, August Barker Brett, einem ehrenwerten, allseits bekannten, vernünftigen Mann. Leonidas kannte ihn flüchtig; sie nickten einander manchmal quer durch den Lesesaal des Athenäums zu. In ihren Gesprächen ging es ausschließlich um literarische oder politische Themen; von Bennington war nie die Rede gewesen. Doch Leonidas erinnerte sich, daß er gemeinsame Freunde mitfühlend davon hatte reden hören, was für eine Strafe Bennington für seinen Onkel sei. Einige waren sogar so weit gegangen, ihn eine Strafe Gottes zu nennen.

Aber Strafe Gottes oder nicht, Leonidas hatte dennoch keinen Zweifel, daß die Nachricht von Benningtons Ableben für August Barker eine unangenehme sein würde. Doch da August Barker ein vernünftiger und logisch denkender Mensch war, würde er begreifen, in welch prekärer Lage sich Leonidas befand, und sich entsprechend zu verhalten wissen. Mit August Barkers Wissen und Verständnis auf seiner Seite, und natürlich auch mit dessen Ansehen, würde Leonidas sich besser gerüstet fühlen, der Polizei von Dalton gegenüberzutreten.

Leonidas machte sich auf in die erste Etage, um August zu suchen, ihn zu wecken und ihm alles zu berichten.

Das Haus war größer als erwartet. Als er zum dritten Mal an eine Tür geklopft und nichts als ein leeres, unbewohntes Schlafzimmer gefunden hatte, begannen Leonidas Zweifel zu kommen, ob er August Barker finden würde.

Das vierte Schlafzimmer war, nach den Bildern junger, gutaussehender Frauen zu urteilen, die sich überall im Raum fanden, Benningtons. Das letzte Zimmer war leer und ein wenig verstaubt, und es war ohne Zweifel dasjenige von August Barker.

Der bequeme, mit rotem Leder bezogene Sessel, die Exemplare von *Atlantic* und *Harper's* auf dem Nachttisch, die Dickens-Drucke an der Wand – all das waren untrügliche Anzeichen, daß Onkel August hier residierte.

Doch Onkel August war nicht da.

Plötzlich fiel Leonidas ein maschinengeschriebener Zettel auf, der in den Rahmen des Frisierspiegels gesteckt war. Er ging hinüber, las ihn, seufzte und las ihn ein zweites Mal:

15.–28. Februar	Bei Forster. Palm Beach.
1.–12. März	Miraflores. St. Augustine.
13.–30. März	Bei Campbell. St. Petersburg.

Sollte dieser Zeitplan nicht eingehalten werden, lasse ich es Dich wissen. Einer von beiden, Forster oder Campbell, weiß immer, wo ich zu finden bin. Miss Tring hat beide Nummern im Büro. Wende Dich an sie, bevor Du anrufst. Sie weiß, was zu tun ist.

August Barker war also in Florida. Genoß die sanfte Brise, den Orangensaft, der in Strömen floß, und verschwendete keinen Gedanken auf sein Büro, wo Miss Tring, die ja ihre Instruktionen hatte, zweifellos auf höchst effiziente Weise am Werke war.

Leonidas trat zum Fenster hinüber und warf einen Blick auf die Paddock Street.

Er war in der Stadt geboren und dort aufgewachsen, und für das Land hatte er wenig übrig. Für Vororte wie Dalton zeigte er freimütig offene Verachtung. Für Leonidas verbanden Vorstädte alle Unannehmlichkeiten des Dorfes, darunter die, daß man weit ab von allem war, mit den weniger anziehenden Seiten der Stadt, dem Schmutz zum Beispiel und in gewissem Maße der Enge.

Kaum etwas, dachte er, konnte weniger anziehend sein als die Paddock Street um halb sieben an einem Märzmorgen, starr von der Kühle eines verbitterten neuenglischen Sonnenaufgangs. Der aufgetürmte, zwei Wochen alte Schnee verstopfte noch die Gullys. Ein Nordostwind bog die kümmerlichen jungen Ahornbäume, die in Reih und Glied alle sieben Meter gesetzt waren. Trostlos standen die Mülleimer in Erwartung der Daltoner Müllabfuhr. Ein müde wirkender Hund spazierte den geschotterten Bürgersteig entlang und schnüffelte hoffnungsvoll an jeder Tonne.

Leonidas gab sich alle Mühe, die Architektur der Paddock Street nicht wahrzunehmen, allein, es war vergebens. Offenbar hatten sich die Architekten der Paddock Street in den Kopf gesetzt, daß hier kein Straßenzug mit einheitlicher Bebauung entstehen sollte. Diese Straße sollte anders sein. Sie hatten großzügig über die Beschränkungen, die eine Straßenfront von sechsundzwanzig Metern mit sich brachte, hinweggesehen und aus der Paddock Street etwas ganz Besonderes gemacht. Ob man wollte oder nicht, vom Fenster aus sah man zwei Häuser in einer Art Kolonialstil, zwei entfernt englisch anmutende Gebäude in Backstein mit Stuck und Gitterwerk, ein Haus im Stil der Pilgerväter fast ohne Fenster, nur mit ein paar Butzenscheiben, und eines aus Sichtbeton mit Bändern aus Chrom und Glasbausteinen.

»Ich hoffe nur«, sagte Leonidas mit großem Ernst, »ich hoffe, daß Frank Lloyd Wright niemals die Paddock Street erblicken muß!«

Bei der Nummer 95 war er sich nicht ganz sicher, aber nach dem, was er sehen konnte, nahm er an, daß man es seinerzeit als modifizierten Backstein-Klassizismus verkauft hatte.

Leonidas wandte sich wieder vom Fenster ab.

Er mußte einfach die Polizei wegen Bennington Brett verständigen.

Sofort. Auf der Stelle!

Was, überlegte er, würden wohl die Bewohner des Sichtbetonhauses sagen, wenn er an ihrer Tür klingelte und sie bäte, doch bitte einen Mord zu melden? Würde es dort überhaupt eine Türklingel geben, oder waren sie konsequent mit ihrem Pseudo-Modernismus gewesen und hatten eine Vorrichtung mit Fotozelle installiert, durch die der Besucher schritt?

Neugierig blickte er zum Fenster hinaus. Zu seiner Freude erkannte er, daß das moderne Haus einen gußeisernen Türklopfer in Form einer Mickymaus besaß. Das –

Abrupt beugte Leonidas sich nach vorn. Vor dem weißen Haus im Kolonialstil kauerte zwischen den Mülltonnen eine junge Frau. Weiter die Straße hinunter, auf der Höhe eines der Häuser im englischen Stil, kam ein stämmiger Mann mit einem breitkrempigen Filzhut heran, den er tief ins Gesicht gezogen hatte.

Er spazierte weiter, bis er genau gegenüber der Nummer 95 angelangt war, dann blieb er stehen und besah sich forschend das Äußere des Hauses. Er wurde seinerseits beobachtet von der jungen Frau, die zwischen den Mülltonnen hervorspähte wie ein Kind, das beim Versteckspiel auf den Augenblick wartet, zu dem der Zielpunkt unbewacht ist.

Der Mann wippte auf dem Absatz hin und her. Einmal setzte er an, die Straße zu überqueren, doch dann kehrte er um und meditierte erneut über die Nummer 95.

Von ihm unbemerkt kroch das Mädchen aus seinem Versteck hervor und verschwand in der Einfahrt des Kolonialstil-Hauses.

Sekunden später überquerte der stämmige Mann die Straße und erklomm die Treppen der Nummer 95. Die Türglocke erklang. Langsam begab sich Leonidas hinunter zur Haustür. Der stämmige Mann, ging es ihm immer wieder durch den Kopf, wirkte, als habe jemand sämtliche Detektive der Welt in einem zusammengefaßt.

»Damit«, murmelte Leonidas, »wäre ich also geliefert.«

Die Tür war noch keine fünfzehn Zentimeter geöffnet, da drückte der stämmige Mann ihm ein zusammengefaltetes Stück Papier in die Hand.

»Ich frage mich –«, hob Leonidas an.

Doch der stämmige Mann riß ihm das Blatt plötzlich aus der Hand, brummte etwas vor sich hin und lief dann eilig die Treppe hinunter.

»Warten Sie!« rief Leonidas. »Kommen Sie zurück –«

Doch der Mann hörte nicht. Wie ein aufgescheuchtes Kaninchen schoß er die Paddock Street hinunter und war verschwunden.

Leonidas schloß die Tür wieder.

So eine Vorstadt mochte nicht besonders ansehnlich sein, doch man konnte nicht sagen, es sei nichts los dort oder es gebe keine Überraschungen.

»Die schönsten Züge«, sagte Leonidas, »von E. Phillips Oppenheim, dazu die generellen Merkmale einer psychiatrischen Abteilung – meine Güte!«

Als er wieder ins Wohnzimmer kam, stand vor ihm die junge Frau, die sich noch Augenblicke zuvor zwischen den Mülleimern versteckt hatte.

In der Hand hielt sie eine Pistole, und die Pistole war auf das gerichtet, was wohl jedes Kind als Leonidas' empfindlichste Stelle bezeichnet hätte.

»Hände hoch! Oh, Sie sehen ja aus wie – Hände hoch, habe ich gesagt!«

»Hmnja«, sagte Leonidas. »Ich sehe Shakespeare ähnlich, nicht wahr? Haben Sie etwas dagegen, daß ich meinen Zwicker aufsetze? Ohne ihn kann ich Sie nicht recht erkennen – hmnja, Sie sind das Mädchen von den Mülleimern, nicht wahr? Ist Ihnen das nicht zu kalt?«

»Was soll mir zu kalt sein?« fragte das Mädchen. »Und lassen Sie Ihre Hände oben, Shakespeare!«

»Das Versteckspielen zwischen den Mülltonnen.« Leonidas gehorchte ihrem Befehl. »Chacun à son gout und so weiter, aber ich persönlich wäre nie auf die Idee gekommen, daß Ringelreihn zwischen den Mülltonnen der Paddock Street der rechte Weg zu einem ausgefüllten Leben ist. Aber womöglich tue ich Ihnen unrecht? Womöglich ist es ein wissenschaftliches Experiment?«

»Behalten Sie die Hände oben«, sagte das Mädchen. »Was ist womöglich ein wissenschaftliches Experiment?«

»Das Versteckspiel zwischen den Mülleimern. Kann ich die linke Hand herunternehmen? Es war mir entfallen, aber sie ist etwas verstaucht. Nun, wenn ich an manche Experimente denke, die ich miterlebt habe, und an andere, von denen ich gelesen habe, dann nehme ich an, das Versteckspiel zwischen Mülleimern ist keineswegs ein extremer Fall. Ähm – es geht mich zwar nichts an, aber ich hoffe, die Höhe Ihrer Bezahlung entschädigt Sie für das frühe Aufstehen –«

»Hören Sie!« Das Mädchen geriet zusehends in Wut. »Was wird hier eigentlich gespielt? Wovon reden Sie? Was machen Sie überhaupt –«

»Ich bemühe mich«, sagte Leonidas höflich, »eine freundliche Konversation zu führen, auch wenn die Umstände kaum ungünstiger sein könnten. Eine Vielzahl von quälenden Fragen geht mir durch den Kopf, mein Handgelenk schmerzt, Ihr Finger umspielt den Abzug der Waffe, die Sie so unmißverständlich auf mich gerichtet halten. Bennington Brett liegt tot in jenem Sessel dort – ehrlich gesagt, Miss Tring, ich bewundere meine Gelassenheit.«

»Woher kennen Sie meinen Namen? Woher wissen Sie, wer ich bin?«

»Ich habe es nur geraten«, antwortete Leonidas bescheiden. »Ihre Tüchtigkeit brachte mich darauf. Die Wahrscheinlichkeit war groß, daß Sie entweder Miss Tring sind oder eine von Benningtons ansehnlichen jungen Damen. Natürlich sind Sie ausgesprochen ansehnlich, doch ich kann mir nicht vorstellen, daß Benningtons Freundinnen in der Lage wären, eine Pistole so ruhig zu halten. Ich glaube, sie hätten inzwischen abgedrückt oder wären in Ohnmacht gefallen. Und ich bin sicher, daß keine von ihnen Shakespeare erkannt hätte. Miss Tring, was ist die effizienteste Methode, die Polizei von einem Mordfall zu informieren? Diese Meldung versuche ich schon –«

»Warum haben Sie Benny umgebracht?«

»Aber meine liebe junge Dame«, sagte Leonidas, »das habe ich nicht. Ich bin nur zufällig hier. Ich –«

»Waren Sie hier, als Benny mich vor zwanzig Minuten anrief?«

Leonidas sah auf seine Armbanduhr. Es war zehn Minuten vor sieben.

»Waren Sie hier?« fragte Miss Tring. »Er rief mich an – sagte, er sei in Schwierigkeiten; ich solle sofort hierher kommen.«

»So, so«, sagte Leonidas, »tatsächlich.«

Das Mädchen warf ihm einen strengen Blick zu.

»Shakespeare«, sagte sie, »Sie marschieren unverzüglich zum Telefon dort und rufen die Polizei!«

»Ich bedaure«, erwiderte Leonidas, »das kann ich nicht. Die Telefonschnur ist durchschnitten. Wäre dem nicht so, hätte ich selbst schon vor geraumer Zeit die Polizei verständigt. Ähm – tragen Sie immer eine Pistole bei sich, Miss Tring? Oder nur, wenn Bennington Sie zu sich ruft?«

Miss Tring errötete. »Wer sind Sie überhaupt?«

Leonidas stellte sich vor. »Darf ich daraus«, fügte er hinzu, »vielleicht schließen, daß Sie schon einmal – ähm – Unannehmlichkeiten mit Benny hatten?«

»Unannehmlichkeiten!« Die Fingerknöchel der linken Hand, mit der Miss Tring sich an die Sessellehne klammerte, waren weiß. »Unannehmlichkeiten! Diese – diese abscheuliche Ratte! Nicht einmal jetzt – wo ich ihn da so sehe – kann ich Mitleid empfinden! Ich – ich bin froh, daß er tot ist, verstehen Sie? Ich bin froh!«

Miss Tring ließ den Revolver fallen, riß sich den Hut vom Kopfe, warf sich aufs Sofa und brach in Tränen aus.

Mit einer eher geistesabwesenden Bewegung hob Leonidas die Waffe auf und steckte sie in die Tasche. Er hatte nie auch nur einen Moment lang damit gerechnet, daß die hübsche Miss Tring vorhatte, ihn als Zielscheibe zu benutzen, aber Feuerwaffen in der Hand einer Frau waren doch zumindest etwas Gefährliches. Man wußte nie.

Wenn er zum Beispiel an jene Weißrussin dachte, eine ausgesprochene Schönheit, die damals auf der *Prinzessin von Asien* Amok gelaufen war. Niemals würde er vergessen, wie sie auf dem A-Deck gestanden hatte, zwischen den Shuffleboard-Spielern, in jeder Hand eine Pistole. Es stellte sich heraus, daß sie eine militante Anarchistin war und dazu noch beidhändig schießen konnte.

Miss Trings Schluchzer wurden allmählich schwächer. Leonidas bot ihr sein Taschentuch an, und sie trocknete sich Gesicht und Augen.

»Sie sind«, sagte er, um das Gespräch wieder aufzunehmen, »vermutlich durch die Hintertür gekommen. Sie hatten einen Schlüssel?«

»Stimmt – ach, Mr. Witherall, wenn Sie Benny umgebracht haben, dann hatten Sie sicher einen guten Grund dafür? Ich – ich kenne niemanden, der mit ihm zu tun hatte und der keinen Grund gehabt hätte! Nur um seines Onkels willen haben wir uns alles von ihm gefallen lassen – und nun fort mit Ihnen, Mr. Witherall. Gehen Sie. Machen Sie sich davon. Bevor ich's mir anders überlege und Sie der Polizei übergebe, wie ich das eigentlich tun müßte. In meiner Handtasche ist Geld – ich wollte es Benny bringen. Mr. Brett läßt mir immer einen Notgroschen da, mit dem ich Benny aus der Klemme helfen kann – nehmen Sie das Geld, und gehen Sie. Gehen Sie zur Schnellstraße, nehmen Sie einen Bus Richtung Westen, steigen Sie immer wieder um – und beeilen Sie sich –, hier ist meine Handtasche, und nun los!«

»Aber nein«, sagte Leonidas. »Meine Güte, nein. Ich meine, das ist sehr freundlich von Ihnen, aber selbstverständlich kann ich das nicht annehmen.«

»Warum nicht? Sie hatten sicherlich Ihre Gründe dafür, ihn umzubringen – und ich bin froh, daß er tot ist! Das hört sich schrecklich an, ich weiß. Es hört sich gemein an und hartherzig und unmenschlich. Aber letztes Jahr hat meine beste Freundin sich wegen Benny Brett das Leben genommen. Und sie ist nicht das einzige Mädchen, das er – hören Sie, Mr. Witherall, nehmen Sie das Geld, und machen Sie sich davon! Sie haben ihn umgebracht, aber Sie –«

»Aber ich habe ihn nicht umgebracht«, sagte Leonidas. »Glauben Sie mir, er saß dort in seinem Sessel, mausetot, als ich um Viertel nach sechs aufwachte.«

»Was! Aber er hat mich doch angerufen! Nur ein paar Minuten vor halb sieben. Mein Wecker hatte eben geklingelt!«

»Ich will nicht bezweifeln, daß jemand Sie angerufen hat«, sagte Leonidas. »Aber es war nicht Bennington. Mit Sicherheit war es nicht Bennington, Miss Tring. Sind Sie – waren Sie sicher, daß es sich um Bennington handelte?«

Sie zögerte. »Tja«, sagte sie. »Er klang einfach nur betrunken. Ehrlich gesagt, ich habe mir keine großen Gedanken darüber gemacht, wie die Stimme klang. Er ist so oft betrunken. Ich habe mir meine Kleider übergeworfen, mir den Notgroschen und meine Pistole genommen –«

»Ah ja«, sagte Leonidas. »Die Pistole. Hmnja.«

»Wenn Sie Bennington Brett jemals betrunken erlebt hätten«, sagte Miss Tring bitter, »dann hätten Sie auch eine Pistole eingesteckt. Sie hätten eine Pistole und einen Stuhl gehabt, wie ein Löwenbändiger. So und nicht anders! Jedenfalls kam ich die Straße hinauf und sah diesen Mann, der vor dem Haus lauerte; also nahm ich unauffällig den Hintereingang. Als ich ihm das letzte Mal aus der Klemme half, stellte sich heraus, daß der Mann, der draußen wartete, der Besitzer eines Hundes war, den Benny zum Spaß überfahren hatte.«

»Was Sie nicht sagen«, sagte Leonidas leise, »was Sie nicht sagen.«

»Der Mann war nicht viel besser als Benny«, sagte Miss Tring. »Im Grunde war ihm sein Hund egal. Alles, was er wollte, war Geld. Mit dem Geld konnte sich Benny von einer ordentlichen Tracht Prügel loskaufen. Mir tat es leid, daß ich so schnell gekommen war. Aber, Mr. Witherall, wenn Benny mich nicht angerufen hat – wer war es denn?«

Leonidas zuckte mit den Schultern.

»So ist das nun einmal in Dalton«, sagte er. »Dalton, die Gartenstadt, das Paradies im Grünen, die Stadt der gepflegten Eigenheime und der glücklichen, fröhlichen Familien – wirklich, Dalton hat etwas Faszinierendes für mich. Wenn ich Ihnen erzähle, was ich seit Mitternacht alles in Dalton erlebt habe, Sie würden es mir nicht glauben. Und die Polizei wird es mir auch nicht glauben. Ähm – soll ich vielleicht die Ereignisse kurz zusammenfassen?«

Anschaulich berichtete er ihr vom Angriff des Roadsters in der Ward Street, von Cuff und Margie, von dem struppigen Kater und den Fischfrikadellen, von dem Doktor namens Harry und dem Diebstahl von Großmutters Silber und Harrys bester Uhr.

»Shakespeare!« sagte Miss Tring. »Von wegen Shakespeare! Ananias. Marco Polo. Baron Münchhausen –«

»Und ich bin noch nicht einmal fertig«, fuhr Leonidas fort. »Dann kam noch die Limousine auf der Schnellstraße. Auch diese streifte mich, allerdings ohne böse –«

»Verstehe«, fiel Miss Tring ein. »Diesmal war's nur ein freundschaftlicher Klaps. Und welche Folgen hatte das für Sie?«

Leonidas schüttelte den Kopf.

»Das weiß ich nicht«, sagte er. »Ich weiß es nicht. Wie es scheint, habe ich den Rest der Nacht hier zugebracht, in dem dickgepolsterten Sessel dort. Alle Anzeichen deuten darauf hin. Um Viertel nach sechs erwachte ich und fand Bennington mir gegenüber. Ob Bennington schon vor mir hier war, kann ich nicht sagen. Nicht undenkbar, daß wir gemeinsam hier eingetroffen sind. Ich –«

»Womöglich«, sagte Miss Tring nachdenklich, »haben Sie sogar Bennington das Messer in den Leib gestoßen, in Ihrem verwirrten Zustand. Sie –«

Leonidas seufzte. »Eine solche Sicht der Dinge«, sagte er, »ist Ihrer nicht würdig. Allerdings wird es, fürchte ich, mit einiger Sicherheit die Haltung sein, die die Polizei einnehmen wird. Meine Güte, die Polizei! Wir sollten aber nun die Polizei rufen. Das sollten wir wirklich. Auf der Stelle!«

Miss Tring pflichtete ihm bei. »Aber wir sollten alles in Ordnung bringen, soweit das geht, bevor die Polizei sich kopfüber in die Angelegenheit stürzt. Schließlich werde ich durch diesen Telefonanruf ja auch mit in die Angelegenheit hineingezogen. Ich – oh! Oh, da fällt mir gerade etwas ein! Oh, Mr. Witherall, das ist ja einfach entsetzlich!«

»Diesen Eindruck hatte ich schon die ganze Zeit über«, sagte Leonidas.

»Nein, das meine ich nicht – ich meine gestern. Mr. Witherall, gestern habe ich vor Zeugen Bennington damit gedroht, ich würde ihn wie eine Zwiebel in Scheiben schneiden, wenn er nicht aufhörte, mir nachzustellen. Ich habe sogar gesagt, ich würde ihm das Herz aus dem Leibe schneiden oder so etwas Ähnliches!«

»Das ist mißlich«, sagte Leonidas. »Ähm – Miss Tring, wie vereinbaren Sie denn Ihre allgemeine Einstellung zu Bennington mit der fürsorglichen Art, in der Sie stets mit Notgroschen und dergleichen zur Stelle sind?«

»Aber das gehört zu meiner Arbeit!« entgegnete Miss Tring. »Mr. Brett bezahlt mich dafür, zusätzlich! Sie werden doch nicht glauben, ich würde – ich würde – für Benny Brett das Kindermädchen spielen, wenn ich nicht dafür bezahlt würde, oder doch? Wenn das nicht sozusagen meine Arbeit wäre? Seien Sie doch nicht albern, Mr. Witherall. Meine Stellung als August Barker Bretts Privatsekretärin hängt ganz wesentlich davon ab, wie unentbehrlich ich bin. Heutzutage ist es schwierig, eine Arbeit zu bekommen. Aber so etwas« – sie warf einen Blick auf seinen gutgeschnittenen dunkelgrauen Anzug – »können Sie sich natürlich nicht vorstellen! Sie mit –«

»Mein liebes Kind«, unterbrach Leonidas sie mit Wärme, »das kann ich sehr wohl! Ich verbringe drei Nachmittage die Woche in Bellweathers Antiquariat und rauche eine abscheuliche Pfeife, um eine literarische Atmosphäre zu verbreiten. Und mir, nebenbei bemerkt, meinen Lebensunterhalt zu verdienen. Deshalb bin ich auch in den letzten sechs Jahren Hausmeister gewesen, bin mit Bürsten hausieren gegangen, war Ladenaufsicht, Aushilfe beim Bäcker – also wirklich, Miss Tring –«

»Nennen Sie mich Dallas, Bill Shakespeare!« Sie strahlte ihn an. »Das können Sie ruhig tun. Wie's scheint, sitzen wir beide in einem Boot, und außerdem –«

»Wirklich, Dallas«, sagte Leonidas, »ich versichere Ihnen, ich habe Verständnis für Ihre Haltung Bennington gegenüber. Ich habe seinerzeit den Pudel der Bäckersfrau ausgeführt, in der selben Hoffnung, mich unentbehrlich zu machen. Nun müssen wir aber die Polizei rufen, mein Kind!«

»Das müssen wir«, sagte Dallas, »aber irgendwie macht mir der Gedanke angst. Haben Sie eine Ahnung, wer dieser dicke Kerl war, der, der vorhin draußen vor der Tür herumlungerte?«

»Er klingelte«, informierte Leonidas sie, »und als ich öffnete, drückte er mir ein Schriftstück in die Hand. Dann riß er es mir wieder aus den Fingern und ergriff die Flucht. Ich muß schon sagen, es ist eine bemerkenswerte Stadt –«

»Was ist das?« unterbrach Dallas ihn.

»Was ist was?«

»Hören Sie, ich höre – ja, hören Sie doch! Im Keller! Da kommt ein Geräusch aus dem Keller – ich glaube, Mr. Witherall, da ist jemand unten im Keller!«

»Das würde mich gar nicht wundern«, sagte Leonidas. »Nicht im geringsten. Nichts ist unmöglich in einer Stadt wie Dalton. Alles ist grenzen–«

»Hören Sie doch, Mr. Witherall! Jemand stöhnt da unten!«

Kapitel 3

Dallas führte Leonidas einen Flur entlang in die Küche, wo sie aufgeregt auf eine Türe wies.

»Das ist die Kellertür«, sagte sie. »Kommen Sie, wir – oh, hören Sie doch nur, Shakespeare, dieses schreckliche halberstickte Stöhnen! Das Blut gefriert mir in den Adern – na, das ist ja komisch! Das ist ja gut!«

Nichts, versicherte Leonidas ihr mit ernster Miene, sei unter den gegebenen Umständen gut, geschweige denn komisch.

»Ich meine auch nicht komisch, ich meine – na, irgendwie seltsam –, die Tür ist nicht abgeschlossen. Sie können nicht wissen, wie wichtig das ist. Türen abzuschließen ist so eine Art fixer Idee bei August Barker Brett. Und bei Benny auch. Die beiden machen mich halb verrückt im Büro, weil sie immer die Safetür zuschlagen und ihren Schreibtisch abschließen und den Kleiderschrank – diese unverschlossene Tür hat etwas zu bedeuten, meinen Sie nicht auch?«

»Hmnja.« Leonidas öffnete die Tür. »Gut möglich. Zumindest bedeutet das, es bot sich jedermann eine exzellente Gelegenheit, das Haus unbehelligt zu betreten und sich nach Herzenslust umzusehen – hören Sie dieses Stöhnen noch immer?«

»Es hat aufgehört«, sagte Dallas. »Versuchen Sie's im Spielzimmer, links –«

Der Keller des Brettschen Hauses beeindruckte Leonidas, dem in seiner Zeit als Hausmeister nichts auch nur annähernd so Elegantes begegnet war. Der Gegensatz hätte nicht größer sein können zwischen dem fröhlichen leuchtendroten Gasofen, der zufrieden in der Ecke schnurrte, und dem hungrigen Rachen jenes rußigen Ungetüms, in den er so viele Tonnen Fettkohle geschaufelt hatte.

Auf dem Linoleumboden des Spielzimmers war ein Dutzend verschiedener Spielfelder markiert; eine Seite wurde von einem

Pingpong-Tisch eingenommen, die andere von einer kleinen, aber gut ausgestatteten Bar.

Nirgends war etwas von dem stöhnenden Wesen zu sehen oder zu hören.

»Benny war gestern abend hier«, sagte Dallas. »Sehen Sie die Gläser? Und da liegen auch ein paar von seinen pornographischen Büchern. Eindeutig viktorianisch, wie dieser Mensch sich für pornographische Bücher begeistern und darüber kichern konnte – aber wo ist das Stöhnen geblieben, Shakespeare?«

Kaum hatte sie das gesagt, begann das Stöhnen von neuem.

»Es klingt«, sagte Leonidas, »als käme es aus dem Ofen –«

»Aus der Speisekammer –«, verbesserte Dallas ihn, »dem Vorratskeller, wo die Lebensmittel und Einmachgläser und solche Dinge stehen. Er ist vom übrigen Keller abgetrennt«, erläuterte sie, »damit er kühl bleibt. Da ist jemand drin – hören Sie –«

»Brett!« Es war eine Männerstimme, und sie klang außerordentlich erregt. »Brett, zum Teufel!«

Etwas schlug gegen die Wand und zerbrach.

»Er wirft mit Einmachgläsern!« rief Dallas. »Ob wir –«

»Brett!« Der Mann war rasend vor Wut und steigerte sich immer mehr hinein. »Brett, du Schwein, komm her, und laß mich aus diesem verfluchten Loch heraus! Wenn du mich nicht auf der Stelle hier herausläßt, schlage ich dich in Stücke! Bei Gott, diesmal bringe ich die Sache zu Ende, hörst du?«

Leonidas und das Mädchen blickten sich an.

»Haben Sie das gehört?« fragte Dallas. »Diesmal bringt er die Sache zu Ende!«

»Diese Woche«, sagte Leonidas leise, »scheint unter dem Motto ›Wir hacken Benny Brett in kleine Stücke‹ zu stehen. Ganz ohne Zweifel.«

»Brett!« brüllte der Mann. »Ich höre dich da draußen! Ich höre dich! Laß mich raus, oder ich stecke dir dein verfluchtes Haus über dem Kopf an! Und wenn ich dich zu fassen kriege, schlage ich dir den Schädel ein – und zwar so!«

Eine Salve von Einmachgläsern zersplitterte an der Wand und illustrierte drastisch die Drohung des Mannes.

»Wenn ich Benny Brett wäre«, bemerkte Leonidas, »würde ich mich alles andere als veranlaßt fühlen, diesen Tobsüchtigen herauszulassen, da bin ich sicher. Der schiere Gedanke, diesem Gentleman die Freiheit zu geben, würde mich schrecken.«

»Brett, du Dreckskerl!«

In etwas gesetzterem Ton faßte der Mann in der Speisekammer noch einmal zusammen, was er von Bennington Brett hielt. Es war ein Text, den die amerikanische Post sich zu befördern geweigert hätte, ein Text, der unflätig war sowie den Tatbestand der üblen Nachrede und der Verleumdung in hohem Maße erfüllte. Doch ohne Zweifel, dachte Leonidas bei sich, war dies ein Mann, der Benny kannte.

»Haben Sie meine Pistole?« flüsterte Dallas.

Leonidas reichte sie ihr, doch sie schüttelte den Kopf.

»Oh nein, Sie nehmen sie! Ich will sie nicht. Ich habe eine Heidenangst davor!«

»Genau wie ich«, sagte Leonidas und steckte sie wieder in die Tasche.

Mit bemerkenswerter Nonchalance zog er das Schnappschloß zurück und öffnete die Tür zur Speisekammer. Drinnen stand ein zerzauster junger Mann in zerknitterter Smokingjacke. Er warf einen Blick auf Leonidas, dann wandte er sich rasch ab und stöhnte.

»Ich will nie wieder Bier, Champagner und Whiskey durcheinander trinken«, ließ er sich vernehmen. »Ich will nie wieder Bier, Champagner und Whiskey durcheinander trinken. Ich will nie wieder Bier, Champagner und Whiskey durcheinander trinken. Ich will nie wieder –«

»Ein lobenswerter Vorsatz«, sagte Leonidas. »Ausgesprochen lobenswert. Ähm – was tun Sie eigentlich hier drin, wenn ich fragen darf?«

Der junge Mann öffnete den Mund und stieß einen Schrei aus.

»Guter Gott, es spricht!«

»Aber natürlich spreche ich«, sagte Leonidas. »Und dürfte ich vielleicht erfahren, was Sie in –«

»Es spricht!« wiederholte der junge Mann bestürzt. »Es räuspert sich und spricht! Ich habe ja schon so manchen rosa Elefanten in meinem Leben gesehen, aber das ist das erste Mal, daß ich einen Shakespeare sehe. Einen Shakespeare, der spricht. Und an seiner Seite ein hübsches Mädchen. Wenn du jetzt auch noch redest, mein Engel, dann gehe ich auf der Stelle zu dem Gasofen dort und mache der ganzen Geschichte ein Ende!«

»Das wäre eine etwas übertriebene Reaktion«, sagte Dallas. »Und was das Reden angeht – es wäre wohl besser, wenn Sie das übernähmen. Was machen Sie hier in der Speisekammer?«

»Wenn Sie glauben, ich bin zum Vergnügen hier«, erwiderte der junge Mann, »dann irren Sie sich. Ich warte schon ein ziemliches Weilchen, daß ich hier herauskomme – wo steckt diese Ratte Benny Brett? Der soll mir nur in die Finger kommen. Und wenn ich mit ihm fertig bin –«

»Schauen Sie, Mr. Witherall!« Dallas wies auf den Boden. »Schauen Sie – Blut! Da sickert Blut –«

»Das ist kein Blut, mein Engel, das ist Tomatensaft«, sagte der junge Mann. »Ich habe mir eine Dose mit dieser Gabel dort geöffnet – Sie werden doch wohl einem Mann nicht einen Schluck Tomatensaft mißgönnen –, was ist los, Will Shakespeare? Was starrt ihr beiden denn so? Wenn die paar Tropfen Tomatensaft so schlimm sind, dann wische ich sie eben weg –«

Er holte einen weißen Seidenschal aus der Tasche und begann den Saft aufzuwischen.

Doch Leonidas und Dallas hielten ihren Blick auf den Horngriff der Fleischgabel geheftet, die auf dem Boden lag.

Keine Frage, der Griff dieser Gabel war das Gegenstück zu demjenigen des Messers, mit dem Bennington Brett erstochen worden war. Und wenn man ein Tranchiermesser und eine Fleischgabel besaß, die zueinander paßten, dann, überlegte Leonidas, würde man sie wohl in der Regel auch gemeinsam aufbewahren.

»Diese Gabel! Das ist doch – hören Sie«, brach Dallas mit einiger Verwirrung ab, »werden Sie wohl aufhören, diesen guten Schal mit dem Tomatensaft zu ruinieren? Was für ein Unsinn, hier alles zu verschmieren –«

Prompt stopfte der junge Mann den schmutzigen und triefenden Schal zurück in die Tasche.

»Aber natürlich«, sagte er. »Auf der Stelle. Meine Absichten waren nur die besten. Mir ging es nur darum, eine häßliche Pfütze zu entfernen, an der Ihre wunderschönen braunen Augen Anstoß nahmen – denn sie sind wunderschön, Miss – ähm – äh –« Er warf Leonidas einen vorwurfsvollen Blick zu. »Shakespeare, Sie haben uns nicht einmal vorgestellt. Keine Dramatis personae. Nicht das kleinste Wort.«

»Ich heiße Witherall«, sagte Leonidas. »Dies ist Miss Tring. Wenn Sie nun vielleicht –«

»Tring? Oh nein! Nicht Tring!«

»Warum nicht?« fragte Dallas scharf. »Warum nicht Tring?«

»Im Grunde ist es als Name ganz in Ordnung, nehme ich an. Aber einem engelhaften Geschöpf, wie Sie es sind, einen solchen Namen anzuhängen! Sie sollten Angela Divina heißen oder – etwas in der Art – aber nicht Tring! Miss Tring. Wahrscheinlich nennt Sie jeder Miss Ding, oder? Meine Güte! Sie sind doch nicht etwa die Miss Ding, von der Charley Hobbs mir gestern abend erzählt hat? Die schöne Miss Ding, die Benny Brett gestern auf der Maple Street ein blaues Auge geschlagen hat? Sind Sie etwa die Miss Ding?«

»Es war nicht die Maple Street«, entgegnete Dallas wütend. »Es war die Ecke von Oak und Centre, beim Drugstore. Und ich habe ihm kein blaues Auge geschlagen, es war nur eine Ohrfeige. Und wie Charley Hobbs dazu kommt, mit meinem Namen seine Witze zu machen –«

»Ähm – ich frage mich«, sagte Leonidas, »ob es nicht möglich wäre, für den Augenblick diesen Vorfall auf sich beruhen zu lassen, so daß dieser Herr in der Lage ist, uns seine Identität zu enthüllen und uns auseinanderzusetzen, in welchen Angelegenheiten er sich in diesem Keller aufhält?«

»Aber, ich bin Stanton Kaye.«

Der junge Mann machte eine Pause, offenbar in der Erwartung, dieser Name werde eine Wirkung zeitigen. Als sich keine solche Wirkung einstellte, errötete er ein wenig; dies, fiel Leonidas auf, war das erste Mal, daß Mr. Kayes außerordentliche Selbstsicherheit auch nur ein klein wenig erschüttert worden war.

Stanton Kaye beeilte sich, seine Aussage zu ergänzen.

»Eigentlich bin ich ein sehr netter Bursche, wirklich. Charley Hobbs wird sich für mich verbürgen, Miss Tring. Benny würde es natürlich auch tun, aber der ist kein besonders guter Bürge. Jedenfalls sind wir Kayes eine alteingesessene Familie in Dalton, ein guter alter Daltoner Name. Mein Bruderherz schmeißt die Bank hier, mein Schwesterchen den Elliott-Club und ich die Fabrik – natürlich ist überall die Gewerkschaft zugelassen! Wir – aber hören Sie, hier stimmt doch etwas nicht. Wir Kayes sind medial veranlagt, müssen Sie wissen. Wir riechen Schwierigkeiten wie eine Herde Trüffelschweine Pilze. Was ist los?«

»Mr. Kaye«, sagte Leonidas, »ob Sie wohl Ihre übersinnlichen Fähigkeiten darauf konzentrieren könnten, uns zu sagen, wie Sie hierher gelangt sind und was Sie hier tun? Und wie lange Sie in diesem Keller gesteckt haben?«

Irgend etwas an Leonidas' Tonfall veranlaßte Stanton Kaye, ihm ins Gesicht zu blicken. Dann setzte er sich auf eine ungeöffnete Kiste Dosenmilch.

»Da haben Sie mich«, sagte er, »an meinem verwundbarsten Punkt getroffen. Soll ich von Anfang an erzählen – von den allerersten Ereignissen an, gegen neun Uhr gestern abend?«

»Ich bitte darum«, entgegnete Leonidas. »Und – ähm – Mr. Kaye, könnten Sie sich vielleicht bemühen, sich kurz zu fassen? Es steht eine sehr wichtige Angelegenheit an, um die Miss Tring und ich uns unverzüglich zu kümmern haben. Wir haben bereits viel zuviel Zeit verloren.«

Der Gedanke daran, daß in Sachen Bennington noch immer nichts Offizielles in die Wege geleitet war, fing an, Leonidas wirklich zu beunruhigen.

»Gestern abend um neun Uhr«, hob Mr. Kaye an, »saß ich in meinem Arbeitszimmer und las im Band HYDR – JERE der *Encyclopaedia Britannica*. Genauer gesagt, ich informierte mich über Ischl. Ischl ist –«

»Ein Kurort im ehemaligen Oberösterreich, nicht wahr«, sagte Leonidas.

Leichtes Erstaunen zeigte sich auf Kayes Gesicht. »Genau. Mein Bruderherz und ich konnten uns nicht einigen, wie man es schreibt – nun, um es kurz zu machen, das Telefon klingelte, und Benny war am Apparat; er wollte, daß ich in einer lebenswichtigen Angelegenheit sofort hierherkomme. Er – wie bitte?«

»Nur ein Husten«, sagte Leonidas.

»Mir war, als hätten Sie etwas gesagt. Nun, ich sagte Benny, er sollte sich zum Teufel scheren. Er war stockbesoffen, und ich habe Benny einmal in einem Augenblick der Großzügigkeit aus der Klemme geholfen; es ist nicht meine Absicht, diese Erfahrung ein zweites Mal zu machen. Dann rief mein Bruderherz an und fragte, ob ich Bob Colleys Junggesellenparty vergessen hätte, und das hatte ich tatsächlich; also zog ich mich um und ging hin. Von Zeit zu Zeit kam ein Page des Clubs hereinstolziert und ließ mich wissen, Mr. Benny Brett wünsche mich dringend am Telefon zu sprechen, es gehe um Leben und Tod.

Schließlich bin ich dann hinausgegangen und habe mit ihm gesprochen –«

»Natürlich nur telefonisch«, sagte Leonidas.

»So ist es. Da muß es – tja, fast ein Uhr gewesen sein. Benny sagte, ich müsse sofort hierherkommen, er müsse mich in einer Angelegenheit sprechen, die für mich von größter Bedeutung sei, und für ihn ginge es dabei um Tod oder Leben. Er jammerte dermaßen – normalerweise«, sagte Kaye nachdenklich, »normalerweise wird Benny um so blauer, je weiter der Abend vorrückt, aber als ich gestern nacht mit ihm telefonierte, da klang er nüchterner als bei dem Anruf um neun. Das und der jämmerliche Tonfall, das rührte mich dann doch. Ich gab also nach und sagte, ich würde auf dem Rückweg vorbeischauen. Er sagte mir, ich solle zur rückwärtigen Kellertür kommen. Er würde im Spielzimmer auf mich warten. Es war mir nur recht, daß ich eine Hintertür benutzen konnte, weil ich – aber das spielt eigentlich keine Rolle. Ich kam –«

»Sind Sie – ähm – selbst gefahren?«

»In meinem Zustand? Nein. Das Abendessen hatte sich recht zivil angelassen, aber nach und nach war eine ganz schöne Stimmung aufgekommen. Gegen ein Trinkgeld fuhr mich einer der Pagen bis zur nächsten Straße und führte mich dann her. Er sollte den Wagen dort geparkt lassen und an der Schnellstraße einen Bus zurück nehmen. Ich wankte hinein und rief nach Benny. Im Spielzimmer war niemand, und die Tür zu diesem Raum hier stand offen. Ich ging hinein, und hinter mir fiel die Tür ins Schloß. So stellt sich Benny einen glänzenden, geistvollen Scherz vor, genau so. Und sobald ich Benny zu fassen bekomme – hören Sie, wir haben doch Freitag morgen, oder? Ich meine, das war kein Traum hier, wie bei Rip Van Winkle, oder?«

»Heute ist Freitag«, sagte Leonidas. »Zumindest – meine Güte, es ist doch Freitag, nicht wahr, Dallas?«

»Dallas?« fragte Kaye. »Dallas Tring. Wie entsetzlich! Nun, wie dem auch sei, ich konnte mich nur in mein Schicksal fügen, ich bettete mein Haupt auf einen Sack Zwiebeln und legte mich schlafen. Aber mittlerweile macht mich die ganze Geschichte ziemlich wütend. Wenn Benny –«

»Ich nehme an, Sie haben ihn gesehen«, sagte Leonidas.

»Nein, das nicht. Aber die Tür ist doch – ah, Sie wollen sagen, es ist ein Schnappschloß und ich könnte mich auch selbst eingesperrt haben. Das wäre möglich, nehme ich an. Aber so wie ich Benny kenne, würde ich das sehr bezweifeln. Wo steckt der –«

»Diese Gabel hier«, sagte Leonidas. »Haben Sie die – ähm – bei sich gehabt?«

»Die Gabel? Oh nein, die lag hier. Es scheint, daß Benny einen Imbiß genommen hat. Sehen Sie die Sardinen und die Kräcker da auf dem Regal? Da hat er sich vollgestopft und gewartet, daß er seinen wahnsinnig komischen Witz mit dem guten alten Genossen Kaye machen kann.«

»Sie können sich also nicht erinnern«, sagte Leonidas, »daß Sie Benny tatsächlich gesehen haben. Hmnja. Was genau wollten Sie eigentlich damit sagen, Mr. Kaye, als Sie vorhin brüllten, Sie wollten die Sache mit Benny zu Ende bringen? Sie haben, wie Sie sich erinnern werden, sich sehr ausführlich darüber ausgelassen.«

»Meine Schwester Persis«, sagte Kaye, »ist keine Schönheit, nicht mit Dallas zu vergleichen. Sie ist unscheinbar. Aber sie ist ein liebes Mädchen. Vor einigen Monaten brachte ich Benny zu der Einsicht, daß es gut für ihn wäre, eine reichlich gehässige Geschichte, die er sich über sie ausgedacht hatte, nicht weiter zu verbreiten. Ich habe ihm eine ordentliche Abreibung gegeben –«

»Waren Sie der Treppenpfosten, der ihm die zwei blauen Augen beschert hat?« wollte Dallas wissen. »Sie waren das! Mr. Kaye, ich verzeihe Ihnen Ihre Witze über meinen Namen. Ich wollte schon lange den Mann kennenlernen, der Benny die zwei Veilchen verpaßt hat.«

»Meine Linke kann sich sehen lassen«, sagte Kaye bescheiden. »Wenn Sie irgend jemanden haben, an dem ich Ihnen das demonstrieren soll, brauchen Sie ihn mir nur zu zeigen. Stets gern zu Diensten. Aber worauf wollen Sie eigentlich hinaus, Shakespeare? Meine Geschichte kennen Sie jetzt. Sie wissen, wie ich hier gelandet bin. Und nun – ich frage das nicht gerne, aber was zum Teufel tun Sie und dieser Engel eigentlich hier unten? Was steckt hinter den vielen Fragen? Und den vielsagenden Blicken? Wenn ihr beide nicht so durch und durch seriös aussähet, dann würde mir richtig unheimlich.«

»Mr. Kaye«, sagte Leonidas, »vielleicht kommen Sie am besten mit nach oben. Ich glaube, auf diese Weise wird es einfacher sein, Ihnen die Lage zu erläutern.«

Kaye blickte ihm fest ins Gesicht.

»Ich habe«, sagte er, »eine entsetzliche Vorahnung. Eine entsetzliche, entsetzliche Vorahnung. ›Ha!‹, um Sie zu zitieren, Shakespeare, ›mir juckt der Daumen schon‹, und da ist etwas sehr, sehr Böses im Anzug. Meine Daumen jucken. Und wie!«

Im Wohnzimmer angekommen, betrachtete Kaye Bennington Bretts Leiche mehrere Minuten lang, bevor er etwas sagte.

»Tja«, sagte er schließlich, »das ist meine Schuld. Der arme Teufel hatte recht. Es ging tatsächlich um Tod oder Leben. Es – es tut mir leid. Ja«, sagte er und wandte sich an Dallas, »Sie brauchen gar nicht so zu schnauben. Ich meine es ernst. Es tut mir leid. Zwar fallen mir auf Anhieb keinerlei Tugenden ein, die Benny besessen hätte, aber ein Recht auf Leben hatte er doch auch. An der Art, wie er gestern abend jammerte, hätte ich erkennen müssen, daß er wirklich Angst hatte – Shakespeare, das ist – das ist eine üble Sache!«

Leonidas nickte zustimmend und setzte seinen Kneifer auf.

»Ich war hier«, räsonnierte Kaye weiter. »Jeder im Club, alle, die bei Colleys Party waren, wissen, daß ich hierherkommen wollte. Der Page, der mich hergefahren hat, weiß es. Jeder weiß es. Und jeder hat meine Drohung gehört, was ich mit Benny zu tun gedächte, sollte sich das Ganze als falscher Alarm erweisen.« Er deutete kurz auf die Gestalt im Sessel. »Ich habe ihn nicht umgebracht. Aber die Polizei –«

»Ich sitze«, sagte Leonidas, »genauso in der Klemme wie Sie, und ich bin eigentlich noch schlechter dran als Sie.«

Er gab Kaye eine kurze Zusammenfassung seiner Geschichte.

»Mann! Sie waren hier, hier oben? Sie!«

»Ich sehe nicht ein, warum ihr mich nicht auch erwähnt«, sagte Dallas. »Ich hatte genausogute Gründe, ihn umzubringen, wie ihr beide. Ich hatte den Schlüssel für die Hintertür. Zwischen halb elf gestern abend und dem Zeitpunkt, an dem Benny – oder irgend jemand – mich anrief, war ich in meiner Wohnung, und niemand könnte das bezeugen. Wenn man bedenkt, was ich Benny an der Ecke Oak und Centre Street alles an den Kopf geworfen habe – tja, da bin ich geliefert!«

»Hmnja«, sagte Leonidas, »geliefert, das kann man wohl sagen.« Er seufzte. »Und nun, Kinder, müssen wir die Polizei rufen. Ich habe das sichere Gefühl, daß diese Angelegenheit um so schlimmer wird, je länger wir warten. Ich gehe zum Nachbarhaus und rufe –«

»Warten Sie«, unterbrach Kaye ihn. »Meinen Sie nicht, wir sollten die Sache erst noch ein wenig überdenken? Wäre es nicht besser –«

»Mein lieber Mr. Kaye«, sagte Leonidas, »wir überdenken sie nun schon seit über einer Stunde. Für solche Dinge hat die Polizei nicht das geringste Verständnis. Ganz und gar nicht.«

»Aber diese Geschichten, die wir vorzubringen haben. Die sind so – so –«

»Nebulös?« schlug Leonidas vor.

»›Ätherisch‹ war das Wort, an das ich dachte«, sagte Kaye. »Aber ›nebulös‹ tut es auch. Sie sind so hanebüchen. Von vorne bis hinten hanebüchen! Ach ja – und die Lichter im Keller. Haben Sie die ausgeschaltet?«

Leonidas schüttelte den Kopf.

»Nun«, sagte Kaye, »irgend jemand muß es getan haben. Bei meiner Ankunft war der Keller beleuchtet wie ein Fußballplatz. Sonst hätten wir das Haus gar nicht so schnell gefunden, der Page und ich.«

»Als ich kam, war alles dunkel«, sagte Dallas. »Ich bin um das Haus herumgegangen, und da war es noch finster genug, daß es mir aufgefallen wäre. Zumindest wissen wir also, daß jemand die Kellertür offengelassen und das Licht ausgeschaltet hat. Das ist doch immerhin etwas.«

Leonidas lächelte. »Ich bezweifle«, sagte er, »daß die Polizei diese einfachen Tatsachen als hinreichende Rechtfertigung für unser Versäumnis anerkennen wird, sie zu benachrichtigen –«

»Mann«, sagte Kaye leise, »Mann!«

»Was ist?« erkundigte sich Dallas.

Er wies auf den Messergriff.

»Das ist das Gegenstück zu der Gabel, die unten lag! Kein Wunder, daß ihr mit erhobenen Augenbrauen in aller Höflichkeit nachgefragt habt. Ach, Bill Shakespeare, damit bin ich geliefert. Ich bin fertig. Genausogut könnte ich jetzt gleich Minsky vom *Daltoner Herold* anrufen, damit er herkommt und ein paar Schnappschüsse macht. ARISTOKRAT AUS DALTON NACH WILDER PARTY MIT MÖRDERGABEL IN SPEISEZIMMER AUFGEGRIFFEN. Ich bin – oh Gott, schlimmer kann es nun wirklich nicht mehr kommen.«

»Da bin ich mir nicht so sicher«, sagte Leonidas. »Ich stelle mir eben vor, ein Polizist würde an der Haustür klingeln und Einlaß begehren. Er findet uns hier. Wir stehen einfach nur da und haben nichts in dieser Angelegenheit unternommen. Ich fürchte, im Vergleich dazu wäre dies hier – ähm –«

»Wie ein gemütliches Teestündchen«, sagte Kaye.

Dallas erschauderte. »Ich – ganz plötzlich fürchte ich mich«, sagte sie. »Ich glaube, ich begreife erst jetzt allmählich, was geschehen ist. Wenn es jetzt an der Tür klingelt, Bill Shakespeare – ich würde mich auf der Stelle in ein Häuflein Elend verwandeln!«

Sie hatte ihren Satz kaum zu Ende gesprochen, da ertönte die Türglocke.

»Ich gehe«, sagte Kaye. »Laßt mich –«

»Vielleicht«, wandte Leonidas ein, »wäre es besser, wenn ich ginge. Es – ähm – bestünde die Möglichkeit, daß Ihr Smoking einen ungünstigeren Eindruck hinterließe als mein zerknitterter Anzug –«

Beherzt setzte Leonidas seinen Kneifer auf und schickte sich an, zum Eingangsflur zu gehen. Doch Dallas hielt ihn auf.

»Wenn es darum geht, Eindruck zu machen, kann ich das, glaube ich, besser als ihr beide. Ich kann mich am ehesten sehen lassen, auch wenn ich in meine Kleider gesprungen bin wie ein Feuerwehrmann. Ich werde –«

»Das stimmt, Bill Shakespeare«, stimmte Kaye zu. »Wenn ich ein Bulle wäre, würde ich auch lieber von ihr in Empfang genommen als von Ihnen oder mir. Gehen Sie nur –«

Dallas trat in den Flur, zögerte einen Augenblick lang und riß dann die Tür auf.

Ihr gegenüber stand auf der obersten Treppenstufe jener stämmige Mann, den sie bei ihrer Ankunft vor dem Haus hatte herumlungern sehen.

Er hatte ihr das Schriftstück, das er bei sich hatte, schon halb entgegengehalten, da zog er es mit einem Ruck zurück und lief die Treppe hinunter.

»He, Sie!« rief Dallas. »Warten Sie – warten Sie! Was soll denn das?«

Doch der stämmige Mann floh mit derselben erstaunlichen Geschwindigkeit die Straße hinunter, von der Leonidas schon gesprochen hatte.

Verblüfft sah Dallas ihm nach.

Dann ging sie zurück ins Wohnzimmer und erstattete Bericht.

»Es war der Mann an der Tür«, verkündete sie. »Ihr Mann an der Tür, Bill Shakespeare. Ich habe ihm genausowenig gefallen wie Sie. Ein Blick auf mich, und kometengleich schoß er davon. Finden Sie in unserer Geschichte irgendwo eine Rolle für ihn, Bill?«

»Meine Güte«, sagte Leonidas, »ein seltsamer Mensch, nicht wahr? Ich frage mich, ob es vielleicht in Dalton so Sitte ist?«

»Nur zu Weihnachten wird in Dalton an den Haustüren geklingelt«, sagte Dallas. »Höchstens tun es noch die Kinder an Halloween. Das hilft uns nicht weiter –«

»Ich meine, so etwas wie die Geranien auf Gemeindekosten, die jeder Patient mit einem gebrochenen Bein im Daltonville Hospital bekommt«, erklärte Leonidas. »Professor Otis sprach gestern abend davon. Und auch von jenem Ratsmitglied, das Neuankömmlinge begrüßt – vielleicht ist das dieses Ratsmitglied, obwohl ich sagen muß, er sieht eher aus wie jemand aus dem Büro des Generalstaatsanwalts –«

Von neuem klingelte es an der Haustür.

»Zum Teufel mit meiner zerknitterten Hemdbrust«, sagte Kaye. »Diesmal gehe ich –«

Dallas und Leonidas warteten auf seine Rückkehr.

»Mr. Kaye scheint sich angeregt zu unterhalten«, bemerkte Leonidas einige Minuten später.

»Das«, erwiderte Dallas, »sähe Mr. Kaye ähnlich. Er – Bill Shakespeare, er bringt jemanden mit!«

Eine mütterlich wirkende Frau mittleren Alters mit eindrucksvollen weißen Haaren stürmte ins Wohnzimmer.

Unwillkürlich bemerkte Dallas die schlichte Eleganz ihres gemusterten Kleides und des dunkelblauen Mantels. Das war kein modischer Schnickschnack von der Stange. Dallas erkannte Qualität, wenn sie sie sah.

Leonidas warf ihr einen verwirrten Blick zu; dann fiel ihm die leere Tasse auf, die die Frau in der linken Hand trug; in der rechten hatte sie ein Päckchen, in weißes Seidenpapier gewickelt und mit einem kirschroten Bändchen verschnürt.

»Das ist er«, sagte die Frau zu Kaye. »Das ist der Mann, Mr. Kaye. Den habe ich überfahren. Shakespeare. Guten Morgen, Mr. Shakespeare – wie geht es Ihnen? Ich habe Ihnen etwas Kalbsfußgelee mitgebracht – ach, nein. Das ist die leere Tasse, nicht wahr? Was bin ich doch für ein Dummchen. Damit wollte ich die Tasse Zucker borgen. Das hier ist der Kalbsfuß – der Kalbsfuß –«

Sie starrte auf Bennington Brett.

»Ich habe wirklich versucht, es Ihnen zu sagen, Mrs. Price«, kommentierte Kaye. »Sie werden nicht behaupten wollen, ich hätte es nicht versucht! Ich habe Ihnen hunderttausendmal gesagt, daß Sie es bereuen würden, hier hereinzukommen! Ich habe mir weiß Gott Mühe gegeben, Ihnen das klarzumachen! Ich habe Ihnen gesagt, Sie würden es bereuen!«

Schlagartig kam Mrs. Price auf dem Sofa zu sitzen.

»Der arme Benny«, sagte sie nach einer langen Pause.

Dann erhob sie sich und baute sich vor Stanton Kaye auf.

»Sie haben gesagt, ich würde es bereuen«, sagte sie. »Aber Sie haben mit keinem Wort erwähnt, daß er mit meinem besten Tranchiermesser erstochen worden ist!«

Kapitel 4

Unisono, als hätten sie monatelang dafür geprobt, schnappten Kaye und Dallas nach Luft.

Nur Leonidas ließ sich von Mrs. Price' Worten nicht aus der Fassung bringen.

»Dalton, so herzlich, so gastfreundlich«, murmelte er und würdigte dergestalt die Broschüre der Handelskammer, die er bei Professor Otis gelesen hatte. »Das erholsame Dalton, dessen Luft allein schon belebend wirkt und das keine Trübsal kennt. Tja ja, wie wahr! Ähm – Mrs. Price, verstehe ich Sie recht, daß auch Sie zu jener großen Armee von Autofahrern gehören, die mich letzte Nacht überfahren hat?«

»Nicht direkt überfahren«, antwortete Mrs. Price. »Eigentlich war es nur ein kleiner Stoß. Ich bin mit der Stoßstange an Ihren Kopf gekommen. Aber der Arzt hat es mir strikt verordnet. Und deshalb –«

»Ich verstehe«, entgegnete Leonidas pikiert. »Ein Fußgänger pro Tag, damit Sie in Form bleiben. Der – ähm – Arzt wird wohl seine Gründe gehabt haben, Ihnen so etwas zu verschreiben, aber finden Sie nicht auch, es ist ein wenig unfreundlich zu den Passanten, den unschuldigen Opfern?«

»Aber nein, liebe Güte, das wollte ich nicht sagen!« verbesserte Mrs. Price sich eilig. »Es geht um meine Zweistärkenbrille. Der Arzt sagt, ich muß die Zähne zusammenbeißen und sie tragen, unter allen Umständen. Aber jedesmal, wenn ich sie aufsetze, passiert etwas. Letzte Woche bin ich bei Peirce' Kaufhaus direkt durch das Schaufenster mit den Backwaren gefahren, einfach mittendurch! Und dabei gab es gerade Zitronentorte. Und dann habe ich Sergeant Muir einen Schubs gegeben – diese hellen Regenmäntel sind so leicht zu übersehen! Und der Karren von diesem Italiener. Und – nun ja, Sie werden verstehen, warum ich so erleichtert war, als Sie gestern abend so freundlich zu mir waren.

Mein Bruder sagt, das nächste Mal, wenn etwas passiert, muß er ein Exempel statuieren und mich ins Gefängnis stecken, Zweistärkengläser oder nicht! Und –«

»Halt!« rief Kaye. »Halt – meine Güte – mir ist da gerade etwas eingefallen! Setzen Sie sich, Mrs. Price – oh, Sie sitzen ja schon. Zigarre? Legen Sie doch den Hut ab. Darf ich Ihnen ein Fußbänkchen bringen? – Sagen Sie, Mrs. Price, Ihr Bruder, das ist Rutherford B. Carpenter, nicht wahr, der Polizeichef?«

Mrs. Price bestätigte es mit einem Nicken.

»Stimmt. Früher war er Colonel bei den Marines, und nachdem er den Dienst quittiert hatte, war er so unglücklich! Und Cabot Martin – das ist unser Bürgermeister – fragte, ob die Polizei etwas für ihn wäre, und die Polizei hat Rutherford wirklich unendlich gutgetan. Da kann er –«

»Ich bin überzeugt«, sagte Kaye, »er lacht und singt, wo stets er geht, keine Lerche tut's ihm gleich. Ist das nicht herzerquickend, Shakespeare?«

»Herzerquickender, als Sie denken«, sagte Leonidas. »Mrs. Price, bei diesem Unfall letzte Nacht. Sie – ähm – sagen, ich sei so freundlich gewesen?«

»Und ob Sie das waren! Und wenn Sie bedenken, was Rutherford mir angedroht hat, dann können Sie sich vorstellen, wie froh ich war – wollen Sie nicht ein wenig Kalbsfußgelee, Mr. Shakespeare? Es ist ausgezeichnet. Allerdings kein Selbstgemachtes; ich habe es geschenkt bekommen, als ich die Grippe hatte. Ich persönlich kann das Zeug nicht ausstehen, aber ich wußte, daß früher oder später jemand – was«, sagte Mrs. Price nachdenklich, »was wohl Rutherford dazu sagen wird, daß mein Messer hier steckt? Er wird es mit Sicherheit erkennen. Es war sein Weihnachtsgeschenk, letztes Jahr, und er hat einen solchen Wirbel um die Initialen gemacht – die Initialen sind nicht zu sehen, aber den Wirbel hat er trotzdem veranstaltet.«

»Mrs. Price«, sagte Kaye, »Sie geben mir neuen Lebensmut. Es ist, als fände man jemanden mit einer Blinddarmnarbe, dem man noch nicht von seiner eigenen Blinddarmoperation erzählt hat. Wie kam denn Ihr Messer –«

Leonidas räusperte sich.

»Kaye«, sagte er, »macht es Ihnen etwas aus, wenn ich zuerst etwas über meinen Fall herausfinden möchte? Was geschah nach dem Unfall, Mrs. Price, nachdem ich so freundlich gewesen war?«

»Na, da sind Sie wieder zu sich gekommen – das heißt, ich glaube, Sie waren gar nicht richtig ohnmächtig. Sie streckten mir eine Brieftasche entgegen, und auf der Brieftasche stand Bennington Bretts Name, und einen Schlüssel hatten Sie auch noch. Sie sagten – und wie freundlich Sie das gesagt haben! –, Sie müßten auf der Stelle zu Bennington Brett, und ich sollte mich überhaupt nicht um Sie kümmern – oh ja, und Sie baten mich ausdrücklich, ich sollte nicht die Polizei rufen. Und dann noch etwas über Blutegel und Harrys Uhr – das habe ich nicht ganz verstanden. Aber ich war dermaßen erleichtert, daß Sie so freundlich und verständnisvoll waren –«

»Sie waren auf den Beinen, Shakespeare, und trotzdem weggetreten«, sagte Kaye. »Ich hatte das mal beim Fußballspielen. Ich konnte dem Arzt sämtliche Fragen beantworten und spielte wie ein junger Gott, und dann mußte ich am nächsten Morgen in der Zeitung nachlesen, was überhaupt passiert war.«

Leonidas nickte. »So muß es gewesen sein. Und was geschah dann, Mrs. Price?«

»Na, ich habe Sie hergebracht«, sagte Mrs. Price einfach. »Mit dem Wagen. Ich wohne gleich nebenan.«

»Was habe ich gesagt?« rief Kaye. »Sie wohnt gleich nebenan! Mein Gott, wenn ich bei Bob Colley zwischen den anderen unter dem Tisch aufwachen würde, ich wäre nicht im geringsten erstaunt. Sie wohnt nebenan. Einfach so!«

»Er wollte unbedingt her!« verteidigte sich Mrs. Price. »Er sagte, es spiele keine Rolle, wie spät es sei –«

»Wissen Sie noch, wie spät es war?«

»Gegen halb zwei, schätze ich«, sagte Mrs. Price. »Am Donnerstagabend gibt es im Lyceum Vorpremiere – da zeigen sie die beiden Filme der laufenden Woche und anschließend die der kommenden, und sie waren allesamt furchtbar lang. Deshalb hatte ich auch meine Zweistärkenbrille auf. Ich dachte, wenn ich mir vier Filme damit ansehe, gewöhne ich mich dran.«

»Mrs. P. gegen ihre Zweistärkenbrille«, sagte Kaye, »bis zum bitteren Ende. Und wie ist Bill Shakespeare hier hereingekommen?«

»Na, mit dem Schlüssel, den er bei sich hatte. Er schloß die Tür auf und ging hinein. Ich verstehe nicht, warum er sich nicht daran erinnert.« Mrs. Price schien verwirrt. »Er war so charmant! Er wünschte mir eine gute Nacht und bot mir noch an, mich nach Hause zu begleiten –«

Leonidas seufzte.

»Das haben Sie wirklich!« beteuerte Mrs. Price.

»Ein Jammer«, meinte Leonidas melancholisch, »daß ich es nicht getan habe. Statt dessen bin ich ins Haus gegangen. Brannte das Licht?«

»Oh ja. Eine Lampe brannte hier im Wohnzimmer, und sämtliche Kellerlampen waren an. Die Lampe dort drüben, mit dem gelben Schirm. Ich erinnere mich genau, und sie ging aus, kurz bevor ich zu Bett ging.«

Kaye besah sich die Lampe und zog am Schalter.

»Birne durchgebrannt«, sagte er. »Tja, Shakespeare, ich nehme an, Sie sind hier hereinspaziert und in den erstbesten Sessel gefallen. Wenn Brett zu dem Zeitpunkt schon da war, ist es durchaus möglich, daß Sie ihn gar nicht gesehen haben; die einzige Lampe leuchtete Ihnen direkt ins Gesicht. Und ich würde vermuten, er war schon da. Ob die Kellerlampen auch von selbst ausgegangen sind?«

»Oh nein«, sagte Mrs. Price, »die habe ich ausgeschaltet.«

Die Reaktion auf diese Auskunft erinnerte stark an eine Volkserhebung.

»Sie?« rief Kaye. »Sie – Sie waren letzte Nacht hier im Haus? Sie haben das Kellerlicht ausgeschaltet?«

»Ich mußte es tun«, sagte Mrs. Price. »Ich konnte nicht anders. Ich konnte es nicht mit ansehen, daß die vielen Lampen brannten, und der Rest des Hauses war dunkel. Ich konnte sehen, daß niemand im Keller war, und deshalb bin ich einfach kurz hinübergegangen und habe sie ausgeschaltet. Die Kellertür – die Außentür – klapperte, deshalb wußte ich, daß sie nicht abgeschlossen war. Und klappernde Türen machen mich ganz verrückt!«

Der Gedanke, daß sie sich damit selbst belastete, schien Mrs. Price gar nicht zu kommen.

»Wir Auserwählten«, sagte Kaye, »wir wenigen Auserwählten, wir treue Brüderschar. Haben Sie jemals gedroht, Benny zu ermorden, Mrs. Price?«

»Aber natürlich nicht! Nicht, daß ich ihn gemocht hätte, ich habe niemals behauptet, ich hätte den Jungen gern. Aber ich habe ihn nicht bedroht. Das heißt, außer bei meiner Kaiserin August Wilhelm. Ich habe gedroht, wenn er noch einmal über meine

Kaiserin führe – so, wie er immer die Auffahrt hinaufgerast kam –, dann würde ich mich ganz bestimmt bei seinem Onkel beschweren. Mein Rosenbeet sei falsch angelegt, sagte er damals, aber natürlich hat er nur nicht zugeben wollen, daß er die Kaiserin überfahren hatte. Mein Rosenbeet liegt ganz ideal. Der Landschaftsgärtner hat es mir selbst gesagt.«

Dallas mußte sich Mühe geben, Kayes Blick auszuweichen. Sie wußte, dies war nicht der rechte Zeitpunkt, so aus vollem Herzen zu lachen, wie sie das tun würde, wenn sie erst einmal mit Lachen anfinge.

»Das – ähm – Messer.« Leonidas klang ein wenig kurzatmig. »Wie kam es, daß Bennington Ihr Tranchierbesteck hatte?«

»Jemand hatte ihm einen Schinken geschickt«, sagte Mrs. Price, als sei das alles, was an Erklärung notwendig sei.

»Da kannte jemand seinen Benny Brett«, hob Kaye an, doch Leonidas unterbrach ihn.

»Hatte Bennington kein eigenes Tranchiermesser?« fragte er.

»Nein. Er sagte, August habe alles Silber zur Bank gegeben – das tut er immer, wenn er verreist –, auch die Steakmesser und die Tranchierbestecke.«

»Mein Werk«, sagte Dallas. »Ich habe das Silber höchstpersönlich eingepackt. Ich habe alles ausgeräumt, was nicht niet- und nagelfest war.«

»Genau Bennys Worte. Er meinte, er könne den Schinken schlecht mit dem Obstmesser anschneiden, und fragte, ob ich ein Tranchierbesteck gegen ein Stück Schinken tauschen würde. Ganz ausgezeichneten Schinken. Ich habe Mary hinübergeschickt, und sie hat mein bestes Besteck genommen. Sie konnte es nicht wissen, sie ist erst seit kurzem bei mir. So kommt es, daß das Messer hier ist. Aber –«

»Aber?« fragte Leonidas.

»Aber was wird Rutherford dazu sagen?« Mrs. Price klang besorgt. »Das macht mir Kummer. Rutherford will immer für alles eine Erklärung. Ich bin sicher, es wird ihm ganz und gar nicht gefallen, daß ich Benny Brett das Tranchierbesteck, an dem ihm so viel liegt, leihe, nur um ein Stückchen Schinken zu bekommen.«

»Außerdem fragt man sich«, gab Leonidas zu bedenken, »was die Öffentlichkeit dazu sagen wird. Rutherford – Ihr Bruder, meine ich – wird bestimmt nicht begeistert sein, daß etwas, das so leicht als sein Geschenk zu erkennen ist, die unmittelbare Ursache für Benny Bretts Exitus war.«

»Ach du liebe Güte!« sagte Mrs. Price. »Und er ist immer so empfindlich bei den Zeitungen, bei den Berichten, die sie über ihn bringen! Und wenn das Messer gefunden wird, wird es wohl groß herauskommen, nicht wahr?«

Stanton Kaye gluckste.

»Ich verstehe nicht, was es darüber zu lachen gibt!« sagte Mrs. Price. »Wirklich nicht!«

»Ein Fressen«, sagte Kaye, »für den *Daltoner Herold.* Schwarz umrandet: DAS MESSER DES POLIZEICHEFS. Tatwaffe im geheimnisumwitterten Mordfall Geschenk von Rutherford B. Carpenter. Prominente Gärtnerin aus besten Kreisen – sollte sie etwas verschweigen? «

»Ich glaube«, sagte Leonidas, »nun müssen wir etwas tun. Mrs. Price, diese Telefonschnur ist durchschnitten – würden Sie wohl so freundlich sein und Ihren Bruder anrufen? Bitten Sie ihn, unverzüglich hierher zu kommen.«

»Aber das kann ich nicht!«

»Doch, Sie können«, sagte Kaye. »Sie müssen sogar. Wenn man es recht überlegt, sind Sie ja beide in diesen Fall verwickelt, nicht wahr? Sie –«

»Aber er ist nicht da!«

»Wo ist er?«

»Das weiß ich nicht«, sagte Mrs. Price. »Er hat mir nur gestern gesagt, er wolle sich den Tag freinehmen. Aber heute abend kommt er zu mir zum Essen. Um sieben Uhr. Und wir –«

»Nein«, sagte Leonidas mit Bestimmtheit, »so lange können wir nicht warten! Wirklich nicht! Nicht eine Minute schieben wir diese Anzeige mehr auf!«

»Das sollten wir wirklich nicht«, sagte Kaye. »Andererseits – warten Sie, Bill Shakespeare, bevor Sie loslaufen und ein Telefon suchen. Was meinen Sie denn, wie weit wir kommen, wenn wir versuchen, diese ganze Sache dem erstbesten Streifenpolizisten zu erzählen? Bewegen Sie das einmal einen Augenblick lang in Ihrem Herzen. Beleuchten Sie den Gedanken von allen Seiten. Und vergessen Sie nicht –«

»Vergessen Sie nicht«, übernahm Dallas das Wort, »daß Rutherford B. Carpenter ein Mann ist, der für alles eine Erklärung will. Ich finde, es ist gehupft wie gesprungen.«

»Mag sein«, sagte Kaye. »Aber ich setze meine ganze Hoffnung auf Colonel Carpenter. Ich gebe zu, man sollte nicht mehr länger zögern. Andererseits weiß ich nicht, was wir sonst tun sollten. Wir könnten –«

»Wir warten nicht«, sagte Leonidas. »Unter keinen Umständen!«

»Also, Mr. Shakespeare«, sagte Mrs. Price und legte ihm beschwichtigend die Hand auf den Arm, »ich finde auch, Mr. Kaye hat recht! Das ist keine Sache, die man irgend jemandem erzählen kann! Und Rutherford hat – tja, wie soll ich das sagen – irgendwie hat die Daltoner Polizei unter seinem Oberbefehl etwas sehr Militärisches bekommen. Sie waren immer so nett und so locker. Und nun geht alles im Eiltempo. Alles brüllt Kommandos, alles salutiert, und immer tragen sie Waffen –«

»Dann bringen wir's doch hinter uns!« sagte Dallas hoffnungslos. »Rufen wir die Polizei, damit endlich dieses ganze Gerede ein Ende hat! Schließlich können sie nicht mehr tun, als uns ins Gefängnis stecken, und zumindest bei Ihnen, Mrs. Price, wird Rutherford schon dafür sorgen, daß Sie nicht lange in einer finsteren Zelle darben müssen!«

»So ist es«, sagte Leonidas. »So ist es. Und nun –«

Mrs. Price schlug sich mit der Hand vor die Stirn und gab ein undefinierbares Geräusch von sich.

»Sie wird ohnmächtig!« rief Kaye. »Holt Wasser –«

»Aber nein!« sagte Mrs. Price. »Ich habe die Lösung! Ich weiß, wie wir aus dieser ganzen Klemme herauskommen. Ich wußte, mir würde etwas einfallen, wenn ich nur lange genug nachdenken würde. Es ist so einfach, daß ich gar nicht verstehe, warum ich nicht schon längst darauf gekommen bin – Sie kommen einfach alle mit zu mir, und wir frühstücken dort!«

»Gemäß der Theorie«, sagte Leonidas, »das alles wieder ins Lot kommt, wenn man erst einmal etwas Ordentliches im Magen hat? Ich fürchte, Mrs. Price, daß Sie da ein wenig zu optimistisch sind –«

»Aber nein! Nein! Sie kommen zu mir herüber, und dann rufe *ich* die Polizei an, verstehen Sie? Ich sage, die Kellertür steht offen und die Haustür auch – die können wir ja offenlassen, nicht wahr? Und dann bitte ich sie, der Sache nachzugehen. Das machen sie mit Begeisterung, offenstehende Türen überprüfen. Rutherford glaubt, daß es genau das ist, was gut für uns alle ist.

Wenn jemand einfach nur leichtsinnig war und die Polizei kommt, dann wird er das nächste Mal besser aufpassen. Und wenn irgend etwas nicht stimmt – na, dann finden sie es eben heraus.«

Mrs. Price lehnte sich zurück, sichtlich zufrieden mit sich selbst.

»Ich glaube, da ist etwas dran«, sagte Kaye. »Eine gute Idee, Genossin Price, mit Sicherheit!«

»Natürlich ist es eine gute Idee! Der Streifenwagen wird herkommen, die Polizei wird der Sache auf den Grund gehen und Bennington finden. Dann brauchen wir uns keine Vorwürfe mehr zu machen, daß wir unmenschlich sind oder pflichtvergessen oder kriminell oder irgend so etwas. Die Polizei wird sich um alles kümmern. Sie wird die erforderlichen Maßnahmen ergreifen. Und inzwischen warten wir bei mir zu Hause, bis Rutherford kommt, und erzählen ihm dann alles. Und wer weiß – bis dahin haben die Polizei und Sergeant Muir womöglich schon herausgefunden, wer ihn – meine Güte!«

Sie hielt inne und warf zuerst Leonidas, dann Kaye und dann Dallas einen sehr beunruhigten Blick zu.

»Was ist?« fragte Dallas.

»Mir fällt da gerade ein – es war doch niemand von Ihnen, der ihn umgebracht hat, oder?«

»Nein!« sagte Kaye. »Guter Gott, nein.«

Mrs. Price seufzte erleichtert.

»Ich hatte auch nicht den Eindruck, daß jemand von Ihnen wie ein Mörder aussieht«, sagte sie. »Nicht im geringsten. Aber der Gedanke hat mir doch einen Schrecken eingejagt! Jedenfalls – wer weiß, vielleicht findet Sergeant Muir den Mörder, bevor Rutherford zurück ist. Letzte Woche hat er nur fünf Stunden gebraucht, um den Mord an diesem Friseur zu klären, einem gewissen Pinanski, drüben in Dalton Falls. Rutherford war furchtbar stolz. Bei den Marines war Muir sein Sergeant, und seitdem war er zur Fortbildung beim FBI, und inzwischen, sagt Rutherford, klärt Muir die Fälle fast schon, bevor sie überhaupt geschehen. Wer weiß, vielleicht hat er den Mörder bis sieben gefunden. Das sind – na, jetzt ist es ja gerade erst neun!«

»Hmnja«, sagte Leonidas.

Bei sich dachte er, daß Muir Zeit genug hatte, den tatsächlichen Mörder zu finden – oder sie. Es gab, fiel ihm nun ein, kaum einen Türgriff im Haus, auf dem er nicht sozusagen den Abdruck seiner unbewehrten Hand hinterlassen hatte.

»Das ist eine gute Idee«, sagte Kaye. »Und verdammt noch mal, Bill, Sie wissen auch, daß es eine gute Idee ist. Es gibt keinen Grund, warum wir ein römisches Zirkusspiel für die zu neuem Leben erwachte Daltoner Polizei veranstalten sollten. Wie ein weiser Mann einmal bemerkte: Der eifrigste Christ bekommt den hungrigsten Löwen. Und in der Zwischenzeit, bis Rutherford B. zurückkommt, können wir uns die Sache noch einmal durch den Kopf gehen lassen. Es gibt zahllose brennende Fragen, auf die wir Antworten finden können. Schließlich haben wir ja nicht vor, irgend etwas zu verbergen!«

»Wir wollen nur für den Augenblick den Schleier des Vergessens darüber breiten«, sagte Leonidas. »Hmnja. Manch einer mag kleinlich genug sein, es Zurückhalten von Beweismaterial zu nennen – was meinen Sie dazu, Dallas?«

Sie zuckte die Schultern.

»Ich dachte eben an den Polizisten, Bill«, sagte sie, »der gestern an der Ecke von Oak und Centre vorbeikam, während ich meinen kleinen Auftritt mit Benny hatte. Er hatte Sergeanten-Streifen an seiner Uniform. Deshalb habe ich ihm auch meinen richtigen Namen genannt, als er danach fragte. Bennys Namen hat er sich auch geben lassen und sie beide zackig-militärisch in einem hübschen kleinen Notizbuch vermerkt. Tja. Ich glaube, alles in allem ist es wohl besser, wir warten auf den Colonel.«

Dallas erhob sich vom Sofa, auf dem sie neben Mrs. Price gesessen hatte, und beugte sich vor, um ihre Zigarette in einem Aschenbecher auszudrücken. Ihr Ärmel verfing sich in der Borte des Lampenschirms, und die Tischlampe ging prompt zu Boden, zusammen mit einer Buchstütze, drei Büchern und einem Aschenbecher.

»Da geht er hin, der Ming«, kommentierte Kaye. »Nicht, lassen Sie das liegen – nicht anrühren –«

Doch Dallas hatte bereits eins der Bücher aufgehoben.

»Hier steckt also der Bigelow!« sagte sie. »Schon seit zwei Monaten suche ich nach Bigelows *Grundeigentum*. Ich glaube –«

»Lassen Sie die Sachen liegen», sagte Kaye. »Lassen Sie alles, wie es ist. Nehmen Sie den Bigelow mit. Und Ihren Zigarettenstummel –«

»Warum denn das?«

»Nun«, sagte Kaye. »Wenn wir diese zerbrochene Lampe aufheben und versuchen, sie wieder zusammenzusetzen, wird sie auf

Anhieb Muirs Aufmerksamkeit erregen. Und wenn sich dann überall die Abdrücke Ihrer zarten kleinen Finger finden – also, Sie lassen alles so liegen, wie es ist. Mal sehen, was unser FBI-Mann Muir daraus macht. Meinen Sie nicht auch, Bill?«

»Ich meine«, sagte Leonidas, »je schneller wir hinüber zu Mrs. Price kommen und die Polizei verständigen, desto besser. Außerdem meine ich, wir sollten uns ein wenig Mühe geben, unsere Habseligkeiten zusammenzusuchen. Wir müssen Mr. Muir ja nicht über Gebühr unterstützen.«

»Dalton. Endstation. Lassen Sie nichts im Abteil zurück«, intonierte Kaye. »Erinnern Sie sich daran, oder sind Sie etwa nie mit der alten Schmalspurbahn gefahren? Warum blicken Sie denn so verdattert auf die Garderobe, Bill? Das ist doch Ihr Mantel, oder?«

»Hmnja«, sagte Leonidas. »Das ist mein Mantel, ohne Zweifel. Ich habe ihn im Sprechzimmer des Arztes anbehalten. Aber ich kann mich nicht erinnern, daß ich bei meinem überstürzten Aufbruch dort im Flur innegehalten hätte, um meinen Hut, meine Handschuhe und meinen Spazierstock mitzunehmen – dieses gefährlich aussehende Gebräu muß eine außerordentliche Wirkung gehabt haben. Sind Sie ohne Mantel gekommen, Kaye?«

»Eigentlich nicht. Ich erinnere mich, daß ich in einem wunderschönen Einreiher mit Samtkragen aufbrach, und dazu einem Homburg à la Anthony Eden –«

»Die müssen Sie finden«, sagte Leonidas, »und zwar schnell. Hier liegt Ihre Handtasche, Dallas. Und Ihr Taschentuch im Sessel dort. Und Ihr Zigarettenetui auf dem Tisch.«

Kein Wunder, dachte er, daß Mörder immer so viele Indizien zurückließen.

Kaye sprach ihm aus der Seele:

»Das ist«, sagte er, »als verließe man nach einem Kongreß das Hotel, nicht wahr – denken Sie an das Kalbsfußgelee, Dallas –, oder sollen wir das und die leere Tasse hier stehen lassen, um Muir zu verwirren?«

»Auf gar keinen Fall!« sagte Mrs. Price. »Das ist eine meiner besten feuerfesten Tassen! Ich –«

»Was«, fragte Kaye neugierig, »hatten Sie eigentlich mit dieser leeren Tasse vor?«

»Die? Oh, der Zucker. Ich wollte eine Tasse Zucker borgen.«

»Wir werden Ihnen welchen aus der Küche holen, wenn wir hinausgehen«, sagte Kaye. »Oder spricht etwas dagegen?«

Leonidas seufzte.

»Genau«, sagte er, »warum auch nicht? Ob wir nun noch ein paar Sekunden länger hier sind oder nicht – wir sollten an den Zucker denken, unbedingt!«

»Aber nein, ich brauche keinen Zucker!« sagte Mrs. Price. »Wer braucht schon eine Tasse Zucker? Das ist nur so eine Art Vorwand. Für den Fall, daß Shakespeare schon weg gewesen wäre und ich nur Benny angetroffen hätte. Ich dachte, das weiß jeder, daß das nur ein Vorwand ist, wenn man eine Tasse Zucker borgt – die Tasse nehme ich mit zurück. Und vergessen Sie nicht, die Haustür offen zu lassen. Das machen Sie, Mr. Kaye, und dann nichts wie rüber zu mir, und dann rufen wir –«

Doch eine Viertelstunde später waren sie noch immer fieberhaft auf der Suche nach Kayes Mantel und Hut.

»Sei's drum!« sagte Kaye ärgerlich. »Sei's drum! Zum Teufel damit!«

»Aber wenn Sie sicher sind«, sagte Dallas, »daß Sie ihn anhatten, als Sie herkamen –«

»Wahrscheinlich hat der Samtkragen diesem Pagen gefallen«, sagte Kaye. »Ich hoffe, er kitzelt ihn am Hals. Mich hat er immer am Hals gekitzelt. Jetzt aber los! Es wird – Bill, wo haben Sie denn Ihren Kneifer?«

Eine weitere Viertelstunde verging, bevor der Kneifer sich in Mrs. Price' Tasche fand.

»Auf!« sagte Leonidas.

Verstohlen, einer nach dem anderen, schlichen sie sich aus der Kellertur der Paddock Street 95 und quer über das Rosenbeet in die Garage im Untergeschoß der Nummer 99.

Mrs. Price hielt im oberen Flur am Ende der Kellertreppe inne. Sie öffnete die Küchentür einen winzigen Spalt weit und ließ das Mädchen in den süßesten Tönen wissen, daß drei Gäste zum Frühstück da seien.

»Es dauert vielleicht ein Weilchen«, sagte sie. »Sie ist noch nicht lange hier. Erst seit gestern. Aber sie ist eine Perle, ein echter Schatz. Das einzige ehrliche Mädchen, das ich jemals eingestellt habe – stellen Sie sich vor, als ich sie nach Zeugnissen fragte, sagte sie mir offen, sie habe keine, aber wenn ich unbedingt welche haben wolle, wisse sie eine Frau in Boston, die Lobeshymnen, vier Stück für einen Dollar, schriebe, und ob ich ihr einen Dollar leihen könne –«

»Das Telefon«, sagte Leonidas sanft. »Ähm – das Telefon. Die Polizei. Sie erinnern sich?«

»Aber ja. Hier entlang –«

Sie führte sie in das riesige Wohnzimmer, das die gesamte Breite des Hauses einnahm. Es war ein wenig altmodisch und zu vollgestopft mit Krimskrams, dachte Leonidas, aber das Zimmer machte einen freundlichen, bewohnten Eindruck, der dem Hause Brett gänzlich abgegangen war. Eine Wand wurde von einem eingebauten Bücherregal eingenommen, und im Kamin brannte ein fröhliches Holzfeuer.

Mrs. Price entnahm das Telefon einer seltsamen, kistenartigen Verkleidung und ließ sich ohne sichtbare Gefühlsregung das Polizeipräsidium geben.

Nach einer längeren Plauderei mit dem diensthabenden Beamten, in deren Verlauf das Thema Erkältung erschöpfend abgehandelt und eine unendliche Zahl von Hausmitteln erwogen wurde, kam Mrs. Price dann zur Sache.

»Haben Sie einen Streifenwagen frei?« erkundigte sie sich. »Nun, folgendes. Es geht um das Haus der Bretts, nebenan. Genau. Fünfundneunzig. Wahrscheinlich hat Benny nur nicht darauf geachtet, aber die Haustür steht offen, und die Kellertür auch, und ich bin ein wenig besorgt deswegen. Oh, würden Sie das tun? Oh, das wäre sehr nett von Ihnen, Feeney. Sie wissen ja, wie das ist, wenn man erst einmal an die Türen denkt, dann macht man sich Sorgen – Sie kommen gleich vorbei! Ich danke Ihnen, Feeney; ich werde Rutherford erzählen, wie hilfsbereit Sie sind!«

Sie stellte das Telefon zurück in sein Versteck und wandte sich dann wieder den anderen zu.

»Erledigt!« sagte sie fröhlich. »Feeney sagt, er schickt gleich einen Wagen vorbei. War ich nicht lässig? War ich nicht entwaffnend? Er hat nicht den geringsten Verdacht geschöpft. Nicht den geringsten. Aber was ist denn los, warum seid ihr alle so still?«

»Das ist die Stille«, antwortete Leonidas, »die folgt, wenn ein schmerzender Zahn gezogen ist. Man ist froh, daß man den Zahn los ist. Man ist erleichtert. Man weiß, dieser Zahn wird nicht mehr schmerzen. Doch bald wird der Schmerz an der Stelle beginnen, an der der Zahn saß – Wie lange braucht der Wagen der Daltoner Polizei für einen Einsatz?«

»Die Wagen«, verbesserte Mrs. Price ihn stolz. »Wir haben zwölf Stück davon. Sie schicken mir Nummer vierzig –«

»Nummer vierzig?« fragte Leonidas. »Aber wenn es nur ein Dutzend gibt –«

»Rutherford hat nur jede zehnte Nummer vergeben«, erläuterte Mrs. Price. »Er dachte, das schüchtert vielleicht die Ganoven ein, Bankräuber auf der Flucht und solche Leute – und nun halten Sie Ausschau nach dem Wagen, und ich sehe, was Mary macht.«

Leonidas, Kaye und Dallas traten an das Ostfenster und blickten melancholisch in den trüben Nieselregen hinaus.

»Von Gräbern sprecht«, sprach Kaye, »von Würmern, Leichensteinen! – Wie viele gute Sachen Ihr Doppelgänger doch gesagt hat, Bill!«

»Hmnja«, erwiderte Leonidas geistesabwesend.

»Wirklich. Manch nützliches Zitat floß aus seiner Feder. Stets das rechte Wort zur rechten –«

»Niemand«, sagte Leonidas, »könnte ein größerer Bewunderer Shakespeares sein als ich. Doch im Laufe der Jahre haben mich die Zitate, die mir unablässig an den Kopf geworfen werden, immer mehr ermüdet –«

»Dieses Mädchen!« Mit einem Zettel in der Hand kam Mrs. Price aus der Küche zurück. »Dieses Mädchen!«

»Was ist los mit Ihrer kleinen Perle?« fragte Dallas. »Hat sie sich aus dem Staub gemacht?«

»Nein, das dumme Ding ist einkaufen gegangen – ich kann mir nicht vorstellen, warum, ich wüßte nicht, daß wir irgend etwas brauchen, und bis zum Laden sind es fast zwei Kilometer von hier. Na, wenigstens hat sie mir einen Zettel dagelassen – ist der Streifenwagen inzwischen – oh, da ist er! Wagen vierzig – und das ist Sergeant Muir!«

»Alle Wetter!« Kayes forscher Tonfall war aufgesetzt. »Alle Wetter!«

»Muir ist gerne in Streifenwagen unterwegs«, erläuterte Mrs. Price weiter. »Wegen der Raser. Er hält gerne Raser auf der Schnellstraße an. Ruherford sagt, Muir durchlöchert einen Benzintank bei hundertfünfzig Stundenkilometern –«

»Noch ein Wort über den Genossen Muir«, brauste Kaye auf, »und ich – mein Gott, der Mann ist schon wieder draußen! Er – Mensch, der kommt hierher!«

»Daran ist dieser entsetzliche Haushaltsausschuß schuld«, sagte Mrs. Price und schnalzte indigniert mit der Zunge.

»Woran, bitte?« fragte Leonidas höflich.

»Sie haben Rutherford keine Funkgeräte bewilligt. Nur Empfänger. Muir kommt her, weil er im Präsidium anrufen will –«

»Dalton. Endstation«, sagte Kaye. »Lassen Sie nichts im Abteil zurück –«

»Moment!« rief Dallas. »Hier! Schauen Sie sich das an, Bill Shakespeare! Sehen Sie, wer ihn da anspricht! Das ist der stämmige Mann! Der Mann an der Tür – er spricht mit Muir – ach, Bill! Meinen Sie, er erzählt Muir von uns, davon, daß wir dort drin waren?«

»Ich habe nicht den leisesten Zweifel«, entgegnete Leonidas, »daß es genau das ist, was ihn in diesem Augenblick so sehr in Anspruch nimmt. Ich hatte von Anfang an das Gefühl, daß von diesem Mann nichts Gutes kommen würde – Mrs. Price, ich glaube, es ist besser, Muir sieht uns nicht hier, wenn er zum Telefonieren hereinkommt –«

»Zum hinteren Flur«, sagte Mrs. Price. »Hinaus mit Ihnen. Ich kümmere mich um Muir – da ist er schon!«

In aller Eile rafften die drei ihre Habseligkeiten zusammen und flohen in den hinteren Flur, wo sie hinter der geschlossenen Türe warteten. Sie bewunderten die Gelassenheit in Mrs. Price' Stimme, als sie Muir zum Telefon führte.

»Aber natürlich. Es steckt hier in diesem Kasten – warten Sie, ich öffne ihn für Sie – bitte sehr! Oh, war das Ihr Daumen, den ich da geklemmt habe? Das tut mir aber leid – Benny Brett hatte vergessen, die Türen zu schließen, nicht wahr?«

»Ich habe schlimme Nachrichten für Sie, Mrs. Price«, sagte Muir feierlich. »Schlimme Nachrichten.«

»Einbrecher! Ich hab's doch geahnt!«

»Nein, Madam. Keine Einbrecher. Seien Sie auf einen Schock gefaßt. Benny Brett ist ermordet worden.«

»Oh!«

Ihr Schrei war so eindrucksvoll, daß Dallas zusammenfuhr.

»Ermordet! Ach, Muir! Aber was für ein Glück!«

»Was?«

»Ich meine, was für ein Glück, daß ich Sie angerufen habe! Ich war nämlich dort und hatte den Finger schon an der Klingel, und dann habe ich's mir anders überlegt.«

»Stimmt. Ich weiß, daß Sie drüben waren«, sagte Muir.

Kaye versetzte Leonidas einen Stoß in die Rippen.

»Hören Sie das?« flüsterte er. »Hören Sie das?«

»Aber Muir!« sagte Mrs. Price. »Wie haben Sie das herausgefunden?«

»'n Mann hat Sie gesehen. Jedenfalls bin ich froh, daß Sie uns gerufen haben, Mrs. Price, und keine Ermittlungen auf eigene Faust angestellt haben. Das ist eine böse Sache. Hallo, Vermittlung, Dalton 1000 – Notruf.«

»Ach, das ist die neue Notrufnummer!« sagte Mrs. Price hocherfreut. »Ist das nicht eine hübsche Nummer? Und so leicht zu mer–«

»Feeney? Muir. Gib mir Mike. Mike? Muir. Hör zu, und nimm das auf. Großalarm für alle Streifenwagen und Mannschaften in Dalton. Fahndung. Gesucht im Zusammenhang mit Mord an Bennington Brett. Frau namens Dallas – wie die Stadt – Tring. Gut. T–r–i–n–g. Um die vierundzwanzig. Zweiundfünfzig. Ein Meter Fünfundsechzig. Braunes Haar. Braune Augen. Trägt dunkelblauen Hut. Dunkelblaues Strickkostüm. Hast du das? Fahndung, zweitens. Unbekannter Mann. Ein Meter Sechsundachtzig. Zweiundsiebzig. Dunkelgrauer Anzug. Bart. Ja, dacht' ich auch. Klingt wie der von dem Überfall Dr. Derringer gestern abend. Hast du das?«

»Puh«, sagte Kaye leise.

»Fahndung, drittens«, fuhr Muir fort. »Stanton Kaye. Ein Meter Neunzig. Vierundachtzig. Ja – genau der. Zu Hause und in der Fabrik anrufen, klar? Wie alt ist der, ungefähr achtundzwanzig? Gut.«

»Selber puh«, flüsterte Dallas.

»Mach das fertig, und schick's sofort raus, Mike. Auch nach Boston. Eilmeldung an die Kaserne in Framingham, sie sollen es über Funk und Fernschreiber verbreiten. Überall. Genau. Colonels Plan Nummer Fünf. Hatten wir ja erst letzten Monat. Mord erfassen, Sicherstellung der Verdächtigen zu unmittelbarem Verhör oder Verhaftung. Das ist alles. Und jetzt raus damit, Mike. Schick mir Wagen zehn und die Fingerabdrücke – ja genau, Plan Fünf, alle Stufen. Halt, warte noch! Ruf in Boston im Leicester Arms an, und laß dir Captain Hammond aus Washington geben. Genau. Sag ihm, für ihn gibt's hier Unterhaltung.«

Leonidas zuckte zusammen.

»Alles klar, Mike. Einfach nur Plan Fünf befolgen, alle Einzelheiten, Punkt für Punkt. Natürlich sollst du den Colonel verständigen! Ich weiß, aber du sagst bei ihm zu Hause Bescheid. Nein, ich weiß nicht wo. Aber er wird's im Autoradio hören. Das schaltet er nie aus. Laß mich wissen, wenn sich was ergibt – alles klar.«

Ein scharrendes Geräusch verriet ihnen, daß das Telefon zurück in seinen Behälter gestellt wurde.

»So, so!« Mrs. Price' Stimme klang nach wie vor gutgelaunt, wenn auch ein wenig angestrengter. »Rutherford hat also Pläne für solche Fälle?«

»Oh ja, Madam«, sagte Muir. »Wir haben zweiunddreißig Pläne. Für alle nur denkbaren Vorfälle. Wir wissen immer genau, was wir zu tun haben. Dieser Fall liegt zwar anders als bei dem Friseur drüben in Dalton Falls, aber ich denke, wir werden keine große Mühe haben, diese Leute aufzugreifen. Von da an ist dann alles nur noch Routine.«

Hinter der Flurtür wurden Blicke getauscht. Die Gesichter des Trios hätten kaum erschütterter aussehen können, wäre ihnen aus heiterem Himmel je ein Konzertflügel auf den Kopf gefallen.

Doch den eigentlichen Schlag versetzte ihnen erst Muirs nächster Satz.

»Und nun, Mrs. Price«, sagte er energisch, »haben Sie wohl nichts dagegen, wenn ich Ihr Haus durchsuche?«

Kapitel 5

Es wird Mrs. Price stets zur Ehre gereichen, daß sie weder dem schwerwiegenden Fehler erlag, sich dergleichen energisch zu verbitten, noch auf die Ankündigung des Sergeants allzu bereitwillig einging.

Statt dessen vollbrachte sie das Erstaunliche, durch und durch echte Verwunderung mit einer unschuldigen und treuherzigen Hilfsbereitschaft zu verbinden.

»Dieses Haus durchsuchen? Selbstverständlich, Muir! – Aber warum das?«

»Da ist 'n Mann draußen«, sagte Muir. »Der Mann, der Sie auch hat rübergehen sehen. Er hat den Kerl mit dem Bart gesehen, und diese Tring auch. Und er glaubt, er hätte eben beobachtet, wie jemand sich durch die Garage in Ihr Haus geschlichen hat. Er war 'nen Block weit weg, und er kann es nicht beschwören, aber zur Sicherheit schauen wir lieber –«

»Der Mörder!« rief Mrs. Price. »Der Mörder – hier im Haus! Oh!«

»Keine Panik, Mrs. Price«, sagte Muir besorgt. »Kein Grund zum Ohnmächtigwerden – Sie haben das alles prima verkraftet –, nicht im letzten Moment noch die Nerven verlieren!«

»Aber nein! Von Ohnmacht ist nicht die Rede! Wirklich nicht, ich verspreche es Ihnen. Aber kurz bevor ich Feeney anrief, Muir, da hörte ich ein Geräusch oben im kleinen Zimmer zur Straße. Ich dachte, es ist die Heizung, und vielleicht war sie's ja auch, aber stellen Sie sich nur vor – wohin gehen Sie?«

»Ich geh' mal eben hoch und schaue nach –«

»Warten Sie auf mich, Muir! Warten Sie, bis ich wieder zu Atem komme. Ich komme mit – warten Sie doch! Ich lasse nicht zu, daß Sie allein da hinaufgehen! Jemand könnte auf Sie schießen –«

»Aber –«

»Wenn eine Frau neben Ihnen steht«, sagte Mrs. Price, »wird er nicht auf Sie schießen. Nicht einmal ein Mörder tut so etwas. Oh – wie mein Herz klopft! Nehmen Sie meinen Arm, Muir. Ich stehe Ihnen zur Seite!«

Auch dem Trio im Flur schlug das Herz bis zum Halse, doch immerhin war es das erste Mal in den letzten drei Minuten, daß es überhaupt schlug.

Leonidas wies auf die Küchentür.

Mäuschenstill schlichen sie über den Flur in die Küche.

»Wozu sollen wir's überhaupt noch versuchen?« sagte Kaye. »Wir sollten mit Anstand aufgeben. Wir sind erledigt. Wir hatten den Mann an der Tür in unserer Rechnung vergessen. Laßt uns aufgeben –«

»Jetzt?«

So einsilbig Leonidas' Kommentar auch war, nahm Kaye ihn doch mit einem Respekt auf, der an Ehrfurcht grenzte.

»Wollen Sie damit sagen, Sie glauben – aber was können wir denn noch tun, Bill? Was können wir tun?«

Nur einen Sekundenbruchteil lang zögerte Leonidas.

Dann nahm er eine blaue baumwollene Arbeitsschürze, die über einer Stuhllehne hing, und warf sie Kaye zu.

»Legen Sie Ihre Jacke und Ihr Frackhemd ab. Binden Sie das um. Länger als fünf Minuten kann sie Muir auf keinen Fall aufhalten. Nehmen Sie die Silberpolitur auf dem Regal dort. Und dieses Tuch. Schnappen Sie sich den Silberkrug da, und polieren Sie! Zerzausen Sie Ihr Haar. Keine vorlauten Bemerkungen, wenn er kommt –«

»Wer bin ich denn?« fragte Kaye, während Dallas seine abgelegten Kleider nahm und ihm die Schürze band.

»Der Hausdiener. An die Arbeit – kommen Sie, Dallas, hier ist das Dienstmädchenzimmer; ich hoffe – ah, da ist sie schon!«

Eine neue blaue Dienstmädchenuniform lag auf dem ungemachten Bett.

Leonidas zeigte darauf.

»Schnell, ziehen Sie das an!«

Er fing Pullover und Rock auf, die Dallas von sich warf, und stopfte sie zusammen mit Kayes Hemd und Jacke in eine Kommodenschublade. Sein eigener Mantel und Hut kamen zur schmutzigen Wäsche, sein Spazierstock unter das Kopfkissen.

»Jetzt noch Ihr Häubchen, Dallas. Und das Haar etwas in Unordnung bringen. Lippenstift – auf der Kommode. Dick auftragen. Und Rouge – beeilen Sie sich! Und jetzt –«

»Aber was machen Sie, Bill? Was wird aus Ihnen?«

»Einen Bart kann man nicht verstecken«, sagte er. »Ich bin im Begriff, voll und ganz in diesem ungemachten Bett aufzugehen. Achten Sie darauf, daß ich vollständig bedeckt bin –«

»Aber Bill, ich habe Muir gestern noch gegenübergestanden – den Kopf noch tiefer rein, den sieht man noch. Er wird mich wiedererkennen!«

»Sie sind Mary, das neue Dienstmädchen. Gehen Sie in die Küche, und machen Sie Frühstück!«

»Aber ich habe kein Talent zum Schauspielern!«

»Versuchen Sie's gar nicht erst.«

»Aber Bill –«

»Als Muir Sie gestern sah, waren Sie wütend. Jetzt gehen Sie hinein und machen Frühstück und bringen ihn dazu, daß er sich für heute abend mit Ihnen verabredet. Lassen Sie sich einen Klaps auf den Po geben. Sie sind Mary. Er ist ein gutaussehender Polizist – was stopfen Sie mir denn da noch in die Ohren?«

»Bigelows *Grundeigentum*. Bill –«

»Ab in die Küche«, sagte Leonidas mit Nachdruck, »und becircen Sie Muir! Konzentrieren Sie sich ganz darauf. Schnell. Sie kommen –«

Als Muir zwei Minuten später in die Küche trat, sah er ein hübsches, wenn auch reichlich errötetes Mädchen, das damit beschäftigt war, Speck zu braten, sowie einen Hausdiener, der einen silbernen Wasserkrug polierte. Beide sahen aus, als hätten sie nie etwas anderes getan. Das Mädchen warf ihm einen Blick zu, und plötzlich erinnerte Muir sich an die Eintrittskarte, die er in seiner Mütze stecken hatte. Am kommenden Abend war der jährliche Frühlingsball des Turn- und Sportvereins Daltonville, und bisher hatte er noch keine würdige Partnerin dafür gefunden; vielleicht –

»Das sind sicher die neuen Dienstboten, nicht wahr?« sagte er freundlich. »Der Colonel hat erzählt, daß Sie jemanden bekommen haben.«

Er sprach zwar mit Mrs. Price, doch sein Blick war auf Dallas geheftet.

»Das sind sie.« Ohne mit der Wimper zu zucken, nahm Mrs. Price die neuen Angestellten in ihren Haushalt auf. »Meine Güte,

Rogers, Sie haben ja die falsche Politur! Diese hier ist nur für das Tafelsilber – habe ich Ihnen das nicht gesagt?«

»Tut mir leid, Madam«, sagte Kaye. »Was anderes war nicht da.«

»Keine rosa Paste, ein Glas mit einem blauen Etikett? Dann ist sie wohl ausgegangen. Denken Sie daran, sie auf den Einkaufszettel zu schreiben. Muir, das ist Rogers, und dies ist Mary. Rogers wird als Chauffeur arbeiten und hilft mir im Garten – und wir müssen den Colonel unbedingt fragen, ob er für das Dachzimmer, wo er schlafen soll, noch ein Feldbett auftreiben kann. Er –«

»Oh«, sagte Muir, »die beiden sind nicht verheiratet?«

»Ich hätte ja gern ein Ehepaar genommen«, sagte Mrs. Price, »aber ich sage immer, wenn einer anständig ist, dann taugt der andere nichts. Denken Sie nur an diese beiden schrecklichen Finnen – oder waren es Litauer? Ich weiß es nicht mehr, aber er war ein Schatz, ein Juwel, und sie war den ganzen Tag über betrunken. Und die beiden Deutschen, die ich hatte – er hat keinen Finger gerührt, und sie mußte sich abrackern wie eine Sklavin! Deshalb habe ich es diesmal gar nicht erst versucht.«

Sie wußte genau, warum sie die Geschichte so detailliert ausschmückte. Muir hatte sämtliche Räume im Obergeschoß inspiziert, und er wußte, daß es im Dienstmädchenzimmer nur ein einziges schmales Bett gab. In Gedanken klopfte sich Mrs. Price auf die Schulter. Sie hatte sich, fand sie, sehr geschickt aus dieser Klemme manövriert. Vielleicht sogar zu geschickt, dachte sie, als sie sah, wie Muir Dallas zuzwinkerte. Muir hatte, wie Rutherford schon oft mit Bedauern bemerkt hatte, nur eine einzige Schwäche.

»Ich habe Muir noch gar nicht vorgestellt«, fuhr sie fort. »Er ist im Dienst Colonel Carpenters rechte Hand – nicht wahr, Sergeant? Sicher wollen Sie die beiden befragen, ob Sie irgend etwas gehört haben?«

»Letzte Zeit im Keller gewesen, Rogers?« fragte Muir.

»Jawohl, Sir.«

»Irgendwas gehört oder jemanden gesehen?«

»'s war einer da, der wollte Politur fürs Auto verkaufen«, sagte Kaye respektvoll. »Aber ich hab' ihm gesagt, wir brauchen nichts, und da is' er wieder abgezogen.«

»Gut.«

Sehr gewandt – so gewandt, daß Dallas nicht mit Sicherheit sagen konnte, ob es nicht vielleicht ein Zufall war – ließ Muir seine

Schirmmütze vor ihr fallen. Beide bückten sich, um sie aufzuheben, und stießen mit den Köpfen zusammen.

»Hoppla!« sagte Muir. »Ich hab' Ihnen doch nicht wehgetan, oder, Mary?«

»Aber nein, Sergeant!« sagte Dallas. »Überhaupt nicht.«

Sie steckte die Eintrittskarte, die er ihr in die Hand gedrückt hatte, in die Schürzentasche. Diese Eintrittskarte machte ihr Mut. Sie bedachte Muir mit einem Lächeln und genoß den Gedanken, daß dieses Lächeln Kaye ebenso in Wut brachte, wie es Muir beglückte.

»Das ist Marys Zimmer«, beeilte Mrs. Price sich zu sagen, »und hier die Waschküche – wollen Sie da nicht nachsehen? Sicher wollen Sie –«

Muirs Inspektion der beiden Räume war alles andere als gründlich. Er würdigte das Bett, in dem Leonidas, der sich wie in einer schlechten Komödie vorkam, zusammengerollt unter der zerwühlten grünen Steppdecke lag, kaum eines Blickes.

Diese Mary, dachte Muir, hatte das aufregendste Parfüm, das er seit jener kleinen blonden Engländerin gerochen hatte, der Krankenschwester in Peking, damals, als er bei den berittenen Marines gedient hatte. Und ihre Hände waren schöner.

»Ich denke, hier ist alles in Ordnung, Mrs. Price«, sagte Muir. »Wahrscheinlich hat der Mann draußen den Politurverkäufer gesehen. Jemand vom Amtsgericht, und Sie wissen ja, was der Colonel von dem Verein hält.«

Mrs. Price hatte nicht die leiseste Ahnung, was der Colonel vom Amtsgericht hielt, doch sie nickte eifrig und überlegte währenddessen, wie sie Muir aus der Küche locken konnte. Er schien nicht im entferntesten an Aufbruch zu denken, und wenn er noch lange dort blieb, war es gut möglich, daß er sich Stanton Kaye genauer ansah und begann, sich Gedanken über Hausdiener in teuren Seidenunterhemden zu machen.

»Ach, da bin ich aber erleichtert!« sagte sie. »Ich werde dem Colonel erzählen, wie freundlich Sie waren, Ihren Plan Fünf zu unterbrechen – war es Plan Fünf oder Plan Sechs? Plan Fünf. Nun, ich werde ihm berichten, wie zuvorkommend Sie waren, daß Sie sogar Plan Fünf unterbrachen, um sich zu vergewissern, daß mir keine Gefahr drohte. Das wird Rutherford freuen, da bin ich sicher, auch wenn ihm wahrscheinlich viel an Plan Fünf liegt. Sehr viel.«

»Stimmt«, sagte Muir. »Stimmt. Ich schau' später nochmal vorbei.«

Unter Aufbietung aller Kräfte wandte er seinen Blick von Dallas ab und gehorchte dem Ruf der Pflicht und des Plans Nummer Fünf.

Kaum war die Haustür ins Schloß gefallen, da nahm Kaye sich Dallas vor. »Meine Güte!« sagte er bitter. »Noch eine halbe Minute, und Sie hätten bei diesem Kerl auf dem Schoß gesessen! Sich derart schamlos zur Schau zu stellen, derart hemmungslos seine niedrigsten Instinkte –«

»Das war doch Bills Idee, Sie Dummkopf! Und schauen Sie, was Muir mir geschenkt hat! Schauen Sie nur!«

Kaye warf einen verächtlichen Blick auf die Eintrittskarte zum Ball des Turn- und Sportvereins Daltonville.

»Gehst du hin, Süße?« fragte er eisig.

»Kaye, Sie Dummkopf! Ich habe nur das getan, was Bill mir aufgetragen hatte – und Sie müssen zugeben, Muir hat darüber Ihr hübsches Seidenunterhemd und überhaupt alles andere nicht mehr beachtet – Bill, sagen Sie ihm, daß es Ihre Idee war!«

Leonidas, noch zerknitterter als zuvor, aber die Ruhe selbst, erschien in der Tür.

»Hmnja«, sagte er und ließ den Kneifer an seinem schwarzen Bund baumeln, »hmnja. Ausgezeichnete Arbeit. Ähm – wo Sie den Speck nun schon gebraten haben, meinen Sie nicht, wir sollten ihn auch verspeisen?«

»Soll das heißen, Sie haben sie tatsächlich aufgefordert, sich diesem Kerl an den Hals –?«

»Kein Grund zur Aufregung, mein Junge«, sagte Leonidas. »Und können Sie vielleicht die Kaffeemaschine dort neben Ihnen einschalten? Danke. Und der Krug dort, ist das Orangensaft? – ah, Mrs. Price! Darf ich Sie zu Ihrem gekonnten Umgang mit dem Sergeant beglückwünschen? Das war großartig, meine Liebe, einfach großartig! Es –«

»Er ist noch einmal hineingegangen.« Mrs. Price war zu besorgt, als daß sie Leonidas' Lob hätte würdigen können. »Bei den Bretts, meine ich. Ach, wenn ich Sie doch nur hätte warnen können, Mary. Dallas, meine ich. Rutherford sagt, Muir hat – jedes Mädchen, das ihm begegnet – das heißt, jedes gutaussehende Mädchen – meine Güte, wie kann man so etwas ausdrücken, ohne daß –«

»Sparen Sie sich die Mühe«, sagte Kaye. »Wir wissen, was Sie meinen. Wir verstehen vollkommen. Dieser Hengst –«

»Er wird überhaupt nicht mehr von diesem Haus wegzubringen sein!« klagte Mrs. Price. »Ich kenne ihn doch. Es wird entsetzlich. Und wenn Sie ihn weiter ermutigen, dann müssen – oder wenn Sie's nicht tun, dann wird er – ach je! Und wenn er's tut – ich weiß weder ein noch aus!«

»Ich habe keine Ahnung, wovon Sie sprechen!« sagte Dallas.

»Ich glaube«, beeilte sich Leonidas zu sagen, bevor Kaye sich äußern konnte, »was Mrs. Price sagen will, ist, daß, wenn Sie sich zu – ähm – spröde, sagen wir, geben –, Muir vielleicht wieder nachzudenken beginnt und nur um so mehr Verdacht schöpfen wird. Andererseits, wenn Sie ihn zu sehr ermuntern –«

»Dann wird geturtelt, mein Täubchen«, sagte Kaye, »geturtelt bis zum bitteren Ende!«

»Also hören Sie«, sagte Dallas ärgerlich. »Ich habe nur meine Anweisungen befolgt. Kann ich etwas dafür, wenn Muir so ist?«

»Das nicht, mein Engel«, sagte Kaye, »aber Sie können ein wenig die Bremsen anziehen. Sie können ihm sogar eine Abfuhr erteilen –«

»Damit Muir in Wut gerät und uns alle verhaftet?« rief Mrs. Price. »Das ist wohl kaum das richtige! Jetzt kann sie ihm keine Abfuhr mehr erteilen!«

Dallas stapfte durch die Küche und hielt dann, die Hand am Türgriff, inne. »Nun steckt mal schön die Köpfe zusammen, und überlegt euch, was ihr wollt«, sagte sie. »Lasse ich mich von Muir verführen, oder werden wir alle in Handschellen abgeführt? Überlegt es euch, und sagt mir dann Bescheid. Und –«

»Wohin – ähm – gehen Sie?« erkundigte sich Leonidas.

»Ich gehe Campbell in St. Petersburg anrufen«, sagte Dallas, »und sorge dafür, daß er August Barker Brett auf der Stelle in ein Privatflugzeug verfrachtet! Nichts weiter! Für mich ist das gar keine Frage – was wir im Augenblick am nötigsten brauchen, ist August Barker und sein klarer, gesunder Menschenverstand!«

Kaum eine Minute später war sie zurück in der Küche. »Ich habe das Gespräch angemeldet«, sagte sie atemlos, »aber – Bill, dieser stämmige Mann! Der Mann an der Tür – er steht drüben an der Treppe zur Nummer 95 und späht hier herüber, ganz angestrengt wirkt er, und er – ich habe Angst vor diesem Mann! Und was meinte Muir damit, er sei vom Amtsgericht?«

Kaye seufzte.

»Mir drängt sich allmählich der Verdacht auf«, sagte er, »daß es bei all dem um mich geht. Ich fürchte, euer stämmiger Freund ist ein Gerichtsdiener, und er hat es auf mich abgesehen –«

»Auf Sie? Weswegen?« wollte Dallas wissen.

»Offenbar hat mein netter irischer Freund seinen Posten verloren, und dieser Bursche ist sein Nachfolger. Marty hatte mich gestern schon gewarnt, daß so etwas passieren könnte – Marty, das ist der nette Ire –, und deshalb hatte ich den Pagen auch gebeten, eine Straße vorher zu parken –«

»Warum ist der Gerichtsdiener hinter Ihnen her?« Dallas beharrte auf ihrer Frage.

»Ach«, sagte Kaye ausweichend, »einmal ist es dies, das nächste Mal das. Es gab eine Zeit, da hatten wir in der Fabrik Schwierigkeiten mit der Gewerkschaft; da war es für Marty ein verlorener Tag, wenn er nicht mindestens fünf bis zehn Vorladungen überbrachte. Nun sieht es so aus, als ob jemand hinter die kleine Abmachung zwischen Marty und mir gekommen ist, und deshalb –«

»Weswegen sollen Sie denn vorgeladen werden?«

»Wenn Sie es unbedingt wissen wollen, Schätzchen, es ist eine Klage auf hunderttausend Dollar, gebrochenes Eheversprechen, ein Mädchen namens Violet!« sagte Kaye. »Deshalb habe ich mir keine Vorladung andrehen lassen, und das werde ich auch weiterhin tun, bis –«

»Und Sie – Sie Pharisäer«, sagte Dallas, »Sie Pharisäer stellen sich hin und machen mir Vorhaltungen, weil ich mir von Muir eine Karte für den Ball des Turn- und Sportvereins Daltonville schenken lasse. Sie beschimpfen ihn als Hengst. Sie –«

»Und das ist er auch«, antwortete Kaye prompt. »Das ist er auch! Und das hat nicht das Geringste mit meinem Prozeß zu tun. Es ist eine verleumderische Anklage, und bis Montag werden die Beweise vorliegen –«

»Bla bla!« sagte Dallas. »Bla bla!«

»Noch ein Wort«, warnte Kaye sie, »und ich werde Sie übers Knie legen und Ihnen –«

»Das möchten Sie wohl gern, hm?« Dallas griff nach der Bratpfanne. »Das möchten Sie gern? Dann versuchen Sie's doch –«

»Schluß damit«, rief Leonidas scharf, »alle beide! Auf der Stelle! Dallas, das Telefon läutet – sagen Sie August Barker, er soll sich Flügel wachsen lassen. Mrs. Price, sind Sie bitte so nett und halten Ausschau nach Muir? Kaye, Sie setzen sich einen Augenblick. Ich denke immer noch über einige offene Fragen nach – was könnte das Wichtiges gewesen sein, was Benny Brett Ihnen sagen wollte? Haben Sie irgendeine Vorstellung?«

Kaye schüttelte den Kopf.

»Das ist eine Frage, die mir selbst immer wieder durch den Kopf geht. Meines Wissens gibt es absolut nichts, was Benny und mich miteinander verbindet, nichts, woran wir beide beteiligt sind. Ich habe nie irgendwelche Geschäfte mit ihm gemacht. Ebensowenig mit August Barker. Außer daß wir in einigen Aufsichtsräten zusammen sitzen. Und selbst das kann man kaum geschäftlich nennen. Aber, Bill, ich habe das sichere Gefühl, daß Benny nüchtern war, als er mich anrief, und daß es ihm ernst war. Es muß irgend etwas gewesen sein, was wichtig für mich war, und, ehrlich gesagt, die ganze Sache geht mir ganz schön nahe. Hören Sie, Bill – meinen Sie, daß er, nachdem er Sie überfahren – Aber das ist ja genauso unverständlich, dieser Anschlag auf Sie!«

Leonidas nickte. »Hmnja«, sagte er. »Aber schon lange, bevor ich überfahren wurde, hatte Benny begonnen, Sie am Telefon zu verlangen, um mit Ihnen über diese wichtige Angelegenheit zu sprechen. Ich versuchte zur Tatzeit, den Mitternachtsbus noch zu erreichen. Höchstens ein oder zwei Minuten vor zwölf –«

»Mann!« sagte Kaye. »Hören Sie – sind Sie da sicher? Denn um zwölf Uhr – punkt Mitternacht – haben wir Bob mit einem Geschenk überrascht. Aufmarsch, Scheinwerfer, perlenbesetztes Silbertablett, mit allem Drum und Dran. Und ich sollte eine Rede halten, und in den zwei Minuten vor Mitternacht bin ich sechsmal durch diese ständigen Anrufe Bennys unterbrochen worden – Sind Sie wirklich sicher, Bill, daß es Benny war, der Sie überfahren hat?«

»Es könnte auch jemand gewesen sein, der ihm hinreichend ähnlich sieht, nehme ich an«, gab Leonidas zu. »Aber warum sollten dann diesem Doppelgänger Bennys Brieftasche und Schlüsselbund in den Rinnstein gefallen sein, als er sich hinunterbeugte, um sich von meinem Exitus zu überzeugen? Natürlich kann das Ganze so arrangiert gewesen sein –«

»Genau!« sagte Kaye. »Genau so muß es gewesen sein, Bill!«

»Aber der Gedanke gefällt mir gar nicht«, entgegnete Leonidas. »Überhaupt nicht. Das führt zu Verwicklungen, die zu bedenken mein Verstand sich wehrt. Andererseits, wenn Sie wirklich sicher sind, daß Benny um Mitternacht damit beschäftigt war, Sie anzurufen, dann kann er mich nicht zur selben Zeit überfahren haben.«

»Es sei denn, er hätte einen Astralleib gehabt«, warf Kaye ein, »und irgendwie kann ich mir nicht vorstellen, daß ein Astralleib, der etwas auf sich hält, sich mit Benny Brett abgegeben hätte. Das –«

»Muir!« Dallas kam hineingestürmt. »Muir ist zurück!«

»So schnell«, sagte Leonidas. »Meine Güte! Haben Sie August erreichen können?«

»Ich habe mit Campbell gesprochen. August macht sich sofort per Flugzeug auf den Heimweg. Sie hoffen, daß er heute abend hier ist. Kaye, Sie sollten sich lieber schnell eine Beschäftigung suchen. Und diesen weißen Kittel habe ich für Sie gefunden – Und Sie, Bill, zurück ins Bett; ich decke Sie wieder zu –«

»Nein«, sagte Leonidas. »Diesmal werde ich mich würdevoll in Marys Badezimmer zurückziehen. Muir wird ohne Zweifel in die Küche kommen, aber wenn er Ihnen bis dorthin nachstellt, dann verdient er es, mir zu begegnen. Geben Sie mir Bigelows *Grundeigentum* mit. Er wird mir einstweilen zur Bildung –«

»Was sollen wir denn nur tun, Bill?« rief Dallas verzweifelt, als dieser sich anschickte, die Küche zu verlassen. »Lange können wir so nicht mehr weiterspielen. Das ist schlimmer als eine Boulevardkomödie! Wir müssen irgendwie weiterkommen.«

»Das sind wir schon«, sagte Leonidas. »Schauen Sie nicht so verdutzt drein. Ich glaube, wir sind wirklich weitergekommen. Nehmen Sie sich vor Muir in acht, Dallas. Versuchen Sie einen – ähm – goldenen Mittelweg zu steuern.«

Muir erledigte vom Wohnzimmer aus einige Telefonate. Mrs. Price, die in aller Ruhe am Kamin saß und strickte, hatte den Eindruck, daß keines davon allzu wichtig war. Muir hatte nur nach einem Vorwand gesucht, Dallas noch einmal zu sehen.

»Wie klappt es mit Plan Fünf?« erkundigte sie sich, nachdem Muir eingehängt hatte.

»Läuft wie am Schnürchen«, sagte Muir. »Funktioniert hervorragend. Wir haben die drei Leute zwar noch nicht gefaßt, aber sie sitzen in der Falle. Die kommen niemals aus Dalton heraus. Nur eine Frage der Zeit. Der Doktor sagt, der Mord an

Brett geschah gegen eins letzte Nacht – war Mary gestern abend außer Haus?«

»Oh ja. Wissen Sie, donnerstags ist sie das immer.«

Mrs. Price hatte den Satz ausgesprochen, bevor ihr klar wurde, daß sie an die echte Mary gedacht hatte und daß Muir natürlich Dallas meinte. In diesem Zusammenhang ging ihr auch die Frage durch den Kopf, was wohl aus der echten Mary geworden sein mochte. Inzwischen hätte das Mädchen ein halbes dutzendmal zu den Läden in Dalton Centre und zurück gegangen sein können. Und wenn Mary hereinplatzte, solange Muir noch da war – nun, dachte Mrs. Price, selbst eine solche Perle von Dienstmädchen würde höchstwahrscheinlich nicht davon angetan sein, die Küche in fremden Händen zu finden.

»Mary hatte ihren freien Abend«, fügte sie eilig hinzu, »aber sie ist früh zurückgekommen. Sehr früh.«

»Wann?«

»Ich bin sicher, als ich zurückkam, war sie bereits wieder hier, Muir. Da bin ich sicher –«

»Ich werde sie fragen«, sagte Muir. »Wenn sie nämlich früh nach Hause gekommen ist, dann hat sie vielleicht etwas nebenan gehört. Ihr Zimmer liegt nach drüben. Und wenn sie spät zurückgekommen ist, dann hat sie womöglich jemanden gesehen. Sie wissen ja, wie das ist – man sieht irgendwen oder irgendwas und denkt sich nichts dabei, und für mich könnte es wichtig sein. Ich denke, ich gehe einfach mal rüber und stelle ihr ein paar Fragen.«

»Tun Sie das«, sagte Mrs. Price. »Ich komme mit und –«

»Ich frage mich, Mrs. Price«, sagte Muir mit Unschuldsmiene, »ob es nicht besser wäre, wenn ich alleine ginge. Vielleicht ist sie dann weniger gehemmt.«

»Aber sicher, aber sicher, gehen Sie ruhig allein, aber« – sie hatte eine Eingebung – »Sie werden es kurz machen, nicht wahr? Es wird höchste Zeit, daß ich unsere Vorräte durchsehe und die Einkaufsliste zusammenstelle. Rutherford kommt zum Abendessen, und deshalb gehe ich selbst auf den Markt – wissen Sie eigentlich, wo Rutherford steckt, Muir?«

»Nein, Mrs. Price, Sie wissen doch, wenn er sich einen Tag freinimmt, ist er immer allein unterwegs.«

»Ich weiß. Nun, Muir, ich will Sie nicht aufhalten. Aber bleiben Sie nicht länger als fünf Minuten, bitte. Ich muß mich um das Abendessen kümmern.«

Damit blieb ihm keine Zeit, Dallas zu belästigen, dachte sie zufrieden, während Muir den Weg zur Küche einschlug, und mit etwas Glück würde sie ihn aus dem Haus schaffen können, bevor die echte Mary zurückkam.

In der Küche war Dallas mit Geschirrspülen beschäftigt, und Kaye schärfte Messer. Zufällig wußte er, wie man Messer schleift, und glücklicherweise konnten Mrs. Price' Messer einen Schliff gebrauchen. Er summte vor sich hin und gab sich Mühe, sich ganz seiner Aufgabe zu widmen. Je weniger er sich um Muir und Dallas Gedanken machte, dachte Kaye, desto besser.

Doch Muir hatte bei dem engen Zeitrahmen von fünf Minuten, der ihm gesetzt war, nicht die Absicht, auch nur eine Sekunde zu verschwenden. Solange Rogers da war, war die Küche für seine Begriffe überfüllt. Rogers war ihm im Wege.

»Junge.« Muir landete einen herzlichen Hieb zwischen Kayes Schulterblättern. »Du gehst jetzt Holz für Mrs. Price' Kamin holen. Hopphopp.«

Der unerwartete Kontakt mit Muirs wurstigen Fingern brachte Kayes Vorsatz, Messer zu schärfen, die Ruhe zu bewahren und sich um seine eigenen Angelegenheiten zu kümmern, ganz entschieden ins Wanken.

»Was«, fragte er, »sagten Sie da gerade?«

Dallas gestikulierte hinter Muirs Rücken.

Kaye kümmerte sich nicht darum.

»Was«, fragte er zum zweiten Mal, »haben Sie da gesagt?«

»Du hast mich genau verstanden. Hopphopp.«

Kaye rührte sich nicht.

»Hopphopp.«

»Genau«, sagte Kaye, »was ich auch schon beim ersten Mal verstanden habe.«

Er wollte sich wieder seinen Messern zuwenden, doch Muir bekam ihn am Arm zu fassen.

»Hopphopp, hab' ich gesagt!«

»Ich weiß«, entgegnete Kaye. »Sie sind kein Mann, der viele Worte macht, und eins der wenigen ist hopphopp. Nehmen Sie Ihre Hand von meinem Arm.«

Muir war es gewöhnt, Befehlen zu gehorchen, und instinktiv befolgte er Kayes leise, aber nachdrückliche Aufforderung. Er ließ die Hand sinken.

Und zum ersten Mal sah er sich Kaye wirklich gründlich und lange an.

Eine ganze Reihe von Dingen fiel ihm auf, darunter Kayes Hände mit ihren gepflegten Nägeln, die gutsitzende, gutgeschnittene Hose und die schwarzen Lacklederschuhe.

»Wo haben Sie denn zuletzt gearbeitet«, fragte er, und die Ironie in seiner Stimme ließ Schlimmes ahnen.

»Ich habe die Spucknäpfe ausgewischt«, sagte Kaye fröhlich, »im Ritz-Carlton. Wollen Sie deswegen Anklage gegen mich erheben?«

Seine Linke konnte sich, wie er Dallas am Morgen ja bereits in aller Bescheidenheit versichert hatte, sehen lassen. Außerdem war sie schneller als die des Sergeants, und Kaye hatte sich schon einige Minuten zuvor die Stelle ausgesucht gehabt, auf die er zu schlagen gedachte.

Dallas wartete noch, bis der Körper des Sergeants auf den Linoleumboden aufschlug. Dann lief sie Leonidas holen.

»Bill!« rief sie. »Bill –«

»Ah.« Leonidas, der gemütlich auf einem Schemel neben der Badewanne saß, lächelte sie herzlich an und nahm seinen Kneifer ab. »Dallas – was für ein Glück, daß Sie Mr. Bigelow mitgenommen haben, was für ein Glück! Das Licht, in dem unsere Sorgen nach einem Blick in Mr. B.s Band nun erscheinen, ist ein geradezu gleißendes. Noch ist es zu früh, ›Heureka‹ zu rufen und zu sagen, ich hätte des Rätsels Lösung, doch ich habe herausgefunden – aber was ist denn?«

»Kommen Sie mit«, sagte Dallas unglücklich, »kommen Sie, und sehen Sie sich das an! Kommen Sie mit in die Küche, und sehen Sie sich die Bescherung an!«

Leonidas besah sich die niedergestreckte Gestalt von Sergeant Muir und nickte nachdenklich.

»Vielleicht ist es das beste so«, sagte er. »Nicht die Methode, muß ich sagen, die ich persönlich gewählt hätte, doch eine Methode, die Ergebnisse zeitigt. Handgreifliche Ergebnisse. Sie sollten vorsichtshalber noch einige Maßnahmen treffen, Kaye, einen Knebel zum Beispiel. Und vielleicht einige zünftige Knoten an Hand- und Fußgelenken –«

Er hielt inne, denn an der äußeren Küchentreppe wurden Schritte laut, und jemand machte sich an der Hintertür zu schaffen.

»Schließen Sie ab, Dallas!« sagte Kaye.

Doch bevor Dallas dort angelangt war, öffnete sich die Tür.

Ein Mädchen trat ein, und Leonidas verschlug es den Atem.

»Gott sei Dank!« sagte Dallas erleichtert, als sie die blaue Dienstbotenuniform unter dem Kamelhaarmantel des Mädchens sah. »Sie müssen Mary sein – was ist los? Wer – Sie kennen sie, Bill?«

»Ah«, sagte Leonidas lächelnd. »Margie.«

Kapitel 6

Ich hatte doch so ein Gefühl«, fuhr Leonidas fort, »daß wir uns noch einmal wiedersehen würden, daß das Schicksal, der alte Krake, uns mit einem seiner langen, klebrigen Arme umschlingen würde. – Das«, fügte er, an Kaye gewandt, hinzu, »ist eins der vielen Dinge, die Shakespeare so viel besser in Worte hätte fassen können, und wahrscheinlich hat er es sogar getan.«

Mit großen Augen betrachtete Margie Sergeant Muir.

Dann sah sie zu Leonidas hinüber und grinste.

»Bill«, sagte sie, »wissen Sie was? Wir machen ein Geschäft. Gestern abend gegen den Bullen hier.«

»Wovon spricht diese Frau?« verlangte Kaye zu wissen. »Was ist nun schon wieder los?«

»Was sie sagen will«, erläuterte Leonidas, »ist folgendes: Wenn ich bereit bin, ihr gewisse unglückliche Ereignisse der vergangenen Nacht nicht weiter nachzutragen, wird sie im Gegenzug darauf verzichten, die Geschichte des gestürzten Helden publik zu machen, der hier zu Boden gegangen ist. Abgemacht, Margie.«

Feierlich reichten sie sich die Hände.

»Sie können sich gar nicht vorstellen, Bill, wie unangenehm mir das war, daß Cuff diese Sachen hat mitgehen lassen!« sagte Margie. »Ich hab' Sie nicht gern im Stich gelassen, ehrlich, aber ich mußte mich um ihn kümmern. Er ist immer so impulsiv, irgendwie.«

»Hmnja«, sagte Leonidas. »Den Eindruck hatte ich auch schon gewonnen. Ich nehme an, Sie haben ihn in Sicherheit bringen können?«

Margie nickte. »Manchmal macht er mir Sorgen«, sagte sie. »Ach, Bill, und Sie können sich gar nicht vorstellen, wie mir zumute war, wie ich Sie vorhin mit Mrs. Price hier in den Keller hab' schleichen sehen. Da hab' ich mich erst mal aus dem Staub gemacht. Ich dachte, Sie wären hinter mir her. Ich wär' auch nicht mehr zurückgekommen, aber hier sind so viele Bullen überall, und wo mich keiner angehalten oder was gesagt hat – wissen Sie eigentlich, daß nebenan einer ermordet worden ist? Die –«

»Sagen Sie nichts«, bat Kaye. »Erinnern Sie uns nicht daran. Wir wissen es.«

Margie setzte sich und begann laut zu lachen.

»Menschenskind! Seid ihr – aber natürlich seid ihr das! Ihr seid die drei, wegen denen sie ganz Dalton auf den Kopf stellen! Na, das ist gut! Das ist –«

»Woher wissen Sie, daß nach uns gefahndet wird?« fragte Leonidas.

»Oh, ich hab's im Radio gehört, in 'nem kleinen Laden in der Stadt. Die geben die Meldung ungefähr alle zehn Minuten durch, sagte der Mann da. Ehrlich, Bill, so viele Bullen haben Sie noch nie auf einem Haufen gesehen! Die haben Wasserwerfer und Tränengas – aber was machen wir denn nun mit dem hier?«

Sie wies mit ihrem hübschen Fuß auf Muir, der inzwischen wie ein bratfertig verschnürtes Huhn dalag.

»Fragen Sie mich nicht«, sagte Kaye, »ich weiß es wirklich nicht. Das gehört nicht mehr zu meinem Aufgabenbereich. Ich habe ihn schon zur Strecke gebracht. Nun soll jemand anderes sich darüber Gedanken machen, wie wir ihn beiseite schaffen.«

»Ob es wohl«, sagte Leonidas nachdenklich, »auch hier eine Speisekammer –«

»Na, da hab' ich auch gerade dran gedacht!« sagte Margie. »Genau, was wir brauchen. Wir haben 'nen Vorratskeller – keine Fenster, dicke feuersichere Tür mit 'm Riegel davor. Mrs. Price sagt, der Mann, der das Haus gebaut hat, hat's als Weinkeller haben wollen oder so was. Wie 'n Grab ist es da drin. Genau das richtige für ihn, Bill – das sollten Sie aber lieber hier behalten –«

Sie zog Muirs Revolver aus dem Halfter und überreichte ihn Leonidas, der ihn eilig zu Dallas' kleinem 22er in die Manteltasche steckte.

»Und«, redete Margie weiter, »ich glaube, der hat – tatsächlich. Er hat noch 'n Schulterhalfter. Kam mir doch gleich so dick vor. Und – mein Gott, da ist noch 'n Schießeisen in der Jackentasche! Hier, nehmen Sie die. Diese Marines!«

»Sie – ähm – kennen den Sergeant?« fragte Leonidas.

In seiner linken Tasche war kein Platz mehr, und er steckte die beiden weiteren Waffen in die rechte.

»Ach, nur, was ich von Cuff weiß«, sagte Margie locker. »Hören Sie, kann ich seine Dienstmarke haben? Da würde Cuff Augen machen! Darf ich? Macht es Ihnen was aus?«

»Aber nein, ganz und gar nicht!« sagte Leonidas. »Greifen Sie nur zu! Zweifellos hätte die Dienstmarke früher oder später ohnehin Cuffs Aufmerksamkeit erregt. Ähm – Kaye, ob Sie nun wohl so gut sind, den Sergeant in der Speisekammer zu verstauen?«

Kaye stemmte sehr langsam die Hände in die Hüften und blickte Leonidas ins Gesicht.

»Meinen Sie nicht«, sagte er schließlich, »daß wir vielleicht – nur so ein dummer, abwegiger Gedanke von mir, nichts weiter –, aber daß wir vielleicht ein ganz klitzekleines Stückchen zu weit gehen, Bill?«

»Das müssen Sie gerade sagen!« fiel Dallas ein. »Der Bomber von Dalton. Sie haben uns doch die Sache eingebrockt. Sie haben ihn doch k.o. geschlagen. Und nun reden Sie –«

»Das meine ich nicht. Ich –«

»Nein«, sagte Dallas, »Sie meinen ja nie etwas. Muir schenkt mir eine Eintrittskarte, und das ist entsetzlich, aber Sie werden auf hunderttausend Dollar verklagt, und das ist in Ordnung. Es ist schlimm, wenn man einen Bullen in den Abstellraum steckt, aber ihn niederzuschlagen, das macht überhaupt nichts – also ehrlich, die Beschränktheit des männlichen Verstands –«

»Darum geht es ja gerade«, sagte Kaye. »Bills Verstand ist genauso männlich, aber er kennt überhaupt keine Beschränkungen. Anders als meiner. Ich kann nicht glauben, daß es vernünftig ist, einen Sergeant der Polizei zwischen die Marmeladengläser zu stecken oder ihm seine Waffen zu stehlen –«

»Hören Sie mal«, sagte Margie und wählte den Tonfall, den sie auch gegenüber Cuff angeschlagen hätte, »wenn Sie ihm die Kanonen lassen, dann schießt der sich in 'ner halben Minute den Weg aus der Speisekammer frei, klar?«

»Ihm seine Dienstmarke zu nehmen –«

»Ach, Blödsinn!« sagte Margie. »Der hat sicher noch eine!«

»Ich sage«, fuhr Kaye fort, »das geht zu weit! Und es geht auch zu weit!«

Leonidas ließ seinen Zwicker baumeln.

»Wenn Sie einmal innehalten und nachdenken, Kaye«, sagte er, »dann wird Ihnen aufgehen, daß nach Ihnen und Dallas und mir gefahndet wird. Wir werden wegen Mordes gesucht. Ihnen droht noch zusätzlich der Büttel. Margie wird wegen der Vorfälle heute nacht bei Dr. Derringer gesucht, auch wenn die Polizei im Augenblick anderes zu tun hat – also wirklich, Kaye, unter diesen Umständen, kann man da – ähm – zu weit gehen? Ich bezweifle es. Und wenn Sie nun bitte Muir verstauen wollen. Es bleibt viel zu tun –«

Mrs. Price kam in die Küche gestürmt.

»Ich habe mich verspätet«, sagte sie. »Ich hatte eine Masche fallen lassen, und ich konnte einfach – oh.«

Ihr Blick fiel auf Muir, und sie nickte.

»Ich wollte ohnehin fragen«, sagte sie, »ob es nicht besser wäre, wenn wir ihn einfach irgendwo verschwinden ließen. Mr. Cobble ist nämlich da, und als der kam, war mir sofort klar, daß wir Muir irgendwie beiseite schaffen müssen, bis Rutherford kommt –«

»Bringen Sie es uns schonend bei«, bat Kaye sie. »Wer ist Mr. Cobble?«

»Ach, sind Sie zurück, Mary? Gut. Mr. Cobble«, fuhr Mrs. Price fort, »ist unser Briefträger, und er ist ein sehr netter Mann, wirklich. Immer bereit zu warten, wenn man noch eben einen Brief zu Ende schreiben will, und ihn dann mitzunehmen und aufzugeben, und so weiter. Aber er redet und redet, und natürlich weiß er über jeden Bescheid, und wenn er erst einmal anfinge, sich mit Muir über mein Dienstmädchen zu unterhalten – er hat nämlich Mary gestern gesehen, und er weiß, daß ich keinen Hausdiener habe, nur Mary –«

»Margie«, sagte Kaye. »Sie heißt Margie, wie sich inzwischen herausgestellt hat.«

»Oh, das wußte ich!«

»Oh, tatsächlich?« sagte Kaye.

»Oh ja. Ich nenne meine sämtlichen Dienstmädchen Mary, und die Diener heißen Rogers. So hießen die ersten beiden, die ich hatte, und ich fand immer, es ist der Mühe nicht wert, jedesmal neue Namen zu lernen – aber ich glaube, Sie sollten Muir lieber irgendwo verstecken, bevor jemand kommt und nach ihm sucht.«

Kaye fächelte sich mit einem gestreiften Staubtuch heftig Luft zu.

»Ich nehme an, Sie wissen auch schon ganz genau, was Sie den Polizisten sagen werden, wenn sie nach Muir fragen?«

Mrs. Price dachte einen Augenblick lang nach.

»Eine gute Eselsbrücke – Mary – Margie, ich glaube, ich kann Sie genausogut Margie nennen, das macht ja kaum einen Unterschied – was haben Sie mir gestern vom Pferderennen erzählt, Margie? Eine sichere Sache, ein –«

»'n heißer Tip?«

»Das ist es! Ich werde sagen, jemand hat angerufen und Muir einen heißen Tip gegeben, und er lasse ihnen sagen, sie sollten weiter nach Plan Fünf vorgehen, während er diesem heißen Tip nachgeht.«

»Um Himmels willen, nun machen Sie doch nicht so ein Gesicht, Kaye«, sagte Dallas, »und bringen Sie Muir nach unten. Was – wie Bill ganz richtig sagt – was haben Sie denn schon zu verlieren?«

Kaye beugte sich hinunter, um den Sergeant aufzuheben, und hielt dann inne.

»Bill«, sagte er, »sind Sie der Mann, der dafür gesorgt hat, daß meine Cousine Agatha Jordan drei Tage lang die Schlagzeilen von Boston beherrscht hat – sind Sie der Mann, mit dem zusammen die alte Dame die Mörderin von John North zur Strecke gebracht hat?«

»Hmnja«, sagte Leonidas. »Agatha und ich, wir sind alte Freunde. Das Ganze war natürlich reine Glückssache. Nichts als Zufall –«

»Ja, ja, nichts als Schicksal, der alte Krake«, entgegnete Kaye. »Die klebrigen Arme winkten fröhlich im lauen Lüftchen. Verstehe. Mir war doch, als erinnerte ich mich von irgendwoher an Sie. Und nun wollen wir noch einen letzten Punkt klären. Sie warten mit Sicherheit nicht auf Colonel Rutherford B. Carpenter, nicht wahr?«

»Ich habe den Eindruck«, sagte Leonidas, »daß –«

»Daß wir diesen Fall selbst aufklären? Das dachte ich mir. Das hatten Sie die ganze Zeit über im Sinn, nicht wahr?«

»Oh ja«, sagte Leonidas. »Natürlich.«

»Aber das ist ja eine wunderbare Idee!« rief Mrs. Price. »Wenn wir Rutherfords Mörder finden – Bennys Mörder, meine ich natürlich –, dann kann Rutherford doch beim besten Willen nicht mehr böse auf uns sein, nicht wahr? Dann spielt es überhaupt keine Rolle mehr, was geschehen ist. Er kann nichts dagegen sagen!«

»Darauf, ganz allgemein gesprochen, vertraue ich«, ließ Leonidas sie wissen. »Ich sehe keinen anderen Ausweg.«

»Ist das nicht eine einfach großartige Idee!« rief Mrs. Price. »Und Sie kennen also die gute Agatha – ist sie nicht eine bezaubernde Frau? So –«

»Cousine Agatha«, bemerkte Kaye, »verbindet die Würde eines Erzbischofs mit dem überraschenden Charme eines entflohenen Leoparden. In manchem, Mrs. Price, erinnern Sie mich an sie. Wie dem auch sei, nun kenne ich also das volle Ausmaß der Katastrophe. Ich weiß, was uns am heut'gen Tage noch blüht. ›Der‹, wie Shakespeare es ausdrückte, ›der, so ihn überlebt und heim gelangt, Wird auf dem Sprung stehn, nennt man diesen Tag‹ – öffnen Sie die Tür, Dallas –«

Kaye faßte den noch immer reglosen Körper Muirs, als sei er ein Sack Zwiebeln, und zerrte ihn aus der Küche.

»He, Margie!« rief er. »Fassen Sie mal mit an. Dallas, helfen Sie ihr, sonst bleibt er mit den Hufen hängen – ja, ja! ›Wir Auserwählten, wir treue Brüderschar: Denn welcher heut sein Blut mit mir vergießt, der wird mein Bruder –‹«

»Ein ungewöhnlicher junger Mann«, sagte Mrs. Price. »Manche seiner Aussprüche verwirren mich.«

Taktvoll unterließ Leonidas die Bemerkung, es sei gut möglich, daß Kaye dieselbe Meinung über Mrs. Price haben könne.

»Ich will nur hoffen«, sagte er ernst, »daß sein Dichterwort nicht Wirklichkeit wird. Ich habe nichts dagegen, sein Bruder, im übertragenen Sinne, zu werden, doch Blutvergießen ist mir höchst zuwider – Mrs. Price, die Türglocke. Wenn Sie so freundlich –«

»Heißer Tip«, sagte Mrs. Price, als sie sich Richtung Haustür aufmachte. »Heißer Tip – Muir hat einen heißen Tip bekommen und geht ihm nach.«

Zwei Minuten später kehrte sie, strahlend vor Stolz, in die Küche zurück.

»Ich habe es behalten«, sagte sie, »und es hat wunderbar gewirkt. Der Beamte meinte nur, es sei ja auch Zeit gewesen, daß Philo Vance eine Fährte aufspüre. Offenbar hielt er es für überhaupt nicht ungewöhnlich, daß Muir plötzlich verschwunden war.«

Nacheinander kehrten Kaye, Dallas und Margie aus dem Keller zurück.

Margie hatte, wie Leonidas auffiel, eine ordentlich zusammengelegte Hose unter dem Arm.

»Die gehört Muir«, sagte sie, darauf angesprochen. »Er ist zwar fest verschnürt und so sicher eingesperrt wie im Kittchen, aber ich dachte, wir gehen auf Nummer sicher und nehmen noch seine Hose mit. 'n Mann ohne Hose sieht immer so albern aus. Selbst wenn er sich befreien kann, dann überlegt er sich's vielleicht, ob er ohne Hose da rausgestürmt kommt. Deshalb hab' ich sie mitgenommen. Der Rest von der Uniform ist im Keller.«

»Nie zuvor«, sagte Kaye, »erblickt' mein Aug' verrucht're Weiber. ›Verrucht‹ ist vielleicht nicht ganz der richtige Ausdruck –«

»Halten Sie den Mund, Kaye«, sagte Dallas. »Bill, Sie sagten vorhin, Sie hätten etwas im Bigelow gefunden –«

»Soll das heißen, wir haben etwas, das uns weiterhilft?« fragte Kaye. »So eine Art vernünftigen Ausgangspunkt? Das kann ich kaum –«

»Wollen Sie wohl den Mund halten?« sagte Dallas. »Oder müssen Sie erst den Spüllappen zu schmecken bekommen? Weiter, Bill. Was ist mit Bigelows *Grundeigentum*?«

»Bigelow mag das Langweiligste sein, was je geschrieben wurde«, antwortete Leonidas, »doch ich kann Ihnen gar nicht genug danken, daß Sie ihn mit Ihren Fingerabdrücken versahen und wir deshalb gezwungen waren, ihn mitzunehmen. Da war die Vorsehung im Spiel, kein Zweifel –«

»Von wegen Vorsehung«, sagte Kaye, »das ist dieser schicksalhafte Krake, der seine schrecklichen Fangarme – uh!«

»Ich habe Sie gewarnt«, sagte Dallas. »Spültuch soll er fressen, und mit Lust. Danke, Margie. Und nun weiter, Bill.«

»Kurz, Dallas«, fuhr Leonidas fort, »ich glaube, Sie hätten Ihr Buch gar nicht besser wählen können. Zwischen seinen Seiten steckt eine Reihe faszinierender Dinge, die unsere Gedanken beflügeln werden. Hier zum Beispiel haben wir einen Umschlag, an Bennington adressiert. Auf der Rückseite findet sich eine umfassende Liste mit Veranstaltungen der Meredith-Akademie, mit Datum und Uhrzeit – das ist doch Bennys Handschrift, oder?«

Dallas warf einen Blick darauf und nickte.

»Ich hatte also recht«, sagte Leonidas. »Zwei Daten sind angestrichen. Der fünfzehnte März –«

»Die Iden def Märf«, ließ Kaye sich durch das Spültuch vernehmen.

»Gestern. Und der siebte März. Am siebten März fand das Treffen ehemaliger Lehrer der Akademie statt, das ich regelmäßig besuche. Gestern war Abschlußfeier, und dabei überreiche ich stets persönlich einen Pokal, den ich vor vielen Jahren gestiftet habe. Beide Male war ich anschließend bei Professor Otis und seiner Familie zum Abendessen eingeladen. Am siebten März – einem der beiden Daten, die Benny angestrichen hat – nahm mich ein Freund der Familie Otis im Wagen mit zurück nach Boston. Gestern abend jedoch ging ich zum Bus, wie ich das stets zu tun pflege –«

Kaye zog das Spültuch aus dem Mund, um zu pfeifen.

»Sie meinen, Benny hat genau nachgeprüft, an welchen Tagen Sie hier sein würden und an welchen Sie bei den Otis' zu Abend essen – das wäre ja nicht schwer herauszufinden gewesen, wenn Sie regelmäßig eingeladen sind. Wahrscheinlich hat er am Siebten schon auf der Lauer gelegen, um Sie zu überfahren, und letzte Nacht, am zweiten angestrichenen Datum, hat's dann geklappt!«

»Das klingt einleuchtend«, sagte Leonidas.

»Bis auf die eine Tatsache – daß Benny letzte Nacht zu der Zeit, zu der Sie überfahren wurden, damit beschäftigt war, mich anzurufen!«

»So ist es«, sagte Leonidas. »Nun – meine erste Theorie war, daß Benny vorhatte, mich umzubringen und dann selbst ermordet wurde – sagen wir, von einer Person X. Aber das ist zu weit hergeholt. Zu kompliziert. Nun stellen wir uns einmal vor, Benny und X hätten gemeinsam meine Ermordung geplant, und X brachte dann später Benny um. So kommt eine gewisse Logik in die Geschichte, die meiner ursprünglichen Idee mangelte.«

Kaye und Dallas hatten beide offenbar Schwierigkeiten, Leonidas' Gedankengängen zu folgen, doch Margie und Mrs. Price nickten wie auf Kommando.

»Der Ganove, der von seinem Komplizen hintergangen wird«, sagte Mrs. Price.

»Sicher«, sagte Margie. »Klingt vernünftig, Bill.«

»Aber warum hatten X und Benny es überhaupt auf Sie abgesehen?« fragte Kaye. »Warum sollten Sie ermordet werden?«

»Zumindest haben wir einigen Grund zu der Annahme«, sagte Leonidas, »daß ich als Opfer ausersehen war – daß, so, wie es mir zum Zeitpunkt der Tat auch erschienen war, die Angelegenheit Methode hatte. Des weiteren habe ich den Eindruck, daß es X war, der mich überfuhr und dann mit Absicht die Brieftasche –«

»Sie meinen, X hat sich als Benny verkleidet«, sagte Kaye.

»Ich würde nicht so weit gehen, von Verkleidung zu sprechen«, entgegnete Leonidas. »Bei Verkleidung denke ich an eine Perücke, entsprechende Kleidungsstücke, all das. Benny war nicht besonders groß oder breit gebaut. Man hätte sich nur mit einem angesengten Korken einen Schnurrbart malen müssen, wie Benny ihn trug. Und –«

»Und wenn Sie jemanden mit einem Bärtchen gesehen hätten«, sagte Dallas, »und später dort, wo der Mann stand, eine Brieftasche mit Bennys Namen gefunden hätten – dann wäre der Mann für Sie Benny Brett gewesen. Natürlich.«

»Ich frage mich, ob uns nicht das Auto weiterhelfen kann?« fragte Kaye. »Es war ein Roadster, nicht wahr? Das ist doch immerhin etwas Konkretes. Wenn der Wagen noch dasteht, können wir herausfinden, wem er gehört hat, und –«

»Wenn Sie den Roadster meinen, der Bill überfahren hat«, warf Margie ein, »über den werden Sie nichts mehr rausfinden.«

»Cuff?« erkundigte sich Leonidas.

Margie nickte.

»Wir sind damit abgehauen«, sagte sie, »und 'ne Stunde später hat Cuff ihn dann an 'nen Kumpel verkauft. Inzwischen ist er wahrscheinlich neu lackiert und hat 'ne neue Fahrgestellnummer und alles, und wahrscheinlich ist er schon weiterverkauft. Cuff meinte, daß es ein Leihwagen war. Wahrscheinlich hat der Knabe, der ihn gemietet hat, einen falschen Führerschein mit 'm falschen Namen gehabt. Deshalb konnte er ihn auch da stehenlassen.«

»Das wäre also erledigt«, sagte Kaye. »Aber nun sagen Sie mal, Bill – warum bringt X Benny um?«

»Weil er ins Haus kommt, in die Nummer 95, und Benny ertappt, wie er Sie anruft. Stellen Sie sich vor, X kommt triumphierend dort an, hat den alten Witherall aus dem Wege geräumt, und findet Benny, wie er nach Ihnen jammert –«

»Wieso komme ich da ins Spiel?« wollte Kaye wissen.

»Das gehört zu den Dingen, über die wir uns noch Klarheit verschaffen müssen. Aber es steckte noch etwas im Bigelow, und ich muß zugeben, es war eine Überraschung für mich. Ich wußte nicht, daß Benny außer August Barker noch weitere Verwandte hatte –«

»Oh doch«, sagte Mrs. Price. »Er hat eine Schwester –«

»Zara?«

»Getauft wurde sie auf Sarah Ann«, schnaubte Mrs. Price, »aber sie muß sich Zara nennen. Wie solche Frauen nun einmal sind. Sie hätte Fanny zu Fania verdreht und Lorna zu Lorena –«

»Übrigens«, unterbrach Kaye, »wie heißen Sie eigentlich mit Vornamen, Mrs. Price? Ich frage das nicht nur aus Neugier; ich habe vor, Sie beim Vornamen zu nennen. Ich habe inzwischen das Gefühl, wir beide kennen uns bereits seit Urzeiten.«

»Cassandra –«

Kaye prustete.

»Aber die meisten nennen mich Cassie.«

»Cassandra«, sagte Kaye. »Das hätte ich mir denken sollen. Cassandra, die Urmutter aller Unheilverkünderinnen – sie zu kennen hieß, wenn ich mich recht entsinne, das Schlimmste zu kennen –«

»Kaye«, sagte Dallas, »entweder lassen Sie Bill weiterreden, oder Sie bekommen das Tuch zwischen die Zähne. Sie haben die Wahl.«

»Danke«, sagte Leonidas. »Mrs. Price, erzählen Sie von Zara. Ähnelt sie ihrem Bruder?«

»Oh nein. Sie trinkt nicht. Sie hat sich auch nicht groß mit Benny abgegeben. Sie ist älter als er – als er war –, sie ist sechsundvierzig, auch wenn sie sich für vierzig ausgibt. Aber ich weiß es besser. Sie kam an meinem zwölften Geburtstag zur Welt; damals brach nämlich eine Tante von mir, eine Busenfreundin Mrs. Bretts, Hals über Kopf auf, als sie die Neuigkeit hörte, und ich war sehr gekränkt – sie hatte in der Eile vergessen, mir mein Geschenk zu überreichen. Wovon sprach ich?«

»Von Amts wegen«, sagte Leonidas, »ist Zara sechsundvierzig.«

»Nun, sie ist Vorsitzende in allen möglichen Clubs – nicht, daß sie so beliebt wäre, nicht im geringsten –, aber sie hat die Zeit dafür, und andere Frauen sind mit anderen Dingen beschäftigt. Ich persönlich«, sagte Mrs. Price zusammenfassend, »ich konnte die Frau noch nie ausstehen. Aufdringlich, das habe ich schon immer gesagt.«

»Sie hat viel von einer Frau Vorsitzenden«, sagte Dallas, »aber was mir am meisten bei ihr auf die Nerven geht, ist dieser goldene Turban, den sie trägt. Sie hält sich für sehr geschäftstüchtig, aber ich muß ständig ihr Konto ausgleichen. Übrigens – das habe ich ganz vergessen –, sollten wir sie nicht anrufen oder sonstwie benachrichtigen? Ich habe überhaupt nicht an sie gedacht!«

»Wenn die Polizei sie nicht informiert hat«, sagte Leonidas, »dann wird sie die traurige Mitteilung von Bennys Hinscheiden wohl inzwischen aus dem Radio vernommen haben –«

»Und ich möchte wetten«, sagte Mrs. Price, »daß sie trotz allem den Vorsitz im Freitagmorgen-Club führt! In Trauer. Als sie ihre Blinddarmoperation hatte, hat sie überall im Krankenhaus Vorstandssitzungen abgehalten! Sie war furchtbar ärgerlich, als der Arzt darauf bestand, daß sie Ruhe hält.«

»Sie kann unangenehm sein«, pflichtete Dallas ihr bei. »Ich habe sie schon seit ein paar Monaten nicht mehr gesehen, doch letzte Woche rief sie an – ihr Scheck aus dem Treuhand-Fonds war nicht rechtzeitig gekommen oder so etwas, und sie wollte, daß ich sofort nach Boston fahre und mich darum kümmere. Sie hatte eine Sitzung.«

»Daher hat sie also ihr Geld«, sagte Mrs. Price. »Ich habe mich schon immer gewundert. Verschwenderisch wie sie ist. Und immer Gäste. Dreißig Leute zum Mittagessen sind bei ihr keine Seltenheit –«

»Und hundert zum Tee und fünfzig Millionen zum Abendessen«, sagte Margie. »Ich hab' mal 'ne Woche lang für die Dame gearbeitet, dann hatte ich die Nase voll. Und ich kann euch sagen, Schwester Brett läßt auch allerhand bei Pferde- und Hunderennen –«

»Aber Margie!« sagte Mrs. Price. »Sie ist Vorsitzende der Liga zur Abschaffung des Pferde- und Hunderennsports!«

»Na, das paßt doch«, war Margies knapper Kommentar.

»Aber – das kann ich einfach nicht glauben, Margie!«

»Sie verliert Unsummen beim Wetten, Mrs. Price. Cuff hat früher für ihren Buchmacher gearbeitet. Meine Güte, ist die etwa auch in diese Geschichte verwickelt, Bill?«

Leonidas holte ein zweites Blatt Papier aus dem Bigelow hervor.

»Ehrlich gesagt, ich weiß es nicht«, sagte er. »Diese Nachricht hier trägt den Briefkopf eines Hotels in Meldon –«

»Das war die Landesversammlung«, sagte Mrs. Price, ohne zu zögern. »Vorige Woche. Sie war eine der Delegierten dort.«

»›Lieber Bruder‹«, las Leonidas vor, »›das Geld hätte ich ja schon gern, aber ich habe den Eindruck, daß man äußerst vorsichtig sein sollte. Ganz gleich, wie Du Dich entscheidest, nimm Dich in acht. Wenn Du ihn ohne Gefahr ausmanövrieren kannst, wäre das wohl besser, aber ich fürchte, er wird sehr wütend sein, und Du solltest Dir vorher Gewißheit verschaffen. Halte mich auf dem laufenden. Ich rufe Dich an, sobald ich zurück bin. Zara.‹«

Kaye gab einen leisen Pfiff von sich.

»Benny hatte also irgendeinen Plan«, sagte er, »und er hatte vor, jemanden dabei auszumanövrieren, und Zara erwartete, daß dieser Jemand wütend sein würde. Da haben Sie's, Bill. Jemand ist dermaßen wütend geworden, daß er Benny umgebracht hat. Ich nehme einen Teil meines lästerlichen Lachens zurück, Bill. Sie haben da wirklich etwas herausgefunden.«

»Hmnja«, sagte Leonidas. »Man könnte es so deuten. Aber genausogut könnte es bei dieser Nachricht um ein Lotterielos gehen oder eine Einladung zum Abendessen. Unter den gegebenen Umständen scheint die Nachricht auf etwas Unheilvolles hinzudeuten, aber wenn dieser Zettel wirklich wichtig wäre, kann ich mir auch bei einem so einfallslosen Zeitgenossen wie Benny nicht vorstellen, daß er ihn aufgehoben hätte. Selbst Benny hätte ihn den Flammen überantwortet.«

»Warum fahren wir nicht hin und sprechen mit ihr?« schlug Mrs. Price vor. »Vielleicht geht es um irgend etwas ganz Unbedeutendes, aber – wissen Sie, die Leute lachen mich immer aus, wenn ich sage, ihr Blick hat etwas Verschlagenes, aber das hat er wirklich. Wir gehen hin und sehen, was sich ergibt.«

»Wenn ich Sie recht verstehe, Cassandra«, sagte Kaye, »schlagen Sie vor, wir sollten auf der Stelle hinausgehen, persönlich, und Zara besuchen? Wo aus jedem Radio unsere Beschreibung dröhnt und wo die Straßen überquellen vor Daltoner Polizisten mit Tränengasgeschossen, nicht zu vergessen die Wasserwerfer?«

»Wirklich«, sagte Mrs. Price, »wenn Sie Zara Brett so gut kennen würden wie ich, dann wüßten Sie, daß sie die Angelegenheit wohl kaum am Telefon mit uns besprechen wird! Sie ist sehr zugeknöpft. Äußerst. Bevor Dallas eben vom Treuhand-Fonds sprach, wußte ich nicht einmal, woher sie ihr vieles Geld hat! Nein, Kaye, wenn Sie irgend etwas aus Zara Brett herausbekommen wollen, müssen Sie sie schon unter Druck setzen! Und deshalb fahren wir jetzt gleich los und suchen sie. Auf der Stelle!«

»Cassie«, sagte Kaye geduldig, »in dem Augenblick, in dem wir auch nur die Nasenspitze zur Tür herausstrecken, landen wir bei

Ihrem geschätzten Bruder im Bau, im Kittchen. Mir scheint, Ihnen ist gar nicht bewußt –«

»Unsinn«, entgegnete Mrs. Price. »Und eins ist mir sehr gut bewußt – daß es uns niemals gelingen wird, Bennys Mörder zu finden, bevor Rutherford nach Hause kommt, wenn Sie uns weiter mit Ihrem albernen Defätismus behindern. Wir gehen aus, und damit basta. Und Sie werden uns fahren.«

»Ich?«

»Sie«, sagte Mrs. Price. »Margie, wir fanden doch gestern, als wir etwas für Sie zum Anziehen suchten, eine Chauffeursuniform. Die gehen Sie jetzt holen. Dallas, Sie und Bill müssen sich inzwischen überlegen – ich hab's! Spanien!«

»Sie verkleiden sie mit Kastagnetten und Tambourinen?« fragte Kaye.

»Meine Altkleidersäcke für die Flüchtlinge in Spanien – meinen Sie nicht, das wird reichen, Bill, wenn wir die Limousine nehmen? Ich bin sicher, die erregen nicht den geringsten Verdacht. Schon seit Wochen füllt ganz Dalton diese Leinensäcke mit Sachen. Sie und Dallas legen sich auf den Fußboden, und wir legen die Säcke über Sie, so hoch, daß sie zu sehen sind. Dann denkt sich niemand etwas dabei. Und Kaye wird Chauffeur.«

»Ich möchte nicht, daß Sie mich für einen Feigling halten«, sagte Kaye, »aber in gewissem Sinne bin ich in Dalton bekannt, Cassie. In der Fabrik arbeiten sechshundertunddreizehn Leute. Und privat kenne ich sicher noch zwei Dutzend mehr. Und ich bin ziemlich oft mit dem Auto unterwegs.«

»Das geht schon in Ordnung«, sagte Mrs. Price. »Sie bekommen eine von Jocks Nasen.«

»Ähm – wovon, bitte, bekommt er eine?« fragte Leonidas.

»Das sind falsche Nasen. Man kann sie fertig kaufen. Eine Art Knetmasse. Mein Enkel hat solchen Spaß daran, wenn er mich hier besucht. Seiner Mutter erzählen wir nie etwas davon, die würde sie sicher für subversiv oder so etwas halten – ich frage mich manchmal, woher Dorothy ihre Vorstellungen von Kindererziehung hat. Nicht von mir, da bin ich sicher.«

»Ich wette«, sagte Kaye, »Dorothy hat eine stille, scheue Seele geheiratet? Das dachte ich mir. Es mußte so sein. Also gut, Margie. Holen Sie mir die Uniform –«

Margie zögerte.

»Sagen Sie, Mrs. Price«, fragte sie, »welche Rolle übernehme ich denn bei dieser Aufführung?«

»Oh, Sie wollen mitkommen? Ja, warum eigentlich nicht –«

»Meine Güte, denken Sie etwa, ich bleibe hier, wo der Bulle im Keller liegt, und mache Hausarbeit? Ich bin doch nicht verrückt! Und ich will nichts verpassen!«

»›Und Edelleut' in England, jetzt im Bett, Verfluchen einst, daß sie nicht hier gewesen‹ – was ist doch Shakespeare für ein Zitatenschatz, nicht wahr? Sie werden vorn bei mir sitzen, Margie, und mir heroisch das Steuer aus den mir den Dienst versagenden Händen nehmen, wenn das Tränengas mir in die Knetgummi-nase steigt!«

Eine halbe Stunde später sah eine Handvoll Daltoner Polizisten gelangweilt zu, wie Kaye Mrs. Price' Limousine aus der Garage holte und die Auffahrt hinauf zur Vorderfront des Hauses fuhr.

Einer von ihnen bemerkte die Leinensäcke mit ihren roten Anhängern und sprach nicht ohne Bitterkeit davon, mit welcher Leichtigkeit ein Haufen Toreros zu solchen Sachen kam, während der Hilfsfonds der Polizei dahinkümmerte.

Mrs. Price kam den Fußweg hinunter und stieg in den Wagen, gefolgt von Margie.

»Wohin, Madam?« Kaye legte ihr die Reisedecke über die Knie.

»Diese Nase ist wunderbar«, sagte Mrs. Price. »Ich habe Sie kaum wiedererkannt. Sie sehen genau aus wie dieser nette Mr. Weintraub, der Staubsaugervertreter. Zuerst fahren wir zu ihrer Wohnung, Rogers, Wellington Road 300. In West Dalton, gleich am Park. Wenn sie nicht da ist, bleibt uns nichts anderes übrig, als zum Freitagmorgen-Club zu fahren. Sie treffen sich im Vortragssaal.«

Zwei Polizisten, die an der Ecke bedrohlich neben ihren Motorrädern warteten, winkten Mrs. Price freundlich zu, als Kaye an einer roten Ampel hielt.

Mrs. Price winkte zurück und öffnete das Fenster.

»Ich habe mir einen Chauffeur zugelegt, Morgan!« rief sie ihnen gutgelaunt zu. »Jetzt brauchen Sie sich keine Sorgen mehr wegen meiner Zweistärkengläser zu machen!«

Die beiden Beamten lachten, und Morgan kam zum Wagen geschlendert.

»Wollen Sie 'ne Eskorte?«

»Oh, was für eine wunderbare Idee – würden Sie das für mich tun, Morgan?«

»Damit feiern wir Ihren Chauffeur«, sagte Morgan. »Wohin soll's denn gehen? Wohin? Also los, Junge. Kümmern Sie sich nicht um die roten Ampeln. Mir nach!«

Zur Begleitung einer heulenden Polizeisirene schoß die Limousine durch die Straßen von Dalton Hills, vorbei an den Geschäftsvierteln von Dalton Centre und Daltonville, in Richtung West Dalton.

Mrs. Brett, so wurden sie vom Hausdiener informiert, hatte sich gerade vor einer Minute auf den Weg zum Freitagmorgen-Club gemacht.

»Wollen Sie sie abfangen, Mrs. Price?« fragte Morgan. »Ach was, das macht überhaupt keine Umstände. Ich bin ja froh, wenn ich was zu tun habe. Ich hocke schon den ganzen Morgen herum – na denn los, Junge, ab geht die Post.«

Kaye blieb nichts anderes übrig, als die Verfolgung aufzunehmen.

»So allmählich macht mir die Sache keinen Spaß mehr«, richtete Leonidas das Wort an Dallas, während die beiden unter den Leinensäcken kräftig durchgeschüttelt wurden. »Wenn ich geahnt hätte, daß die Polizei uns nicht verfolgen, sondern eskortieren wollte, wäre ich wohl versucht gewesen, standesgemäß im Sitzen zu reisen –«

»Da ist sie!« rief Mrs. Price. »Sie geht gerade hinein – und in Schwarz! Ich hab's gewußt, ich war ganz sicher, daß sie sich in Trauergewänder hüllen würde. Sie trägt es so wunderbar gefaßt, sollen die Leute von ihr denken. Ich laufe gleich los, bringe sie dazu, ins Auto zu steigen, und dann fahren wir irgendwo hin, wo sie uns erklären muß –«

Der Plan war einfach und logisch, und es war nicht Mrs. Price' Schuld, daß er scheiterte. Sie konnte schließlich, wie sie später sagte, nicht voraussehen, daß Margaret de Havilands starke Sympathie für die Spanier ihr einen Strich durch die Rechnung machen würde.

Kaum hatte Mrs. de Haviland von ferne die Leinensäcke mit ihren roten Anhängern erspäht, da stürzte sie auch schon auf die Limousine zu und riß die Tür auf.

»Meine Liebe«, sagte sie mit bewegter Stimme, »Cassie, Sie Engel, Sie bringen mir ja eine ganze Wagenladung für meine Spanier! Wie göttlich, meine Liebe – und der Lastwagen ist hier, und mit Ihren wunderbaren Säcken übertreffen wir unser Ziel bei weitem und schlagen die Clubs von Addington vernichtend, einfach vernichtend! Wir haben jetzt schon siebzehn Säcke mehr –«

Sie griff zielsicher nach dem Sack, unter dem Leonidas lag.

»Der ist zu schwer, meine Liebe!« Mrs. Price warf sich hastig zwischen den Sack und Mrs. de Haviland. »Viel zu schwer – viel zu. Viel, viel –«

»Voll bis obenhin!« jubilierte Mrs. de Haviland, »die Säcke quellen geradezu über – Sie sind so freigiebig, meine Liebe! Fortuna mit ihrem Füllhorn. Ihr Chauffeur kann sie tragen – Ach, lassen Sie nur. Da kommt dieser fabelhaft aussehende Polizist – Ihr Bruder hat eine so gutaussehende Truppe!« Mit einem strahlenden Lächeln wandte sie sich an Morgan: »Sie sind doch sicher so freundlich, Wachtmeister, und laden die Säcke für mich aus?«

Kapitel 7

Dallas spürte, wie sie hemmungslos zu kichern begann, ohne dabei auch nur den geringsten Laut von sich zu geben. Von Bill Shakespeare konnte sie weder etwas sehen noch etwas hören, doch ihr Gefühl sagte ihr, daß es ihm kaum anders ging als ihr.

Es war aber auch zu verrückt, so sagenhaft, unglaublich verrückt! Da entkam man dem Gerichtsdiener und dem gesamten Polizeiaufgebot und Muir und all den anderen – und dann brachten einen die spanischen Flüchtlinge zu Fall!

»Klar«, sagte Morgan, »ich hol' die Säcke raus – wenn Sie mal einen Augenblick zur Seite treten könnten, Mrs. Price, dann habe ich sie im Nu für Sie draußen –«

Es war Kaye, der für den Augenblick die Lage rettete – Kaye und das Hupkonzert der ungeduldigen Ladies aus Dalton, deren Wagen sich hinter der Limousine stauten.

Er kurbelte das Fenster herunter und bemerkte: »Vielleicht sollte ich erst einmal weiterfahren, Madam. Wir halten die Wagen hinter uns auf –«

»Fahren Sie einfach weiter, Junge, am Eingang vorbei«, sagte Morgan. »Ich suche Ihnen 'nen Parkplatz. Fahren Sie ruhig weiter. Es ist alles voll, aber ich verschaffe Ihnen schon einen Platz, Mrs. Price –«

»Oh, vielen Dank!« antwortete Mrs. Price höflich. »Vielen herzlichen Dank, Morgan, das ist sehr freundlich von Ihnen – Vorsicht, Margaret, meine Liebe, ich schließe die Tür!«

Während Kaye den Wagen anließ, wandte sie sich im Flüsterton an Leonidas.

»Bill, Bill, Bill – was sollen wir tun? –, diese Frau wartet auf die Säcke, und sie wird nicht lockerlassen, bis sie sie hat, und Morgan wartet auch – alle Welt wartet! Was sollen wir bloß tun, Bill?«

»Rasch, setzen Sie sich neben sie auf den Sitz, Dallas!« flüsterte Leonidas. »Schnell. Hoch mit Ihnen –«

»Das geht doch nicht! Margaret und Morgan haben beide in den Wagen geschaut, und sie wissen, daß außer mir niemand –«

»Nicht zu ändern«, erwiderte Leonidas. »Lassen Sie sich irgendeine Erklärung einfallen, woher sie kommt – los, hoch mit Ihnen, Dallas!«

Folgsam wühlte sie sich unter den Säcken hervor und ließ sich auf dem Sitz nieder. Sie lehnte sich eilig zurück, und gab sich alle Mühe, den Eindruck zu erwecken, sie habe seit dem Tag, als der Wagen geliefert wurde, so dagesessen.

Sie dankte dem Himmel für das grüne Kleid aus Margies Beständen und für den grünen Hut und Mantel. Bill hatte ganz recht gehabt, als er ihr empfohlen hatte, sich umzuziehen.

»Öffnen Sie rasch die linke Tür«, flüsterte Leonidas. »Die linke Tür –«

»Sie können nicht aussteigen! Das dürfen Sie nicht!«

»Es muß sein.«

»He, Junge!« brüllte Morgan. »Hier – Sehen Sie, hier drüben. Fahren Sie hier hinein!«

Er mußte noch mehrfach und um einiges lauter brüllen, um Mrs. de Haviland zu übertönen, die eben jemandem einen Block weiter etwas zutrompetete.

»Ob ich – was? Wen soll ich gesehen haben? Wen? Oh, Zara weiß nicht, wo er ist? Nein, hier ist er nicht! Nein, habe ich nicht! Ich habe niemanden – Nein, meine Liebe! Nein, ich kenne ihn nicht! Sie auch nicht? Nein! Nein! Oh«, sagte sie, als sie wieder an den Bordstein herantrat, »das ist aber ein hübscher Parkplatz, Cassie, meine Liebe! Ist das nicht großartig, was die Polizei alles für einen tun kann – oh! Oh! Ich habe ja gar nicht gesehen, daß Sie noch jemanden bei sich haben!«

»Tatsächlich, meine Liebe? Das ist Miss Mappin, eine Freundin meiner Dorothy. Ihre Freundin aus Rangun – Sie wissen doch.«

Wenn man schon lügen mußte, fand Mrs. Price, dann sollte es auch eine gute Lüge sein.

»Aus Rangun? Wie interessant! Aber«, fuhr Mrs. de Haviland unerbittlich fort, »ich habe sie überhaupt nicht gesehen!«

»Vielleicht liegt es an Ihrer Brille, meine Liebe«, sagte Mrs. Price. »Sie wissen ja, wieviel Sorgen mir meine Zweistärkengläser machen. Morgan, Sie haben meine Freundin aber doch gesehen, nicht wahr? Ach, stimmt, Sie sind ja vorweggefahren, da konnten Sie das gar nicht. Wer ist das, Liebes, der Zara da verlorengegangen ist?« Mrs. Price tat ihr möglichstes, Mrs. de Haviland den Blick auf die Säcke im Fond des Wagens und den darunterliegenden Leonidas zu verstellen.

»Unser Redner. Verlorengegangen kann man nicht sagen. Aber er ist noch nicht eingetroffen – wissen Sie, Cassie, ich komme einfach nicht darüber hinweg, daß da noch jemand bei Ihnen im Auto sitzt! Noch nie hat mich etwas dermaßen überrascht. Ich –«

»Wenn man Sie so reden hört, Margaret« – Mrs. Price klang allmählich ein wenig verzweifelt –, »dann könnte man meinen, ich würde meine Tage als Einsiedlerin zubringen! Ich muß schon sagen, meine Liebe, da übertreiben Sie!«

Dallas setzte ihr gewinnendstes Lächeln auf und beugte sich nach vorn. Sie hatte beschlossen, daß es Zeit war, Mrs. Price ein wenig unter die Arme zu greifen.

»Wissen Sie, Mrs. de Haviland«, sagte sie, »wir haben ein Sprichwort in Indien: ›Er, dessen Blick auf den Tiger geheftet ist, sieht nicht das Vöglein im Baum.‹ Ich glaube, die Kleidersäcke für die Flüchtlinge hielten so sehr Ihre Aufmerksamkeit gefangen, daß Sie – ähm – den kleinen Vogel eben nicht gesehen haben.«

Einen Augenblick lang hielt sie die Luft an.

Irgendwie war es Leonidas Witherall gelungen, unter den Säkken hervor und aus der Limousine zu kriechen, und weder Morgan noch Mrs. de Haviland hatten es bemerkt. Was seine Bewegungen anging, konnte eine junge Ringelnatter kaum unauffälliger sein. Das war aber leider auch schon alles, worin Leonidas einer jungen Ringelnatter ähnelte. Im litzenbesetzten Cutaway und der gestreiften Hose des seligen Bagley Price, mit diesem Bart und dem Schnurrbart dazu – Dallas schluckte.

»Was natürlich nicht heißen soll, daß ich ein Vöglein bin«, zwitscherte sie fröhlich. »Aber Sie wissen, was ich meine, Mrs. de Haviland. Cassie, meinen Sie nicht, wir sollten aussteigen, damit Mrs. de Haviland sich davon überzeugen kann, daß ich echt bin?« Und im gleichen Atemzug flüsterte sie Mrs. Price ins Ohr: »Er ist draußen!«

»Oh, unbedingt«, sagte Mrs. Price. »Unbedingt. Meine liebe Margaret – oh. Oh je!«

Mrs. de Haviland hatte ihre Aufmerksamkeit von Dallas abgewandt. Mit ausgestrecktem Zeigefinger wies Mrs. de Haviland auf

Leonidas und trompetete ihrer unsichtbaren Freundin einen Block weiter zu.

»Da ist er! Da ist er! Steigt gerade aus dem Taxi! Hallo-ho! Hallo-ho!«

Leonidas, der verzweifelt versucht hatte, ein Taxi zu besteigen, wandte sich um und fügte sich in sein Schicksal in Gestalt des Begrüßungskomitees des Freitagmorgen-Clubs.

»Sie müssen«, sagte die erste Vertreterin, die eintraf, ein wenig außer Atem, »Doktor MacNabb sein!«

Leonidas setzte seinen Zwicker auf und machte höflich eine tiefe Verbeugung.

»Wenn ich das sein muß, meine Dame«, sagte er, »dann muß ich es.«

»Wir haben uns schon solche Sorgen um Sie gemacht! Wir haben uns schreckliche Sorgen um Sie gemacht!«

»Ich muß zugeben«, sagte Leonidas, und er sprach die volle Wahrheit, »auch ich habe mir Sorgen gemacht.«

Aus den Augenwinkeln beobachtete er Morgan.

Und an der Ecke stand ein zweiter Polizist. Und ein weiterer war damit beschäftigt, den Autoverkehr am Eingang des Vortragssaales zu regeln.

Es war nur eine Frage der Zeit, sagte er sich, bis einer von ihnen auf seinen Bart aufmerksam würde.

»Ich wußte es doch!« seufzte Mrs. de Havilands Freundin. »Ich wußte doch, daß man Ihnen die falsche Zeit gesagt hatte – unser Wagen hat Sie verpaßt, nicht wahr? Das ist schon das zweite Mal, daß jemand es nur mit Hängen und Würgen hierher geschafft hat!«

»Das«, sagte Leonidas, »ist eine sehr treffende Formulierung. Ausgesprochen. Sie sehen, ich habe nicht einmal Hut und Mantel bei mir.«

»Aber wenigstens das Taxi müssen Sie uns bezahlen lassen!« Die Frau drückte dem verblüfften Fahrer eine Banknote in die Hand. »Und nun, Doktor, wenn Sie – ich meine, alle warten schon, wissen Sie. Wenn Sie soweit sind, dann sollten wir hineingehen!«

»Ah ja«, sagte Leonidas. »Hmnja. Das sollten wir dann.«

Mrs. Price und Dallas, die neben der Limousine standen, verfolgten mit großen Augen, wie Leonidas, umringt von den Damen des Begrüßungskomitees, in den Vortragssaal schritt.

»Er macht das großartig«, sagte Dallas anerkennend. »Er wikkelt sie um den kleinen Finger.«

»Das heißt«, sagte Mrs. Price leise, ohne sich an jemand Bestimmten zu wenden, »sie halten ihn für Dr. MacNabb. Den heutigen Redner. Und er geht da hinein! Er wird einen Vortrag halten müssen!«

»Machen Sie sich mal keine Sorgen«, raunte Margie ihr zu. »Der schafft das schon.«

Mrs. de Haviland, die zunächst im Kielwasser dem Komitee gefolgt war, nahm nun wieder eiligen Schrittes Kurs auf Mrs. Price und Dallas.

»Meine Liebe«, sagte sie, »ist er nicht einfach hinreißend! Einfach hinreißend! Eigentlich wollte ich zum Schlußverkauf bei Stearns, und ich bin so froh, daß ich doch hergekommen bin! Er sieht sogar aus wie Shakespeare, nicht wahr? Das macht es viel interessanter und irgendwie menschlicher, finden Sie nicht auch?«

»Was macht es menschlicher?« fragte Mrs. Price.

»Er spricht doch über Shakespeare, wußten Sie das nicht?«

Mrs. Price schnalzte aufgeregt mit der Zunge.

»Meinen Sie, er weiß es?« wandte sie sich an Dallas. »Wenn er das nur weiß!«

Mrs. de Haviland warf ihr einen fragenden Blick zu.

»Cassie«, sagte sie, »fühlen Sie sich vielleicht nicht wohl heute morgen? Sie haben doch nicht wieder diesen Schmerz in der rechten Seite?«

»Zufällig ist Dr. MacNabb ein guter Bekannter von Miss Mappin!« manövrierte Cassie sich aus der Klemme. »Ehrlich, Margaret, ich hoffe wirklich für Sie, daß Sie das nächste Mal in den Vorstand gewählt werden!«

»Was?«

»Deswegen sind Sie doch so bissig, oder etwa nicht? Als Ella solche Andeutungen machte, habe ich noch gesagt, was für ein Unsinn, aber mittlerweile denke ich, sie hatte völlig recht damit – wo ist eigentlich Morgan geblieben, regelt er den Verkehr? Nun, K– Rogers wird Ihre Säcke ausladen und sie zum Lastwagen bringen. Sind Sie wohl so freundlich, Rogers? Der Lastwagen steht dort hinten –«

Nur einen Augenblick lang war Mrs. de Haviland aus der Fassung geraten.

»Ist Dr. MacNabb verheiratet?« fragte sie Dallas.

»Er hat sechs Kinder«, antwortete Dallas, »und niemand hat je die Enkel gezählt. Eine ungeheuer fruchtbare Familie.«

»Seine Frau«, fuhr Mrs. Price, ohne mit der Wimper zu zucken, fort, »hält Vorträge über Empfängnisverhütung. Sie wird dauernd verhaftet deswegen.«

»Tatsächlich?« sagte Mrs. de Haviland. »Tja, ich glaube, wir sollten auch hineingehen. Kommen Sie mit?«

»Gehen Sie nur schon vor, meine Liebe«, sagte Mrs. Price, beglückt von dem Gedanken, daß sie Margaret gründlich durcheinander gebracht hatte. »Ich muß Rogers noch sagen, was er mit dem Wagen machen soll.«

Kaye lud die Säcke mit ihren roten Anhängern in den Lastwagen und kam dann zur Limousine zurückgeschlendert.

»Ich finde immer noch«, sagte er, »es wäre das angemessenste, wenn ich gleich unter dem Tisch im Club die Augen öffnete – können Sie sich das vorstellen, meine eigene Schwester ist gerade an mir vorbeigegangen. Und als ich ihr zuzwinkerte, warf sie Morgan einen vielsagenden Blick zu – Cassie, wir sollten Morgan ab jetzt aus dem Spiel lassen. Er ist zwar nützlich, um schnell irgendwo hin zu kommen, aber schauen Sie nur, wohin das führt!«

»Das liegt an dieser wunderbaren Nase«, sagte Cassie. »Daß Ihre Schwester Sie nicht erkannt hat, meine ich. Sie sehen wirklich genau aus wie Mr. Weintraub, der Staubsaugervertreter.«

»Ich fühle mich auch wie ein Staubsaugervertreter«, sagte Kaye. »Aber wie geht's denn nun weiter?«

»Ich habe mir bereits einen Plan zurechtgelegt«, sagte Cassie. »Dallas und ich müssen in den Saal. Sollte es notwendig sein, sorgen wir für einen Aufruhr, damit Bill die Flucht ergreifen kann. Notfalls falle ich einfach in Ohnmacht!«

»Wenn man sich die Mitglieder des Freitagmorgen-Clubs ansieht«, sagte Kaye, »wäre es einfacher, sich vom Platz zu erheben und ›Ein Hoch auf Roosevelt!‹ zu rufen. Dann würde der ganze Saal in Ohnmacht fallen, und Bill könnte sich seinen Weg durch die reglosen Leiber bahnen – also gut, Cassie. Sie und Dallas sehen zu, was Sie ausrichten können, und Margie und ich warten hier –«

»Ihr solltet euch lieber näher am Eingang postieren«, schlug Dallas vor. »Wenn wir überhaupt lebend wieder herauskommen, werden wir es eilig haben.«

»Ich weiß gar nicht, warum ihr euch alle so aufregt«, sagte Margie. »Bill kann doch auf sich selbst aufpassen!«

»Sie scheinen ja große Stücke auf ihn zu halten«, kommentierte Kaye.

»Wissen Sie«, sagte Margie, »ich brauch' keine zwanzig Jahre, bis ich rausgefunden habe, was einer für einer ist. Die Damen da, die fressen dem Bill aus der Hand. Der bekommt alles von Schwester Brett, er braucht's nur zu sagen – da macht euch mal keine Gedanken! Er sieht vielleicht aus, als wenn er eigentlich auf'n Sockel in der Bibliothek gehört, aber der Knabe ist schon in Ordnung!«

»Das weiß ich längst!« sagte Cassie. »Daran habe ich nie gezweifelt, nicht eine Sekunde! Bill ist ein ungeheuer patenter Mann – und nun los, Dallas, sonst bekommen wir keinen Platz mehr. Aber natürlich setze ich das größte Vertrauen in Bill!«

Auf dem Podium des Vortragssaales saß Leonidas auf einem kleinen vergoldeten Stuhl, umgeben von einem Dutzend der prominenteren Mitglieder des Freitagmorgen-Clubs.

Miss Zara Brett saß ihm zur Seite, sichtlich hocherfreut über das Interesse, das der bezaubernde Ehrengast ihr entgegenbrachte.

»Schauen Sie sich Bill an!« flüsterte Dallas. »Er wickelt sie ein, und sie schnurrt wie ein Kätzchen!«

»Sie spreizt die Federn«, sagte Cassie. »Ich hoffe, er sieht das Verschlagene in ihrem Blick.«

»Er wird gar nicht umhin können«, sagte Dallas. »Schließlich hat sie ihn, seit wir hier sind, nicht ein einziges Mal aus den Augen gelassen.«

»Ob Bill aufgeregt ist?« fragte Cassie. »Innerlich, meine ich. Ich hoffe nur, jemand sagt ihm, worüber er sprechen soll. Äußerlich wirkt er natürlich nicht im geringsten nervös. Aber das tut er ja nie – nun steckt sie ihm sogar noch eine von ihren Gardenien ins Knopfloch! Na – die geht ganz schön ran!«

Auch Leonidas auf dem Podium hatte den Eindruck, daß Miss Brett sich ein wenig zu viel herausnahm, doch er akzeptierte die Blume galant.

In Gedanken notierte er Miss Bretts fahrige Handbewegungen auf einer Liste, auf der bereits die verschlagenen Augen, ein abnormer Bewegungsdrang und die seltsame Angewohnheit standen, die rechte Schläfe mit einem Taschentuch zu betupfen.

Ihre Augen waren denen Bennys sehr ähnlich, und ›verschlagen‹, dachte Leonidas, war nicht ganz das richtige Wort. Die Pupillen hatten etwas Seltsames. Sie erinnerten ihn an von Arnheim, den kleinen Österreicher, den er manchmal auf Buchauktionen sah.

Drogen, natürlich.

Das war die Lösung.

Er beugte sich vor und fuhr dann eilig zurück.

Schließlich war es nicht der rechte Zeitpunkt, Miss Bretts verengte Pupillen genauer zu inspizieren. Sie hatte seine Bewegung bereits mißverstanden.

»Machen Ihre Zuhörer Sie jemals nervös, Doktor?« fragte sie.

»Oh nein«, sagte Leonidas. »Ich habe viel zu viele davon erlebt. Entschieden zu viele.«

Es war das erstemal, daß er vor einem Frauenverein sprach, doch die Reihen von rosa Flecken, die ihm aus dem Daltoner Vortragssaal entgegenblickten, unterschieden sich nur wenig von den Reihen von rosa Flecken in der Aula der Meredith-Akademie. Im Zweifelsfall machten die Jungs weniger Krach und saßen stiller. Es war sogar gut möglich, dachte Leonidas, daß sie kritischer waren als die Mitglieder des Freitagmorgen-Clubs.

Wenn er nur gewußt hätte, worüber er sprechen sollte.

Miss Brett hatte ein Programm in der Hand, doch so, wie sie es hielt, konnte er nur das eine Wort ›Madrigal‹ entziffern.

Er kannte einige Madrigale, doch er hoffte sehr, daß er keins davon würde singen müssen.

Natürlich blieb immer noch der Wasserkrug. Er könnte immer noch den Krug umwerfen und sich in der Verwirrung, die dann entstehen würde, das Programm nehmen und es lesen.

Doch danach zu fragen schien die einfachere Lösung.

»Ähm – ich vergewissere mich immer gern«, sagte er verbindlich, »unter welchem Titel mein Vortrag angekündigt ist. Und die Redezeit. Und – das mag Ihnen pedantisch erscheinen, aber dürfte ich bitten, daß die Türen geschlossen werden und niemand mehr eingelassen wird, nachdem ich begonnen habe?«

Wo er schon dabei war, dachte er, konnte er auch noch ein paar Vorsichtsmaßnahmen treffen.

»Aber gewiß«, sagte Miss Brett. »Ich werde mich auf der Stelle um die Türen kümmern – dreißig Minuten genügen, Doktor. Das heißt, dreißig Minuten sind in der Regel das Minimum, aber Mr.

Carnegie haben wir erst nach anderthalb Stunden gehen lassen! Ich werde gleich Mrs. West Anweisungen wegen der Türen geben –«

»Und – ähm – der Titel?«

»Shakespeare als solcher.«

Leonidas lächelte.

»Schicksal«, murmelte er, »der alte Krake. Ja, ja, die klebrigen Tentakeln!«

Cassie und Dallas saßen während der kurzen Geschäftssitzung und der drei Madrigale, die anschließend von einer blonden Sopranistin im rosa Taftdirndl vorgetragen wurden, wie versteinert da. Erst als Leonidas seinen ersten Satz gesprochen hatte, entspannten sie sich allmählich.

»Er ist hinreißend«, sagte Dallas. »Ach, wenn Kaye doch bloß hören könnte, wie hinreißend er ist!«

Und Leonidas, der sich prächtig amüsierte, fuhr damit fort, den Freitagmorgen-Club in seinen Bann zu ziehen.

Dann plötzlich sah er in den vielen Reihen strahlender rosa Flecken einen einzelnen rosa Fleck.

Dieses eine Gesicht brachte Leonidas aus der Fassung.

Er räusperte sich entschuldigend und fügte eine lustige Anekdote in seinen Vortrag ein. Eddie Cantor hatte die Geschichte einen Monat zuvor erzählt, und mit etwas Mühe paßte sie auch auf Shakespeare; der Freitagmorgen-Club fand sie zum Schreien komisch.

Während seine Zuhörerinnen sich vor Lachen gar nicht beruhigen konnten, goß sich Leonidas ein Glas Wasser ein und trank es.

Dann fuhr er in seinem Vortrag fort.

Doch Cassie und Dallas hatten den Eindruck, er habe an Schwung verloren.

Und so war es auch.

Er hatte das Gesicht von Professor Otis' Gattin erkannt. Und Estelle Otis war nicht das, was man eine Frau mit Phantasie genannt hätte. Sie war eine außerordentlich sachliche Person, die, wie man zu sagen pflegt, das Leben zu ernst nahm. Niemand hatte ihr jemals nachgesagt, sie verstünde einen Scherz. Niemand erwartete etwas Derartiges von ihr.

Leonidas tolerierte Estelle, weil er in ihr nichts als eines von Charles Otis' Besitztümern sah. Wie Charles Otis sie ertrug, war Leonidas stets ein Rätsel gewesen.

Estelle wußte, wer er war. Und Estelle wußte, daß ein Mann mit Bart dringend von der Daltoner Polizei gesucht wurde. Estelle hatte eine morbide Vorliebe für den Polizeifunk. Sie hörte ihn den ganzen Tag lang. Es erfüllte sie, wie es schien, mit Wohlbehagen zu hören, daß Jungs auf der Sunset Avenue Ball spielten oder daß die zwei verdächtigen Wagen, die vor einem leerstehenden Haus in der Z Street geparkt standen, inspiziert wurden.

Ob Estelles Verstand, der in recht festgelegten Bahnen arbeitete, in der Lage sein würde, die Verbindung zwischen ihm und dem gesuchten Mann mit Bart herzustellen, konnte Leonidas nicht beurteilen.

Er konnte nur das Beste hoffen und wandte sich wieder seiner Rede zu.

»Der gibt's ihnen«, sagte Dallas voller Bewunderung. »Die sind völlig hin und weg!«

Am Ende erschütterte minutenlanger ohrenbetäubender Applaus den Vortragssaal.

»Seit Carnegie haben wir so etwas nicht mehr gehabt!« übertönte eine begeisterte Stimme hinter ihm auf dem Podium noch den donnernden Beifall.

»Mehr als bei Carnegie«, brüllte die solidarische Miss Brett zurück, »und viel lauter!«

Leonidas nahm die Ovationen geschmeichelt entgegen.

Wie er schon vermutet hatte, war das Publikum weniger kritisch als in Merediths Akademie, doch es war weitaus aufmerksamer. Nie hatte er vor empfänglicheren und begeisterteren Zuhörern gesprochen.

Er hatte vorgehabt, das Podium rasch zu verlassen und dann mit Zara Brett zu sprechen, doch bevor er auch nur einen Schritt machen konnte, kam ein Schwarm Frauen aus den vorderen Reihen hinaufgestürmt. Sie umringten ihn, und alle schwatzten munter gleichzeitig drauflos.

Mrs. Otis war nicht unter ihnen, doch Leonidas wußte, daß sie unterwegs war. Er hatte gesehen, wie sie sich von ihrem Platz erhob.

Er tat sein Bestes, mit der Masse fertig zu werden, doch er verspürte große Erleichterung, als Zara Brett zur Ordnung rief und verkündete, niemand, nicht eine einzige weitere Person, dürfe noch aufs Podium kommen, das sei Anordnung der Feuerwehr. Leonidas hatte keinen Feuerwehrmann gesehen, doch die Ankündigung hatte den gewünschten Effekt.

Eine grüngekleidete Frau zupfte ihn sanft am Arm.

»Mr. – Dr., wollte ich sagen, MacNabb – mein Name ist Gettridge.«

»Ah ja, Mrs. Gettridge«, sagte Leonidas mechanisch.

»Mein Mann hatte einen Klienten, der ebenfalls Shakespeare ähnlich sah«, sagte sie. »Und wissen Sie was, Sie erinnern mich sehr an einen Englischlehrer, der früher bei Meredith unterrichtete. Ich bin einmal zur Abschlußfeier meines Neffen dort gewesen – genaugenommen war es sogar erst gestern.«

Sie hatte etwas Schalkhaftes im Blick. Leonidas setzte seine ganze Hoffnung auf diese Schalkhaftigkeit.

»Und ich«, sagte er, »habe mir wegen Estelle Otis Sorgen gemacht!«

»Ich habe Estelle beobachtet«, sagte Mrs. Gettridge. »Deshalb habe ich Ihnen auch gerade meinen Autoschlüssel in die Tasche gesteckt. Nummer 68807. Direkt an der Hintertür geparkt. Nur für den Fall, daß Sie –«

»Das können wir nicht zulassen, daß Sie unseren Ehrengast so mit Beschlag belegen!« Zara Brett nahm Leonidas am Arm. »Ich habe versprochen, daß ich ihn mit hinunter ins Publikum nehme – alle sind ganz wild darauf, Sie kennenzulernen, Doktor, ganz wild! Ich kann Ihnen gar nicht sagen, was Sie für uns mit Shakespeare gemacht haben – Sie haben ihn schlichtweg zum Leben erweckt! War der Doktor nicht einfach großartig, Mrs. Gettridge?«

»Ich habe ihn selten in besserer Form gehört«, sagte Mrs. Gettridge. »Auf Wiedersehen, Doktor. Dieses – ähm – Buch – ich habe ein zweites davon. Sie müssen es nicht zurückgeben, wenn Sie es nicht brauchen –«

»Warten Sie!« rief Leonidas. »Warten Sie – Mrs. Gettridge, Ihr Mann ist doch Rechtsanwalt, nicht wahr?«

Doch Mrs. Gettridge hatte das Podium bereits verlassen und hörte ihn nicht mehr.

»Er war Anwalt«, sagte Zara Brett. »Er ist diesen Winter gestorben – Doktor, ich weiß gar nicht, wie ich Sie jemals dort hinunterbringen soll, das ist ja das reinste Irrenhaus! Und wenn ich Sie erst dort hinunter lasse, dann vergehen Stunden, bis ich Sie wiedersehe!«

»Ob es wohl möglich wäre, zuerst einige private Worte mit Ihnen zu wechseln?« fragte Leonidas. »Es ist eine wichtige Angelegenheit, sonst hätte ich nicht –«

»Mein Lieber, ich habe Ihren Scheck vergessen! Kommen Sie gleich mit in die kleine Garderobe –«

»Mir geht es nicht um das Honorar«, sagte Leonidas und hielt dann inne.

Zara war im Begriff, schon wieder eine seiner Äußerungen zu mißdeuten.

Cassie Price, der es nicht gelungen war, das Podium zu erklimmen, bemerkte es sofort und flüsterte Dallas etwas ins Ohr.

»Sie haben eine schmutzige Phantasie!« sagte Dallas. »Aber sie hat ihm tatsächlich ein wenig den Arm gestreichelt, oder?«

Leonidas setzte seinen Zwicker auf.

»Miss Brett«, sagte er in einem Ton, von dem er hoffte, er werde unmißverständlich sachlich wirken, »es handelt sich um eine Angelegenheit von größter Wichtigkeit. Unter anderen Umständen hätte ich niemals vorgeschlagen, daß Sie – ähm – Ihre Pflicht vernachlässigen und sich mit mir zurückziehen.«

Zara wirkte verwirrt, doch sie steuerte Leonidas an den noch immer schnatternden Frauen vorbei und hinaus in einen kleinen Vorraum. Leonidas schloß die Tür und stellte sich mit dem Rükken dagegen.

»Miss Brett«, sagte er, »mit wem gemeinsam wollte Ihr Bruder Benny mich umbringen?«

»Was!«

»Vielleicht hätte ich es früher sagen sollen«, sagte Leonidas verbindlich, »aber mein Name ist Witherall. Nicht MacNabb.«

»Sie sind Leonidas Witherall! – Sie – Sie Hochstapler! Sie – ich werde Sie verhaften lassen! Gehen Sie mir aus dem Weg! Aus dem –«

»Sie wissen also meinen Vornamen?« sagte Leonidas. »Hmnja, hmnja. In der Tat. Ich habe Ihnen meinen Vornamen nicht genannt, und doch wußten Sie ihn. Wie wäre es, wenn Sie nun meine Frage beantworteten, Miss Brett? Mit wem gemeinsam wollte Ihr Bruder Benny mich umbringen?«

»Ich weiß überhaupt nicht, wovon Sie reden!«

»Nun machen Sie schon«, sagte Leonidas ungeduldig. »Verschwenden Sie nicht meine Zeit.«

»Ich werde Sie verhaften lassen. Ich –«

»Das würde ich an Ihrer Stelle nicht tun«, sagte Leonidas.

»Sie sind ein Betrüger! Sie kommen her und geben sich als Dr. MacNabb aus – und nun bedrohen Sie mich auch noch! Sie –«

Leonidas versperrte ihr den Ausgang.

»Ich an Ihrer Stelle«, fügte er hinzu, »würde mein Augenmerk unbedingt auf die humoristische Seite dieser Angelegenheit richten, Miss Brett. Die komischen Aspekte.«

»Ich kann nichts Komisches daran finden, mich zu betrügen und meiner Freiheit zu berauben, und –«

»Oh doch«, sagte Leonidas. »Es wird ungeheuer komisch sein, wenn der Freitagmorgen-Club erfährt, daß sich seine Präsidentin – sagen wir – übers Ohr hat hauen lassen. Und wie aufmerksam Sie zugehört haben! Ich halte es für gar nicht unmöglich, daß der Freitagmorgen-Club die ganze Angelegenheit als sehr ärgerlich empfinden wird. Mit Sicherheit wird man darüber debattieren. Ad, würde ich vermuten, infinitum.«

Zara war bleich vor Wut.

»Natürlich wird Ihr Name in einem Atemzug mit demjenigen Shakespeares genannt werden«, fuhr Leonidas fort, »aber trotzdem. Es gibt bessere Möglichkeiten, Ruhm zu erlangen.«

»Ich rufe jetzt die Polizei!«

»Es gibt da das alte Sprichwort«, fuhr Leonidas fort, »von den Steinen und dem Glashaus. Wenn Sie mir androhen, mich der Polizei zu übergeben, kann ich nur erwidern, daß ich in diesem Falle der Polizei Ihren Brief an Benny präsentieren werde. Denken Sie darüber nach.«

Zara ließ sich auf einen ramponierten Stuhl fallen und rang die Hände, bis Leonidas schon befürchtete, sie könnten ihr abfallen. Dann begann sie heftig zu schluchzen.

Leonidas betrachtete sie kritisch. Sie spielte ihm etwas vor, und sie spielte schlecht. Cassie Price hätte es besser gemacht, ohne sich irgendwie anzustrengen.

»Darf ich Sie daran erinnern«, sagte er, »daß Ihre Clubfreundinnen warten? Zweifellos scharren sie bereits vor Ungeduld mit den Füßen. Miss Brett, mit wem gemeinsam wollte Ihr Bruder Benny mich umbringen?«

Zara schluchzte noch immer. Nicht mehr lange, und sie würde zum Haarausraufen übergehen.

»Also gut«, sagte Leonidas entschlossen. »Ich gehe jetzt hinaus und teile den Damen mit, daß ich nicht Dr. MacNabb bin und daß Sie es die ganze Zeit über wußten. Dann gehe ich mit Ihrem Brief zur Polizei. Ich habe Ihnen Ihre Chance gegeben.«

Sie klammerte sich an seinen Arm, als er sich zum Gehen wandte.

»Benny wollte Sie nicht umbringen! Er wollte überhaupt niemanden umbringen! Er wollte nur, daß Kaye es kauft, verstehen Sie? Ich hatte gar nichts damit zu tun – ich weiß nicht, mit wem er darüber gesprochen hat! Aber sie haben ihn umgebracht, sie haben ihn umgebracht – ach, ich wünschte, ich wäre tot, ich wünschte, ich wäre tot!«

»Benny und X hatten also vor, mich umzubringen«, sagte Leonidas. »X verübte den Anschlag und ermordete dann Benny. Hmnja. Bis dahin ist es genau so, wie ich es vermutet hatte. Und nun – was wollte Benny an Kaye verkaufen?«

Leonidas hatte den Satz kaum zu Ende gesprochen, als ihm klar wurde, daß er einen entscheidenden Fehler begangen hatte.

Noch bevor sie auch nur einen Muskel bewegt hatte, spürte er die völlige Verwandlung, die mit Zara Brett vor sich ging. Er hätte ihr niemals zeigen dürfen, daß er nicht wußte, was es war, was Benny an Kaye verkaufen wollte. Er hatte sich von Zara in die Karten sehen lassen, und sie fürchtete sich nun nicht mehr vor ihm.

Erhobenen Hauptes blickte sie ihn wütend an. Ihre Pupillen weiteten sich und zogen sich dann wieder zu winzigen Punkten zusammen.

Dann lächelte sie.

Ein unangenehmeres Lächeln hatte Leonidas selten gesehen.

»Sie sind ein Hochstapler!« sagte sie mit ihrer Frau-Vorsitzenden-Stimme. »Sie sind ein Erpresser! Womöglich sind Sie sogar ein Mörder! Und, Leonidas Witherall, diesen Tag werden Sie noch verfluchen –«

Sie begann an ihrem Kleid zu zerren, und gleichzeitig langte Leonidas in die Tasche und holte die kleinste von Muirs Pistolen hervor.

Er hatte nicht die leiseste Ahnung, was er damit tun sollte.

Er wußte nur, daß er nicht tatenlos zusehen würde, wenn Zara Brett ihr offensichtliches Vorhaben in die Tat umsetzte, sich ihr Kleid in Fetzen zu reißen und dann nach der Polizei zu rufen.

»Nehmen Sie die Hände hoch!« sagte Leonidas in einem Ton, den er kaum als seinen eigenen erkannte. »Damit werden Sie nicht durchkommen, sich –«

Jemand klopfte wild entschlossen an die Tür.

»Leonidas! Leonidas Witherall!«

Das selbstgerechte Näseln der Estelle Otis.

»Leonidas, wenn Sie dort drin sind, sollten Sie lieber auf der Stelle herauskommen! Auf der Stelle! Ich werde diese Machen schaften nicht länger dulden –«

Trotz Leonidas' Waffe hatte Zara die besseren Karten, und sie wußtc es.

Sie holte tief Luft und begann nach Leibeskräften zu schreien.

»Hilfe! Hilfe! So helft mir doch! Hilfe –«

Kapitel 8

Leonidas stopfte die Pistole wieder in die Hosentasche und verbeugte sich.

»Die Partie geht an Sie«, sagte er, »aber nicht das Spiel, Miss Brett! Denken Sie daran!«

Er riß die Tür so unvermittelt auf, daß Estelle Otis kopfüber in das Zimmer stürzte.

Leonidas wußte nicht, ob sie sich verletzt hatte oder ob sie einfach nur erschrocken war. Doch die gellenden Schreie, die Estelle unmittelbar darauf auszustoßen begann, waren bei weitem heftiger als diejenigen Zaras.

Leonidas stürmte an ihr vorbei auf den Flur hinaus.

Er kümmerte sich nicht darum, ob es Haken, Schlösser oder Riegel an der Tür gab, die er hinter sich zuwarf. Das infernalische Geschrei dieser beiden Frauen würde die steinernen Mauern jedes Gefängnisses brechen, die eisernen Stäbe dahinschmelzen lassen.

An einer Biegung des Korridors stieß er mit Cassie Price und Dallas zusammen.

»Schämen Sie sich, Bill!« sagte Dallas. »Sich zum Tête-à-tête mit der Frau Vorsitzenden davonzuschleichen! Das – aber meine Güte, was haben Sie denn mit der Frau angestellt, Bill? Ist das Zara, die man da hört?«

»Zara«, sagte Leonidas atemlos, »und Estelle Otis. Ihr beide geht jetzt, so schnell ihr könnt, dorthin. Sagt den Leuten, sie hätten eine Ratte gesehen. Zwei Ratten. Eine ganze Rattenarmee. Sagt ihnen, sie seien Epileptiker. Irgend etwas. Aber laßt sie nicht zu Wort kommen, bevor ich von hier fort bin –«

»Lassen Sie mich nur machen«, sagte Cassie knapp. »Zara ist völlig zusammengeklappt. Hat sich nichts anmerken lassen nach Benny und all dem, aber es war zu viel für sie. Völliger Nervenzusammenbruch. Das wird mir jeder glauben; es ist nicht ihr erster. Ich mache das schon – und Sie, Bill? Wohin gehen Sie?«

»Irgendwohin, nur fort von hier«, sagte Leonidas. »Am liebsten in einen reinen Herrenclub. Aber nun rasch, beruhigen Sie sie –«

»Kaye hat einen neuen Platz für den Wagen gefunden«, sagte Dallas. »Sie brauchen nur die Gasse am Hinterausgang zu nehmen, dann können Sie ihn gar nicht verfehlen – jetzt aber schnell, Cassie, da kommt die ganze Meute schon angestürzt –«

Es war schön und gut, dachte Leonidas, als er in halsbrecherischem Tempo seine Flucht den Korridor entlang fortsetzte, zu wissen, daß Kaye nahe beim Hinterausgang auf ihn wartete. Es spendete Trost und Mut, und man hatte ein Ziel, auf das man hinarbeiten konnte. Aber er wünschte doch, Dallas hätte sich die Mühe gemacht und ihm gesagt, wo der Hinterausgang zu finden war. So weit er sah, erstreckte sich hinter dem Vortragssaal ein Labyrinth aus Sälen, Türen und Korridoren, aus alten Kulissen, aufgetürmten Requisiten und den Überresten vergoldeter Stühle.

Er wagte nicht einmal zu raten, in welcher Richtung die fragliche Gasse zu finden sein mochte.

Nachdem er zweimal vergebens denselben Stapel Kulissen umrundet hatte, ließ Leonidas sich auf der Stufe einer Stehleiter nieder, um zu verschnaufen und die Lage zu überdenken.

Selbst wenn er gefaßt werden sollte, bevor er Kaye und Mrs. Price' Wagen erreichte, waren die Strapazen, die er im Freitagmorgen-Club durchlitten hatte, nicht vergebens gewesen. Im Gegenteil, er war einen deutlichen Schritt vorangekommen.

Zara Brett wußte alles über die Pläne, die ihr Bruder Benny zusammen mit X ausgeheckt hatte. Das Briefchen an Benny, das er im Bigelow gefunden hatte, war nicht einfach nur mißverständlich formuliert. Sie wußte, daß Benny und X vorgehabt hatten, ihn umzubringen.

Sie hatte ein Motiv für Bennys zahllose Anrufe bei Kaye zumindest angedeutet. Benny hatte sich tatsächlich mit Kaye treffen wollen. Benny hatte Kaye etwas verkaufen wollen.

Und für Leonidas war es gar keine Frage, daß das, was Benny an Kaye hatte verkaufen wollen, in zweierlei Hinsicht von Bedeutung war.

Es war gleichzeitig der Grund, dessentwegen Benny und sein Komplize versucht hatten, ihn umzubringen, ihn mit dem Roadster zu überfahren. Und was auch immer dieses Etwas sein mochte, dachte Leonidas, es war mehr als nur ein verbindendes

Element zwischen jenem Mordversuch und Bennys Anrufen bei Kaye. Dieser Umstand vereinfachte die Angelegenheit. Sie wurde greifbarer. Schließlich gab es nur eine begrenzte Zahl von Motiven, derentwegen man einen Menschen umbringen, und nur eine bestimmte Zahl von Objekten, die man verkaufen konnte.

Aus der Ferne drangen schrille, aufgeregte Stimmen an sein Ohr, und das erinnerte ihn, daß dies weder die Zeit noch der Ort für längere Reflexionen war.

Als Leonidas sich von der Stehleiter erhob, fiel ihm ein Overall auf, der neben ihm auf dem Boden lag.

Er betrachtete ihn nachdenklich und hob ihn dann auf. Es war nicht gerade ein elegantes Stück – es erinnerte an einen übergroßen Spielanzug, und vorn war in roten Buchstaben ›Eddies Hamburgers‹ aufgestickt. Doch Leonidas fand, der Overall kam wie gerufen.

Er legte den Cutaway des seligen Bagley Price ab, stieg in ›Eddies Hamburgers‹, und mit einem Zug am Reißverschluß war er neu gekleidet.

In einer der Taschen fand er ein großes rotes Tuch, das er sich um den Hals knotete. Es roch noch ein wenig nach gebratenen Zwiebeln, doch es verdeckte seinen Bart.

Eine Schirmmütze, die er auf einem Lumpenhaufen in der Ecke fand, machte aus ihm, wie er hoffte, einen ganz neuen Menschen.

Als er sich von neuem auf die Suche nach dem Hinterausgang machte, wurde unmittelbar neben ihm eine Tür aufgerissen, und jemand hielt ihm einen Besen hin.

»He, Sie!« sagte der wütende Mann mit dem Besen. »Nehmen Sie dieses verdammte Ding! Ich habe mir fast den Hals gebrochen an Ihrem verdammten Besen! Warum lassen Sie das verdammte Ding nicht da, wo es hingehört? Meine Güte, können Sie denn nicht einmal dafür sorgen, daß hier keine Besen herumliegen? Hier, nun nehmen Sie schon!«

Leonidas nahm den Besen hocherfreut.

Der wütende Mann stand in einem Vestibül. Es war das Vestibül zum Hinterausgang.

Leonidas hatte die ganze Zeit über direkt davor gesessen.

»Ich danke Ihnen«, sagte er. »Ich danke Ihnen sehr –«

»Wo ist Mrs. Brett? Mein Gott, was für ein Loch das hier ist! Wo ist Mrs. Brett, verdammt nochmal? Mein ganzes Leben lang habe ich nicht so ein Loch gesehen! Ich sage Ihnen, das ist ein Loch hier!«

Leonidas nickte.

»Hmnja«, sagte er, »das kann man wohl sagen, nicht wahr? Ähm – sind Sie vielleicht zufällig – Sie heißen nicht etwa MacNabb?«

»Das will ich meinen! Und was glauben Sie, was diese schwachköpfigen Frauen mit mir angestellt haben? Zuerst haben sie mich für den falschen Zeitpunkt bestellt, und als ich dann hier eintraf, hatten sie mich ausgeschlossen! Hören Sie? Sie hatten mich ausgeschlossen! Sie wollten mich nicht hineinlassen! Soll ich Ihnen einmal sagen, was ich von diesem Verein, wie heißt er doch gleich, halte?«

»Was halten Sie davon?« fragte Leonidas. Er wollte es wirklich gerne wissen.

»Für mich« – Dr. MacNabb versetzte einem Pappmachébaum einen solchen Fausthieb, daß er in kleinen Stücken auf den Betonfußboden bröckelte – »für mich ist von allen gottverdammten Vereinen, denen zu begegnen ich jemals das Pech hatte, dieser hier der gottverdammteste! Sind Sie verheiratet?«

Leonidas gestand, daß er es nicht war.

»Danken Sie Gott dafür, guter Mann«, sagte Dr. MacNabb, »danken Sie ihm an jedem Abend Ihres Lebens dafür! Das ist meine Meinung über Frauen, und ich wünschte, meine eigene wäre hier und könnte hören, was ich zu sagen habe! Wo ist diese Frau, diese Brett?«

»Ich habe sie schon seit einiger Zeit nicht mehr gesehen«, sagte Leonidas wahrheitsgemäß, »aber wenn Sie nur dem Krach nachgehen, dann werden Sie sie schon finden. Man kann sie eigentlich kaum verfehlen.«

»Welche Richtung?«

Leonidas machte eine unbestimmte Handbewegung.

»Dort«, sagte er.

»Diese Frau«, sagte Dr. MacNabb, »diese Frau wird von mir mehr zu hören bekommen, als sie je in ihrem Leben von einem Mann gehört hat! Und wenn sie glaubt, sie könne sich davonmachen, ohne zu bezahlen, dann ist sie übergeschnappt! Übergeschnappt! Ich werde sie verklagen. Ich werde den ganzen gottverdammten Verein verklagen, wenn sie auch nur mit einem Wort anzudeuten wagt, sie wolle mich nicht bezahlen! Dort entlang?

Leben Sie wohl. Und lassen Sie in Zukunft Ihren gottverdammten Besen aus diesem Vestibül!«

Dr. MacNabb stapfte davon.

Lächelnd trat Leonidas hinaus auf die Gasse.

Der Besen war das ideale Requisit. Während er die oberste Treppenstufe abkehrte, sondierte er die Lage. Auf der rechten und linken Seite konnte er Straßen sehen, und unmittelbar vor ihm lagen die Hintereingänge der Läden des nächsten Blocks. Eine mittägliche Schläfrigkeit schien über allem zu liegen.

Er würde es zuerst mit der Straße zur Rechten versuchen, beschloß Leonidas.

Den Besen noch immer in der Hand, machte er sich auf den Weg.

Doch beinahe auf der Stelle gab er seinen Plan wieder auf.

Zwei Polizisten spazierten ein Stückchen die Gasse hinauf und zündeten sich, fast ein wenig verstohlen, Zigaretten an. Es war nicht zu übersehen, daß sie die mittägliche ruhige Stimmung auszunützen gedachten und vorhatten, sich für ein Weilchen dort auszuruhen.

Leonidas ging zurück zur obersten Treppenstufe und kehrte sie ein weiteres Mal. Zu laufen, sich zu beeilen, irgendeine auffällige Hast erkennen zu lassen, wäre, das wußte er, ein schwerwiegender Fehler.

Er ließ ein oder zwei Minuten verstreichen, bevor er sich in Richtung der Straße zur Linken aufmachte. Er konnte das Heck eines Wagens sehen, der unmittelbar an der Einfahrt zur Gasse parkte.

Er lächelte.

Es war eine Limousine.

Es war Mrs. Price' Wagen.

Doch fast schon am Ende der Gasse angelangt, blieb Leonidas abrupt und verzweifelt stehen.

Es war tatsächlich Mrs. Price' Limousine, Kaye saß am Steuer und Margie neben ihm. Doch neben ihnen, den Blick auf sie und den Wagen geheftet, stand der untersetzte Geselle, der Amtsbüttel!

In aller Eile kehrte Leonidas zu seiner Treppenstufe zurück.

Vielleicht war am Ende doch der Vortragssaal selbst der sicherste Ort für ihn. Er würde wieder hineingehen und zwischen den Kulissen und den Überresten vergoldeter Stühle durch die Nebenräume und Korridore wandern. Dann, wenn die Luft wieder reiner war, würde er es ein zweites Mal versuchen.

Als er in das Vestibül trat, hörte er das Näseln von Estelle Otis. Sie disputierte mit jemandem, der nahe bei der Tür stehen mußte.

»Ich sage Ihnen doch, ich habe Leonidas erkannt! Natürlich bin ich mir sicher! Ich weiß es! Und ich werde ihn aufspüren, und dann werde ich –«

»Aber nun seien Sie doch vernünftig, Mrs. Otis!« Es war Dallas, die Estelle zu beruhigen versuchte. »Selbst wenn da ein Versehen unterlaufen ist – und Sie haben ja eben Zara Brett sagen hören, daß es ein Versehen war, daß sie fassungslos sei und so weiter –, also selbst wenn es da ein Versehen gegeben hat, warum soll man sich jetzt noch Gedanken darüber machen! Es ist doch alles vorüber, oder?«

»Warum hat Zara Brett um Hilfe geschrieen?«

»Meine liebe Mrs. Otis«, sagte Dallas matt, »wie soll ich wissen, was in Zara Bretts Kopf vorgeht? Wenn Sie mich fragen, sie ist einfach durchgedreht. Aus heiterem Himmel. Warum vergessen Sie nicht einfach den ganzen Vorfall –«

»Vergessen? Ich denke nicht daran, das zu vergessen! Ich gehe dieser Angelegenheit auf den Grund, bis auf den tiefsten Grund!«

Leonidas seufzte.

Wenn Estelle Otis sich in den Kopf gesetzt hatte, einer Angelegenheit auf den Grund zu gehen, dann würde sie ihr auf den Grund gehen. Dallas hätte sich ihre Worte sparen können. Wenn es darum ging, wer starrköpfiger seinen Willen durchsetzte, gab Leonidas niemandem gegen Estelle eine Chance.

»Er hat nicht den Vorderausgang genommen«, fuhr Mrs. Otis fort, »also ist er durch die Hintertür entwischt –«

»Wenn das stimmt«, versuchte Dallas ihr klarzumachen, »dann ist er längst über alle Berge.«

»Trotzdem«, sagte Mrs. Otis. »Ich werde mich draußen umsehen. Ich bin fest entschlossen. Gehen Sie bitte zur Seite, Miss Mappin. Ich werde mich in der Gasse umsehen und nachschauen, ob er sich dort versteckt hält – versteckt! Man sollte meinen, dieser Mann müßte vor Scham im Boden versinken!«

»Na gut«, sagte Dallas, »wenn Sie sich dann wohler fühlen, gehe ich hinaus und sehe mich um. Sie warten so lange –«

»Wenn es Ihnen nichts ausmacht, sehe ich mich lieber selbst um«, entgegnete Mrs. Otis kühl. »Und wenn er nicht dort ist, gedenke ich zu fragen, ob jemand ihn gesehen hat – und wenn ich jeden Bürger von Dalton einzeln befragen muß! Genau das werde ich tun!«

»Aber –«

»Treten Sie zur Seite –«

Leonidas begab sich eilig wieder zur obersten Treppenstufe.

Die Polizisten auf der rechten Seite hatten die Gesellschaft zweier gutgelaunter Freunde bekommen, und sie amüsierten sich allesamt prächtig über irgend etwas. Auf der anderen Seite der Gasse schritt der stämmige Amtsbüttel hartnäckig auf und ab. Hinter sich im Vestibül hörte er Mrs. Otis und Dallas noch immer streiten. Dallas hielt sich tapfer, doch ihre Niederlage war nur eine Frage der Zeit.

Es blieb ihm nur eine Richtung, und Leonidas schlug sie ohne weiteres Zögern ein.

Er öffnete die Hintertür des nächstgelegenen Ladens auf der anderen Seite der Gasse und trat ein.

Den Körben und den Haufen schmutziger Wäsche nach zu urteilen, handelte es sich um eine Wäscherei.

Ein breitgebauter junger Mann in der Ecke wandte sich um und baute sich vor ihm auf.

»He, was machen Sie –«

»Cuff!« sagte Leonidas. »Hallo, Cuff!«

Die Aufschrift ›Eddies Hamburgers‹ und die Schirmmütze hatten Cuff einen Augenblick lang verwirrt. Dann grinste er.

»Mensch, das ist ja Shakespeare! Alter Junge! Gestern abend, da hätt' ich Sie nicht so im Schlamassel sitzen lassen dürfen! Tut mir leid. Ich hab' Margie gesagt, wenn ich Sie nochmal sehe, dann würd' ich mich – sind Sie denn da gut weggekommen?«

»Dort schon«, sagte Leonidas, »aber im Augenblick –«

Er hatte befürchtet, er würde ihm die Lage umständlich erklären müssen, doch Cuff reagierte sofort. Für ihn war es Routinesache, Verfolgern zu entwischen.

»Die Bullen?« fragte er, während er Leonidas schon in den größten seiner fahrbaren Wäschebehälter schob und ihn mit Wäsche zudeckte.

»Eine Frau«, sagte Leonidas. »Eine pferdegesichtige Frau mit kräftigem Gebiß. Die Bullen sind natürlich auch schon da, aber im Augenblick ist die Frau die größere Gefahr –«

Man hörte Mrs. Otis wild entschlossen an die Hintertür klopfen.

»Bringen Sie sie zum Schweigen, wenn Sie können, Cuff. Sie darf mich auf keinen Fall finden.«

Auf Anhieb fiel ihm nur eine einzige Angewohnheit von Estelle Otis ein, die lobenswert war.

Sie war so höflich anzuklopfen, bevor sie eintrat.

Cuff öffnete die Tür.

»Haben Sie einen Mann mit Bart gesehen?« wollte Mrs. Otis wissen.

»Und wenn?« erwiderte Cuff.

»Junger Mann, haben Sie einen Mann mit Bart gesehen?«

»Hören Sie, Lady«, sagte er, »das hier ist Schlagermanns Wäscherei und Färberei. Der Friseur ist zwei Häuser weiter.«

»Da haben Sie es«, sagte Dallas. »Verstehen Sie nun, was ich meine, Mrs. Otis? Man kann nicht einfach hingehen und nach einem Mann mit Bart fragen. Das klingt komisch!«

»Ich kann nichts Komisches daran finden. Junger Mann, haben Sie draußen in der Gasse einen älteren Mann mit Bart gesehen?«

»So 'n Bart?« Cuff zupfte sich an einem imaginären Spitzbart.

»Genau! Ganz genau – wann haben Sie ihn gesehen?«

»Vorige Woche. Das ist der Lumpensammler. Der kommt immer freitags, außer wenn's regnet.«

»Nun kommen Sie schon, Schwester Otis!« sagte Dallas.

»Ich bin überzeugt, dieser junge Bursche weiß etwas. Erzählen Sie mir mehr von diesem Mann mit Bart –«

»Lady«, sagte Cuff, »was geht mich das an, wenn Sie nicht auf Ihren Mann aufpassen können?«

Mit einem Schnauben marschierte Mrs. Otis die Gasse hinunter.

Cuff kehrte zum Wäschekorb zurück. »Sie ist weg«, sagte er. »Mensch, Shakespeare, das ist doch nicht etwa Ihre Frau, oder?«

»Gütiger Himmel, nein!« antwortete Leonidas entrüstet. »Nein! Was für ein abstoßender Gedanke! Gehen Sie mal nachsehen, was sie als nächstes im Schilde führt, Cuff. Denken Sie nicht, sie hätte aufgegeben. Die nicht.«

Cuff lehnte sich an die Tür und sah, wie Mrs. Otis sich den Polizisten und ihren Freunden näherte.

»Die Bullen sagen ihr«, berichtete Cuff, »daß sie schon seit Stunden nach'm Knaben mit'm Bart suchen. Hoppla – sie kommt zurück. Geht jetzt Richtung Preston Street und schaut sich da um.«

Nachdem sie ohne Erfolg einige weitere Leute am Ende der Gasse befragt hatte, kam Mrs. Otis zurückmarschiert und setzte sich auf die von Leonidas so sorgfältig abgekehrte oberste Treppenstufe.

Cuff kicherte, als er Bericht erstattete.

»Sie sagt, sie bleibt, wo sie ist. Wenn Sie nicht zur vorderen Tür rausgegangen sind, sagt sie, und niemand Sie hier hat rausgehen sehen, dann müssen Sie noch drin sein, und sie würde da sitzenbleiben, bis Sie rauskommen. Das ist blöd für Sie, Kumpel; vorne kann ich Sie nämlich erst in'ner Stunde rauslassen. Das Mädchen vorn hat Mittagspause, und sie nimmt die Schlüssel mit. So 'n Pech.«

»Es wäre auch Pech für die Menschheit gewesen«, bemerkte Leonidas, »wenn diese Frau Eva gewesen wäre. Sie hätte den Apfel nicht angerührt, und wenn sie verhungert wäre. Cuff, wir machen jetzt einen Testlauf. Nehmen Sie einen der anderen Körbe, und fahren Sie ihn hinaus zur – Preston Street ist da, wo keine Polizisten sind, nicht wahr? Also, Sie schieben ihn hinaus und schauen nach, ob eine Limousine dort geparkt steht. Sie werden die Limousine gleich erkennen, Margie sitzt auf dem Vordersitz –«

»Was, Margie sitzt –?«

»So ist es. Fragen Sie sie, ob die Luft rein ist. Aber sagen Sie nichts, wenn dieser Gerichtsdiener sich noch da herumtreibt –«

»Mann, so einen haben Sie auch noch am Hals?«

»Es gibt nichts«, versicherte Leonidas ihm, »was ich nicht am Halse habe. Gehen Sie nun, wir wollen sehen, wie es funktioniert. Oh, die Tür lassen Sie bitte offen –«

Wie er befürchtet hatte, verlangte Mrs. Otis, auf der Stelle den Inhalt des Korbes zu sehen.

»Lady«, sagte Cuff, »das kann ich nicht zulassen, daß Sie in den Sachen wühlen. Das würde mich meine Stellung kosten.«

»Ich verlange den Inhalt dieses Korbes zu sehen, junger Mann!«

Cuff, der sehr rechtsliebend sein konnte, wenn die Umstände es erforderten, machte mit einem Pfiff die Polizisten auf sich aufmerksam.

»Ach, Sergeant«, sprach er in klagendem Ton den Beamten an, der herangeschlendert kam, »diese Frau – sie ist hinter einem Mann mit Bart her, und ich soll sie in den Sachen wühlen lassen, damit sie sieht, ob er drin steckt. Sie wissen doch, wie Schlagermann ist, Sergeant. Sie wissen, was er sagen würde, wenn ich Leute in seiner Wäsche wühlen lassen würde – hören Sie, Sergeant, wie wär's, wenn Sie die Sachen durchkämmen würden? Dann kann ich sagen, Sie sind's gewesen –«

Der Beamte zwinkerte Cuff zu und durchsuchte sorgfältig die Wäsche.

»Niemand hier«, sagte er, »außer uns Hübschen. Zufrieden, die Dame? Haben Sie eigentlich schon in der Dachrinne nachgesehen? Da oben ist ein kleines Loch –«

Dallas lehnte sich an die Backsteinmauer des Vortragssaales und lachte, bis ihr die Tränen kamen.

»Das ist gut, Sergeant!« sagte Cuff.

Von dieser freundlichen Aufnahme seiner geistreichen Bemerkung ermuntert, wagte der Beamte einen zweiten Versuch.

»Da ist auch ein Riß im Beton«, sagte er, »und – Mensch, die Kohlenluke.«

Bedächtig kniete er nieder und öffnete die Abdeckung des Kohlenschachts.

»Hallo, mein Kleiner«, rief er lockend. »Komm hoch, Kleiner, dein Frauchen wartet auf dich! Tja, er ist nicht da, meine Dame. Aber Sie können nicht sagen, die Daltoner Polizei hätte nicht ihr Bestes getan!«

Eine normale Frau hätte an diesem Punkt aufgegeben, doch Estelle Otis war keine normale Frau.

»Nein«, sagte sie zu Dallas, »ich gebe nicht auf. Ich bleibe, wo ich bin.«

»Ich werde in kalten Winternächten an Sie denken«, erwiderte diese, »wenn Ihnen die Eiszapfen von der Nase hängen. Wahrscheinlich wird es Ihnen sogar schon in einer halben Stunde recht feucht zumute sein, wenn dieser Nieselregen sich zu echtem Regen auswächst –«

Cuff fuhr den Korb ans Ende der Gasse und kehrte dann zu Leonidas zurück.

»Da ist keine Limousine, da hinten. Nur jemand vom Amtsgericht lungert rum.«

Leonidas seufzte.

»Sie können doch Auto fahren, Cuff? Gut, dann gehen Sie die andere Straße hinunter, und sehen Sie nach, ob dort ein Wagen mit der Nummer 68807 steht.«

Cuff war binnen Sekunden zurück.

»Ist da, 'n Ford-Coupé. Sitzt 'ne Dame im grünen Mantel drin. Sieht aus, als würd' sie auf jemanden warten. Sagen Sie, Kumpel, die Geschichte wird allmählich amüsant. Was wird denn nun eigentlich gespielt?«

»Margie wird Ihnen alles erzählen«, sagte Leonidas. »Sie ist sozusagen auch in die Geschichte verwickelt – sind Sie – ähm – ganz sicher, daß Sie mir helfen wollen? Sie könnten dabei nämlich leicht selbst mit der Polizei zu tun bekommen.«

»'n Kumpel von Margie ist auch 'n Kumpel von mir. Und außerdem bin ich Ihnen ja noch was schuldig, wegen gestern abend. Was soll ich denn tun?«

»Sie fahren mich in diesem Korb hinaus zu dem Coupé«, instruierte Leonidas ihn. »Sie sagen zu der Frau ›Mrs. Gettridge‹ – prägen Sie sich den Namen ein, Gettridge –, Sie sagen ›Mrs. Gettridge, ich bringe Ihnen Ihre Schlüssel zurück, wenn Sie etwas riskieren wollen.‹ Haben Sie das verstanden?«

Cuff wiederholte Leonidas' Worte zweimal. »Wenn sie zögert, fahren Sie mich zurück. Wenn sie ja sagt, laden Sie mich mitsamt dem Korb in den Wagen. Und nun – hat unser Pferdegesicht auf der Treppe immer noch das Mädchen bei sich? Gut. Ich überlege, wie wir ihr etwas mitteilen könnten. Einen Zettel würde Mrs. Otis bemerken. Können Sie singen, Cuff?«

»Mensch«, sagte Cuff, »damit hab' ich Bürgermeister Bowes sechstausendachthundertundeinundsechzig Stimmen eingebracht. Der swingende Murray, das bin ich. So hab' ich auch Margie kennengelernt, durch mein Singen!«

»Was könnten Sie, wenn Sie die Gasse hinuntergehen, singen«, fragte Leonidas, »so daß Dallas Bescheid weiß und Mrs. Otis nichts bemerkt? Irgend etwas, womit wir Dallas zu erkennen geben, wer Sie sind. Kennen Sie – nein, das reicht nicht. Mit einem schottischen Lied kommen wir nicht weiter.«

»Da sollten Sie mich mal *Loch Lomond* swingen hören!« wandte Cuff empört ein. »Was soll das heißen, mit 'nem schottischen Lied kommen wir nicht weiter!«

»Kennen Sie *I Love a Lassie*? Wenn der Name des Mädchens kommt – wie hieß es doch gleich? –, singen Sie jedes Mal ›Margie‹. Klar? Und dann ein paar Zeilen *Loch Lomond*. Die breite und die schmale Straße. Haben Sie verstanden, was ich meine?«

»Hören Sie mal, Kumpel«, sagte Cuff, »ich kenne sämtliche Strophen von *All Points West*. Sie sprechen mit einem Mann, der singen kann!«

»Dann singen Sie«, sagte Leonidas. »Ähm – swingen Sie es sogar!«

Draußen auf der Gasse unterbrach Mrs. Otis Cuffs Gesang.

»Das Mädchen in diesem Lied heißt nicht Margie«, ließ sie ihn wissen. »Es heißt –«

»Lady«, sagte Cuff, »mein Mädchen heißt Margie. Sie ist ein Mädchen, und ich liebe sie. Wollen Sie da etwa was gegen sagen? Soll ich Ihnen was anderes singen? Na gut!«

In Cuffs Swing-Version war *Loch Lomond* kaum wiederzuerkennen.

»Was für ein unangenehmer Bursche!« sagte Mrs. Otis verdrossen, während Cuff an den Polizisten vorbei die Gasse verließ. »Und so ein Dummkopf – oh, Sie rauchen, Miss Mappin? Ich kann das ja überhaupt nicht schön finden, wenn Frauen rauchen. Bei einem Mann ist das etwas anderes. Aber ich finde es abstoßend, wenn junge Mädchen diesen abscheulichen Rauch aus dem Mund stoßen. Und aus der Nase. Nun sagen Sie einmal ehrlich, Miss Mappin, bereitet Ihnen das wirklich Vergnügen zu rauchen?«

»Ungeheures«, sagte Dallas.

»Aber wozu soll es gut sein?«

»Man kann die Zeit messen«, erwiderte Dallas, »wenn man keine Uhr hat. Ich habe keine Uhr, das heißt, ich besitze eine, aber ich habe sie bei Mrs. Price gelassen.«

»Was für ein seltsames Motiv zu rauchen!« sagte Mrs. Otis.

»Das finde ich nicht.«

»Wo dieser junge Dummkopf wohl abgeblieben ist?«

»Ich glaube, Sie tun ihm unrecht«, sagte Dallas.

»Aber dem stand doch die Dummheit im Gesicht geschrieben – wohin ist er gegangen?«

Dallas schnippte ihre Zigarette in die Luft und erhob sich von der Treppe.

»Ich glaube«, sagte sie, »dieser junge Dummkopf hat, wie er es schon ankündigte, die breite Straße genommen, Mrs. Otis –«

»Wohin gehen Sie?«

»Ich? Ich nehme die schmale. Ich wünsche Ihnen noch viel Spaß hier, Schwester Otis. Ich werde an Sie denken, wenn der Regen so richtig losgeht – soll ich Ihnen etwas zu essen bringen lassen, oder kann ich sonst irgend etwas für Sie tun? Einen Regenschirm vielleicht? Nein? Wollen Sie mir nicht wenigstens die Adresse Ihrer nächsten Angehörigen geben, falls es zu Frostbeulen kommen sollte? Nun gut. Sind Sie eigentlich jemals in Rangun gewesen?«

»Wo? Natürlich nicht! Wieso?«

»In Rangun«, sagte Dallas, die Hand schon am Türgriff, »haben wir ein Sprichwort. Wie ich Mrs. de Haviland schon sagte: ›Er, dessen Blick auf den Tiger geheftet ist, sieht nicht das Vöglein im Baum.‹ Sie sollten Rangun besuchen, Schwester Otis. Leben Sie wohl!«

»Ich verstehe wirklich nicht, was Sie meinen!«

»Das werden Sie schon noch«, sagte Dallas. »Bye-bye.«

Mrs. Gettridge redete, während sie ihr Coupé beherzt durch den Verkehr von Dalton Falls steuerte, mit dem Wäschekorb, der neben ihr auf den Sitz gezwängt worden war.

»Ich bin sicher, es muß für Sie furchtbar unbequem sein dort drin«, sagte sie. »Dieser Wagen ist ja auch keine Limousine. Wohin soll ich Sie denn bringen?«

»Zusammengekrümmt, wie ich im Augenblick bin«, sagte Leonidas, »ist mir jeder Ort recht, der weiträumig ist. Ähm – wo ist Cuff?«

»Hinten auf dem Notsitz. Wir haben uns nicht getraut, den Korb einfach so auf den Sitz zu stellen. Ich fahre so schnell, wie ich es verantworten kann, Mr. Witherall. Übrigens – möchten Sie, daß ich anhalte und Ihnen etwas zu essen besorge? Ich könnte mir vorstellen, daß Sie hungrig sind.«

»›Hungrig‹ ist nicht der angemessene Ausdruck«, sagte Leonidas. »Schicken Sie Cuff irgendwo hin, und sagen Sie ihm, er soll Essen in riesi – au – in riesigen Mengen besorgen! Mengen. Ich glaube, wenn ich erst einmal etwas gegessen und mich gestreckt habe, werde ich weiterarbeiten können.«

Einige Zeit später, auf einem Waldweg nahe der Nachbarstadt Carnavon, seufzte Leonidas vor Vergnügen.

»Wenn mir jemand gesagt hätte«, meinte er dann, »daß ich jemals fünf Hamburger essen würde – ich bin schlimmer als der Kater mit seinen Fischfrikadellen, Cuff. Mrs. Gettridge, ich kann

Ihnen gar nicht sagen, wie dankbar ich bin. Ich frage mich allerdings, warum Sie sich in eine solche Gefahr begeben, nur um einem völlig Fremden zu helfen?«

»Eigentlich sind Sie kein völlig Fremder«, sagte sie. »Schließlich waren Sie einer von Pauls Klienten. Ich habe zahllose Briefe an Sie geschrieben – ich habe nämlich den größten Teil seiner Korrespondenz erledigt. Ich habe mich oft gefragt, was Sie wohl mit Ihrem Grundbesitz in Dalton gemacht haben.«

»Das Grundstück!« sagte Leonidas. »Sie werden es mir nicht glauben, aber ich hatte es völlig vergessen, bis ich Ihren Namen hörte und mich bei Miss Brett nach Ihrem Gatten erkundigte. Dieses Grundstück von Onkel Orrin hat mir nichts als Sorgen gemacht!«

»Das hatte ich aus Ihren seltenen Briefen herausgelesen«, sagte Mrs. Gettridge.

»Ich hatte nur Ärger damit«, sagte Leonidas. »Ein Klotz am Bein. Gar nicht der Mühe wert, deswegen Briefe zu schreiben. Der Tag, an dem Ihr Gatte mich von diesem Grundstück befreite, war einer der glücklichsten meines Lebens –«

»Von diesem Grundstück befreite? Aber das hat Paul niemals getan, Mr. Witherall!«

»Oh doch«, sagte Leonidas. »Schon vor Jahren. Er hat es verkauft oder verschenkt oder der Stadt zur Begleichung von Steuerschulden überschrieben. Nie war ich glücklicher –«

»Aber Mr. Witherall!« sagte Mrs. Gettridge. »Das stimmt nicht! Wenn Sie das Grundstück nicht seit Pauls Tod verkauft haben, dann gehört es Ihnen immer noch! Paul hat es niemals für Sie verkauft.«

Leonidas blickte sie an.

»So ist es, Mr. Witherall! Das war einer der Gründe, derentwegen ich Sie heute angesprochen habe. Ich wollte gerne wissen, was aus der Sache geworden ist. Es kam nämlich genau so, wie Paul es vorausgesagt hatte. Er sagte damals, als Ihr Onkel Orrin es Ihnen vermachte – wie lange ist das her?«

»Neunzehnhundertneunundzwanzig«, sagte Leonidas.

»Damals hat er schon gesagt, es würde eines Tages Unsummen wert sein. Und inzwischen ist es das natürlich, mit den Neuerschließungen dort, dem Golfclub und Kayes Fabrik gleich nebenan. Es ist eins der wertvollsten Grundstücke in ganz Dalton – was ist mit Ihnen, Mr. Witherall, ist Ihnen nicht gut?«

»Doch«, sagte Leonidas, »doch. Aber ich merke gerade, wie dumm ich war, Mrs. Gettridge. Sehr, sehr dumm. Wenn ich mir vorstelle, daß ich schon den halben Vormittag über den Schlüssel in Händen hielt! Ich habe ihn auf den Knien gewiegt. Ich habe Bigelows *Grundeigentum* immer und immer wieder angeschaut und trotzdem nicht an das Grundstück gedacht. Und das ist die Antwort auf all unsere Fragen, Mrs. Gettridge. Das Grundstück.«

Kapitel 9

»Worauf ist das Grundstück die Antwort?« fragte Mrs. Gettridge. »Ich verstehe überhaupt nicht, was –«

»Ein Grundstück«, fuhr Leonidas beinahe träumerisch fort. »Ein Grundstück, das ich völlig vergessen hatte und das inzwischen von einigem Wert ist –«

»Von einigem Wert? Von ungeheurem Wert! Aber Mr. Witherall, es ist mindestens ein paar hunderttausend Dollar wert! Paul hat es mir gesagt, das letzte Mal, daß ich ihn danach fragte, und Paul hat nie eine Immobilie zu hoch veranschlagt. Aber nun möchte ich wissen, auf welche Frage das Grundstück die Antwort ist.«

»Wenn Sie und Cuff gern die ganze Geschichte hören wollen«, sagte Leonidas, »dann erzähle ich sie Ihnen. Der erste Teil wird Ihnen bekannt vorkommen, Cuff, aber ich bin sicher, Sie werden es ertragen. Ich würde gern alles noch einmal durchgehen und Ordnung in meine Gedanken bringen.«

Mrs. Gettridge hörte schweigend zu, bis er an die Stelle kam, an der er im Hause Brett erwachte und Bennys Leiche fand.

»Sie – ach! Jetzt verstehe ich, warum Cuff mich fragen sollte, ob ich bereit sei, ein Risiko einzugehen! Sie sind der bärtige Mann, nach dem die Polizei sucht!«

»Hmnja«, sagte Leonidas. »Ich –«

»Und obwohl Sie wußten, daß die Polizei hinter Ihnen her war, haben Sie vor dem Freitagmorgen-Club über ›Shakespeare als solchen‹ gesprochen! Sie sind tatsächlich dort aufs Podium gestiegen und haben sich –«

»Es war wirklich nicht meine Schuld«, beeilte Leonidas sich zu sagen. »Ich versichere Ihnen, ich hatte keine andere Wahl. Und als ich dann das Gesicht von Estelle Otis im Publikum sah, wußte ich – aber alles schön der Reihe nach –«

Beim Bericht über die Ereignisse des Morgens lächelte Mrs. Gettridge einige Male. Doch je länger Leonidas erzählte, desto besorgter wirkte sie. Auf ihrer Stirn erschien eine tiefe Falte, und die Knöchel ihrer linken Hand, mit der sie den Griff der Autotür umklammert hielt, waren weiß.

»So stehen die Dinge«, sagte Leonidas schließlich. »Nun verstehen Sie, wie alles zusammenhängt. Benny und sein Komplize wollten mich umbringen, weil ich ein Grundstück besitze, dessen hohen Wert sie kannten. Benny wollte seinen Komplizen übers Ohr hauen und versuchte, das Land an Stanton Kaye zu verkaufen. Er stellte sich wohl vor, er könne einen märchenhaften Preis dafür bekommen und mich dann mit ein paar Dollars abspeisen. Doch der Komplize hatte mich bereits überfahren, und als er zum Hause Brett zurückkam, kam er dazu, wie Benny am Telefon mit Kaye sprach, und erstach ihn. Natürlich gibt es bei dieser Geschichte noch viele Lücken und Unklarheiten, doch das Grundstück ist ohne Zweifel der Schlüssel. Davon bin ich überzeugt, wenn es wirklich so wertvoll ist, wie Ihr Gatte meinte.«

»Mann!« sagte Cuff nachdenklich. »Das is' ja wie im Kino. Sogar der Anfang, mit Margie und mir. Mann, das is' 'n Reißer!«

»Hmnja«, sagte Leonidas. »Mitreißend ist es mit Sicherheit. Also – wie ist es möglich, daß Benny Brett von diesem Grundstück wußte und ich nicht?«

Mrs. Gettridge holte tief Luft.

»Weil«, sagte sie, »August Barker Brett der Nachlaßverwalter meines Mannes ist.«

Leonidas ließ den Zwicker an seinem breiten schwarzen Band baumeln und betrachtete durch die Autoscheiben die verregneten Hügel von Carnavon.

»Das«, sagte er nach einer längeren Pause, »ist hochinteressant. Hochinteressant.«

»Diesen Winter hatte August Lungenentzündung«, sagte Mrs. Gettridge. »Deshalb bleibt er auch so lange in Florida, zur Genesung. Mein Anteil am Vermögen brauchte nicht groß in Ordnung gebracht zu werden. Paul hatte die meisten seiner persönlichen Angelegenheiten schon vor Jahren geregelt, als er schon einmal schwer krank war. Aber um den Rest hat sich August Barker bisher so gut wie gar nicht gekümmert. Als ich vor seiner Abreise mit ihm darüber sprach und vorschlug, wir sollten jemanden engagieren, der ihm zur Hand geht, sagte er,

Benny und sein Büro seien der Aufgabe gewachsen. Es schien ihm recht unangenehm zu sein, daß ich das Thema aufbrachte. Mehr als das konnte ich nämlich nicht tun. Er ist –«

»Der Boß«, sagte Leonidas. »Verstehe. Hmnja, verstehe. August ist krank und überläßt die Angelegenheiten Benny und dem Büro. Benny durchstöbert den Safe Ihres Mannes, und unter anderem findet er heraus, daß ich der Eigentümer jenes ausgesprochen wertvollen Grundstücks bin. Allmählich wird mir einiges klar.«

»Was ich nicht verstehe, Shakespeare – Mr. Witherall, wollte ich sagen –«

»Nennen Sie mich einfach Bill«, schlug Leonidas vor. »Das scheint ohnehin zu einer allgemeinen Sitte zu werden, und es ist viel kürzer –«

»Also gut, Bill – was ich einfach nicht verstehe, ist, daß Sie dieses Grundstück vergessen konnten! Mir wäre das bestimmt nicht passiert, an Ihrer Stelle. Wie um alles in der Welt konnten Sie es vergessen?«

»Ich – ähm – hatte es nicht vergessen«, erläuterte Leonidas ihr. »Ich habe es aus meinem Gedächtnis verbannt – das ist etwas ganz anderes.«

»Und warum haben Sie das getan? Warum?«

»Onkel Orrin«, sagte Leonidas, »hat mir das Land im Jahre neunzehnhundertneunundzwanzig vermacht. Ihr Gatte teilte es mir schriftlich mit. Ich war hocherfreut, nicht in erster Linie, weil ich etwas geerbt hatte, sondern weil es eine so anständige Geste von seiten Onkel Orrins war, der nie viel von mir gehalten hatte. Ich schrieb Ihrem Mann und ließ ihn wissen, wie erfreut ich war, teilte ihm aber auch mit, daß ich im Begriff war, bei Meredith meinen Abschied zu nehmen und noch in derselben Woche zu einer Weltreise aufzubrechen; er solle das Land bis zu meiner Rückkehr verwalten. Wie schön, ein Grundstück auf dem Lande zu besitzen, sagte ich mir in Gedanken. Ich ging sogar so weit, ein weißes Häuschen mit grünen Fensterläden zu errichten – in meiner Phantasie natürlich nur –, wo ich meine alten Tage zu verleben gedachte. Eine Eibenhecke hatte ich, glaube ich, auch schon gepflanzt – und – aber diese Einzelheiten werden Sie nicht interessieren –«

»Oh doch«, sagte Mrs. Gettridge. »Sehr sogar. Aber noch immer habe ich nicht die leiseste Ahnung, wie Sie es dann anschließend vergessen konnten –«

»Etwa zwei Minuten, bevor ich zum Zug mußte, der mich zu meinem Dampfer im New Yorker Hafen bringen sollte, traf Ihr Gatte mit einem Stoß von Papieren in meiner Wohnung ein«, sagte Leonidas. »Ich unterzeichnete sie in aller Eile und brach dann auf. Das nächste Mal, daß ich von diesem Grundstück hörte, war durch einen vielfach nachgeschickten Brief der Gemeinde Dalton, der einen Steuerbescheid enthielt. Von da an dachte ich dann nicht mehr ganz so liebevoll an Orrin zurück. Die geforderte Summe entsprach ungefähr zwei Jahresgehältern oder dem Vierfachen meiner jährlichen Pension. Es wurde mir klar, daß Orrins Erbschaft keine so großzügige Geste war, wie ich anfangs gedacht hatte. Ich schickte Ihrem Mann ein Telegramm, er solle das Grundstück verkaufen.«

»Paul dachte, Sie hätten völlig den Verstand verloren«, sagte Mrs. Gettridge. »Schließlich war das unmittelbar nach der Wirtschafts –«

Leonidas wand sich.

»Bitte«, sagte er, »lassen Sie uns nicht davon sprechen! Die Erinnerung daran schmerzt noch immer. Die Wirtschaftskrise vernichtete, wie ich bei meiner Rückkehr feststellte, meine sämtlichen Ersparnisse und Investitionen. Und eine Zweitschrift des Steuerbescheids wartete auf mich. Mit meinem im wahrsten Sinne des Wortes letzten Groschen lief ich zu einem Telefon und beauftragte Ihren Mann ein weiteres Mal, das Land zu verkaufen. Er sagte, das könne er nicht, kein Mensch könne unter den gegebenen Umständen dieses Grundstück verkaufen –«

»Natürlich nicht! Zu der Zeit das Land weggeben! Das war absurd –«

»Aber meine liebe Dame«, sagte Leonidas, »es war für mich damals nicht möglich, das Land zu behalten; ein solches Opfer hätte ich nicht bringen können. Ich hatte kein Geld. Ich sagte zu Ihrem Gatten, daß ich geradezu hörte, wie Orrin in den Wolken seine Harfe zupfte und vor Lachen brüllte. Ähm – Ihr Gatte war ein sehr nüchterner Mann.«

In Wirklichkeit fand Leonidas, daß der selige Paul Gettridge viel mit Estelle Otis gemein hatte. Auch bei ihm war völlige Humorlosigkeit mit einem verbissenen Pflichtgefühl einhergegangen.

Mrs. Gettridge nickte. »Ja«, sagte sie. »Paul war nüchtern. Und er war furchtbar verärgert über Sie. Er konnte es einfach nicht verstehen, daß Sie überhaupt kein Interesse zeigten und nicht einmal nach Dalton kommen wollten, um sich Ihr Grundstück auch nur anzusehen – Sie haben es bis heute nicht in Augenschein genommen, nicht wahr?«

»Für mich«, sagte Leonidas, »sehen Grundstücke auf dem Lande alle gleich aus. Außerdem hegte ich zu bittere Gedanken über das Erbe, als daß ich hätte wissen wollen, wie das Grundstück aussieht. Mr. Gettridge drängte mich immer wieder, ich solle kommen und es mir ansehen, doch je mehr er drängte, desto hartnäckiger weigerte ich mich. Das Land war, wie ich ihm immer wieder klarzumachen versuchte, ein Klotz, den ich mir nicht am Bein leisten konnte. Diese Steuerbescheide verfolgten mich. Sie raubten mir den Schlaf. Oh, Mrs. Gettridge, Ihr Gatte und ich, wir haben einige recht harte Worte gewechselt!«

»Ich weiß. Einige davon habe ich für Paul getippt. Er war entrüstet über Sie. Für seine Begriffe nahmen Sie die ganze Angelegenheit viel zu sehr auf die leichte Schulter –«

»Auf die leichte Schulter?« wandte Leonidas ein. »Er meint, ich hätte das zu leichtgenommen? Mrs. Gettridge, zu jener Zeit ist es mehr als einmal vorgekommen, daß mein gesamter Hausstand aus nichts als einer Zahnbürste und diesen Steuerbescheiden bestand! Schließlich rief ich bei Ihrem Gatten an und sagte ihm, wenn er das Land nicht verkaufen könne, dann solle er es verschenken. Ich sagte ihm, ich wüsche mir in dieser ganzen Sache die Hände in Unschuld und wolle niemals, niemals mehr auch nur ein einziges Wort von Orrin Witheralls Erbschaft hören. Ich hängte den Hörer ein und verbannte die ganze Angelegenheit aus meinem Kopf.«

»Sie werden mir doch nicht erzählen wollen, daß Sie geglaubt haben, damit sei alles erledigt?«

»Es hatte den Anschein«, sagte Leonidas. »Ich habe nie wieder ein Wort darüber gehört, nicht einmal von der Stadt Dalton. Und das war eine ausgesprochene Erleichterung, das kann ich Ihnen versichern. Fröhlich machte ich mich an meine Arbeit als Hausmeister, als Hausierer für Bürsten und als Ladenaufsicht, und mein Blick war wieder ungetrübt, mein Herz unbeschwert. Ich kam mir reichlich dumm vor, daß ich nicht schon lange zuvor beschlossen hatte, ich wolle mit diesem Grundstück nichts mehr zu tun haben.«

Mrs. Gettridge sah ihn an und schüttelte den Kopf.

»Wissen Sie, wie es weiterging?«

»Nein«, sagte Leonidas. »Ich habe nicht die leiseste Ahnung.«

»Zunächst einmal sind Sie völlig von der Bildfläche verschwunden. Die Briefe, die Paul Ihnen schrieb, kamen zurück, reichlich mit ›Unbekannt verzogen‹-Stempeln verziert. Niemand schien zu wissen, wo Sie waren, wo Sie arbeiteten oder was sonst aus Ihnen geworden war. Paul hat Suchanzeigen in den Zeitungen aufgegeben, aber auch das führte zu nichts.«

Leonidas schwieg einen Augenblick lang.

»Es war eine schlimme Zeit. Ich zog es vor, meinen – ähm – heruntergekommenen Zustand nicht groß publik zu machen. Ich zählte damals zu den Unterprivilegierten, das darf man wohl sagen. Was unternahm Ihr Gatte dann?«

»Einer Ihrer Briefe stellte de facto eine Generalvollmacht dar«, fuhr Mrs. Gettridge fort. »Also nahm Paul die Angelegenheit, so unangenehm ihm das auch war, selbst in die Hand und handelte. Er verpachtete das Land an einen Farmer, der als Gegenleistung die Steuern zahlte.«

»Was für eine ausgezeichnete Lösung«, sagte Leonidas, und er meinte es ernst. »Großartig! Auf so etwas wäre ich niemals gekommen.«

»Ich bin froh, daß Sie so denken. Paul hat sich immer Sorgen deswegen gemacht. Er sagte, irgendwann werde das Land sehr viel wert sein und er hoffe, daß Sie eines Tages in dieser Angelegenheit Vernunft annähmen. Wenn es schon kein Geld für Sie einbrächte, sagte er, dann solle es das wenigstens für Ihre Erben tun. Und dann gab es natürlich noch den langen Rechtsstreit um Orrin Witheralls Nachlaß, aber ich nehme an, über Ihre Vettern und das alles wissen Sie Bescheid.«

»Ich fürchte, nein«, sagte Leonidas. »Meine Vettern sind sehr lästige Menschen, und ich habe sie seit zwanzig Jahren nicht mehr gesehen. Ich habe es sorgfältig vermieden, sie zu sehen. Sie – ähm – haben prozessiert?«

»Soviel ich weiß, sind sie noch immer dabei. Tja, Bill Shakespeare, diese Sache ist mir immer wieder einmal durch den Kopf gegangen. Und gestern, als der Direktor Sie bei Meredith vorstellte, beschloß ich, Sie anzusprechen; aber im Gedränge am Schluß habe ich Sie dann verpaßt. Einer der Gründe, weshalb ich heute morgen im Club war, war, daß ich Estelle fragen wollte, ob ihr Mann Ihre Adresse hat.«

»Wenn Stanton Kaye jetzt hier wäre«, sagte Leonidas, »würde er heitere Worte über das Schicksal murmeln, den alten Kraken. Was nun dieses Grundstück angeht – es klingt unglaublich, nicht wahr? Aber Sie meinen, es wird noch immer von einem Bauern bewirtschaftet, der statt Pacht die Steuern bezahlt?«

Mrs. Gettridge nickte. »Wenn Sie seit Pauls Tod nichts daran geändert haben, dann ist es noch so – das weiß ich.«

»Meinen Sie, wir könnten jetzt gleich dorthin fahren?« fragte Leonidas.

»Sicher – aber meinen Sie, Sie können es riskieren, nach Dalton zurückzukehren?«

»Wir haben immer noch den Waschkorb«, sagte Leonidas. »Kein angenehmes, aber ein gutes Versteck.«

»Warum wollen Sie das Grundstück sehen?« fragte Mrs. Gettridge.

»Mich interessiert weniger das Land als der Bauer, der es zur Zeit bewirtschaftet«, sagte Leonidas. »Wenn das Grundstück inzwischen so wertvoll ist, dann verstehe ich nicht, warum nicht schon längst jemand mich als den eigentlichen Besitzer ausfindig gemacht hat. Daß das bisher nicht der Fall war, scheint mir ein Anzeichen dafür, daß hier – ähm –«

»Da ist was im Busch«, sagte Cuff. »Faules Spiel. Jessas, ist das nicht genau wie im Kino, Bill?«

»Hmnja«, sagte Leonidas. »Sehr sogar. Kategorie Pearl White, mit einem Schuß Mack Sennett. Ganz recht, ich überlege, ob es nicht eine Verbindung zwischen Benny und diesem Bauern geben könnte, oder irgend etwas in der Art. Mir scheint jedenfalls, daß man dieser Frage nachgehen sollte. Wieso eigentlich Benny, Mrs. Gettridge? Ich meine, wieso läßt August Barker Brett es zu, daß Benny Geschäfte für ihn regelt? Warum? Ich hätte das nicht getan.«

»Ich auch nicht«, antwortete sie. »Benny wäre der letzte, von dem ich mir jemals in Geschäftsdingen würde helfen lassen. Aber vielleicht war ja Benny ein guter Geschäftsmann, auch wenn er so ein Ekel war?«

»Benny kann kein guter Geschäftsmann gewesen sein«, sagte Leonidas. »Undenkbar. Er verstand von nichts etwas. Wie er jemals seinen Abschluß bei Meredith bekommen hat, wird mir immer ein Rätsel bleiben. Natürlich war Atchison damals Direktor, und Atchison und August Barker waren sehr gute Freunde, und er mag voller Dankbarkeit gewesen sein, daß August der Schule in Bennys erstem Jahr eine neue Sporthalle gestiftet hatte. Während Bennys Schulzeit zeigte sich August Barker sehr großzügig der Meredith-Akademie gegenüber. Aber Benny dann später in der eigenen Firma zu beschäftigen, das scheint mir eine schwere Prüfung für jedermanns Wohltätigkeit zu sein. Es ist, könnte man beinahe sagen, Wohltätigkeit, die zu weit geht.«

»Da kann ich Ihnen nur zustimmen«, sagte Mrs. Gettridge. »Ich habe Paul einmal gefragt, warum August Barker Bennys Anwesenheit ertrage. Für ihn lag der Grund auf der Hand. In Augusts Büro und unter Augusts Aufsicht brachte Benny die Ehre der Familie Brett weniger in Gefahr, als wenn er ihn sich selbst überlassen hätte. Und August nimmt es sehr wichtig mit der Ehre der Familie Brett. Schon immer. Ich glaube, er hat Benny als eine Art Prüfung Gottes empfunden.«

»Jedermann«, sagte Leonidas, »empfand Benny als eine Art Prüfung Gottes, aber ich sehe nach wie vor nicht ein, warum sich ihr jemand längere Zeit hätte unterziehen sollen. Ich frage mich – aber das spielt keine Rolle. Holen Sie den Wäschekorb vom Notsitz, Cuff, und stopfen Sie mich wieder hinein – Sie müssen dann leider draußen im Regen sitzen.«

»Jessas, mir macht der Regen überhaupt nichts«, sagte Cuff. »Ich amüsier' mich prächtig –«

»Was wird eigentlich aus Ihrer Arbeit?« fragte Leonidas. »Daran habe ich überhaupt nicht mehr gedacht!«

»Ich auch nicht«, sagte Cuff, »aber das macht nichts, Bill. Ich hab' sowieso heute morgen erst angefangen. Ich hab' nämlich letzte Nacht geschworen, daß ich anständig werde. Margie hab' ich versprochen, daß ich mir gleich 'ne Arbeit suche, und das hab' ich auch getan. Sie hat mir nicht mal erlaubt, daß ich das Geld von dem Auto ausgebe, letzte Nacht. Stellen Sie sich vor, Bill, sie sagt, ich müßte es auf die Bank bringen!«

»Lassen Sie sich darüber keine grauen Haare wachsen«, sagte Leonidas. »Was ist das schon, eine Bank. Aber es tut mir leid, daß Sie meinetwegen Ihre Stellung verlieren –«

»Das macht nichts«, versicherte Cuff ihm. »Da hätte mir's sowieso nicht gefallen. So, und jetzt packe ich Sie gut ein, damit Sie nicht so durchgeschüttelt werden –«

Endlich war der Wäschekorb, mit Leonidas darin, gepackt, und Cuff hatte sich auf dem Notsitz niedergelassen.

Als sie vom Waldweg zurück auf die asphaltierte Straße fuhr, hielt Mrs. Gettridge noch einmal inne.

»Was machen wir, wenn – aber ich nehme an, das können wir immer noch überlegen, wenn es soweit ist.«

»Wenn Sie die Polizei meinen«, sagte Leonidas, »darum sollten Sie sich nicht weiter kümmern. Wenn es ganz schlimm kommt, können Sie immer sagen, ich hätte Sie entführt. Das werden die Ihnen schon glauben. Mittlerweile kann man denen, was meine Person anbetrifft, alles erzählen. Und versuchen Sie nicht, Cuff zu retten. Dem Arm des Gesetzes zu entwischen ist seine Spezialität.«

Schon im nächsten Augenblick klang Mrs. Gettridges Stimme angespannt.

»Da kommt ein Polizist auf dem Motorrad«, sagte sie. »Ich kann ihn im Rückspiegel sehen. Ungefähr zwei Hügel weiter hinten. Er –«

Cuff klopfte an die Scheibe.

»Bulle!« Mrs. Gettridge konnte ihn zwar nicht hören, aber sie sah, wie seine Lippen das Wort formten. »Bulle!«

»Sorgen Sie dafür«, sagte Leonidas mit Nachdruck, »daß Cuff die Ruhe bewahrt, wenn er uns anhält. Sie spielen – na, Sie müssen einfach irgendwie mit der Lage fertig werden.«

Er wünschte, Cassie Price wäre an ihrer Stelle. Die hätte keine Stichworte gebraucht. Doch Mrs. Gettridge hielt sich bewundernswert, als der Polizist mit seinem Motorrad das Coupé überholte und ihr ein Zeichen gab anzuhalten.

»Ach herrje«, sagte sie, »was habe ich angestellt?«

»Sie haben Ihr vorderes Nummernschild verloren, Lady«, sagte der Beamte. »Ich hab's an der Einfahrt zum Waldweg da oben gefunden – sind Sie da etwa reingefahren?«

»Bin ich – ich habe dort angehalten, um etwas zu Mittag zu essen«, sagte Mrs. Gettridge. »Die Straße ist so eng, und ich wollte nicht im Wege stehen.«

»Sie müssen aufpassen, wo Sie parken, Lady!«

»Oh, war es ein Privatweg, Wachtmeister? Ich habe kein Schild gesehen –«

»Das meine ich nicht. Es läuft 'ne Großfahndung nach einem Bankräuber –«

»Was! Ein Bankräuber? Meine Güte! Hält er sich hier irgendwo versteckt?«

»Jemand hat ihn hier in der Gegend gesehen. Ein Mann mit Bart. Hat sich heute morgen fünfzigtausend in Banknoten aus der Sparkasse in Carnavon geholt. Wahrscheinlich derselbe Mann mit Bart, nach dem sie auch wegen dem Mord in Dalton fahnden. Außerdem soll er aus 'ner Irrenanstalt entsprungen sein – also überlegen Sie sich lieber gut, wo Sie parken, Lady!«

»Da brauche ich nicht lange zu überlegen«, sagte Mrs. Gettridge. »Ich fahre auf der Stelle nach Hause! Danke, Wachtmeister, daß Sie mich gewarnt haben. Was für ein entsetzlicher Gedanke, daß er mir hätte begegnen können! Er – er hätte mich womöglich umgebracht –«

»Das hätte ganz schön unangenehm werden können, Lady«, sagte der Beamte. »Wahrscheinlich hätt' er sich nur Ihren Wagen genommen, zur Flucht, aber natürlich kann man nie wissen, was so 'nem Irrsinnigen alles einfällt. Wir haben Befehl, ihn auf der Stelle niederzuschießen.«

Leonidas seufzte leise. Das, dachte er, wurde ja immer besser.

»Auf der Stelle!« sagte Mrs. Gettridge. »Meine Güte! Haben Sie das gehört, Cuff?«

»Hab' ich gehört«, antwortete Cuff. »Mensch, das ist alles wie im Kino, was? Genau wie im Kino. 'n –«

»Das kann man wohl sagen«, beeilte Mrs. Gettridge sich zu sagen, »und es ist kein Film, den ich mir gerne ansehen würde! Ich mache mich auf den Weg nach Hause. Aber sagen Sie, Wachtmeister, sind Sie denn wirklich sicher, daß es derselbe Mann ist, der auch wegen des Mordes in Dalton gesucht wird?«

»Tja, er hat 'nen Bart«, sagte der Beamte. »Es muß derselbe sein.«

»Aber ist das nicht ziemlich hart gegenüber Männern, die zufällig Bärte tragen?«

Mrs. Gettridge sprach Leonidas aus der Seele.

»So viele Männer mit Bart gibt's ja nicht«, erwiderte der Beamte.

»Stellen Sie sich vor, Sie erwischen den Falschen!«

»Oh, das ist schon passiert. Vor 'ner Stunde haben wir einen angeschossen. Das war 'n Musiklehrer von der Mädchenschule in East Carnavon. Hat aber nicht viel abgekriegt. Nur angeschossen. Und eben hab' ich gehört, in Dalton haben sie noch einen erwischt. Hat aber auch nicht viel abgekriegt. So, jetzt muß ich weiter, den Wald hier durchsuchen. Seien Sie vorsichtig, Lady, und nehmen Sie keine Anhalter mit. Außer wenn es einer von unserem Suchtrupp ist. Wenn Sie da nicht anhalten, schießen die wahrscheinlich auf Sie –«

»Aber woher weiß ich, ob es jemand von Ihnen ist oder der wahnsinnige Bankräuber?«

»Der Bankräuber trägt 'nen Bart«, sagte der Beamte. »Er –«

»Und was ist, wenn er ihn abrasiert hat?« fragte Mrs. Gettridge. »Was ist, wenn es von Anfang an ein falscher Bart war?«

»Mensch, da ist was dran, Lady!«

»Allerdings«, sagte Mrs. Gettridge. »Das sollten Sie sich einmal durch den Kopf gehen lassen, bevor Sie noch mehr arme alte Männer mit Bart niederschießen – Cuff, ehe ich es vergesse, können Sie bitte das Nummernschild wieder anschrauben? Irgendwo da hinten muß Werkzeug liegen.«

»Sicher«, sagte Cuff. »Mach' ich.«

»Dazu brauchst du 'ne Schraube, Junge«, sagte der Beamte, »und 'ne Mutter. Warte, ich glaube, ich hab 'ne Schraube und 'ne Mutter in meiner Werkzeugtasche. Die müßte passen –«

Eine gute Viertelstunde verging, bis Cuff und der Polizist Schraube, Mutter und Nummernschild in einer Weise miteinander verbunden hatten, die beide zufriedenstellte. Bis dahin waren sie dicke Freunde geworden. Sie hatten sich sogar zum Bowling verabredet.

Leonidas kochte in seinem Wäschekorb vor Ungeduld. Cuff hätte wissen müssen, daß das nicht der rechte Augenblick war, sich mit einem Motorradpolizisten zu verbrüdern. Mrs. Gettridge hätte wissen müssen, daß sie die Sache nicht so in die Länge ziehen durfte. Cassie Price hätte so etwas nie zugelassen. Niemals.

»Also dann, Kumpel«, sagte Cuff. »Wir sehen uns Montagabend um acht auf der Daltoner Bowling-Bahn.«

»Alles klar, Kumpel«, sagte der Polizist. »Bis dann!«

»Bis dann, Kumpel«, sagte Cuff.

»Bis dann. Wir sehen uns, Kumpel.«

Bis das Motorrad davondröhnte, hatte Leonidas beinahe ein Loch in die Wand des Wäschekorbs gebissen.

»Großfahndung oder nicht«, sagte er, »laßt mich aus diesem – diesem Ding heraus! Cuff, was haben Sie sich denn nur dabei gedacht –«

»Was ist denn das, Cuff!« rief Mrs. Gettridge entsetzt. »Was – woher haben Sie diese Papiere?«

»Moment, ich lasse nur noch Bill raus an die frische Luft – ich weiß ja, was Sie sagen wollen, Bill, aber so was braucht seine Zeit. Die steckten nämlich in seiner Innentasche. Ich hab' gesehen, was da drauf steht, und da hab' ich mir gedacht, die sind was für Bill. Und dafür hab' ich so lange gebraucht. Warten Sie mal – so, jetzt können wir Sie zudecken, wenn wir jemanden kommen hören –, und jetzt schauen Sie, was ich Ihnen besorgt habe, Bill!«

Er reichte ihm ein Bündel Papiere.

Leonidas nahm sie, warf einen Blick darauf und lächelte.

»Cuff«, sagte er, »ich vergebe Ihnen, ich vergebe Ihnen alles. Alles –«

»Was ist das?« wollte Mrs. Gettridge wissen. »Was hat er diesem Polizisten gestohlen?«

»Plan Fünf«, sagte Leonidas. »Anweisungen zur Bereitschaft der Daltoner Polizei in einem Mordfall. Zur freundlichen Kenntnisnahme der Polizei von Carnavon, zwecks Koordination der Fahndung. Zu ergreifende Maßnahmen – das muß ich mir in Ruhe ansehen. Ich habe mir die ganze Zeit gewünscht, einen Blick auf Plan Fünf zu werfen, damit ich abschätzen kann, auf was wir achten sollten.«

»Ist es schlimm?« fragte Cuff mitleidig, als Leonidas seine Lektüre beendet hatte.

»Hmnja«, sagte er. »Das ist es. Schlimmer, als ich erwartet hatte. Es hat keinen Zweck, sich auf Colonel Carpenters Militärjargon einzulassen – aber man kann daraus schließen, daß zu den Örtlichkeiten, die überwacht werden, auch Zara Bretts Wohnung gehört. Und ich muß sie heute nachmittag noch sprechen! Unbedingt! Außerdem dürften Kayes Wohnung und Büro überwacht werden, Dallas' Wohnung, auch August Barkers Büro – kurz gesagt, an jeder Stelle, die auch nur im entferntesten in irgendeiner Verbindung zu dieser Affäre steht, wird ein Polizist lauern. Ich nehme einiges, was ich über Colonel Carpenter dachte, zurück. Er ist ein sehr tüchtiger Mann. Ausgesprochen.«

»Wo er wohl gerade steckt?«

»Glücklicherweise«, sagte Leonidas, »ist heute sein freier Tag, und wie es scheint, zieht er sich an seinem freien Tag irgendwohin zurück. Das kommt uns gelegen. Ich vertraue darauf, daß er weiter in seiner Zuflucht bleibt. Irgendwie stelle ich ihn mir als Anführer dieser Treibjagd vor, auf einem weißen Streitroß mit

Federbusch – Cuff, ich bin Ihnen sehr dankbar, daß Sie mir Plan Fünf besorgt haben.«

»Ach, das war doch gar nichts, Bill«, sagte Cuff. »Das hätte doch jeder –«

»Es war die Tat«, sagte Leonidas, »eines echten Freundes. Eines echten – ähm – Kumpels. Ich hatte nämlich vor, nachdem wir uns dieses Grundstück und den Farmer angesehen haben, Zara Brett aufzusuchen, und ich hatte sogar mit dem Gedanken gespielt, bei August Barkers Büro vorbeizuschauen und besonders Bennys Schreibtisch zu inspizieren. Mit anderen Worten, ich wäre ein halbes dutzendmal verhaftet worden – na, vielleicht kann ich mein Ziel noch auf andere Weise erreichen. Nun aber auf zu diesem Grundstück!«

»Und wenn wir unterwegs auf den Suchtrupp stoßen oder den Bankräuber? Das war raffiniert von dem Bankräuber, sich Ihren Bart zunutze zu machen, nicht wahr?«

»Hmnja«, sagte Leonidas. »Sehr raffiniert. Zweifellos verfaßt er in seinen Mußestunden falsche Lösegeldforderungen in Entführungsfällen. Beten wir, daß wir weder ihm noch dem Suchtrupp begegnen –«

Ihre Gebete wurden erhört, und die Straße zwischen Dalton und Carnavon war frei und leer. Einmal hörte Leonidas, wie Mrs. Gettridge etwas vor sich hin murmelte.

»Oh, nichts von Bedeutung«, antwortete sie auf seine Frage. »Wir fahren gerade am Daltoner Country Club vorbei, und ich mußte über den Mann am vierzehnten Loch lachen. Der spielt tatsächlich im strömenden Regen. Na, jedenfalls warf er gerade zwei Golfschläger in den Seerosenteich, wie Jupiter, der Blitze schleudert – wir sind gleich da, Bill. Wie wollen Sie denn nun vorgehen? Soll ich bis ganz hinauffahren?«

»Wo hinauf?«

»Oh, es ist ein ziemlich großes Anwesen. Riesige Scheunen, ein Verwaltungsgebäude – es ist die größte Farm in Dalton. Die größte meilenweit im Umkreis. Die –«

»Sie wollen doch nicht sagen, daß dieser Bauer nach den Steuern, die er zahlen muß, noch so viel verdient, daß er Scheunen und Verwaltungsgebäude errichten kann? Nach diesen Unsummen von Steuern? Heißt das etwa, daß ein Mann im blauen Arbeitsanzug, mit Strohhut und Mistgabel – daß der tatsächlich Gewinn macht?«

»Ich fürchte«, sagte Mrs. Gettridge, »Sie haben sich da ein falsches Bild von diesem Bauern gemacht. Er hat ein Dutzend Traktoren und Arbeiter – Cuff, können Sie bitte einmal nachsehen, ob dort in dem Büro jemand ist?«

Cuff klopfte an die Tür und sah sich dann bei den Scheunen um.

»Da hängt 'n Schild«, sagte er, als er zurückkam, »auf dem steht, daß sie Freitag nachmittags geschlossen haben, aber am Samstag und allen übrigen Tagen haben sie den ganzen Tag über auf, und vom 1. April an machen sie überhaupt nicht mehr zu. Jessas, die Leute hier haben's aber mit den Schildern! Da drüben ist eins – kann man sich so was vorstellen? –, auf dem steht, daß das Land hier nicht zu verkaufen ist!«

»Drücken Sie mal kräftig auf die Hupe«, wies Leonidas Mrs. Getttridge an, »damit wir uns vergewissern, daß niemand in der Nähe ist. Ich möchte aus meinem Korb herauskommen und mir dieses Schild ansehen.«

Es war ein großes Schild, und Leonidas konnte nur beifällig nicken, als er es einige Minuten später las. Wie Colonel Carpenter schien auch dieser Bauer ein außerordentlich tüchtiger Mann zu sein. Und er hatte Köpfchen.

Er las das Schild noch einmal, diesmal laut.

»Dieses Grundstück ist NICHT zu verkaufen. Bitte belästigen Sie uns nicht durch Versuche, darüber mit uns ins Gespräch zu kommen. Dieses Land ist NICHT zu verkaufen. Der Besitzer.«

»Nun?« sagte Mrs. Gettridge.

»Ich glaube, das beantwortet die Frage«, sagte Leonidas. »Der Bauer – irgendwie paßt das nicht zu ihm, daß man ihn einen Bauern nennt –, wie dem auch sei, der Gentleman, der als Gegenleistung für die Nutzung meines Landes die Steuern zahlt, hat offensichtlich einen Verstand, den er zu gebrauchen weiß. Je länger er alle potentiellen Käufer entmutigt, desto länger kann er über das Land verfügen. Ich finde, das ist sehr raffiniert. So etwas wäre mir nie eingefallen.«

»Was werden Sie deswegen unternehmen?«

»Im Augenblick gar nichts. Und später auch nicht viel. Schließlich habe ich es allein diesem Bauern zu verdanken, daß ich das Grundstück noch besitze – denken Sie doch nur an die Unsummen von Steuern!«

»Und Sie halten es für ausgeschlossen, daß er irgend etwas mit Benny oder dem Mörder zu tun hat?«

»Oh ja, dazu ist er viel zu raffiniert. Er –«

»Meinen Sie denn, der Mörder war nicht raffiniert?« unterbracht Mrs. Gettridge ihn.

»Oh doch. Das war er. Aber dieser Mann ist auf eine zu offene und sympathische Weise raffiniert, als daß er irgend etwas mit Benny Brett zu tun haben könnte. Er hat eine Art Pachtvertrag oder sonst eine Vereinbarung, nehme ich an? Nun, er hat da etwas sehr Gutes, und er weiß es. Wenn er sich mit irgendwelchen – ähm – faulen Tricks hätte abgeben wollen, dann hätte er das schon vor langer Zeit getan. Ich bin mir sicher, absolut sicher, daß der kluge Mensch, der sich dieses Schild ausdachte, sich nicht mit einem Schwächling wie Benny belasten würde. Sie wissen nicht zufällig, wer dieser Bauer ist, Mrs. Gettridge?«

»Paul war verschwiegen«, sagte sie. »Er hat den Namen des Mannes niemals erwähnt, und ich bin nie auf die Idee gekommen, danach zu fragen. Ich habe schon oft an seinen Ständen Gemüse gekauft, aber der Mann selbst ist mir nie begegnet.«

»Außerdem«, sagte Leonidas nachdenklich, »ist es nicht unmöglich, daß dieser Mann gar nicht weiß, wem das Land gehört. Es scheint übrigens eine Menge Land zu sein –«

»Über hundertfünfzig Morgen. Dort drüben liegt der Club, und dort ist die neue Siedlung, ›Country Club Acres‹, und da hinten liegt Kayes Fabrik – die Schornsteine kann man gerade noch erkennen. Verstehen Sie, warum das Grundstück so viel wert ist?«

»Hmnja, das kann man wohl sagen«, sagte Leonidas. »Aber bei diesem Landregen und dem Schlamm und dem Unrat habe ich trotz allem nicht den Eindruck, daß es ein attraktiver Grundbesitz ist. Mrs. Gettridge, wie kann ich Zara Brett zu fassen bekommen? Ich muß sie sehen und mir über Dinge Klarheit verschaffen, die sie weiß. Diesmal kann ich sie täuschen. Ich weiß, das Benny, als er die Papiere Ihres Gatten durchsah, den Beleg fand, daß ich der Eigentümer dieses Grundstücks bin. Ich weiß, daß Benny ursprünglich vorhatte, mich deswegen umzubringen. Seine Pläne sahen vermutlich eine kleine Fälschung vor, mit deren Hilfe er das Land in seinen Besitz gebracht hätte – aber das braucht uns jetzt nicht zu interessieren. Ich weiß genug, um sie täuschen zu können, und ich muß zu ihr. Aber ein Besuch in ihrer Wohnung ist, fürchte ich, ausgeschlossen –«

»Da bin ich sicher«, sagte Mrs. Gettridge. »Ich glaube, es ist sogar ausgeschlossen, sie überhaupt zu besuchen. Beim Freitagmorgen-Club haben die Leute draußen über sie gesprochen – sie soll völlig zusammengebrochen sein, mit den Nerven am Ende. Ein Arzt war da, der sie dann mit einer Krankenschwester nach Hause geschickt hat –«

»Das ist natürlich nichts als dummes Gerede«, sagte Leonidas. »Ich frage mich – nein, zu Cassie Price könnte ich sie wohl kaum in die Wohnung locken. Oder – nein, dahin auch nicht – meine Güte, Plan Fünf macht uns ganz schön zu schaffen, dadurch, daß sämtliche möglichen Treffpunkte überwacht werden –«

Er machte eine erwartungsvolle Pause. Cassie hätte den Hinweis verstanden.

»Mein Haus!« sagte Mrs. Gettridge. »Das ist genau der richtige Platz! Das wird von niemandem überwacht, und Cuff kann Sie im Wäschekorb hineinbringen. Dann können Sie sich ausruhen und neue Pläne schmieden.«

»Das ist sehr freundlich von Ihnen«, sagte Leonidas. »Eigentlich sollte ich Sie ja nicht so in Gefahr bringen – Cuff, wollen Sie mir bitte in den Wäschekorb zurückhelfen?«

Cuff half ihm wieder hinein, und wieder ging's im Coupé durch den strömenden Regen.

»Ich wohne in Dalton Farms«, sagte Mrs. Gettridge. »Keine neue Prachtstraße wie bei Cassie Price – es liegt im älteren Teil der Stadt, aber es ist eine sehr ruhige Gegend. Genau das richtige für Sie! Ich bin so froh, daß mir das eingefallen ist.«

»Hmnja«, sagte Leonidas. »Es war in der Tat eine Inspiration. Ähm – ist es noch weit?«

Je weiter der Nachmittag fortschritt, desto unkomfortabler wurde der Wäschekorb.

»Nur noch ein paar Häuser.«

Leonidas spürte, wie der Wagen um eine Ecke bog und langsamer wurde.

Dann gab Mrs. Gettridge Vollgas, und der Wagen beschleunigte mit einem Ruck, der den Korb nach vorne schnellen ließ.

»Ist etwas – nicht in Ordnung?« fragte Leonidas, und der Atem stockte ihm, während der Korb weiter hin- und hergeschleudert wurde. »Brennt es?«

»Auf meiner Veranda – Estelle Otis! Sie sitzt auf meiner Veranda, mit zwei Polizisten!«

Cuff rief ihnen von hinten etwas zu, und seine Stimme drang durch den Regen und den Motorlärm.

»He, die sind hinter uns her!«

Kapitel 10

Leonidas schloß die Augen.

Eine sinnlose Reaktion, das wußte er, doch es war die einzige Reaktion, derer er fähig war. Hätte Cuff hinzugefügt, die Polizisten seien in Begleitung des mächtigen Gargantua und einer Horde wilder Elefanten, Leonidas hätte auch lediglich die Augen geschlossen.

»Aber sie sind zu Fuß«, jubilierte Cuff.

Das Coupé schoß um ein halbes Dutzend Ecken, bevor es zum Stehen kam.

»Alles in Ordnung!« Cuff sprang vom Notsitz und öffnete die Wagentür. »Alles in Ordnung – sie sind nur 'n paar Schritte gelaufen, dann sind sie umgekehrt. Alles wieder in Ordnung!«

»Für Sie«, sagte Leonidas, »mag alles in Ordnung sein. Für mich nicht.«

»Das hat ganz schön gehoppelt, was, Bill?«

»Häschen hoppeln«, sagte Leonidas. »Ich hingegen fühlte mich, als sei ich in die Höhle des Polyphem geschleudert.«

»Ach, die können noch so viele Fangarme haben«, beruhigte Cuff ihn, »die kriegen Sie nicht.«

»Jetzt ist es aber genug!« sagte Leonidas. »Bart hin oder her, ich verlasse diesen Korb. Polyphem, Cuff. Nicht Polypen. Zyklopen – Habe ich Sie recht verstanden, Mrs. Gettridge, daß Estelle Otis und zwei Polizisten auf Ihrer Veranda saßen?«

Mrs. Gettridge nickte nur. Offenbar hatte es ihr die Sprache verschlagen.

»Das stimmt, Bill«, sagte Cuff. »Aber wissen Sie, was ich denke?«

Er wartete, bis Leonidas ihn fragte, was er denke.

»Also ich denke, Bill, diese Bullen waren gar nicht hinter uns her. Wenn die was gewußt hätten, dann wären viel mehr da gewesen. Und sie hätten Streifenwagen gehabt und alles. Und wahrscheinlich hätten sie sich auch versteckt oder so. Dann hätten die nicht einfach so auf der Veranda gesessen. He – wie heißt das, wenn sie einen zählen, Bill? Schätzen –«

»Wenn Sie die Polizei meinen«, entgegnete Leonidas müde, »die hat mich noch nie geschätzt.«

»Ich meine, jedes Jahr werden doch alle in Dalton gezählt –«

»Die Statistik!« rief Mrs. Gettridge. »Polizisten, die für die Volkszählung unterwegs sind. Cuff, ich glaube, da haben Sie recht. Ich habe gestern Fragebögen bekommen – aber das erklärt nicht, warum sie uns nachgelaufen sind, selbst wenn es nur ein paar Schritte waren!«

»Wetten, das war das Pferdegesicht«, sagte Cuff. »Vielleicht hat sie gebrüllt ›Da ist sie!‹ oder so was. Deshalb sind die Ihnen nachgelaufen, und wo Sie nicht angehalten haben, dachten sie, Sie sind's doch nicht gewesen. Autos wie das hier gibt's ja massenhaft. Wollen Sie eigentlich immer noch raus, Bill? 's sind ziemlich viele Leute hier in der Nähe.«

»Ich sehne mich nach Freiheit«, sagte Leonidas, »aber nachdem ich es so lange ertragen habe, kann ich es wohl auch noch etwas länger ertragen. Mrs. Gettridge, fällt Ihnen irgendein vernünftiger Grund dafür ein, daß Estelle Otis vor Ihrem Haus auftaucht? Ich wäre glücklicher, wenn Ihnen ein Grund einfiele, denn dann könnte ich davon ausgehen, daß Estelle mich noch immer nicht mit dem bärtigen Mann, nach dem die Polizei fahndet, in Verbindung gebracht hat –«

»Das Komitee für Völkerverständigung – natürlich, das muß es sein!« stieß Mrs. Gettridge hervor. »Wir wollten uns heute nachmittag bei mir treffen, und ich hatte es vollkommen vergessen. Ich nehme an, die anderen Frauen sind gegangen, als sie mich nicht antrafen –«

»Nicht so Estelle«, sagte Leonidas. »Nicht Estelle. Oh nein. Eine Sitzung war anberaumt, und Estelle sitzt, auch wenn sie im strömenden Regen allein vor Ihrer Haustür sitzen muß. Und sie ist also wirklich in einem Komitee für Völkerverständigung?«

»Sie hat den Vorsitz.«

Leonidas lachte. »Kein Wunder, daß es mit der Völkerverständigung nicht recht vorangeht – Cuff, wie stellen Sie es an, wenn Sie sich vor den Bullen verstecken wollen?«

»Meistens versteck' ich mich nicht«, erwiderte Cuff, »ich haue ab.«

»Aber wenn Sie sich nun verstecken müßten, wo würden Sie das tun?«

»Jessas, Bill, keine Ahnung. Da muß ich nachdenken.«

»Denken Sie nach. Denken Sie scharf nach. Zermartern Sie sich den Kopf. Sie sind doch der Experte in solchen Dingen.«

»Tja«, sagte Cuff schließlich, »Dillinger ging immer ins Kino.«

»Aber denken Sie daran, Cuff, wie es ihm erging, als er herauskam!«

»Schon, aber ich hab' mich auch mal im Kino versteckt, und das war 'n voller Erfolg. Bis auf die Filme. Die waren miserabel. Und dann mußte ich auch noch drinbleiben, bis es draußen dunkel war. Ich hatte vielleicht die Nase voll! Ehrlich, ich konnte fast 'ne ganze Woche lang keinen Film mehr sehen. Es war 'n Film über so 'n Gangster und seine blonde Puppe und 'ne andere Bande –«

»Hmnja«, sagte Leonidas. »Was hielten Sie davon, den Rest des Nachmittags im Kino zu verbringen, Mrs. Gettridge? Würde Sie das reizen?«

»Nein«, sagte sie. »Wenn ich ehrlich bin, nicht im geringsten.«

»Heißt das, daß Sie sich nichts aus Filmen machen, oder glauben Sie, daß ein Kino kein geeignetes Versteck abgibt?«

»Tja, genau betrachtet beides. Wissen Sie, das einzige Kino, wo es eine durchgehende Vorführung gibt, ist das ›Juwel‹«, erläuterte Mrs. Gettridge, »und da bekommt man nie einen Parkplatz, niemals. Ich habe da immer nur Ärger gehabt. Selbst wenn wir am Eingang parken könnten, wie wollen Sie hineinkommen, ohne daß der Schutzmann an der Ecke Sie sieht? Und wenn Sie von da, wo ich das Auto lassen kann, zu Fuß gehen müssen, wird Sie mit Sicherheit jemand erkennen. Ich bin ganz Ihrer Meinung, daß es klug wäre, irgendwo bis nach Einbruch der Dunkelheit zu warten, bevor Sie den nächsten Schritt unternehmen, aber – das ist eben das Problem. Sie sind erst in Sicherheit, wenn Sie erst einmal drin sind – wenn es Ihnen gelingt hineinzukommen.«

»Mensch!« sagte Cuff. »Ich hab' seit heute morgen 'n neues Zimmer, Bill, und ich hab' meine Klamotten aus dem alten Zimmer da hineingeschafft – meine alte Wirtin hat zu viel rumgeschnüffelt. Was halten Sie davon, wenn die Lady uns zu meinem Zimmer fährt und ich Ihnen 'n paar Klamotten hole, hm? Vielleicht können wir Sie irgendwie verkleiden. Dann gehe ich ans Steuer und setze euch beide am Kinoeingang ab, und ihr könnt schnell reinschlüpfen, während ich den Wagen parke, klar? Und ich treffe euch dann drin. Wie klingt das, Bill? In Ordnung? In Ordnung!«

Cuffs Zimmer lag in Daltonville, und sie erreichten es ohne Schwierigkeiten, ohne auch nur einen einzigen Polizisten zu erblicken.

»Und nicht das Geringste von Estelle Otis zu sehen«, sagte Leonidas, während sie die Treppen zu Cuffs Einzimmerwohnung emporstiegen. »Wenn das kein günstiges Omen ist! Ein gutes Vorzeichen«, setzte er hinzu, als er Cuffs verständnisloses Gesicht sah.

»Klar, es ist immer gut, wenn man keine Bullen sieht«, sagte Cuff. »Sagen Sie, Bill, mögen Sie braune Anzüge?«

»Ich persönlich ziehe Grau vor«, erwiderte Leonidas.

»Ah, gut, dann haben Sie sicher nichts dagegen, wenn ich meinen braunen Anzug selbst anziehe, oder? Margie hat 'ne Schwäche für den braunen Anzug, und ich hab' später so 'ne Art Verabredung mit ihr. Aber sonst können Sie sich alles aussuchen, was ich habe. Einverstanden?«

Während Cuff Arbeitshose und Pullover gegen den braunen Anzug, den Margie so mochte, tauschte, durchwühlte Leonidas den Rest von Cuffs Garderobe auf der Suche nach etwas, das ihm vielleicht paßte und nicht zu absonderlich aussah. Cuff besaß eine reichhaltige Auswahl an Kleidung, aber er hatte eine ausgeprägte Vorliebe für Schottenmuster, Streifen und Karos. Anläßlich seiner Tätigkeit als Ladenaufsicht hatte Leonidas gelernt, derartiges als ›Stoffe für den modebewußten Herrn‹ zu bezeichnen. Die Machart, entschied Leonidas, ließ sich am treffendsten mit dem Begriff ›Herrenmode nach dem letzten Schrei‹ umschreiben.

Schließlich griff er zu einem abgetragenen Anzug aus blauem Serge sowie einem dunklen Mantel und Hut.

Cuff war nicht zufrieden mit seiner Wahl, aber er trug es mit Fassung.

»Ist wohl besser, wenn Sie was Gedecktes anziehn, was, Bill?«

»Der Meinung bin ich auch«, sagte Leonidas. »Ich denke mir, es ist sicherer. Weniger – ähm – auffällig. Haben Sie einen großen Schal, Cuff?«

Als sie zum Auto zurückkehrten, nickte Mrs. Gettridge beifällig.

»Sie sehen nicht schlecht aus, Bill«, meinte sie. »Ein bißchen so, als hätten Sie gerade eine Mandelentzündung gehabt, aber der Schal ist trotzdem eine gute Idee. Der Mantel sitzt ausgezeichnet.

Viel besser als der Overall – Bill, sehen Sie sich nur diesen Regen an. Es gießt ja in Strömen.«

»Hmnja«, sagte Leonidas, »doch nichtsdestotrotz ist mir der Regen willkommen. Ich hoffe, er hält noch an – dann wird niemand etwas Auffälliges daran finden, wenn wir vom Wagen zum Kino sprinten.«

In der Tat erregten sie kein Aufsehen.

Cuff parkte rasch das Coupé und kehrte dann zu Leonidas und Mrs. Gettridge zurück.

»Habt ihr Karten? Prima. Dann nichts wie rein –«

Mit einem Gefühl der Erleichterung ließ Leonidas sich auf dem harten, lederbezogenen Sitz nieder.

Dieser Sitz, dachte er, war der Inbegriff dessen, wonach er sich am meisten sehnte auf dieser Welt, mehr noch als danach, Benny Bretts Mörder zu finden. Er stand für die Möglichkeit, mehr als dreißig Sekunden lang an einem Ort zu verweilen, ohne jegliche Unterbrechung – und komfortabel zu verweilen.

Vergleichsweise komfortabel jedenfalls.

Die Luft im Kinosaal war heiß, stickig und übelriechend. Sie brachte Leonidas auf unfreundliche Gedanken über Erdnüsse, die Menschheit und Desinfektionsmittel. Doch nach dem innigen Kontakt, in den er mit dem Inhalt eines Wäschekorbes von Schlagermanns Wäscherei und Färberei gekommen war, war sie im Vergleich geradezu erholsam. Nach diesem Korb wäre, wenn er es recht bedachte, das Schwarze Loch von Kalkutta die reinste Erholung gewesen.

Und es gab Platz, sich auszustrecken.

Leonidas streckte sich und lehnte sich behaglich in seinem Sitz zurück.

Er würde sich völlig entspannen, beschloß er, und ein kurzes Nickerchen halten. Solcherart erquickt, würde er sich dann von neuem aufmachen und sehen, daß er Zara Brett zu fassen bekam. Zara Brett wußte, wer Benny umgebracht hatte. Er glaubte nicht, daß sie selbst die Mörderin war. Dazu war sie nicht imstande. Aber es war sehr wahrscheinlich, daß sie den Täter kannte. Und Leonidas hatte vor, sie zum Reden zu bringen, ganz gleich, was noch geschah, ganz gleich, welche Risiken er noch eingehen mußte.

Und dann gab es da noch diesen absurden Gedanken – zwei absurde Gedanken, genaugenommen, die ihm immer wieder durch den Kopf gingen. Sie waren so absurd, daß sie ihm beinahe etwas Angst einjagten, doch offenbar war es unmöglich, sich ihrer zu entledigen.

Besonders die eine ungeheure Schwierigkeit, dachte Leonidas, galt es dabei im Auge zu behalten.

Wenn man das Unmögliche erst einmal in Betracht zog, dann waren die Möglichkeiten unendlich.

Ein ordentliches Nickerchen würde ihm guttun.

Und er hätte sein Nickerchen auch gemacht, wären nicht die beiden Frauen gewesen, die unmittelbar hinter ihm saßen.

Man konnte nicht sagen, daß sie sich laut unterhielten.

Ihre Unterhaltung war nicht so laut, daß der Ton des Films nicht mehr verständlich gewesen wäre. Sie war nicht so laut, daß Leonidas hätte erraten können, worüber sich die beiden so sehr erregten.

Genaugenommen verstand er sogar kein einziges Wort.

Doch genausowenig konnte er mit diesem ununterbrochenen Tuscheln im Ohr einschlafen.

Unter normalen Umständen wäre Leonidas aufgestanden und hätte sich einen anderen Platz gesucht oder er wäre sitzen geblieben und hätte sich in das Unvermeidliche gefügt. In jenem Augenblick jedoch fehlte ihm die Kraft, sich zu erheben, und andererseits war er zu aufgebracht, um sich zu fügen. Er begann langsam, vor Entrüstung zu brodeln.

Als die ersten Bonbons ausgewickelt wurden, ging das Brodeln in Wallung über.

Auf irgendeine Weise war seine Stimmung den beiden hinter ihm wohl zu Bewußtsein gekommen.

Das Flüstern ebbte ab, und mit unendlicher Vorsicht packten sie die Bonbons langsam aus.

Leonidas hätte schreien können. Wenn es überhaupt noch etwas Schlimmeres gab als das Knistern eines Bonbons, das rasch ausgewickelt wird, dann ist es das Knister-Knister von Sahnebonbons in Zellophan, die jemand in Zeitlupe auspackt. Es verlängerte die Qual nur.

Als sich dann schließlich noch der knisternde Inhalt der Zellophantüte über den Boden ergoß, hatte Leonidas den Siedepunkt erreicht.

Alle etwaigen Konsequenzen souverän mißachtend, schoß er herum.

»Meine werten Damen«, sagte er mit kaum noch beherrschter Stimme, »würden Sie das bitte unterlassen! Würden Sie wohl auf der Stelle mit diesem entsetzlichen, unerträglichen Lärm aufhören! Würden Sie –«

»Bill«, rief Cassie Price begeistert. »Das ist Bill, das ist er wahrhaftig!«

»Bill!« sagte Dallas. »Das ist tatsächlich – Bill, was machen Sie denn hier? Wollten Sie wirklich –«

»Sollen wir uns verdrücken, Bill?« fragte Cuff eilig.

»Was ist los?« Mrs. Gettridge beugte sich von Cuffs Seite herüber. »Wer – wer sind die beiden?«

So gut er konnte, während Cassie und Dallas ihm beide ins Ohr trompeteten, beruhigte Leonidas die beiden.

»Bill!« sagte Dallas. »Wollten Sie etwa wirklich – was machen Sie hier?«

Aus allen Richtungen begannen die Leute zu ihnen herüberzuzischen.

»Ich wollte ein wenig schlafen«, flüsterte Leonidas. »In drei Landkreisen werde ich niedergeschossen, sobald ich mich blicken lasse, und ich dachte, es wäre besser, irgendwo zu warten, bis es dunkel wird –«

»Dann haben Sie uns also wirklich sagen wollen, daß wir uns hier treffen, nicht wahr, Bill?« fragte Cassie. »Dallas hat mich ausgelacht, aber natürlich hatte ich recht – deshalb haben Sie den Jungen das singen lassen, nicht wahr?«

»Psst!« sagte Leonidas, als ein Platzanweiser den Gang heruntergeschlendert kam, stehenblieb und hüstelte.

»Stimmt's?« fragte Cassie unbeirrt. »Diesen Film haben Sie doch gemeint, oder?«

»Welchen Film?« flüsterte Leonidas verzweifelt.

»Diesen hier. Den Hauptfilm. *Die breite Straße* – das haben Sie uns doch mitteilen wollen, als Sie den Jungen –«

»Psst!« sagte Leonidas.

»Wir haben Ihnen so viel über Zara zu berichten«, sagte Dallas. »Cassie und ich haben sie zusammen mit einer Pflegerin im Krankenwagen nach Hause gebracht –«

»Und ich habe allen erzählt – dem Portier und solchen Leuten –, sie habe einen Nervenzusammenbruch und dürfe auf keinen Fall das Haus verlassen«, fügte Cassie stolz hinzu. »Und dann stand da ein –«

»Still!« sagte Leonidas. »Sonst werden wir alle –«

»Ein Polizist«, fuhr Cassie fort. »Er hat uns versprochen, er würde sie nicht aus dem Haus lassen. Das heißt also, Zara ist an Ort und Stelle, und Sie können sie dort besuchen und mit ihr sprechen, Bill. Und ich habe allen gesagt, niemand darf zu ihr hinein, es sei denn, es gäbe telefonisch Anweisungen. Das heißt, sie kann sich nicht aus dem Staub machen, und sie kann mit niemanden reden –«

»Keine Unterhaltungen!« sagte der Platzanweiser streng. »Keine Unterhaltungen!«

Cassie fügte sich.

Doch kaum war der Platzanweiser verschwunden, da beugte sie sich schon wieder vor und begann von neuem.

»Bill, sie weiß einfach alles. Davon bin ich überzeugt. Sie weiß, wer Benny umgebracht hat. Und sie hat eine Heidenangst –«

»Cassie«, sagte Leonidas, »Sie müssen jetzt still sein, sonst werden wir aus dem Kino geworfen, und dann –«

»Und, Bill, es lag ein Brief für sie da, als wir in die Wohnung kamen. Sie schnappte ihn sich und las ihn, und dann versuchte sie ihn zu verbrennen. Aber –«

»Haben Sie –«

»Oh ja, ich habe ihn. Ich habe ihn hier bei mir in der Handtasche. Ach, dieser entsetzliche Junge wird mich gleich wieder anschnauzen!«

Der Platzanweiser stolzierte noch immer drohend den Gang auf und ab, doch dann war der Vorfilm zu Ende, und das Saallicht wurde eingeschaltet.

Leonidas zog sich den Schal noch weiter ins Gesicht.

»Keine Sorge, Bill«, sagte Cassie, die nun den Lärm ausnutzen konnte, den die aufbrechenden Besucher und die vielen Leute machten, die sich neue Plätze suchten. »Das Licht geht gleich wieder aus. Und dann wird gesungen. Mit Orgel und bunten Lichtbildern, wissen Sie. Da – wie bitte?«

»Der Brief – was stand drin?«

»Oh, daß Zara den Mund halten soll. Keine Unterschrift. Aber er stammte vom Mörder, da habe ich gar keinen Zweifel. Bill, stand dieser Gerichtsdiener noch draußen, als Sie ankamen? Vorhin war er da, drehte seine Runden. Dallas hat meine Brille aufgesetzt, damit er sie nicht erkennt. Aber es tat mir dann doch leid, als sie hinfiel – schon wieder die Zweistärkengläser. Oh, da gehen die Lichter aus –«

Das sogenannte Gemeinschaftssingen war genau das richtige für Cuff, der sich während des Vorfilms furchtbar gelangweilt hatte. Wenn es schon Kulturfilme geben mußte, dann zog Cuff die Südsee oder Bali einem Haufen Eisbären entschieden vor.

Das erste Lied war eins seiner Lieblingsstücke, und er setzte sich auf und sang aus vollem Halse mit.

»Ihr singender Freund, Bill?« flüsterte Dallas ihm ins Ohr.

»Margies singender Freund – wo sind Margie und Kaye eigentlich geblieben?«

»Liebe Güte – wissen Sie das nicht, Bill? Haben Sie das gehört, Cassie? Bill weiß nicht, wo Margie und Kaye sind!«

»Was?« fragte Cassie zurück. »Was war? Bei dem Lärm hier – alle Achtung. Hört Euch das an, mit welchem Schwung der Junge *Robert E. Lee* singt! Mitreißend! Einfach unglaublich – Dallas, habe ich Sie recht verstanden, Bill weiß nicht, wo Margie und Kaye sind?«

»Das waren meine Worte.«

»Aber wo sind sie denn dann? Meine Güte, wo sind sie geblieben?« fragte Cassie besorgt. »Ich war ganz sicher, daß sie bei Ihnen sind oder daß Sie sie mit irgendeinem Auftrag weggeschickt haben, Bill! Wie sind Sie von dort fortgekommen, Bill? Sind Sie denn nicht mit den beiden gefahren? Das ist ja schrecklich! Wo können sie –«

Sie mußte für einen Augenblick innehalten, denn ein Dia mit der Aufforderung ›Und nun leise summen, Freunde‹ brachte Ruhe in den Saal und gab Cuff die Möglichkeit, wieder zu Atem zu kommen.

»Wo sind sie – Oh, heißt es da ›Nur die Damen‹? Singen Sie, Dallas, wir können die Mädels doch nicht im Stich lassen –«

Während Cassie und Dallas die Mädels nicht im Stich ließen, überlegte Leonidas, was aus Margie und Kaye geworden sein mochte. Wenn der Gerichtsdiener vor dem Kinoeingang patrouillierte, hatte er Kaye immerhin noch nicht zu fassen bekommen. Aber bei so vielen Polizisten –

»Achtung, Bill« sagte Cuff, »jetzt passen Sie mal auf! ›Nur die Herren‹ – hören Sie mal zu, wie ich denen was singe –«

Cuff sang, bis Mrs. Gettridge, die neben ihm saß, sich die Ohren zuhielt.

»Na?« sagte Cuff und strahlte, weil er mit so viel Applaus bedacht wurde. »Na? Wie war das, Kumpel?«

»Mir fehlen«, sagte Leonidas wahrheitsgetreu, »die Worte, Cuff. – Wer –«

Zwei Gestalten erschienen im Gang neben ihnen.

»Cuff, bist du das? Ach, Bill!« sagte Margie. »Rücken Sie 'n Stück, Bill. Wo haben Sie denn mein altes Nebelhorn aufgegabelt? Noch 'n Stück –«

»Mach Platz, Blondel«, dröhnte Kaye dazwischen, »mach Platz, Mann – Wo sind Cassie und Dallas? Ah – Cassie und Dallas! Familientreffen! Und wir dachten, ihr sitzt alle längst im Kittchen! Großes Familientreffen!«

Drei Saalordner traten heran, doch Cassie kümmerte sich nicht um ihren Ruf nach Ruhe.

»Wie wunderbar«, sagte sie. »Ihr werdet es nicht glauben, aber wir haben gerade über euch gesprochen! Wie kommt ihr denn her – hat er euch auch von der breiten Straße vorgesungen?«

»Ruhe bitte«, sagte einer der Saalordner. »Ruhe, oder ich muß Sie bitten –«

»Sollten wir nicht lieber gehen?« wandte sich Mrs. Gettridge nervös an Leonidas. »Ich glaube – ich fürchte, sie werden uns gleich hinauswerfen –«

»Margie und ich hatten die freie Wahl, Cassie«, sagte Kaye gut gelaunt. »Und wir haben uns dieses hier ausgewählt – Was? Was wollt ihr denn, ihr drei Sauertöpfe? Was?«

»Ich bedaure, Sir, aber ich muß Sie auffordern, Ihre Konversation draußen fortzusetzen –«

»Großangriff, was?« sagte Kaye. »Schon gut, schon gut, wir gehen – Kommen Sie, Bill, wir gehen. Cassie, Dallas, auf geht's – Bill, wenn ich gewußt hätte, daß ihr alle noch in Freiheit seid, dann hätten Margie und ich dieses stinkige Loch schon vor Stunden verlassen, ganz gleich, ob Galosche draußen wartet oder nicht. Jedesmal, wenn wir hinaus wollten, stand er dort. Ihr könnt euch gar nicht vorstellen, wie oft wir diesen Film schon gesehen haben – Und wenn ich in diesem Laden noch ein weiteres Mal auf *Robert E. Lee* hätte warten müssen –«

Mrs. Gettridge schritt zusammen mit Leonidas bedächtig den Gang hinauf.

»Was – was machen Sie denn nun?« fragte sie.

Leonidas seufzte.

»Jedenfalls«, sagte er, »wohl kein Nickerchen. Ich bin mit meinem Latein am Ende.«

»Es wird besser sein, wenn ich Sie nun verlasse«, sagte Mrs. Gettridge zögernd, »nun, wo Sie Ihre Kohorte wiedergefunden haben. Ich bin sicher, Cassie Price und die anderen werden Sie mehr als –«

»Sie dürfen nicht gehen.« Der Gedanke schien Leonidas aus der Fassung zu bringen. »Das dürfen – es sei denn – ich kann es schon verstehen. Diese Unternehmung ist von einem geradezu unerhörten Leichtsinn, und ich kann schon verstehen, daß Sie nicht in Schwierigkeiten kommen wollen –«

»Darum geht es nicht«, sagte sie. »Aber ich habe mehr oder weniger meine Aufgabe erfüllt, und ich weiß nicht, wie ich noch weiter nützlich sein könnte, es sei denn, Sie hätten bestimmte Pläne –«

»Aber Sie werden nützlich sein«, entgegnete Leonidas. »Und wir haben ja auch so eine Art Plan. Wir haben Zara. In dieser Angelegenheit werden wir noch viel planen müssen –«

Die Gruppe hielt im spärlich beleuchteten Foyer des Kinos inne.

Und erst jetzt bemerkte Cassie Price Mrs. Gettridge.

»Oh!« sagte sie. »Oh – ich wußte nicht, daß Sie – Hallo.«

»Mrs. Gettridge«, informierte Leonidas Cassie in aller Eile, »hat erstklassige Arbeit geleistet. Sie hat mich vor Estelle Otis und zahllosen Polizisten gerettet, und mit ihrer Hilfe habe ich herausgefunden, was hinter der ganzen Sache steckt – Aber vielleicht sollten wir uns, um all das zu besprechen, einen Ort suchen, an dem wir mehr unter uns sind. Oh – Sie haben ja schon wieder eine neue Nase, Kaye!«

»Es schien angebracht«, sagte Kaye. »Mein Bruder kam dauernd am Wagen vorbei. Margie und ich haben uns auch neue Frühjahrsgarderobe zugelegt. Wir haben sie in Winnerton Centre gekauft, was erklären mag, warum sie ein wenig gewagt ist. Scheint mir fast, als hätten Sie sich auch umgezogen, Bill. Für mich sehen wir alle wie ganz neue Menschen aus. Aber wie organisieren wir denn nun den Rückzug von hier? Wir – Aber zuerst schaue ich mal, ob Galosche noch da ist. Nein, ist er nicht. Nichts ist draußen als der Regen. Wie kommen wir nun hier raus? Und wohin gehen wir? Die Limousine steht um die Ecke –«

»Tatsächlich?« sagte Cassie. »Ich hatte mir das alles schon ausgedacht – wie wir zu meinem Haus zurückkommen, meine ich. Dallas und ich sind nämlich, als wir die Limousine mit Ihnen beiden nicht finden konnten, zu Rutherfords Haus gegangen und haben uns seinen Sedan geborgt. Mit dem Roadster ist er unterwegs, aber der Sedan hat ebenfalls seine Rangabzeichen. So hübsch und sicher. Und dann habe ich noch eben bei Sutter angehalten und einen zusammenklappbaren Rollstuhl und einen Stock gekauft, für den Fall –«

»Verstehe«, sagte Kaye. »Der arme Onkel Bill.«

»Genau. Ich dachte mir, so müßte es gehen. Dallas kann so tun, als ob sie eine Art Pflegerin ist – ist das nicht eine wundervoll einfache Lösung? Ich weiß gar nicht, warum ich heute morgen nicht daran gedacht habe. In Notfällen bekommt man von Sutter die Rollstühle sogar geliefert, ich habe mich erkundigt. Ich habe einfach nicht daran gedacht, und dabei wäre es so viel besser gewesen als diese Säcke für die Spanier. Also, eigentlich wollte ich mit Rutherfords Wagen fahren, aber wo die Limousine nun hier ist, nehmen wir die, und ich werde einfach einen Polizisten bitten, den Sedan für mich zurückzufahren. Und –«

»Nein«, sagte Kaye. »Nein. Keine Polizei – Hören Sie, Cassie, meinen Sie nicht, Sie übertreiben es mit Ihrer Art, jede kleine Aufgabe von einem Polizisten erledigen zu lassen?«

»Aber warum denn? Rutherford ist froh, wenn sie sich nützlich machen. Er sagt immer, sie sind Diener der Allgemeinheit und – Aber nun sollten wir erst einmal einen Plan machen. Mrs. Gettridge, Sie werden – natürlich mitkommen?«

Leonidas entging Cassies Kunstpause nicht, und er nickte unmerklich. »Hmnja«, sagte er. »Mrs. Gettridge wird uns im Wagen Gesellschaft leisten –«

»Aber ich habe doch meinen eigenen Wagen hier. Warum soll ich –«

»Hmnja«, sagte er, »aber ich glaube, es ist besser, wenn Sie bei uns bleiben«, sagte Leonidas. »Ähm – je mehr wir sind, desto sicherer.«

»Da haben Sie recht, Bill«, sagte Cassie. »Und es ist Platz genug. Wir passen leicht alle zusammen da hinein – Oh, da sind diese schrecklichen Jungen schon wieder!« fügte sie hinzu, als die Platzanweiser sich ihnen ein weiteres Mal näherten. »Wir sollten sehen, daß wir aus diesem Laden herauskommen!«

Auf Kayes Vorschlag hin umringten sie Leonidas, als sie das Kino verließen.

»Wie 'ne Leibwache, Bill!« sagte Cuff. »Wie Dillinger, was, Bill?«

Leonidas zuckte zusammen. Auch er hatte an Dillinger gedacht. Er hatte an viele Dinge gedacht, nicht zuletzt an die riskante, überstürzte Art, mit der sie so sorglos von hier aufbrachen.

Als sie hinaus unter das Vordach des Kinos traten, kam ein Polizist auf sie zu.

Leonidas überraschte das nicht. Er war inzwischen so weit, daß er Polizisten schon aus der Ferne riechen konnte.

»He! Sie habe ich gesucht!«

Die ganze Gruppe stand wie versteinert da, doch diejenige, auf die der Polizist mit dem Finger zeigte, war Mrs. Gettridge.

»Sie habe ich gesucht!« wiederholte er. »Diesmal – Oh, hallo, Mrs. Price. Wie geht es Ihnen? Diesmal stehen Sie direkt vor dem Hydranten. Direkt davor! Und Sie wissen ja, was ich Ihnen letztes Mal gesagt habe, nicht wahr?«

Mrs. Gettridge blickte die Querstraße hinunter. Ihr kleines Coupé stand genau vor einem Hydranten. In seiner Eile, zurück zum Kino zu kommen, hatte Cuff sich um so etwas wie Hydranten nicht gekümmert.

»Aber«, setzte Mrs. Gettridge aufgeregt an, »das habe ich doch nicht –«

»Keine Entschuldigungen diesmal, Lady! Hier gibt's genug Parkplätze, wo man nicht vor 'nem Hydranten steht –«

»Tun Sie etwas!« Leonidas, der den Atem anhielt, formte die Worte mit den Lippen und blickte dabei in Cassies Richtung.

Cassie schritt zur Tat.

»Aber Wachtmeister«, sagte sie freundlich, »Sie werden meine Freundin doch nicht festnehmen wollen oder so etwas! Das würden Sie doch niemals tun, oder? Nur weil sie in der Nähe eines alten Hydranten –«

»Tut mir leid, Mrs. Price, aber das ist ganz im Sinne Ihres Bruders. Das ist nicht das erste Mal, daß ich Ärger mit dieser Frau habe. Sie hat Verwarnungen genug bekommen. Parken an Hydranten. Parken im Parkverbot. Parkzeit überschritten. Parken an Ecken. Parken vor Einfahrten – Sie denkt, sie kann überall parken, nur nicht da, wo es erlaubt ist. Aber das denkt sie nur. Diesmal wird sie erfahren, was das heißt. Diesmal kommen Sie mit zur Wache. Ich werde Sie auf der Stelle mit meinem Wagen hinschleppen –«

»Wie es scheint«, sagte Mrs. Gettridge zu Leonidas, »trennen sich unsere Wege nun doch – Nein, natürlich können Sie nichts dagegen tun. Sie werden sich erinnern, daß ich gesagt hatte, es gebe hier immer Schwierigkeiten mit dem Parken – «

»Das ist sehr ärgerlich«, sagte Cassie, »aber ich fürchte, da kann man nichts machen. Wenn Sie verwarnt worden sind – Na, dann bezahlen Sie eben Ihr Bußgeld und lassen sich ordentlich ausschimpfen, und dann kommen Sie nach und –«

»Oh nein, das tut sie nicht!« sagte der Polizist. »Sie fährt nirgendwo mehr hin, Mrs. Price! Diesmal kommt sie nicht mit 'ner Geldstrafe und 'n paar Worten davon. Diesmal entziehen wir ihr den Führerschein –«

»Dann kann doch Cuff«, schlug Kaye vor, »den Wagen –«

»Oh, nein. Die Zulassung entziehen wir ihr auch. Sie kann ihre Nummernschilder gleich abgeben. Wir haben so viele Ordnungswidrigkeiten in den Akten, daß die Zulassungsstelle da schon mitmacht. Und mit dem Parken, das wird jetzt sowieso alles schärfer gehandhabt. Wo doch letzte Woche diese Schule gebrannt hat und die Hydranten zugeparkt waren – Also, Lady, Sie kommen mit. Wiedersehen, Mrs. Price. Tut mir leid, daß ich Ihre Gesellschaft gestört habe, aber da war nichts zu machen.«

»Sie haben nur Ihre Pflicht getan«, sagte Cassie, »und für meine Begriffe haben Sie korrekt gehandelt. Das werde ich Rutherford auch sagen. Auf Wiedersehen –«

Sie sahen alle sechs zu, wie Mrs. Gettridge, gefolgt von dem Polizisten, die Straße überquerte.

»Mensch«, sagte Cuff, »den Hydranten hab' ich überhaupt nicht gesehen. Aber ist das denn zu glauben, daß sie sie deswegen –«

»Nein«, sagte Kaye, »das ist wirklich nicht zu glauben. Sie fahnden nach uns allen und lasten einem alles an, was sie einem überhaupt anlasten können, Mord, Körperverletzung, tätlichen Angriff auf einen Polizeibeamten – und dann beachten sie uns gar nicht und nehmen eine Frau fest, weil sie neben einem Hydranten geparkt hat. Aber was soll's. ›Es gibt mehr Ding' im Himmel und auf Erden, Horatio –‹ «

»Wenn Sie schon Shakespeare zitieren müssen«, sagte Leonidas, »dann bedenken Sie doch einmal die Zeile ›Drei üble Burschen, grüngewandet‹ – Diese Platzanweiser werden uns nämlich gleich mit Gewalt von ihrem Bürgersteig vertreiben. Wir sollten zusehen, daß wir zum Wagen kommen. Ich habe, kann man wohl sagen, ein brennendes Verlangen, diesen Brief zu sehen, den Sie so umsichtig aus Zaras Wohnung mitgenommen haben.«

»Ja, wir sollten sehen, daß es weitergeht«, sagte Cassie, »aber könnten Sie mit dem Brief nicht warten, bis wir zu Hause sind? Eben im Kino ist mir Jock wieder eingefallen, und er kommt immer mit dem Zug um zwanzig vor fünf. Das macht Ihnen doch nichts aus, oder?«

»Es macht mir nichts aus«, sagte Leonidas, »auch wenn ich es nicht recht verstehe. Welcher Jock, der mit dem Zug um zwanzig vor fünf kommt, ist Ihnen im Kino wieder eingefallen?«

»Oh, mein Enkel. Sie wissen doch, der mit der falschen Nase. Die, die Kaye aufgesetzt hat –«

»Ich glaube, ich habe eine vage Ahnung«, sagte Kaye. »Sie wollen sagen, Cassie, daß Sie einen Enkel namens Jock haben, der seine falschen Nasen in Ihrem Haus aufbewahrt; dieser Enkel kommt mit dem Zug um zwanzig vor fünf in Dalton an, und das ist Ihnen vorhin im Kino wieder eingefallen.«

»Das habe ich doch gesagt«, entgegnete Cassie, »nur nicht so umständlich. Ich gebe mir Mühe, mich zu beeilen, und Sie sind so weitschweifig – und das wäre doch schlimm, wenn Muir jetzt aus dem Keller käme, nicht wahr?«

»An so etwas sollten Sie nicht einmal denken, Cassie«, sagte Kaye. »Gar nicht zu beschreiben, was ich da auf meinem Rükken verspüre. Muir in diesem Augenblick freilassen? Was für ein Gedanke, Cassie!«

»Aber das wird Jock tun«, sagte Cassie geduldig, »wenn wir nicht vor ihm dort sind – verstehen Sie das nicht? Manchmal sind Sie so begriffsstutzig, Kaye! Jock geht immer als erstes in den Vorratskeller –«

Kaye warf einen Blick auf die Uhr am Gebäude der Handelskammer.

»Kommt er zu Fuß vom Bahnhof?«

»Wenn es regnet, nimmt er ein Taxi«, sagte Cassie, »es sei denn, ich komme ihn abholen, und – Oh, ist es tatsächlich schon Viertel vor fünf? Die Zeit vergeht wie im Fluge!«

»Fliegen werden Sie jetzt«, sagte Kaye und faßte sie am Ellenbogen. »Sie werden rasen, Cassie. Auf, meine Schäfchen, auf – dort steht der Wagen –«

»Hat Jock«, erkundigte sich Leonidas, als sie sich in den Wagen zwängten, »einen Schlüssel?«

»Nein«, sagte Cassie. »Ich habe nur einen Schlüssel für die Außentür – ich nehme mir immer vor, welche nachmachen zu lassen, aber irgendwie wird nie etwas daraus –, Kaye, bitte, lassen Sie sich nicht auch noch wegen Geschwindigkeitsübertretung erwischen! Denken Sie an Mrs. Gettridge! Aber Jock kommt immer ins Haus. Meistens über die Pergola. Er ist ein guter Kletterer. Und natürlich ist er furchtbar klug, auch wenn man es ihm nicht ansieht. Ich finde immer, kluge Kinder sind eine solche Last – Wie um alles in der Welt sind Sie denn ausgerechnet an sie geraten, Bill?«

»An wen?«

»Lila Gettridge. Ich war von den Socken, wirklich von den Socken, als ich Sie mit ihr zusammen sah. Ausgerechnet! Natürlich –«

Cassie hielt plötzlich inne.

»Natürlich was?« fragte Dallas.

»Natürlich ist es nicht ausgeschlossen«, sagte Cassie, »daß Jock mit dem Fünf-Uhr-achtzehn-Zug kommt. Manchmal wartet er und sieht zu, wie um fünf der Stromlinien-Expreß abgeht. Die sind eine Pracht, diese Stromliniensachen, nicht wahr? Jock hat sich nicht im geringsten für Züge interessiert, bis die stromlinienförmigen aufkamen, mit Chrom und allem. Ich habe mir solche Sorgen gemacht. Ich fand es einfach unnatürlich, daß ein Junge sich überhaupt nicht für die Eisenbahn interessiert – Sie sagen ja gar nichts mehr, Bill?«

»Ich denke nach«, erwiderte Leonidas. »Über die Bedingungen der Möglichkeiten. Wenn Sie das Unmögliche erst einmal in Betracht ziehen, Mrs. Price, dann sind die Möglichkeiten unendlich.«

»Aber natürlich sind sie das!« sagte Cassie. »Das habe ich schon immer gewußt. So, Dallas, nun kümmern Sie sich mal um den Rollstuhl –«

Obwohl es regnete, hatte sich auf der Paddock Street im Bereich des Hauses Brett eine beträchtliche Zahl sensationslüsterner Gaffer eingefunden. Um die Limousine mit dem alten Mann im Rollstuhl und den Leuten, die ihm ins Haus nebenan halfen, kümmerten sie sich allerdings kaum. Sie fanden die Polizei und die Polizeiautos bei weitem interessanter. Cassie Price sah sich im Wohnzimmer um und seufzte erleichtert.

»Er kommt mit dem Fünf-Uhr-achtzehn-Zug«, sagte sie. »Ach, da bin ich aber froh! Und hat das nicht wunderbar geklappt mit dem Rollstuhl –«

»Was ist das für ein Geräusch im Keller?« fragte Dallas.

»Kaye schließt die Garagentüren«, antwortete Cassie. »Das klingt immer so. Sie sollten lieber die Vorhänge zuziehen, Dallas, bevor wir das Licht einschalten. Und, Margie – sehen Sie einmal nach, ob die Lebensmittel gekommen sind. Ich habe von Zara aus welche per Telefon bestellt. Und es sollte auch einmal jemand nach Muir sehen. Und jemand sollte die Heizung höher stellen. Es ist kühl hier drin – Kaye, machen Sie das bitte? Der Thermostat ist im Speisezimmer – dort drüben, Kaye –«

Doch Kaye rührte sich nicht von der Stelle im Flur, an der er wie angewurzelt stand. Er starrte den Mantel an, den Leonidas eben ausgezogen hatte. »William«, sagte er, »Papi möchte wissen, wie zum Teufel Sie zu seinem Mantel kommen.«

Leonidas betrachtete ihn einen Augenblick lang und setzte dann seinen Kneifer auf.

»Ihr Mantel?« fragte er höflich. »Dieser hier?«

»Jawohl, mein Sohn. Mein Mantel. Papis schöner neuer Chesterfield, den er gestern abend anhatte. Sehen Sie das hübsche Etikett, mit Papis Namen und dem Datum drauf? William, Sie sind doch ein guter Junge, und das würde Papi verdammt ärgern, wenn Sie ihn belogen hätten –«

»Nicht so schnell«, sagte Dallas eilig, »nicht so schnell! Bill kann sicher erklären, was das –«

Kaye reckte das Kinn vor, genau wie am Morgen, als er seine Linke an Muir demonstriert hatte.

»Das wird auch nötig sein«, sagte er. »Das wird nötig sein, daß Bill mir das erklärt, und zwar schnell. Und es sollte eine gute Erklärung sein, sonst bekommt der liebe Bill von Papi eine Abreibung, daß er die Englein singen hört –«

»Von wem kriegt er die?« Cuff schubste Kaye aus der Tür, in der er gestanden hatte. »Von wem kriegt Bill 'ne Abreibung, hm? Für wen halten Sie sich eigentlich, hm? Wer –«

»Cuff!« rief Margie. »Halt dich da raus! Du –«

»Genug jetzt, Kaye«, sagte Dallas. »Setzen Sie sich, und lassen Sie Bill erklären –«

»Bill«, sagte Cuff, »is' mein Kumpel, klar? Und jeder Dreckskerl, der Bill was tut –«

»Der Mantel, Bill!« beharrte Kaye.

»Meine Güte!« rief Cassie. »Ich wünschte, ihr würdet mit diesem dummen Gerede über Mäntel aufhören! Wen interessiert denn Ihr alter Mantel! Was spielt das schon für eine Rolle –«

»Die Frage, wer gestern nacht meinen Mantel aus Bretts Keller entwendet hat«, sagte Kaye, »spielt eine ganz entscheidende Rolle! Der Mantel –«

»Hört jetzt endlich mit diesem Unsinn von den Mänteln auf«, forderte Cassie ärgerlich, »und sagt mir, was aus dem Brief geworden ist! Wer hat den Brief gestohlen? Das finde ich nämlich ganz und gar nicht lustig, mir diesen Brief aus der Handtasche zu stehlen!«

»Aber kein Mensch hat Ihnen den Brief gestohlen, Cassie«, sagte Dallas. »Kein Mensch hat –«

»Und ob das jemand getan hat. Der Brief ist weg!«

Kapitel 11

Unendlich«, sagte Leonidas und sank auf das Sofa. »Einfach unendlich, die Möglichkeiten. Hmnja, das kann man wohl sagen. Unendlich –«

»Was brabbeln Sie da, Bill?« schnauzte Kaye. »Wer soll einen Brief gestohlen haben, Cassie, und was für einen? Oh – den Brief meinen Sie?«

»Allerdings«, entgegnete Cassie ärgerlich. »Den Brief meine ich. Und ich wiederhole, Stanton Kaye, die Frage, wer diesen Brief gestohlen hat, ist viel, viel wichtiger als Ihr alter Mantel – Ich kann Männer mit Samtkragen sowieso nicht ausstehen. Das sieht so weibisch aus. Ich sage es noch einmal, jemand hat diesen Brief aus meiner Handtasche gestohlen, und ich will ihn auf der Stelle zurückhaben!«

»Wann haben Sie ihn zum letzten Mal gesehen, meine Liebe?« fragte Dallas beschwichtigend, denn sie war zu dem Schluß gekommen, daß ihr die undankbare Aufgabe zufiel, Öl auf die Wogen zu gießen. »Wann haben Sie –«

»Sagen Sie das nicht noch einmal!« fauchte Cassie. »Auf der ganzen Welt gibt es nichts, was mich so in Rage bringt wie die Frage, wann ich etwas zum letzten Mal gesehen habe! Was hat denn die Uhrzeit damit zu tun, daß –«

»Na, dann eben wo?« sagte Dallas. »Wo haben Sie ihn zuletzt gesehen?«

»Die Frage ist doch genauso albern, Dallas! In meiner Handtasche natürlich! In meiner Handtasche! Habe ich nicht deutlich gesagt, daß es sich um den Brief handelt, den ich in meiner Handtasche hatte? In meiner Handtasche. Ich habe ihn nicht in einem hohlen Baumstamm aufbewahrt. Und auch nicht durch die Oberlippe gesteckt wie ein Buschneger. Er war die ganze Zeit in meiner Handtasche –«

»Ich frage mich«, begann Leonidas zaghaft, »ob –«

»Was fragen Sie sich?« fuhr Cassie ihn scharf an.

Er lächelte höflich zurück.

»Also wirklich, Cassie«, sagte er, »wirklich – Sie haben doch nichts dagegen, wenn ich Sie Cassie nenne? Danke. Aber ist dies der rechte Augenblick für solche Haarspaltereien? Ist dies der Augenblick, so – ähm – pingelig zu sein? Kurz gesagt, Cassie, welches ist der letzte Zeitpunkt im Verlauf des heutigen Nachmittags, von dem Sie wissen, daß sich der Brief mit hundertprozentiger Sicherheit noch in Ihrer Handtasche befand?«

»Im Kino –«

»Vermutlich haben Sie da Ihre Tasche aufgemacht?« sagte Kaye.

»Wie könnte ich sonst wohl wissen, daß der Brief in der Tasche war?« fragte Cassie. »Als das Licht an war, kurz bevor gesungen wurde, habe ich meine Tasche aufgemacht und hineingeschaut, und der Brief war da! Also bitte!«

»Na«, sagte Kaye, »da ist die Sache doch klar. Als Sie in der Handtasche wühlten, ist der Brief herausgefallen –«

»Das ist er nicht!«

»Und woher wollen Sie das wissen?« fragte Kaye. »Natürlich ist es so gewesen – Sie haben ihn im Kino verloren.«

»Das habe ich nicht, Stanton Kaye! Und fragen Sie mich nicht, woher ich das weiß – man könnte ja fast denken, Sie glauben mir nicht, daß ich das weiß. Natürlich weiß ich, daß er da war, und ich weiß auch, daß er niemals herausgefallen sein kann! Ich habe ihn nämlich, wie ich das immer mit Eintrittskarten und dergleichen mache, mit einem Stück Klebeband am –«

»Klebeband?« frage Dallas.

»Ja, aus Zellophan. Also, auf Zaras Schreibtisch lag eine Rolle davon, und ich habe ein Stück genommen und es so am Umschlag des Briefes befestigt, daß die Enden überstanden. Wie Schürzenbändel. Und die Enden habe ich dann am Innenfutter meiner Handtasche festgemacht. Der Brief war also so gut wie angeklebt. Er konnte nicht herausfallen. Er konnte nicht einmal heraushängen. Die einzige Art, wie der Brief meine Handtasche verlassen konnte, war in den Fingern von jemandem! Und«, sagte Cassie, »ich will ihn wiederhaben!«

»Na los, Cuff«, sagte Margie. »Na los! Hast du –«

»Ob ich was habe?«

»Ob du den Brief geklaut hast, aus Mrs. Price' Handtasche. Gib schon her!«

»Großes Ehrenwort, Margie, ich hab' ihn nicht!« Cuff wandte sich hilfesuchend an Leonidas. »Sagen Sie's ihr, Bill! Ich hab' wirklich den Brief nicht aus ihrer Tasche geklaut! So wahr mir –«

»Ich kenne dich doch, Cuff!« sagte Margie. »Und das nach allem, was du mir versprochen hast! Du –«

»Wirklich, Margie!« sagte Leonidas. »Ich glaube nicht, daß Cuff ihn entwendet hat. Ich bin sogar ganz sicher, daß er es nicht war. Ähm – Cassie, was ich Sie fragen wollte – warum haben Sie es sich plötzlich anders überlegt und über stromlinienförmige Züge und deren Anziehungskraft auf die Jugend gesprochen, statt beim Thema Mrs. Gettridge zu bleiben?«

»Oh«, sagte Cassie, »ich wollte nicht, daß Sie – Aber Bill! Was soll das heißen, ich habe es mir anders überlegt?«

»Cassie«, sagte Leonidas, »ich gebe ja zu, Ihre Gedankengänge verblüffen mich bisweilen, aber wenn eine Frau über eine andere Frau spricht und dann plötzlich zum Thema stromlinienförmige Züge übergeht – Was wollten Sie über sie sagen, Cassie?«

»Ach je«, sagte Cassie. »Und ich dachte, ich hätte das so geschickt gemacht. Eigentlich wollte ich nur vermeiden, daß Sie mich für gehässig halten. Dallas hätte das verstanden, das weiß ich, aber Männer denken immer, man sei gehässig, wenn man ihnen solche Fragen stellt. Also habe ich sie nicht gestellt. Ich habe einfach über die Eisenbahn gesprochen. Die Eisenbahn ist –«

»Immer ein schönes, unverbindliches Thema«, sagte Leonidas. »Hmnja. Sie wollten mich fragen, was um alles in der Welt ich denn mit Lila Gettridge zu tun habe, nicht wahr? Das dachte ich mir. Weil Mrs. Gettridge doch eine so gute Freundin von Zara Brett ist. Stimmt's?«

»Das wußten Sie, Bill!« rief Cassie. »Das wußten Sie die ganze Zeit über! Dann hätte ich mir überhaupt keine Sorgen machen müssen, was Sie ihr vielleicht erzählt haben! Die Gettridges sind nämlich schon immer furchtbar eng mit den Bretts befreundet gewesen – außer mit Benny natürlich. Mit Benny kam sie genauso wenig aus wie alle anderen – Das wußten Sie also die ganze Zeit über, Bill!«

»Leider«, sagte Leonidas, »wußte ich es nicht. Ich bin erst darauf gekommen, als –«

»Sie meinen, es ist Ihnen gerade erst aufgegangen?«

»Hmnja. Reichlich spät ist es mir aufgegangen. Es ging mir erst auf, als ich ihr längst alles erzählt hatte. Andererseits ist es vielleicht gut, daß es so gekommen ist. Ich –«

»Na, besser spät aufgegangen als überhaupt nicht«, sagte Cassie. »Unter diesen Umständen. Wie sind Sie denn drauf gekommen?«

»Die Erfahrung«, antwortete Leonidas, »hat mich gelehrt, daß Anteilnahme, die über ein bestimmtes Maß hinausgeht, selten rein humanitäre Motive hat. Und Mrs. Gettridge legte ein solches Interesse an mir und meiner Sicherheit und meinem Wohlergehen an den Tag, und an meinem Onkel Orrin – wissen Sie, die Art von Interesse, die die Jungs bei Meredith mir unweigerlich entgegenbrachten, wenn die Abschlußprüfungen nahten. Insbesondere die Mitglieder des Baseball-Teams und der Rudermannschaft. Hmnja. Als wir im Kino waren, schwankte ich zwischen zwei Möglichkeiten – entweder abrupt aufzubrechen oder mit allen Mitteln in Mrs. Gettridges Nähe zu bleiben. Doch dann –«

»Nahm Ihnen das Schicksal die Entscheidung aus der Hand«, sagte Dallas. »Der alte Krake –«

»Ich habe ernsthaft mit dem Gedanken gespielt, ihr meine Lebensgeschichte zu erzählen.« Leonidas überhörte den Einwurf. »Immerhin muß ich ihr zugute halten, Cassie, daß sie eine gute Zuhörerin ist.«

Cassie bestätigte das mit einem vehementen Nicken.

»Diese grauen Mäuse«, sagte sie, »sind alle gleich. Gute Zuhörerinnen. Hängen ständig den Männern an den Lippen. Ständig besorgt, daß die Ehemänner auch ihre warme Mahlzeit bekommen – nicht, daß Lila mehrere gehabt hätte. Nur den einen, der arme Mann. Sie wissen schon, laufend gebackene Kartoffeln und Eintopf und Aufläufe. Ich habe Bagley immer gesagt, wenn er einer von diesen Männern gewesen wäre, die erwarten, daß ein warmes Essen auf dem Tisch steht, wenn sie nach Hause kommen, dann hätte ich mich von ihm scheiden lassen. Und Sie haben ihr wirklich alles erzählt, Bill?«

»So bedauerlich es ist«, sagte Leonidas. »Aber ich habe auch viel erfahren, wovon ich Ihnen erst noch berichten muß – und im Grunde glaube ich auch nicht, Cassie, daß es wirklich eine solche Katastrophe für uns ist, wenn Mrs. Gettridge Bescheid weiß –«

»Es sei denn, sie berichtet Rutherford davon.«

Es war Cassie eine große Genugtuung, Leonidas einmal wirklich verdattert zu sehen. Der Kneifer fiel ihm von der Nase.

»Sie ist – auch mit Rutherford ist sie gut befreundet?« fragte er.

»Oh ja. Das hätten Sie sich doch denken können, so, wie sie mit ihren Parksünden immer davongekommen ist. Aber wie gut sie ihn kennen muß, ist mir auch erst da aufgefallen – Rutherford ist nämlich sehr streng, wenn es um den Straßenverkehr geht. Da haben wir's wieder, diese grauen Mäuse! Praktisch von dem Augenblick an, als Paul Gettridge tot war, gab es da Gerüchte – Meine Güte, wenn ich weiterspreche, werden Sie wieder sagen, ich bin gehässig! Aber man kann sich gut vorstellen, daß sie es Rutherford erzählt.«

»Und wenn Sie mich fragen«, sagte Dallas, »Rutherford würde ihr bestimmt sogar einen Frontalzusammenstoß mit einem Hydranten verzeihen, wenn sie ihm verrät, wo wir zu finden sind!«

»Das fürchte ich«, sagte Cassie. »Und natürlich wird sie Zara alles erzählen. Jedes einzelne Wort. Wahrscheinlich hat sie auch deshalb den Brief aus meiner Handtasche genommen. Meinen Sie nicht auch, Bill?«

»Hmnja«, sagte Leonidas. »Ich glaube –«

»Moment!« sagte Dallas. »Cassie, soll das heißen, daß diese Mrs. Gettridge, die Bill aus den Klauen von Schwester Otis und so vielen Polizisten, daß man sie gar nicht mehr zählen kann, befreit hat – daß die Ihnen das Briefchen geklaut hat?«

»Hmnja«, sagte Leonidas. »Sie muß es gewesen sein. Sie hatte Gelegenheit genug dazu. Sie ging direkt hinter Cassie, als wir das Kino verließen, und draußen auf dem Bürgersteig stand sie ganz in ihrer Nähe. Und natürlich hat sie mit angehört, wie Cassie mir sagte, der Brief sei in ihrer Handtasche –«

»Mensch«, fiel Cuff ein. »Mensch!«

»Ja?« sagte Leonidas ermunternd. »Was gibt's?«

»Mensch, ich glaube, ich häng' da doch mit drin, Bill«, sagte Cuff nachdenklich.

Leonidas nickte. Ihm war der verwirrte Ausdruck nicht entgangen, der sich fast jedesmal auf Cuffs Gesicht abzeichnete, wenn Cassie Price das Wort ergriff.

»Bill, können Sie mir nochmal ganz langsam sagen, worum's geht?«

»Lassen Sie mich mal«, sagte Margie. »Paß auf, Cuff. Mrs. Price hat ein Briefchen in ihrer Handtasche. Klar? Wir gehen aus dem Kino raus, und die Lady, die Bill mitgebracht hat, klaut es ihr. Verstanden?«

»Natürlich«, sagte Cuff. »Moment, ich hab's draußen im Mantel.«

Margie bekam ihn an den Schultern zu fassen.

»Cuff Murray! Soll das heißen, du hast – Aber du hast mir doch eben gesagt, du hast diesen Brief nicht genommen!«

»Ach, Margie, das hab' ich ja auch nicht. Ehrlich«, sagte Cuff kleinlaut. »Ich hab' keinen Brief geklaut. Aber ich hab' die Handtasche von dieser anderen Lady, verstehst du? Und wenn sie den Brief aus der Tasche von Mrs. Price geholt hat, dann hat sie ihn doch sicher in ihre eigene Handtasche gesteckt, oder? Mensch, manchmal bist du wirklich schwer von Begriff! Moment, ich geh' sie mal holen –«

Margie versuchte, etwas zu sagen, aber die Worte blieben ihr im Halse stecken.

»Nehmen Sie's nicht so schwer, meine Liebe«, sagte Cassie. »Und Sie sollten sich nicht so die Haare raufen. Cuff meint es doch gut –«

»'n Arzt, der 'n Geschwür aufschneidet, meint es auch gut«, sagte Margie. »Ehrlich, Mrs. Price, manchmal frage ich mich, ob es die Mühe wert ist. Manchmal frage ich mich, ob überhaupt irgendein Kerl – Nein, Cuff, ich will den Brief nicht. Gib ihn Bill. Das ist der Mann mit dem Bart da drüben. Braver Junge!«

Es waren nur ein paar Worte, in Druckschrift mit Bleistift auf einem Blatt billigen Notizpapiers geschrieben.

»›Zara‹«, las Leonidas laut vor, »›sieh Dich vor. Halt den Mund.‹«

»Die Druckschrift ist ungelenk wie von einem Kind«, sagte Cassie, »aber natürlich hat es kein Kind geschrieben, sondern der Mörder, meinen Sie nicht auch, Bill?«

Leonidas warf Cuff einen fragenden Blick zu.

»Warum haben Sie ihre Tasche gestohlen, Cuff?« fragte er nachdenklich.

»Ach, ich war etwas sauer auf sie«, sagte Cuff. »So wie sie mich angesehen hat, das hat mich geärgert – Mann, das hat so geregnet, da hab' ich den Hydranten überhaupt nicht sehen können! Außerdem wollt' ich Ihre Pistole zurückhaben, und so war's am einfachsten –«

Leonidas legte die Hand auf die Jackentasche von Cuffs Anzug aus blauem Serge. Die Waffe, die er auf Zara gerichtet hatte, war nicht mehr da.

»Ja sicher, die hat sie Ihnen aus der Tasche gezogen«, sagte Cuff. »Haben Sie das etwa nicht gemerkt, Bill?«

»Nein«, sagte Leonidas und spürte, daß er an Ansehen verloren hatte. »Nein, Cuff, das habe ich nicht.«

»Wahrscheinlich warn Sie gerade mit Nachdenken beschäftigt«, sagte Cuff, »da kann – Mensch, Bill, ich wußte überhaupt nicht, daß Sie 'n Schießeisen dabeihatten. Erst wie Sie sich bei mir im Zimmer umgezogen haben, hab' ich gesehen, wie Sie's in die Tasche gesteckt haben. Bei diesem Overall vorher war's überhaupt nicht zu merken. Aber bei der blauen Jacke, da schon. Ich denke mir, sie hat's auch erst gemerkt, weil man's bei der blauen Jacke sehen konnte. Bei den Eisbären, da hat sie's rausgeholt. Ich wollt's Ihnen zurückholen, aber dann kam Margie, und da hab' ich's irgendwie vergessen.«

Er sah zu Margie herüber und grinste, und sie grinste zurück.

»Aber wie ich mich dann über sie geärgert hab'«, sagte Cuff, »da ist's mir wieder eingefallen, und irgendwie war's das einfachste, einfach die ganze Tasche zu nehmen, verstehen Sie? Und das hab' ich dann gemacht. Aber daß da der Brief drin war, das wußt' ich nicht, bis ihr mir's gesagt habt.«

»Ich finde, Sie sind einfach wunderbar!« sagte Cassie. »Wirklich – Wie haben Sie denn die Tasche an sich nehmen können, ohne daß sie etwas bemerkte?«

»Och«, sagte Cuff bescheiden, »das ist doch kein Problem. Sie hatte so 'ne Art Stoffbeutel für ihre Stricksachen, und da hatte sie die Handtasche drin, verstehen Sie? Sie hat die Handtasche rausgenommen, um an die Autoschlüssel zu kommen, und sie dachte, sie hat sie wieder zurück in den großen Beutel gesteckt. Hat sie aber nicht. Sie –«

»Was ist denn das für ein Krach nebenan?« unterbrach ihn Dallas.

Mit Margie und Cuff lief sie zum Fenster, um hinauszublicken.

Kaye sah ihnen dabei zu, und dann sah er Leonidas und Cassie zu, wie sie den Inhalt von Mrs. Gettridges Handtasche durchwühlten.

Er hatte noch immer kämpferisch das Kinn vorgereckt, doch niemand achtete darauf.

»Das ist alles nur der übliche Kram«, sagte Cassie, als sie die bunte Mischung musterte, die aus der Tasche hervorquoll. »Schlüsselbund, Kamm, Nagelfeile, Bleistift, Puderdose, Lippenstift, Taschentücher, alte Eintrittskarten, Einkaufszettel, Führerschein und Zulassung – Hm. Da wird sie ganz schöne Schwierigkeiten haben, weil sie die nicht bei sich hat! Portemonnaie, Brieftasche, Brille – ich wußte ja gar nicht, daß sie eine Brille trägt! Wahrscheinlich ist sie zu eitel, um sie in der Öffentlichkeit aufzusetzen. Zigaretten – Mentholzigaretten, das paßt zu ihr. Streichhölzer. Kein Spiegel. Die Spiegel gehen einem immer verloren, immer. Was ist das für eine Liste – die zehn besten Bücher – was ist sie doch für eine gebildete Frau! Tja, da ist wirklich überhaupt nichts drin, Bill. Nur der übliche Kram. Außer Ihrer Pistole natürlich. Was meinen Sie, von wem stammt dieser Brief?«

Kaye meldete sich zu Wort, bevor Leonidas darauf antworten konnte. »Diese Gesellschaft«, intonierte er in einem grimmigen Singsang, »ist unfair zu Stanton Kaye. Diese Gesellschaft ist unfair zu organisierten Minderheiten. Diese Gesellschaft ist unfair zu Stanton Kaye. Diese Gesellschaft wird nur von Handtaschen regiert. Diese Gesellschaft hat kapitalistische Tendenzen. Diese Gesellschaft ist unfair zu –«

Cassie, die diesem Monolog gelauscht und dabei Leonidas zugesehen hatte, wie er mit Mrs. Gettridges Handtasche spielte, stieß plötzlich einen spitzen Schrei aus.

»Aber da ist ja noch ein Fach!« rief sie aufgeregt. »Ist das nicht raffiniert – es muß eine Tasche von Marjory Cutliffe sein, die haben immer solche versteckten Fächer. Ich persönlich mag diese Taschen ja nicht. Ich verliere immer Sachen und vergesse dann – aber –«

Mit einem Stoßseufzer legte Kaye sich auf den Fußboden.

»Und ewig stürzt der Niagara herab«, sagte er, »doch wenn dereinst die Fluten starren, wenn ihr fertig seid mit eurem hübschen Täschchen und euren hübschen Spielereien, dann sagt mir Bescheid. Vielleicht spielt es ja wirklich keine Rolle, wer meinen Mantel aus Bretts Haus gestohlen hat –«

»Hier, Bill!« rief Cassie. »Sie war's! Sie hat ihn geschrieben! Sie hat diesen Brief selbst geschrieben!«

»Hmnja«, sagte Leonidas, der nachdenklich das kleine Päckchen Notizpapier betrachtete, das im Geheimfach gewesen war. »Den Eindruck hatte ich auch – der Bleistift hat den richtigen

Farbton. Hmnja, tatsächlich. Nachdem sie mich gesehen hatte – nachdem ich meinen Shakespeare-Vortrag im Club beendet hatte, lief sie zum Drugstore an der Ecke –«

»Da gibt's einen direkt neben dem Vortragssaal«, sagte Cassie.

»Zum Drugstore nebenan«, verbesserte Leonidas sich, »und kaufte ein Päckchen Papier und Umschläge für zehn Cents. Sie schrieb dieses Briefchen – Wenn ich mich recht erinnere, wurde es in Zaras Wohnung abgegeben?«

Cassie nickte. »Ich habe den Portier gefragt, und er sagte, ein Gassenjunge habe ihn gebracht. Ist das nicht erstaunlich, Bill, die Art, wie manche Leute immer einen Gassenjungen finden, der ihre Besorgungen erledigt? Ich finde nie einen, und ich versuche es seit Jahren. Einmal habe ich einen gefunden, der abgerissen genug aussah, und habe ihm angeboten, für zehn Cents meine Pakete zu tragen, aber er antwortete, ich solle mich zum Teufel scheren. Sie ist also die Mörderin! Also, das hätte ich nicht gedacht!«

»Die Bullen drüben bei Bretts sind allesamt abgezogen«, berichtete Dallas, die vom Fenster auf der anderen Seite des Zimmers zurückkehrte. »Die sind – Was sagen Sie da, sie ist die Mörderin? Meine Güte –«

»Das haben sich die beiden gerade ausgetüftelt«, ließ Kaye sich müde vom Fußboden vernehmen.

»Die Gettridge? Die soll die Mörderin sein? Das kann ich nicht glauben – Kaye, was machen Sie denn auf dem Fußboden?«

»Einen Liegestreik«, sagte Kaye. »So, so, Bill, die Gettridge ist also Ihre Mörderin? Das ist wirklich eine tolle Idee. Und nun erzählen Sie mir mal, nur so zum Spaß – wie hat die Gettridge es gestern nacht angestellt, meinen Mantel und Hut aus dem Brettschen Keller zu entwenden, und wie kommt es, daß Sie ihn nun anhaben? Es ist ein Jammer, daß Sie nicht auch meinen Anzug bekommen haben – dieser Serge ist zwar von solider Qualität, aber mein Mantel stand Ihnen doch entschieden besser. Dieser Anzug –«

»Was soll mit dem Anzug sein?« fragte Cuff drohend. »Was ist mit meinem Serge-Anzug? Der Anzug ist genausogut wie –«

»Meine Güte!« sagte Cassie. »Was soll denn nur diese ganze Diskussion um Kleidung, um Anzüge und Mäntel? Wir kommen einer Mörderin auf die Spur, und ihr streitet euch hier um Kleider wie – wie ein Haufen Frauen! Aber natürlich, Bill, das ist das

Motiv. Kleider. Ich meine, Lila Gettridge wollte immer schönere Kleider haben und ein größeres Auto und ein hübsches Haus an einer hübschen Straße –«

Leonidas nickte. Er erinnerte sich, daß Lila Gettridge davon gesprochen hatte, wie klein ihr Wagen sei. Sie hatte gesagt, ihr Haus sei schon älter und liege im alten Teil der Stadt.

»Sie ist eine von diesen ›Sie können sich das leisten, aber ich könnte das niemals‹-Frauen«, fuhr Cassie fort. »Natürlich könnte sie, aber sie tut es nicht. Immer wünscht sie, sie könnte sich eine neue Markise leisten oder einen neuen Kühlschrank – Sie hat regelrecht feuchte Augen bekommen, als sie meinen elektrischen Müllzerkleinerer sah! Aber das kommt nicht hin, oder?«

»Diese ganze verdammte Gesellschaft ist unfair zu Stanton Kaye!« sagte Kaye mit lauter Stimme. »Diese ganze verdammte Gesellschaft ist unfair zur Vernunft. Diese ganze verdammte Gesellschaft ist unfair zu Stanton Kaye –«

»Halten Sie den Mund!« sagte Dallas. »Sonst bitte ich Cuff – Na, vielleicht lieber doch nicht. Was kommt nicht hin, Cassie?«

»Ich bin davon ausgegangen, daß Lila, wenn sie Benny umgebracht hat, es tat, um an Geld zu kommen. Und das war der falsche Ansatz, oder? Ich meine, ich weiß, daß sie immer alle möglichen Sachen haben will, aber wir haben keinen Anhaltspunkt, daß Benny wegen Geld umgebracht worden ist. Wenn das natürlich der Fall wäre, dann wäre sie mit Sicherheit –«

Die Türglocke erklang.

»Zweimal lang, zweimal kurz – das ist Jock!« sagte Cassie. »Er muß doch den Fünf – Nein, ich gehe schon –«

»Wie konventionell von dem Jungen, an der Tür zu klingeln!« sagte Kaye. »Ich hätte erwartet, daß er am Spalier hinaufklettert oder durch den Heißluftschacht kriecht – Da kommt Jock mit Sicherheit nicht auf die Großmutter. Und der gute Junge ist allein? Nicht einmal ein Schutzmann oder zwei zur Begleitung? Oder die Pfadfindertruppe? Wie deprimierend. Ich bin schon jetzt von Cassies Enkel enttäuscht. Tja-ja –«

Cuff hatte nicht recht verstanden, wovon Kaye sprach, aber er bemerkte den bissigen Sarkasmus in Kayes Stimme, und das gefiel ihm ganz und gar nicht. Bills Kumpel, sagte sich Cuff, waren seine Kumpel. Und Margie hatte gesagt, Mrs. Price wäre in Ordnung.

»He«, sagte Cuff und baute sich vor Kaye auf. »Wovon reden Sie 'n überhaupt, hm? Sie wollen 'ne Abreibung? Na, da –«

Jock und Cassie betraten gerade noch rechtzeitig das Zimmer, um das drohende Blutvergießen zu verhindern.

Leonidas, der sich mit Recht für jemanden hielt, der sich mit Knaben auskannte, fand Jock sehr annehmbar. Er war zwölf oder dreizehn, aber er strahlte die Selbstsicherheit und das Einfühlungsvermögen eines erfahrenen Konzertmeisters aus.

Mit großen schwarzen Augen musterte er Kaye, der noch immer auf dem Fußboden lag, schenkte Cuff kurz sein Augenmerk, warf Dallas und Margie anerkennende Blicke zu und schaute dann einige Sekunden lang Leonidas an. Es war nicht zu übersehen, daß er an Shakespeare dachte, und die Zurückhaltung, mit der er sich jeden Kommentars zu dieser Ähnlichkeit enthielt, machte ihn für Leonidas nur noch annehmbarer.

»Tag zusammen«, sagte Jock zu allen Anwesenden. »Oma, ich hab' einen neuen –«

»Schatz, nebenan bei den Bretts ist jemand ermordet worden –«

»Hab' ich in der Zeitung gelesen«, sagte Jock. »Nicht besonders aufregend. Einfach nur erstochen. Oma, ich habe –«

»Hör mal zu, Schatz«, sagte Cassie, »die Leute hier, das sind die, hinter denen die Polizei her ist. Die Polizeitruppe deines Onkels. Und sie sind furchtbar nett – die Leute hier, meine ich. Und ich helfe ihnen. Natürlich sind sie nicht die Mörder. Onkel Rutherford soll es nicht wissen – daß sie hier sind, meine ich, und daß ich damit zu tun habe. Das verstehst du doch, oder?«

»Klar«, sagte Jock. »Mach' ich – schau mal, Oma, ich hab' einen ganz neuen Lieutenant Hazeltine für uns, brandneu! Ich hab' ihn am Bahnhofskiosk gesehen und gleich gekauft, deshalb bin ich auch so spät dran. Dafür ist mein ganzes Fahrgeld draufgegangen, und ich mußte mit der Straßenbahn herkommen und von der Endstation in Daltondale zu Fuß gehen –«

»Ein neuer Band!« rief Cassie. »Das ist ja großartig – aber, Schatz, wenn du von Daltondale bis hierher zu Fuß gegangen bist, mußt du ja – das bist du ja auch! Du bist klatschnaß. Ich glaube, du solltest dich lieber umziehen. Die Schuhe und alles – sind sie nach Pinkham Notch gefahren?«

Die Gedankensprünge seiner Großmutter schienen Jock nicht im geringsten zu verwirren.

»Ja, Vater und Mutter haben sich dann doch für Pinkham entschieden. Da gab's fünf Zentimeter mehr Schnee, und die Vails wollten auch hin, da sind sie zusammen gefahren. Vater hat sein neues Wachs verloren –«

»Seine Eltern sind Skifahrer«, erläuterte Cassie. »Begeisterte Skifahrer – wenn kein Schnee liegt, fahren sie auf Tannennadeln. Früher mußte Jock immer mit, und er hat sich erst ein paarmal die Beine brechen müssen, bis sie dann einsahen, daß er bei mir besser aufgehoben ist. Das wollte er natürlich von Anfang an – wo ist Lieutenant Hazeltine diesmal, Jock? Hoffentlich ist es wieder Zentralafrika!«

»Er ist ganz unerwartet nach Hause gerufen worden«, sagte Jock, »um die U.S.-Armee vor der völligen Vernichtung durch die Machenschaften des Fürsten Casimir Vassily zu bewahren – kannst du dich noch an Casimir erinnern?«

»Dieser charmante Bursche mit dem Schnurrbart und dem Nitroglyzerin!« meinte Cassie hocherfreut. »Ach, ich liebe Casimir – du hast doch nicht etwa schon angefangen, Jock?«

»Also!« Kaye richtete sich wieder auf. »Ich bin ein vernünftiger Mann. Ich kann allerhand einstecken. Selbst ein Gewerkschaftsfunktionär hat einmal zugegeben, daß Stanton Kaye allerhand einstecken kann. Aber wenn nun auch noch Nitroglyzerin und – wer ist denn dieser Lieutenant Hazeltine schon wieder? Einer von Rutherfords Bullen?«

»Was, kennen Sie Lieutenant Hazeltine nicht? Ach, diese Bücher sind wunderbar«, sagte Cassie. »Niemals langweilig, nicht einen Augenblick lang. Hazeltine gerät von einer verzwickten Situation in die nächste – Sie kennen ihn doch, nicht wahr, Bill?«

»In- und auswendig«, sagte Leonidas, der sorgfältig seinen Kneifer putzte. »Hmnja. Ich bin mit dem trefflichen Lieutenant bestens vertraut. Einer der cleversten Männer, die jemals –«

»Das kann man wohl sagen!« sagte Cassie. »Und außerdem ist er so gut wie überhaupt nicht kleinzukriegen. In jedem dieser Bücher wird der Mann zweihundertfünfundzwanzig Seiten lang vom Schicksal gebeutelt – mehr Schicksalsschläge, als man sich jemals hätte ausmalen können. Und dann denkt er an Cannae –«

»Woran«, fragte Kaye, »denkt er?«

»Cannae«, sagte Leonidas. »Hmnja, so ist es. Cannae. Die historische Schlacht zwischen Römern und Karthagern, ausgefochten im Jahre zweihundertsechzehn vor Christus in Apulien, die

Schlacht, in der die kleine, schwache Armee Hannibals die unvergleichliche Streitmacht von fünfundachtzigtausend stolzen römischen Legionären in Stücke schlug –«

»In ihre Einzelteile zerlegte«, sagte Jock.

»In ihre Einzelteile zerlegte. Und zwar«, fuhr Leonidas fort, »indem sie mittels einer kunstvollen strategischen Konzentration der Truppen den Feind mit der Kavallerie von der Flanke aus angriff und ihn dann einkesselte. Clausewitz und Schlieffen vom preußischen Generalstab bauten die Grundzüge von Cannae zu einer allgemeinen Theorie aus und faßten dann diese Theorie wiederum in einem exakten strategischen System zusammen. Das, kurz gesagt, ist Cannae.«

»Sie haben Ihren Lieutenant Hazeltine aber gelesen!« sagte Cassie. »Da stimmt jedes Wort, nicht war, Jock?«

»Außer daß es ›in ihre Einzelteile‹ heißen muß«, antwortete dieser.

Er betrachtete Leonidas mit ganz neuen Augen.

»Wenn man sich das vorstellt«, sagte Leonidas, »daß ich unter solchen Umständen Cannae vergessen konnte! Danke, Jock. Ich danke dir –«

»Danke«, sagte Kaye, »daß Sie meine Erinnerung aufgefrischt haben. Und nun zu meinem Mantel. Und wenn ich sage ›Und nun zu meinem Mantel‹, dann meine ich damit, daß eine umfassende Erklärung geliefert wird, und zwar auf der Stelle!«

»Die kriegen Sie schon«, sagte Margie und warf einen bösen Blick auf Cuff. »Keine Sorge, die kriegen Sie schon –«

»Bevor dieses kleinliche Gerede über Kleidung wieder losgeht«, sagte Cassie, »muß ich Jock noch sagen – du solltest dich aber wirklich lieber umziehen, Schatz. Sonst meinen deine Eltern noch, es ist besser für dich, wenn du dir die Beine brichst, als wenn du dir eine Erkältung holst. Außerdem habe ich dir eins dieser unaussprechlich häßlichen Hemden gekauft. Es liegt auf deinem Bett –«

»Mensch, Oma! Ein Ringelhemd? Blau?«

»Blaugeringelt«, sagte Cassie. »Ich bin sicher, deine Mutter würde es für subversiv halten, aber du kannst es ja hier anziehen – meinetwegen auch heute abend, wenn es sein muß. Onkel Rutherford wird es die Sprache verschlagen – und, Schatz, du denkst doch dran, ihm nichts von den vielen Leuten zu erzählen, nicht wahr?«

»Sicher, Oma, du bist klasse!« sagte Jock in einem Atemzug, während er schon die Treppen hinaufstürmte.

»Sind Sie wirklich fertig?« erkundigte sich Kaye. »Wissen Sie das genau, Cassie? Ich möchte wirklich nicht, daß ich irgend jemanden unterbreche – also gut! Erzählen Sie von meinem Mantel, Margie!«

»Cuff, den hast du mitgehen lassen, nicht? Das dacht' ich mir. Das war nämlich so, Kaye«, sagte Margie. »Gestern abend hat er mich heimgebracht, und im Keller nebenan brannten sämtliche Lampen, und natürlich mußte er da reinsehen. Und er hat den Mantel gesehen und meinte, so 'nen Mantel hätt' er schon immer haben wollen. Aber er hatte mir ja versprochen, er würde anständig, und da hab' ich – aber du, Cuff Murray, du bist sofort da rüberspaziert und hast dir den Mantel geholt! Sobald ich nicht mehr bei dir war! Sobald ich dir den Rücken zugekehrt hatte! So war's doch, Cuff, oder?«

»Ach!« jammerte Cuff. »Ach –«

»Und mein Auto, haben Sie das auch gestohlen?« fragte Kaye weiter. »Als ich heute morgen aufbrach, fiel mir auf, daß mein über alles geliebter offener Sedan nicht mehr in der Seitenstraße steht, wo der Junge ihn gelassen hatte –«

»Ach!« sagte Cuff. »Das war Ihrer? Das wußt' ich nicht.«

»Cuff Murray!« rief Margie. »Den hast du also auch noch geklaut! Du – und das, wo du mir versprochen hattest –«

»Ach, ich hab' gesagt, am Morgen würd' ich mir 'ne Arbeit suchen und alles«, sagte Cuff. »Aber dann dacht' ich mir – 's war ja noch nicht Morgen! Und heute früh hab' ich mir 'ne Arbeit besorgt. Dadurch hab' ich ja Bill erst wiedergetroffen. Hab' ich da keine Anstellung gehabt, Bill? Hab' ich da nicht gearbeitet? War ich nicht anständig geworden und alles?«

»Anständig!« brüllte Margie. »Soweit ich das mitgekriegt habe, hast du Bill bei der Flucht vor den Bullen geholfen und vor 'nem Hydranten geparkt und warst schuld, daß 'ne Frau verhaftet worden ist, und hast ihr die Handtasche geklaut –«

»Und wenn das nicht anständig ist«, sagte Kaye, »dann weiß ich nicht, was das Wort überhaupt bedeuten soll. Sehen Sie nicht, wie ihm die Flügelein wachsen, Margie? Der Mantel war also nur ein kleines Versehen am Rande. Schicksal, nichts weiter. Verstehe. Nichts, worüber man sich aufregen müßte. Und Mrs. Gettridge – Genossin Gettridge hat Benny umgebracht, weil sie gern hübsche

Kleider hätte. Außer daß wir natürlich nicht wissen, ob Benny wegen Geld ermordet worden ist. Das ist also bei der Arbeit des heutigen Tages herausgekommen – meine Güte, da braucht man wirklich eine Schlacht von Cannae! Man braucht –«

Strahlend, im blauen Ringelhemd, kam Jock die Treppe hinuntergehüpft.

»Das ist toll, Oma«, sagte er. »Danke. Du bist klasse. Übrigens, ich denke mir, du solltest mir lieber sagen, wie sie alle heißen, Oma. Die Leute hier, meine ich. Wenn ich die Namen kenne, kann ich Onkel Rutherford viel eher was vorspielen. Und meinst du, wir können morgen zur Farm fahren?«

»Ach, Jock«, sagte Cassie. »Das hatte ich ja ganz vergessen – ich hätte heute morgen dort sein sollen. Das hatte ich völlig vergessen –«

»Und Rutherford B. haben Sie auch vergessen, nicht wahr?« fragte Kaye. »Sollte Ihr Bruder nicht zum Abendessen herkommen?«

»Doch, aber der ist so pünktlich, der wird erst Schlag sieben hier eintreffen. Das hat er bei der Truppe gelernt, immer auf die Minute pünktlich sein. Ich habe ihm gesagt, er soll um sieben kommen, und um sieben wird er vor der Tür stehen. Wir haben noch eine ganze Stunde, in der wir uns um ihn nicht zu kümmern brauchen. Aber zur Farm hätte ich gemußt – das machen wir als erstes morgen früh, Jock.«

»Ob sie dann die Traktoren draußen haben? Was meinst du, Oma?»

»Ach«, sagte Leonidas interessiert, »Sie besitzen eine Farm? Mit Traktoren?«

»Das ist alles Rutherfords Schuld«, sagte Cassie. »Er wollte immer Gutsbesitzer werden, wenn er sich einmal zur Ruhe setzt. Damals, als er in Haiti und Guam und Nicaragua und solchen Orten war, hat er immer von so etwas geträumt. Er hat sich ausgemalt, er wolle nichts anders als auf den Hügeln von Neuengland sitzen, seine Schäfchen zählen und seine Bäume beschneiden und die Äcker bebauen. Vor allem Spargel. Er konnte nie genug Spargel bekommen. Außer Dosenspargel, und der zählt nicht für ihn. Also hat er sich diese Farm besorgt – die ihn natürlich nach einem halben Jahr zu Tode langweilte, aber er hat sie doch behalten, weil sie so viel Gewinn abwirft. Sie kennen das Anwesen, nicht wahr, Kaye? Es liegt gleich bei Ihrer –«

»Handelt es sich«, fragte Leonidas, »um diese riesige Farm zwischen dem Country Club und dem Neubaugelände? Doch nicht etwa diese Farm?«

»Genau die«, sagte Kaye. »Ich habe einmal versucht, mit Rutherford zu verhandeln, ob er sie mir nicht verkaufen will –«

»Aber sie gehört ihm ja gar nicht«, sagte Cassie. »Er hat irgendeinen seltsamen Pachtvertrag mit dem Besitzer, den Paul Gettridge für ihn ausgehandelt hat. Das war eine ganz unglaubliche Geschichte. Rutherford wollte eine Farm anlegen, wenn er in Pension ging, und er erzählte seinem Caddie im Golfclub davon, und der Caddie erzählte es Paul, und offenbar suchte Paul gerade jemanden, der dieses Land bewirtschaftete. Es paßte alles so schön zusammen. Natürlich ist es viel billiger, als wenn er das Grundstück gekauft hätte, aber Rutherford lebt in ständiger Furcht, daß der Besitzer es zurückhaben und verkaufen will, und das, nachdem er so viel in die Farm hineingesteckt hat –«

Leonidas lachte leise.

»Dann haben Sie sich wohl das ›Nicht zu verkaufen‹-Schild ausgedacht, Cassie?« sagte er. »Na, das hätte ich mir ja gleich denken können!«

»Rutherford fand es nicht ganz korrekt«, erwiderte Cassie, »doch ich habe ihn überzeugt, daß man damit den schlimmen Tag hinausschieben kann, an dem es jemand kauft –«

»Wem gehört es denn nun eigentlich?« fragte Kaye. »Ich habe einmal versucht nachzuforschen, aber es scheint, daß das Land zu einem Vermögen gehört, um das prozessiert wird. Ich hätte es gern gekauft, bevor es an einen dieser verdammten Grundstücksspekulanten geht.«

»Auch Rutherford grübelt oft über diesen Besitzer nach«, sagte Cassie. »Er wollte immer zu Paul Gettridge gehen und sich erkundigen, aber ich habe es nicht zugelassen. Ich habe ihm gesagt, er soll keine schlafenden Hunde wecken. Wäre er zu Paul gegangen und hätte die Sache zur Sprache gebracht, wäre Paul vielleicht wieder tätig geworden, hätte dem Besitzer die Angelegenheit vorgelegt, und der hätte das Land dann verkauft. Wir denken uns, daß es diesem ungeheuer reichen alten Vandergriff gehört, der in Cannes lebt. Halb Dalton gehört ihm –«

»Ja, so etwas habe ich mir auch schon überlegt«, sagte Kaye. »Was man mir da von dem Nachlaß erzählt hat, war wahrscheinlich nur Tarnung. Na, eines schönen Tages wird er eine neue

Jacht brauchen – sagen Sie, Cassie, wenn Paul Gettridge diesen Besitz verwaltet hat, ergibt sich vielleicht etwas, wenn jemand anderes seine Geschäfte übernimmt –«

»August Barker Brett übernimmt Gettridges Kanzlei«, sagte Dallas. »Das heißt, wenn er es jemals schafft. Das wenige, was bisher getan worden ist, hat Benny getan. Er hat furchtbar die Zügel schleifen lassen. Ich wußte überhaupt nichts von diesem Grundstück –«

»Wäre das nicht ein einfach wunderbares Motiv!« sagte Cassie verträumt. »Ein Grundstück. Niemand kennt den Besitzer. Benny findet es heraus. Lila bringt ihn deswegen um – Grundbesitz ist ein so viel schöneres Motiv als Geld –«

»Stimmt«, sagte Kaye. »Weniger schmutzig. Cassie, was phantasieren Sie denn da! Wir sollten sehen, daß wir mit diesem Mord weiterkommen, und uns nicht mit Phantastereien –«

»Aber es wäre so ein schönes Motiv«, beharrte Cassie. »Lila könnte nämlich Benny umgebracht haben, um an dieses Grundstück – ein Jammer, daß das Land nicht Ihnen gehört, Bill. Würde dann nicht alles wunderbar zusammenpassen?«

»Hmnja, in der Tat«, sagte Leonidas. »Das – ähm – tut es auch, wirklich. Damit haben Mrs. Gettridge und ich den Nachmittag zugebracht. Dieses Grundstück –«

»Sie haben über das Grundstück gesprochen? Aber Bill!« rief Cassie. »Davon haben Sie uns ja überhaupt nichts erzählt! Nicht ein einziges Wort! Sie –«

»Ich hatte wirklich keine Gelegenheit dazu«, sagte Leonidas. »Ich erinnere mich allerdings, daß ich Ihnen gesagt habe, ich sei auf den Schlüssel zu der ganzen Sache gestoßen. Und nun, wo wir noch einige Fragen, die mir Kummer bereiteten, geklärt haben –«

»Wem gehört dieses Grundstück?« fragte Kaye. »Wer –«

»Aber ich dachte, ich hätte mich klar genug ausgedrückt«, sagte Leonidas. »Es gehört mir.«

In dem Sturm, der darauf folgte, hörten sie weder das Öffnen der Haustür noch die Schritte im Flur.

Sie bemerkten nicht einmal den Mann, der nun in der Zimmertür stand.

Kapitel 12

Leonidas erblickte den Mann nur einen Sekundenbruchteil, bevor Jock ihn ansprach und seine Vermutung bestätigte.

Es war ja auch nicht schwer zu raten gewesen.

Auch Jock konnte zwei und zwei zusammenzählen, als er die große aufrechte Gestalt und die militärische Haltung sah.

»Onkel Rutherford!« rief Jock. »Aber, Onkel – wir haben dich erst um sieben erwartet! Du bist viel zu früh –«

»Ganzen Tag Golf gespielt.« Rutherfords Stimme, dachte Leonidas, war eine der wenigen unter denen, die er in seinem Leben gehört hatte, die man mit Fug und Recht als ›donnernd‹ beschreiben konnte. »Bei dem Regen. Neuen Schläger ausprobiert.«

Er hielt inne, so, als warte er darauf, vorgestellt zu werden und erklärt zu bekommen, was es mit dem Tohuwabohu auf sich hatte, in das er geplatzt war.

Der Colonel wollte also mit ihnen spielen wie mit einem Fisch an der Angel, dachte Leonidas. Er konnte es ihm nicht verübeln. Leonidas hätte an seiner Stelle dasselbe getan.

»Onkel, was macht man«, kam Jock Cassie zuvor, »wenn jemand seine Stimme verloren hat?«

»Jemand hat seine Stimme verloren, was?«

Jock zeigte auf Kaye, der noch immer auf dem Boden saß.

»Er hat ganz normal geredet, und dann ist seine Stimme regelrecht eingetrocknet – jetzt kriegt er kein Wort mehr raus!«

Leonidas nickte beifällig, während er behutsam seinen Zwicker polierte.

Er hatte sich in Jock nicht getäuscht. Der Junge konnte anwenden, was er gelernt hatte. Lieutenant Hazeltine hatte einst auf ganz ähnliche Weise das Leben eines Waffenbruders gerettet, der als Spion in Feindeshand geraten war. Jock hatte Kaye sagen hören, er habe einmal mit Rutherford über die Farm gesprochen, und Jock war klug genug, sich auszumalen, daß der Colonel

Kayes deutliche und recht unverwechselbare Stimme wiedererkennen würde.

»Verdammt lästig«, donnerte Rutherford mitleidig. »Habe selbst mal die Stimme verloren. In Vera Cruz. Weiß es noch wie heute. Mußte zwei Tage lang alle Befehle schriftlich erteilen. Erst wenn man's aufschreiben muß, merkt man, wieviel man redet. Können Sie nur abwarten. Kommt schon zurück. Hat mir mal einer erklärt – Stimmbänder und so. Ich wußte nicht, daß du Gäste hast, Cassie. Der Wagen streikt wieder. Bin vom Club bis hierher zu Fuß gegangen –«

»Rutherford«, fragte Cassie mit gequälter Stimme, »bist du den ganzen Tag im Club gewesen, bei dem Wetter?«

»Ganzen Tag lang, jawoll. Bin um sieben heute morgen dagewesen. Butterbrote dabeigehabt. Wollte den neuen Schläger ausprobieren, den mir einer verkauft hat; brauchte viel Platz dazu. Und Platz genug hatte ich. Kein Mensch da oben, ganzen Tag über. Bin den Weg bis hierher zu Fuß gegangen. Wußte ja nicht, daß du Gäste hast, Cassie. Dachte mir, umziehen nicht nötig. Aber wo du Gäste hast –«

Er hielt erneut inne.

Leonidas schluckte vorsichtig.

Entweder war der Colonel ein großartiger Schauspieler, oder – Leonidas ließ seinen Zwicker am schwarzen Band baumeln. Oder aber – es schien unglaublich. Es war unvorstellbar. Es war einfach unvorstellbar, daß der Colonel überhaupt nicht wußte, was vorgefallen war!

Andererseits hatte Mrs. Gettridge von jenem Golfspieler im Regen gesprochen.

Leonidas kämpfte gegen ein Lächeln an.

»Dein Wagen funktioniert wieder nicht?« fragte Cassie. »Was fehlt ihm denn diesmal, Rutherford?«

»Zündung, glaube ich. Hängt mit dem Radio zusammen. Radio ging wieder nicht, heute morgen. Kurzschluß irgendwo, nehme ich an. Ich werde diesem Kerl, der die Batterien verkauft, die Meinung sagen. Unfähig. Schon das zweite Mal, daß die Batterie draufgeht. Heute war's ja nicht weiter wichtig, aber bleibe gern auf dem laufenden, was sich auf der Wache tut –«

Cassie feuchtete ihre Lippen an, bevor sie sprach. »Du hast heute den ganzen Tag über nichts aus dem Präsidium gehört? Überhaupt nichts?«

»Überhaupt nichts«, sagte Rutherford gutgelaunt. »Ganzen Tag Ruhe gehabt. Werde mich nicht um die Truppe kümmern, bis ich heute abend im Präsidium vorbeischaue – und vorher kein Wort davon! Cassie, du hast mir immer noch nicht gesagt, ob ich nach Hause gehen und mich umziehen soll oder ob ich so bleiben kann. Bin gerne bereit, mich umzuziehen, wenn mich einer von deinen Freunden rüberfährt.«

Cassie atmete langsam auf, und ein Lächeln breitete sich auf ihrem Gesicht aus.

Das Unglaubliche war geschehen. Rutherford wußte von nichts. Er wußte von nichts!

Die Stimmung entspannte sich.

»Aber mein Lieber«, sagte Cassie, ging zu ihm herüber und nahm liebevoll seinen Arm, »das kommt gar nicht in Frage, daß du dich umziehen gehst. Ich denke ja nicht im Traum daran, dir so viel Arbeit zu machen. Wir hatten sowieso nicht vor, uns zum Essen feinzumachen oder überhaupt umzuziehen. Du marschierst jetzt nach oben und nimmst ein schönes Bad, und im Schrank hängt dein alter Tweedanzug. Was für ein Glück, daß ihr alle immer etwas zum Anziehen hierlaßt. Jock war auch klatschnaß, als er ankam – übrigens, Dorothy und Edgar sind wieder nach Pinkham Notch gefahren.«

»So! Harr.« Rutherford räusperte sich mit einem grollenden Ton, der Kaye faszinierte. Der mahnende Blick, den Dallas ihm zuwarf, erinnerte ihn gerade noch rechtzeitig daran, daß er nicht sprechen durfte, auch wenn er noch so gern eine witzige Bemerkung über dieses Grollen gemacht hätte.

Cassie erläuterte ausführlich, daß Jock mit der Straßenbahn gekommen war, nachdem er sein ganzes Geld für einen neuen Lieutenant Hazeltine ausgegeben hatte.

»Neuer erschienen?« sagte Rutherford. »Denkt dran, daß ich ihn haben will, wenn ihr damit fertig seid. Toller Bursche, dieser Hazeltine – Cassie, du hast mir noch gar nicht – das heißt, ich habe deine Freunde noch gar nicht –«

»Wie unhöflich von mir!« rief Cassie. »Das habe ich ganz vergessen – aber du hast mich schon von ihnen erzählen hören. Mr. und Mrs. Mappin, Mr. und Mrs. Cuff und – und Mr. Mappin senior, mit dem Bart.«

Rutherford war nicht zufrieden mit dieser globalen Vorstellung.

»Harr!« sagte er. »Du mußt mir schon sagen, welcher welcher ist, Cassie. Fällt mir ohnehin schwer genug, mir die Namen zu merken – wer ist wer?«

»Die Mappins«, wies Cassie auf Dallas und Kaye, die beide ein freundliches Lächeln aufgesetzt hatten. »Die Cuffs«, bezeichnete sie Cuff und Margie. »Mr. Mappin, mit dem Bart – an wen erinnert er dich, Rutherford?«

»Dachte ich auf der Stelle, als ich ihn zu sehen bekam«, sagte der Colonel. »Sofort hab' ich mir gesagt, meine Güte, der Bursche sieht ja aus wie Shakespeare! Habe mal auf der alten *Utah* mit jemandem gedient, der sah aus wie Kipling. Einfach unglaublich so was – Jock, draußen auf dem Flur steht ein neues Schiffsmodell, habe ich dir mitgebracht. Gerade erst wieder eingefallen.«

»Ein Schiff?« fragte Jock. »Das ist ja toll – was für eins, Onkel?«

»Das, das du haben wolltest. Spanische Galeone. Sieht aus, als ob's harte Arbeit wird, Jock. Verdammt viel Takelage. Habe mich ganz schön damit abgeschleppt, zusammen mit den Schlägern den ganzen Weg –«

»Du bist einfach klasse, Onkel!« sagte Jock. »Fangen wir gleich damit an?«

»Aber sicher könnt ihr das!« sagte Cassie mit Wärme. »Das könnt ihr doch heute abend noch bauen, nicht wahr, Rutherford? Jock würde am liebsten gleich anfangen –«

»Aber«, beharrte Rutherford, »du hast doch – wo Mr. und Mrs. Ma – ähm – Macklin hier sind, und überhaupt –«

»Sie haben bestimmt nichts dagegen!« rief Cassie. »Nicht wahr? Natürlich, Sie haben nichts dagegen, wenn ihr beiden Schiffsmodelle baut! Hörst du, mein Lieber? Sie haben überhaupt nichts dagegen!«

Sie hätten auch nichts dagegen gehabt, dachte Leonidas, wenn Rutherford vorgehabt hätte, eine Krawatte aus lebendigen Kobras zu flechten. Es spielte keine Rolle, was Rutherford tat. Es kam nur darauf an, daß er es tat, daß er sich mit Begeisterung und aus vollem Herzen für etwas engagierte, so sehr, daß er alles andere vergaß.

»Nun«, sagte Rutherford.

»Genaugenommen wissen wir sowieso noch gar nicht recht, was wir machen wollen«, sagte Cassie. »Ich dachte – wir dachten, daß du vielleicht irgendeine Idee hättest – Ach, du weißt schon, was ich meine!«

Irgendwie, unter kräftiger Zuhilfenahme der Augenbrauen, gelang es ihr, bei Rutherford den Eindruck zu erwecken, daß diese unerwarteten Gäste ein fürchterliches Durcheinander verursacht hätten und daß die einzige mögliche Rettung darin bestand, daß Rutherford mit Jock Schiffsmodelle baute.

Dem Colonel, der lediglich versucht hatte, freundlich zu den Gästen seiner Schwester zu sein, war das nur zu recht. Es juckte ihn schon in den Fingern, mit der Arbeit an der Galeone zu beginnen.

»Hochinteressantes Modell das«, sagte er. »Wirklich. Richtige Segel, richtiger Anker, alles da – Weißt du was, Jock? Ich ziehe mich um, und dann gehen wir beide in den Keller –«

Leonidas stieß Cassie an. Solange Muir noch in der Speisekammer lag, war der Keller nicht der rechte Ort für Rutherford.

»Du kannst nicht in den Keller, mein Lieber«, sagte Cassie. »Da – nun, da liegen die Vorhänge. Wir haben sie heute gewaschen, und Mrs. O'Malley hat sie überall zum Trocknen ausgebreitet.«

»Harr!« sagte der Colonel, »Frühjahrsputz! Tja, hier können wir nicht arbeiten – bleibt nur noch das kleine Vorderzimmer, Cassie!«

Offensichtlich war die Nutzung des kleinen Vorderzimmers ein Streitpunkt zwischen den beiden.

»Gut«, sagte Cassie. »Also im kleinen Vorderzimmer. Aber nur dieses eine Mal! Die ganzen Späne, und dieser Klebstoff, der alles verschmiert – Du ziehst dir nun etwas Trockenes an, Rutherford, und wir kümmern uns um das Essen –«

»Ihr? Wo ist denn dein neues Dienstmädchen geblieben? Dachte, du hättest eine solche Perle von Dienstmädchen gefunden?«

»Das – da fehlen mir die Worte«, sagte Cassie, »Erzählen Sie es ihm, Dallas –«

Cassies Phantasie hatte den ganzen Tag über Höchstleistungen vollbringen müssen, und es schien, daß ihre Kräfte allmählich nachließen.

»Dieses Mädchen!« reagierte Dallas prompt. »Sie kam erst um vier heute morgen wieder nach Hause, Colonel. Völlig betrunken. Cassie wußte überhaupt nicht, was sie mit ihr anfangen sollte. Konnte sie nicht einmal von der Stelle bewegen. Sie hat sie dann ihren Rausch ausschlafen lassen, und Richard« – sie nickte zu Kaye hinüber – »hat sie, als wir heute nachmittag kamen, abtransportiert. Eine ärgerliche Sache. Und sie sah so sympathisch aus.«

Cuff war im Begriff, aufzuspringen und eine Erklärung zu fordern, doch Margie bohrte ihm ihren Absatz in den Fuß.

»Man weiß das nie im voraus bei den Mädchen«, sagte sie geziert. »Ich sage ja immer, es ist einfach unmöglich heutzutage, ein anständiges Mädchen zu finden.«

»Sieht ganz so aus, Mrs. – ähm – Duff, sieht ganz so aus«, pflichtete der Colonel ihr bei. »Cassie, in solchen Fällen solltest du Muir rufen, und zwar unverzüglich. Kann dir gar nicht sagen, was dir da alles hätte passieren können. Und übrigens, deine Haustür stand offen. Mußt darauf achten, daß dieses Schloß einschnappt. Am besten läßt du den Schlosser kommen und ein neues einbauen. Da hätte ja jeder hier hereinspazieren können! So, jetzt gehe ich nach oben und ziehe mich um –«

»Tu das, mein Lieber«, sagte Cassie. »Ach – Jock, bleibst du bitte noch einen Augenblick. Ich möchte mit dir über den nächsten Freitag sprechen, bevor ich es vergesse –«

Sie wartete, bis sie im ersten Stock das Badewasser des Colonels plätschern hörte.

»Jock«, sagte sie feierlich, »du kannst tun, was du willst, aber laß ihn nicht in den Keller! Ich habe vergessen, es dir zu sagen, aber Muir steckt in der Speisekammer. Gefesselt und geknebelt und –«

»Sind Sie sicher, daß er noch in der Speisekammer ist?« fragte Dallas. »Hat jemand nach ihm geschaut?«

»Er ist noch da«, sagte Kaye. »Ich habe einige dumpfe Protestlaute vernommen, als ich von der Garage aus durch den Keller kam. Der Schlüssel und die Sachen, die wir vor die Tür gerückt haben, sind noch an Ort und Stelle. Er ist noch da. Meine Güte, muß der wütend sein!«

»Jock«, sagte Cassie, »wenn du deine arme alte Großmutter gern hast, Schatz, dann sorge dafür, daß Onkel Rutherford nichts bemerkt. Sorge dafür, daß er das Schiff baut –«

»Das macht der sowieso, Oma«, versicherte Jock ihr. »Er ist doch schon seit Monaten ganz versessen darauf, die *Santa Maria* zu bauen. Überlaß ihn mal ganz mir. Weißt du noch? An der

Flying Cloud haben wir bis drei Uhr morgens gearbeitet, und auch da hat er nur aufgehört, weil du gedroht hast, du würdest den Strom abschalten!«

Kaye erhob sich vom Fußboden.

»Jock«, sagte er und streckte ihm die Hand entgegen, »ich nehme alles zurück, was ich über dich gesagt habe. Du bist ein ganzer Apfelkorb vom Stamm – Meinst du, Goldstück, du kannst ihn für uns beschäftigen? Aber natürlich kannst du das. Ich weiß, daß du es kannst. Du bist ein Fels in der Brandung, wie deine Großmutter. Und diese Sache mit der Stimme, die war doch erstklassig – nicht wahr, Bill?«

»Hazeltine selbst«, sagte Leonidas, »hätte es nicht besser machen können. Du achtest auf die Haustür und das Telefon, nicht wahr, Jock? Sorge dafür, daß niemand mit dem Colonel zusammentrifft oder mit ihm spricht. Wenn wir Onkel Rutherford nur noch ein paar Stunden in ahnungsloser Unschuld verharren lassen können, dann können wir vielleicht noch – ähm – können wir es vielleicht noch schaffen.«

»Haben Sie schon einen Plan, Bill?« erkundigte sich Kaye.

»Hmnja«, antwortete Leonidas. »Zahlreiche. Zuerst das Abendessen. Das müssen wir hinter uns bringen, bevor wir wirklich wieder an die Arbeit gehen können. Sie bleiben am besten stumm, Kaye. Und Margie, Sie sorgen dafür, daß Cuff keine Dummheiten macht. Cuff, ganz gleich, was Sie nicht verstehen, sagen Sie nichts dazu. Widersprechen Sie Rutherford nicht – Sie wissen, wer er ist? Nein? Na, vielleicht ist es besser so. Und Sie, Cassie –«

»Rechnen Sie nicht auf mich, Bill!« sagte Cassie. »Ich muß Ihnen sagen, ich bin am Ende meiner Kräfte. Und halten Sie Rutherford nicht für einfältig, nur weil er so brüllt.«

»Ein Mann, der sich Plan Fünf ausdenken konnte«, erwiderte Leonidas, »ist alles andere als einfältig. Plan Fünf wird uns noch unschätzbare Dienste erweisen, Cuff. Jetzt kommt er erst richtig zum Einsatz. Ähm – war nicht vorhin die Rede davon, die Polizei habe das Brettsche Haus verlassen? Gut so. Hat Ihr Telefon einen Nebenanschluß in irgendeiner abgelegenen Ecke des Hauses, Cassie? Ich möchte, daß Sie für mich sofort im Präsidium anrufen –«

»In der Waschküche gibt es einen Anschluß«, sagte Cassie, »aber ich –«

»Also hören Sie, Bill«, sagte Kaye, »lassen Sie sich nicht auch noch von dieser Krankheit anstecken, dauernd Polizisten herbeizurufen! Wir sollten die Finger von diesem Spiel lassen. Bitte, rufen Sie nicht noch mehr Polizisten!«

»Aber das ist notwendig«, sagte Leonidas. »Cassie, bitte rufen Sie an, und fragen Sie nach Rutherford, und versuchen Sie den Namen des diensthabenden Beamten herauszufinden. Jock, du könntest den Schiffsbausatz holen und ihn deinem Onkel vor die Nase halten – Er darf diesen Bausatz überhaupt nicht aus den Augen lassen –«

»Schrubb ihm den Rücken«, sagte Kaye. »Erzähl ihm, was du heute im Mathematikunterricht gelernt hast. Erzähl ihm, was Adams zu Swett Minor gesagt hat. Unterhalte dich über die Entwicklung der Baseball-Liga. Frage ihn, was er von der Schweizer Marine hält. Du weißt gar nicht, wie wichtig du für uns bist!«

»Oh, ich glaube doch«, sagte Jock voller Selbstbewußtsein. »Das ist wie damals in London, als Lieutenant Hazeltine die blonde Herzogin dermaßen einwickelte, daß Meribel – das ist das Mädchen, das ihm hilft – in das Zimmer kriechen und unbemerkt den Vertrag stehlen konnte. Das ist genau – Mr. Mappin, Sie verlieren Ihre Nase!«

»Holen Sie ihm eine neue Nase, Dallas«, kommandierte Leonidas. »Kleben Sie sie ihm an – sorgen Sie irgendwie dafür, daß sie hält. Den Geräuschen nach zu urteilen, verliert Rutherford nicht viel Zeit beim Bad. Margie, rasch – kümmern Sie sich um das Essen. Cuff, Sie helfen ihr. Cassie, wir müssen auf der Stelle unseren Anruf erledigen –«

Cassie seufzte, während sie sich das Polizeipräsidium geben ließ.

»Was mir am meisten Sorgen macht«, sagte sie, »ist, daß wir Sherry zum Kochen brauchen, und ich weiß nicht, wie wir an welchen kommen sollen, ohne Muir aufzustören – Hallo, Präsidium? Oh, Feeney! Mrs. Price hier. Hat jemand von Ihnen meinen Bruder gesehen? Oh. Verstehe. Hat er nicht. Sie meinen, er und Muir sind dem – Verstehe. Ich danke Ihnen. Wenn er sich bei Ihnen melden sollte, Feeney, sagen Sie ihm bitte, er soll mich anrufen? Danke – Sie sind aber lange im Dienst, Feeney! Oh, krank? Verstehe. Haben Sie vielen Dank.«

»Wie ich höre«, sagte Leonidas, »hat Feeney noch immer Bereitschaft.«

»Und zwar, weil Conry krank ist, sagt er. Bill, sie glauben, das Rutherford und Muir irgendwo unterwegs sind und den Fall auf eigene Faust lösen!«

»Ein ausgezeichneter Gedanke!« sagte Leonidas und zog das Bündel Instruktionen zu Plan Fünf aus der Tasche. »Wie ich sehe, haben sie grenzenloses Vertrauen in ihren Vorgesetzten. Äußerst lobenswert. Ich bin froh darüber – Hmnja, hier ist es.«

Cassie beobachtete ihn neugierig, während er Plan Fünf studierte. »Was haben Sie denn bloß vor, Bill?« fragte sie.

»Die Ähnlichkeit«, sagte er, »zwischen unseren Abenteuern und denen des trefflichen Hazeltine hätte mir schon längst aufgehen müssen. Ich hätte an Cannae denken müssen. Nach all der Zeit, die ich mit Cannae zugebracht habe! Cassie, bisher haben wir einen Stellungskrieg geführt. Gerieten wir unter Beschuß, so haben wir die Stellung gewechselt. Bei erneutem Angriff wechselten wir erneut. Wenn Sie sich Ihren Hazeltine ins Gedächtnis rufen, werden Sie sich erinnern, daß oft von Sackgassen die Rede ist, in die er gerät. Wir sind von einer Sackgasse in die andere gerannt.«

»Tja«, sagte Cassie, »so kann man es formulieren, nehme ich an. Aber –«

»Und nun«, fuhr Leonidas fort, »werden wir uns ein Beispiel an Hazeltine nehmen und uns auf Cannae besinnen. Wir werden unsere nicht eben schlagkräftigen Truppen zusammenziehen und an der Flanke angreifen. Wie war doch gleich das Codewort – ah, ja.«

Er räusperte sich und griff nach dem Hörer.

»Dalton 1000«, donnerte er. »Harr. Genau. Notruf. Harr!«

Er klang so sehr nach Rutherford, daß Cassie ihn nur mit großen Augen anstarren konnte.

»Feeney, harr?« sagte Leonidas. »Harr! Feeney. Ja – ja. Stimmt genau. Harr. Ja. Muir und ich sind nicht untätig gewesen. Ganz und gar nicht. Hören Sie jetzt sorgfältig zu, Feeney. Und haben Sie nicht vergessen, mich etwas zu fragen?«

Cassie konnte die aufgeregten Laute vernehmen, mit denen Feeney am anderen Ende erklärte, warum er vergessen hatte, nach dem Codewort zu fragen, das jeder telefonischen Änderung des Plans Fünf voranzugehen hatte.

»Daß mir das nicht noch einmal vorkommt, Feeney!« donnerte Leonidas. »Von äußerster Wichtigkeit! ›Little Big Horn.‹ Harr!

Und jetzt hören Sie sorgfältig zu, Feeney. Sie blasen die Fahndung ab – nach den dreien, Kaye, Tring und dem Mann mit Bart. Richtig. Das schicken Sie sofort raus. Sie ziehen alle Beamten, die in der Nähe des Brett-Hauses sind, zurück. Richtig. Sie schikken einen Wagen zu Mrs. Price. Fahrer kann dann gehen. Braucht nicht zu warten. Zwanzig ist in Ordnung, ja. Harr! Verstanden soweit?«

Cassie ließ sich auf einen Schemel fallen.

»Weiter«, fuhr Leonidas fort. »Sie streichen Punkte zwei, neun, zwölf, sechzehn und sechzehn A. Haben Sie die Zahlen? Wiederholen Sie.«

»Bill!« sagte Cassie. »Bill Shakespeare! Gehen Sie da nicht – Ist das nicht – Meine Güte!«

»Korrekt«, fuhr Leonidas fort. »Daß Sie mir da keine Fehler machen, Feeney! Wichtige Sache. Bin mit Muir an einem brenzligen Punkt angelangt. Entscheidend. Hochwichtiger Hinweis. Keine Pannen, verstanden! Was sagen Sie da?«

Mehrere Minuten lang war das Quaken von Feeneys Stimme zu vernehmen.

»Der Bankräuber von Carnavon ist also gefaßt, harr!« donnerte Leonidas. »Hieb- und stichfestes Alibi für den Fall Brett. Harr! Dachte ich mir. Wußte ich. Habe ihn nie für unseren Mann gehalten. Was? Sprechen Sie lauter, Mann, ich verstehe kein Wort! Und beeilen Sie sich, ich kann Ihnen nicht den ganzen Abend lang zuhören!«

»Fragen Sie ihn nach Lila Gettridge!« flüsterte Cassie. »Fragen Sie ihn, was –«

Leonidas bedeutete ihr mit einer Handbewegung, sie solle still sein.

»Welche Freundin?« fragte er. »Was für eine Frau, Feeney? Wer? Oh. Tatsächlich? Schon wieder? Und auf dem Weg zur Wache hat sie noch einen Wagen gerammt? Ärgerlich. Sehr ärgerlich. Harr! Jemand verletzt? Verstehe. Nein, ich glaube nicht. Nein.«

»Sie hat einen Wagen gerammt?« flüsterte Cassie. »Stimmt das? Auf dem Weg zur Wache? Ist sie verletzt? Nein?«

»Nein«, sagte Leonidas. »Das können wir nicht. Wissen Sie was, Feeney? Wir werden ihr eine Lektion erteilen. Harr. Genau. Sie erteilen ihr eine Lektion. Sie halten sie fest, bis ich komme und nach ihr sehe. Hören Sie! Lassen Sie sie ganz in Ruhe, bis ich komme. Schon gut, schon gut. Wird sofort erledigt. Also, Feeney, machen Sie Ihre Sache ordentlich – keine Pannen bei diesen neuen Anweisungen! Harr! Ende!«

»Bill«, rief Cassie, als er den Hörer auflegte, »Sie sind ein Genie! Auf so etwas ist selbst Hazeltine noch nie gekommen!«

»Noch nicht, aber das kann ja noch –« Leonidas hustete. »Daß die Stimme Ihres Bruders das aushält, Mrs. Price! Dieses Donnern setzt einem ganz schön zu. Ich komme mir vor, als hätte ich bei einer Schießübung die Ergebnisse durchgegeben, Salve für Salve –«

»Einfach wunderbar«, sagte Cassie glücklich. »Wir können zu Abend essen, und dann holen wir Lila Gettridge, und alles ist wieder in Ordnung. Bill, das war sehr klug von Ihnen!«

»Ich fürchte«, sagte Leonidas, »ganz so einfach liegen die Dinge nicht – Haben Sie Zara Bretts Telefonnummer, Cassie? Können Sie sie mir holen?«

»Ich bin gleich wieder da«, erwiderte sie.

Leonidas lehnte sich an einen Waschzuber und wartete.

Zara war der nächste Punkt auf seiner Liste. Er wünschte, er hätte auf der Stelle zu ihr gehen können, aber sie mußten warten, bis Colonel Carpenter sein Abendessen bekommen hatte und sie sicher sein konnten, daß er sich im kleinen Vorderzimmer mit der *Santa Maria* beschäftigte. Wie Cassie schon richtig gesagt hatte, war der Colonel nicht zu unterschätzen. Nach dem Studium von Plan Fünf hatte Leonidas nicht den geringsten Zweifel, daß der Colonel besser war als Jock und Cassie zusammen, wenn man seine Aufmerksamkeit weckte und er die Gelegenheit hatte.

Geschäftig kehrte Cassie zurück.

»Ich mußte zuerst Rutherfords Hemd suchen«, sagte sie. »Manchmal denke ich, mein Leben war eine einzige große Suche nach Hemden. Mein Vater, meine Brüder, Bagley, Jock – Eine seltsame Sache. Ich habe nie von einer Frau gehört, die ihr Hemd verloren hätte – hier ist die Nummer, Bill. Warum wollen Sie sie anrufen?«

»Zara«, erläuterte Leonidas, »erwartet, daß wir persönlich zu ihr kommen, und genau das werden wir nicht tun. Wir werden sie einladen, zu uns zu kommen –«

»Aber das wird sie niemals tun, Bill!«

»Oh doch, das wird sie«, sagte Leonidas und räusperte sich. »Halten Sie Wache an der Tür, Cassie. Wenn Rutherford schon bis zum Hemd gekommen ist, dann müssen wir uns vorsehen. Würde Zara seine Stimme erkennen?«

»Oh, ich glaube schon, wenn – Oh, ich verstehe!« rief Cassie. »Sie werden wieder Rutherford spielen und sie mit Donnerstimme anrufen! Ach Bill, wie klug Sie sind!«

Zara war selbst am Apparat, und aus der Schnelligkeit, mit der sie den Hörer abnahm, schloß Leonidas, daß sie neben dem Telefon gesessen hatte.

»Miss Brett, harr?« sagte er. »Colonel Carpenter am Apparat. Wollte Sie schon viel früher anrufen. Bedauerlich, die ganze Geschichte. Würde mich gerne mit Ihnen treffen – ich weiß, das hat Sie sehr mitgenommen und alles, aber wäre es trotzdem möglich?«

Leonidas hielt den Hörer so, daß Cassie Zaras Ausführungen lauschen konnte, wie schwer getroffen sie sei, wie sehr sie durch diese traurigen Begebenheiten mit ihren Nerven am Ende sei, wie sehr sie gegrübelt, sich gegrämt und gesorgt habe um den armen, lieben Benny.

Es war sehr wahrscheinlich, dachte Leonidas, daß sie sich gegrämt und gesorgt hatte, aber er bezweifelte stark, daß dieses Grämen und Sorgen dem armen, lieben Benny gegolten hatte.

Das knappe, bildhafte Wort, mit dem Cassie sie bedachte, entsprach ganz Leonidas' eigenen Gedanken.

»Grauenhaft, Miss Brett«, donnerte er. »Meinen Sie, Sie können trotzdem – Harr, schön, sehr kooperativ von Ihnen. Ich schicke Ihnen einen Wagen – Besser so, meine Liebe, besser so. Ich weiß, was das beste ist. Harr, was? Richtig. Schicke ihn bis vor Ihre Haustür. Neun Uhr. Wohin? Erwarte Sie im Haus Ihres Bruders. Harr. Unbedingt notwendig. Schön. Weiß das zu schätzen, wirklich. Weiß das sehr zu schätzen, daß Sie ein großes Opfer bringen. Bis nachher.«

»Bill«, sagte Cassie, als er einhängte, »mir fehlen die Worte. Genau so hätte Rutherford sich ausgedrückt, ganz genau. Aber warum soll sie zum Haus der Bretts kommen? Und wie – Das verstehe ich nicht.«

»Kaye«, sagte Leonidas und ließ seinen Zwicker baumeln, »wird Muirs Uniform anlegen und Wagen zwanzig nehmen – Feeney schickt uns nämlich Wagen zwanzig her. Kaye wird Zara heute abend um neun Uhr abholen. Er wird sie zur Paddock Street 95 bringen –«

»Aber wie kommt man ins Haus? Wie kommen Sie nebenan ins Haus?«

»Mit Cuff«, sagte Leonidas unbeschwert. »Ich bin sicher, Cuff wird das ohne Schwierigkeiten für uns arrangieren können. Das ist die Art von Unternehmung, für die Cuff offenbar eine natürliche Begabung hat. Für mich wäre das gewaltsame Eindringen in ein Haus ein schwerwiegendes Problem. Für Cuff wird es eine Kleinigkeit sein. Ein Kinderspiel. Ein Klacks. Also –«

»Aber warum überhaupt Zara, Bill? Wozu brauchen Sie sie? Wo ist Lila Gettridge?«

»Mrs. Gettridge«, entgegnete Leonidas, »kann uns nicht entwischen. Sie sitzt in Rutherfords Gefängnis. Dort ist man gar nicht gut auf sie zu sprechen, denn auf dem Weg zur Wache hatte sie noch einen kleinen Unfall mit einem weiteren Wagen, und sie nehmen es ihr sehr übel, daß sie keinen Führerschein und keine Wagenpapiere bei sich hatte. Aber Feeney versicherte mir, daß sie äußerst zuvorkommend behandelt wird, wie es sich für eine Freundin des Chefs gehört. Sie ist dort gut aufgehoben. Zara hingegen hat den ganzen Tag über Zeit gehabt, sich Sorgen zu machen. Ich denke mir, daß sie sich inzwischen in eine Art Hysterie hineingesteigert hat. Wenn wir sie erst einmal im Hause Brett haben, werden wir ihr so lange zusetzen, bis sie völlig zusammenbricht. Das hoffe ich zumindest. Ich habe das Gefühl –«

»Ich höre Rutherfords Stimme«, sagte Cassie. »Wir sollten lieber nach oben gehen –«

»Er kommt hierher«, sagte Leonidas. »Nichts anmerken lassen. Sie meinen also wirklich, der Boiler aus dieser neuen Metallegierung sei sein Geld wert?«

»Mit Sicherheit«, sagte Cassie. »Das Wasser hier in Dalton ist so seltsam. Früher haben die Leute immer gesagt, Kupfer sei das einzig Wahre, aber nun ist irgendeine neue kleine Bazille im Wasser, und das Kupfer – Ach, Rutherford! Fertig, mein Lieber? Ich habe Bill gerade den Boiler gezeigt. Er wollte wissen, ob sich die neue Legierung bewährt.«

»Boiler, harr? Gute Sache, das. Gute Sache. Ähm – Cassie, kann ich dich mal eben –«

Der Colonel nahm sie mit auf den Flur. Für Leonidas war sein heiseres, aufgeregtes Flüstern gerade noch vernehmbar.

»Cassie, dieser Matton – der junge Bursche. Was ist mit seiner Nase?«

»Oh! Oh, hast du es bemerkt? Ich hatte keine Gelegenheit, dich zu warnen, und ich hatte solche Angst, daß du darüber sprechen könntest«, sagte Cassie. »Es war ein Unfall. Ein absolut gräßlicher Autounfall in den Alpen. Seine Nase wird ganz neu aufgebaut, und zwischen den Operationen füllen sie sie mit irgendeiner Masse und verdecken die Narben. Um Himmels willen, Rutherford, du darfst sie nicht anschauen und auf keinen Fall darüber sprechen! Er reagiert furchtbar empfindlich darauf, das ist ja auch kein Wunder. Und natürlich ist es auch sehr schmerzhaft. Und nicht leicht für ihn, wenn er nie weiß, ob sie richtig sitzt – wenn sie seltsam aussieht, dann sage es seiner Frau. Laß dir bei ihm nichts anmerken. Tu einfach so, also ob du's nicht siehst. Wie bei deinem Freund Youngman mit seinem Glasauge.«

»Hat mir 'nen ganz schönen Schrecken eingejagt«, sagte Rutherford. »Hab' sie nämlich gerade unter der Leselampe gesehen. Sieht aus wie Knetgummi. Harr! Der arme Kerl. Wer sind diese Mappits – diese Moppets? Nie von ihnen gehört.«

»Mappin, mein Lieber. Mappin und Cuff. Ich habe sie auf meiner Nordland-Kreuzfahrt kennengelernt. Sie waren ungeheuer nett zu mir, aber natürlich – du weißt ja, was man über Leute sagt, die man auf Schiffsreisen kennenlernt. Wenn sie erst einmal an Land sind – Und dann kommen sie ausgerechnet heute vorbei, wo dieses schreckliche Mädchen – Du mußt mir helfen, mein Lieber. Sei nett zu ihnen. Erzähl ihnen deine besten Geschichten. Sie haben einen ganz außerordentlichen Sinn für Humor. Und tu mir den Gefallen, und kümmere dich um Jock – ich konnte nicht mit ihm zur Farm fahren, weil ich doch Besuch hatte, und er hat sich so gefreut, daß du kommst!«

»Scheinen doch nette Leute zu sein«, sagte Rutherford. »Besser als diese Wie-hießen-sie-gleich, die du auf deiner Mexiko-Reise kennengelernt hast. Die waren entsetzlich. Also gut, ich kümmere mich um Jock. Tolles Boot, die Galeone –«

»Warum führst du nicht Bill und Richard vor, wie sie funktioniert?« fragte Cassie. »Wie man die Teile zusammensetzt, meine ich. Ihr könntet euch das ansehen, und wir Frauen machen inzwischen das Essen fertig – Und sei nett zu ihnen, mein Lieber, ich habe ihnen so viel von dir erzählt! Bill – oh, Bill, Rutherford möchte Ihnen zeigen, wie das Schiffsmodell zusammengesetzt wird –«

Das brauchte man dem Colonel nicht zweimal zu sagen, und er begann, Leonidas und Kaye seinen Bausatz vorzuführen.

Während seiner ausgiebigen Erläuterungen und später während des Abendessens hielt sich Rutherford an Cassies Anweisung und vermied auch nur den kleinsten Blick auf Kayes Nase.

Und zuvorkommend war er auch. Als er erst einmal mit seinen Militärgeschichten begann, wirkte die donnernde Stimme anstekkend. Als sie mit dem Abendessen fertig waren, brüllten alle vor Lachen, sogar Cuff.

»Ich trenne mich gar nicht gern von dem alten Knaben«, sagte Kaye, nachdem Rutherford sich mit Jock und der Galeone in das kleine Vorderzimmer zurückgezogen hatte. »So sehr habe ich noch nie gelacht – Meine Güte! Diese Geschichte von dem Küchenbullen und dem Alka-Seltzer wird die Familie Kaye noch jahrelang erheitern! Wie geht's weiter, Bill?«

Leonidas warf einen Blick auf seine Uhr.

»Sie«, sagte er, »ziehen sich jetzt Muirs Uniform an, nehmen den Polizeiwagen, der vor dem Haus steht, und holen Zara Brett ab. Beeilen Sie sich. Ersparen Sie mir eine Erklärung. Wir haben keine Zeit zu verlieren. Es ist schon Viertel vor neun. Holen Sie Zara ab, und bringen Sie sie drüben zum Haus der Bretts. Verstehen Sie? Na, macht nichts, Sie brauchen es nicht zu verstehen. Tun Sie's einfach. Und schnell. Cuff, können Sie in das Haus nebenan hineinkommen?«

»Aber sicher«, sagte Cuff und erhob sich vom Küchenstuhl. »Hast du irgendwo 'n Schraubenzieher, Margie? Alles klar, Bill. Kommen Sie in fünf Minuten zur Haustür, und ich lass' Sie rein.«

»Ich habe es Ihnen doch gesagt«, sagte Leonidas zu Cassie, »das ist sein Fach. Keine Lichter anschalten, Cuff, bevor wir drin sind und die Vorhänge zugezogen haben –«

»Alles klar«, sagte Cuff und machte sich mit dem Schraubenzieher auf den Weg. Fünf Minuten später ließ er Bill, Cassie, Dallas und Margie durch die Haustür der Paddock Street 95 ein.

»Das war eine Leistung, Cuff«, sagte Leonidas, »eine Tat, auf die Lieutenant Hazeltine stolz sein könnte. Ich selbst bin voller Bewunderung für Sie. Wir – ähm – haben Sie doch nicht unter Druck gesetzt?«

»Ach was«, sagte Cuff. »Ich hab' sogar schon die Vorhänge zugezogen. Das war überhaupt kein Problem, hier reinzukommen. Soll ich jetzt das Licht anmachen, Bill?«

Das Klicken des Lichtschalters war für mehrere Minuten das letzte Geräusch, das von ihnen allen zu hören war.

Nicht einmal einen Schreckensschrei brachten sie heraus.

Auf dem Fußboden vor dem Sofa lag Zara Brett.

Sie war erstochen worden.

»Oh!« rief Cassie gequält. »Oh, oh, wie entsetzlich. Oh, bitte, bitte sagt mir, daß es nur meine Brille ist! Oh, wenn es doch nur die Zweistärkengläser sind!«

Leonidas war sich nicht ganz sicher, ob sie sich auf Zara bezog oder auf ihr Tranchiermesser.

Denn ohne Zweifel war Cassies Tranchiermesser, dasselbe, mit dem schon Benny ermordet worden war, nun auch seiner Schwester Zara zum Verhängnis geworden.

Kapitel 13

Leonidas setzte seinen Zwicker auf und ging zum Sofa hinüber. »Sie ist tot.«

Dallas konstatierte es, doch am Ende hob sie die Stimme ein wenig, als hoffe sie noch, jemand möge ihr widersprechen.

»Hmnja«, sagte Leonidas.

»Ach, ich habe ja nie behauptet, daß ich Benny mochte – aber das, das ist entsetzlich!« Cassie bekam Margies Hand zu fassen und drückte sie fest. »Es ist entsetzlich! Zara – warum sollte irgend jemand ihr so etwas antun? Das ist – So etwas hat es bei Hazeltine nie gegeben, Bill! Nicht einmal dieser Casimir war derart gewalttätig! Derart – Ach, es tut mir leid für sie, und ich bin so wütend, daß jemand so etwas Entsetzliches tun konnte! So – also, wenn Lila Gettridge jetzt durch diese Tür käme, ich glaube, ich würde mich auf sie stürzen!«

»Es ist furchtbar«, sagte Dallas. »Furchtbar!«

Sogar Margie blinzelte, um ihre Tränen zurückzuhalten.

»Das ist hart«, sagte sie.

Lediglich Cuff schien in der Lage zu sein, den Tatsachen ins Auge zu blicken und die zwingenden Schlüsse zu ziehen.

»Jessas, da hast du recht«, sagte er. »Für uns ist das auch hart. Mensch, da sitzen wir in der Klemme, Bill. Das ist verdammt hart. Wir sehen besser zu, daß wir –«

»Wie ist Lila Gettridge aus dem Gefängnis gekommen?« fragte Cassie streng. »Ich dachte, Sie hätten Befehl gegeben, daß sie dort festgehalten wird, Bill!«

Leonidas nickte und wandte sich wieder ihnen zu. Er war sich ziemlich sicher, daß Lila Gettridge sich nach wie vor im Daltoner Polizeipräsidium befand, doch hier ergab sich eine ausgezeichnete Gelegenheit, die drei Frauen aus dem Haus zu bekommen, bevor sie in Tränen ausbrachen und jede ihre eigene Form von Hysterie entwickelte. Es konnte nicht mehr lange dauern.

»Cassie«, sagte er, »ich möchte, daß Sie zu Ihrem Haus gehen und ein Telefonat für mich erledigen – dieses Telefon ist zwar wieder instandgesetzt, aber ich glaube, es wäre unklug, es zu benutzen. Rufen Sie Feeney an, und finden Sie heraus, was aus Mrs. Gettridge geworden ist. Vielleicht nehmen Sie besser den Hinterausgang – und ich glaube, Sie sollten drüben bleiben –«

»Sie müssen die Polizei rufen, nicht wahr?« fragte Cassie. »Und Rutherford – Ach je!«

»Um den kümmern wir uns gleich«, sagte Leonidas.

»Ich fürchte«, sagte Cassie, »daß Sie doch kein zweiter Hazeltine sind, Bill. Ich gehe telefonieren, aber dann kommen wir wieder hierher zurück. Tja, Bill, wir können uns nicht auf Hazeltine verlassen. Wir müssen uns auf Sie verlassen –«

»Und das«, murmelte Leonidas, als sie gingen, »läuft auf das gleiche hinaus.«

Er wandte sich wieder Zara Brett zu. Er war kein Experte, doch es schien alles darauf hinzuweisen, daß sie noch nicht allzulange tot war.

»Mensch, Bill«, sagte Cuff, »sehen Sie sich mal das Schild hier an dem Messer an! ›Beweisstück B.‹ Was meinen Sie, was ›A‹ is'?«

»Höchstwahrscheinlich«, antwortete Leonidas, »ist ›A‹ eine Fotografie von Benny Bretts Leiche. Ich nehme an, die Polizei wird es noch bedauern, daß sie dieses Messer nicht mitgenommen hat. Hmnja, Cuff, Sie haben ganz recht. Das wird eine harte Sache.«

»Stimmt.« Cuff sah einen Augenblick lang zu, wie Leonidas seinen Zwicker baumeln ließ. »Sagen Sie mal, Bill, was machen Sie eigentlich sonst so?« fragte er. »Hab' ich schon die ganze Zeit überlegt.«

Leonidas lächelte bitter. »Das habe ich auch«, sagte er. »Früher war ich Lehrer, Cuff. In letzter Zeit habe ich von dem gelebt, was ich immer gern meinen Verstand nannte. Kaum zu glauben. Ich habe große Stücke auf meinen Verstand gehalten. Ich hielt mich für außerordentlich gewitzt. Tatsächlich. Ich –«

Cuff bemerkte die Ironie in Leonidas' Tonfall nicht.

»Jessas, Sie sind ja auch wirklich 'n witziger Vogel«, entgegnete er. »Und ich mag auch die Art, wie Sie reden. Ich wünschte, ich könnte so reden –«

Cassie, gefolgt von Margie und Dallas, kehrte zurück.

»Bill«, sagte sie, »sie ist noch da! Lila Gettridge, meine ich. Sie hat die Wache nicht verlassen, seit – Oh! Das wußten Sie schon, nicht wahr? Sie haben es sich gedacht? Und wer hat dann Benny und Zara umgebracht?«

»Jedenfalls nicht Mrs. Gettridge«, sagte Leonidas. »Ich habe sie niemals für die Mörderin gehalten. Das war ganz und gar Ihre Idee, Cassie, wenn Sie mal einen Augenblick lang nachdenken –«

»Aber wer war's dann? Und was hat Lila damit zu tun?«

»Sie«, eröffnete Leonidas ihr, »ist diejenige, die Dallas heute am frühen Morgen angerufen hat, die sich mit verstellter Stimme für Benny ausgab und Dallas bat, auf der Stelle hierher zu kommen.«

»Nie zuvor habe ich einen solchen – Warum? Warum sollte sie so etwas tun?«

»Es war ein sehr raffinierter Schachzug«, sagte Leonidas. »Eine sehr hübsche Art, die Polizei hierher zu locken. Vergleichbar mit Ihrem Anruf, Cassie, daß die Haustür offenstehe. Dallas wäre nämlich hergekommen und hätte die Polizei gerufen – Aber was für ein ausgezeichnetes Alibi muß der Mörder haben, daß er seinen Mord so kaltblütig publik machen wollte! Doch, ich bin mir sicher – Mrs. Gettridge war die Anruferin. Und außerdem denke ich mir, daß sie die Anstifterin dieses ganzen Komplotts ist. Sie weiß über mich und das Grundstück Bescheid – Und wir dürfen nicht vergessen, daß der ursprüngliche Plan vorsah, mich umzubringen –«

Kaye, in Muirs Uniform gekleidet, stürzte ins Zimmer, warf einen Blick auf Zara, dann stürzte er wieder hinaus in den Flur und schloß die Haustür.

»In solchen Zeiten«, ermahnte er sie, als er wieder zurück war, »sollte man nicht die Tür offenlassen! Wie Rutherford ganz richtig bemerkte, man kann nie wissen, wer da hereinspazieren könnte – Bill, mein Gott! Bill, gerade wollte ich Ihnen eröffnen, daß Zara ausgeflogen ist. Wer hat das getan, Bill? Jetzt – jetzt können wir getrost einpacken, Bill! Ich – ich glaube, mir wird übel!«

»Jetzt ist mir ähnlich zumute wie Ihnen heute früh, als Sie Benny sahen«, sagte Leonidas. »Sie hatten das Gefühl, er wäre nicht ermordet worden, wenn Sie ihn aufgesucht hätten. Mir kommt es nun vor, als könnte Zara noch am Leben sein, wenn ich nicht so schlau hätte sein wollen.«

»Mann, Bill«, warf Cuff ein, »lassen Sie uns abhauen –«

»Ich weiß, was Sie meinen«, sagte Kaye. »Es ist ein entsetzliches Gefühl. Man ist schockiert und verängstigt und schuldbewußt zugleich. Ich habe mir den ganzen Tag über einzureden versucht, daß Benny, wenn er vorhatte, einen Ganoven übers Ohr zu hauen, früher oder später ohnehin hätte dran glauben müssen. Aber das ändert nichts daran, wie ich mich fühle –«

»Bill«, wiederholte Cuff, »wir sollten machen, daß wir hier wegkommen, und –«

»Ich versuche, mir einzureden«, sagte Leonidas, »daß jemand buchstäblich gezwungen war, Zara aus dem Weg zu schaffen, bevor sie etwas verraten konnte. Und früher oder später hätte sie mit Sicherheit geredet. Aber meine Gefühle ändern sich dadurch genausowenig. Außerdem –«

»Kaye«, sagte Cassie, »Lila Gettridge sitzt immer noch hinter Gittern – stellen Sie sich das bloß vor! Bill sagt, daß sie mit dieser Sache nichts zu tun hat. Er sagt, sie hat auch Benny nicht umgebracht. Er sagt, sie hat sich nichts weiter zuschulden kommen lassen als einen Anruf!«

»Du meine Güte!« stieß Kaye hervor. »Und ich dachte, Sie seien sich völlig sicher, daß sie – Bill, wenn sie es nicht war, wer war es dann? Und –«

»Bill –«, Cuff verlor allmählich die Geduld –, »wir sollten verduften, Bill! Wir sollten machen, daß wir hier wegkommen, oder?«

»Nun seien Sie doch endlich still!« rief Cassie. »Wie soll man denn nachdenken, wenn Sie nichts anderes im Kopf haben als zu verduften – Sie halten jetzt den Mund!«

Ihr Tonfall war schroffer als beabsichtigt, und Cuff sah sehr gekränkt aus.

»Oh, ich wollte Sie nicht so anschnauzen!« beteuerte Cassie. »Ich wollte bloß – Wahrscheinlich langweilen Sie sich. Warum setzen Sie sich nicht in den hübschen Sessel in der Ecke da drüben? Oder an den Schreibtisch. Da sind Illustrierte und alles –«

»Bleistifte, Feder und Tinte«, fügte Kaye hinzu. »Warum schreiben Sie nicht einen Brief, Cuff? Seien Sie ein braver Junge! Sie –«

»Also ehrlich, Bill!« Cuff platzte der Kragen. »Also –«

»Cuff«, sagte Leonidas, »meine Bewunderung für Sie ist ungetrübt. Und gleich habe ich eine überaus wichtige Aufgabe für Sie.

Werden Sie mir helfen? Ich danke Ihnen, Cuff. Wenn Sie bis dahin bitte warten und sich nur für ein paar Minuten gedulden könnten –«

»Nun komm schon, Schatz, hör auf zu schmollen«, schaltete sich Margie ein und tätschelte Cuff die Wange. »Komm rüber an den Schreibtisch. So ist's schön, Cuff, hier bleibst du, bis –«

»So«, sagte Cassie, nachdem Cuff vollkommen besänftigt war, »wer, Bill? Wer?«

Leonidas lächelte gequält.

»Es gibt nur eine Antwort«, sagte er, »und es fällt mir schwer, sie Ihnen mitzuteilen. Sie werden mir nicht glauben, und ich habe praktisch keine Beweise. Das heißt, ich habe Beweise, die mir persönlich genügen, aber nichts, was Rutherford oder seine Polizeitruppe überzeugen würde.«

»Nun rücken Sie schon damit raus, Mann!« drängte Kaye. »Bringen Sie es uns schonend bei, aber raus damit! Ist das etwas, worauf Sie eben erst gekommen sind, oder eine Idee, die Sie schon den ganzen Tag über im Kopf hatten?«

»Es ist eine von diesen verrückten Ideen, die mir einfach nicht aus dem Kopf wollen, vor allem nicht mehr seit heute nachmittag«, sagte Leonidas. »Es liegt auf der Hand, wissen Sie. Dieser Mörder fühlt sich unglaublich sicher! Über jeden Verdacht erhaben! Völlig über jeden Verdacht erhaben! Ähm – trägt Mrs. Gettridge eigentlich eine Brille, Cassie?«

»Du meine Güte!« stieß Cassie hervor. »Fangen Sie jetzt doch wieder mit ihr an? Sie können einen wirklich verwirren, Bill! Immer diese Gedankensprünge – Nein, ich habe Ihnen doch gesagt, daß ich Lila Gettridge nie mit Brille gesehen habe. Ich glaube nicht, daß sie eine hat. Ich bin mir so gut wie sicher, denn ich habe praktisch jeden angerufen, von dem ich je gehört hatte, daß er eine hat, um herauszufinden, wie das war, als sie Zweistärkengläser bekamen. Natürlich nur, wenn sie welche hatten –«

»Hmnja«, sagte Leonidas nachdenklich. »Sie ist Auto gefahren ohne Brille, und im Kino hatte sie keine auf, und auch Plan Fünf hat sie ohne Brille gelesen –«

»Und wie ist's beim Nähen?« wollte Kaye wissen. »Oder sind Sie einander nicht so nahe gekommen?«

Leonidas überhörte diese Bemerkung.

»Was für ein Glück, daß sie noch im Gefängnis sitzt«, sagte er, »wenn man bedenkt, daß sie Plan Fünf gelesen hat. Ja, ich glaube, wir können davon ausgehen, daß Mrs. Gettridge keine Brille trägt. Und falls doch, dann bezweifle ich sehr, daß sie ein solches Modell wählen würde.«

»Was für ein Modell?« fragte Kaye.

Leonidas zog aus seiner Jackentasche die Brille hervor, die er in Mrs. Gettridges Handtasche gefunden hatte.

»Ein solches Modell«, sagte er. »Diese Art Brille mit dünnem Goldrahmen und Bügeln. Ich bin sicher, mein Optiker hätte gegen diese Goldrandbrillen ebensoviel einzuwenden wie gegen meinen Kneifer. Es sind beides Dinge, die ihn in Harnisch bringen. Manchmal hört man ihn sogar von Pferdekutschen murmeln. Er –«

»Zeigen Sie die Brille mal her, Bill«, sagte Dallas. »Ach, das ist ja merkwürdig. Sie sieht aus wie die von August Barker Brett – ich dachte, er sei der einzige, der noch solche Brillen trägt! Sie müssen wissen, August ist Spezialist, wenn es darum geht, Brillen irgendwo liegenzulassen. Dauernd vergißt er sie an den unmöglichsten Orten. Er hat ein Dutzend davon, aber von Zeit zu Zeit muß ich mir trotzdem einen Tag freinehmen und überall herumfahren, um sie wieder einzusammeln. Einmal habe ich allein im Athenäum vier Stück aufgegabelt. Vermutlich werde ich eine umfangreiche Korrespondenz führen müssen, wenn er aus Florida zurück ist –«

»Hmnja«, bemerkte Leonidas. »Genau. Wie ich es mir gedacht habe.«

»Was? Oh, er kommt irgendwann im Laufe des Abends zurück«, sagte Dallas. »Das haben Sie doch gemeint, oder? Einen Augenblick lang dachte ich, Sie glauben, das sei seine Brille.«

»Das glaube ich auch«, sagte Leonidas. »Genau das glaube ich.«

»Was!«

»Hmnja«, fuhr Leonidas fort. »Auch ich habe ihn im Athenäum gesehen. Viele dort tragen Brillen, aber ich kenne niemanden sonst, der ein solches Gestell trägt.«

»Pah!« stieß Dallas hervor. »Völliger Blödsinn. Natürlich ist das nicht Augusts Brille! Was für eine absurde Idee, Bill!«

»Ich halte es keineswegs für ausgeschlossen, daß es seine Brille ist«, warf Cassie ein. »Immerhin ist er eng mit den Gettridges befreundet. Vielleicht hat er die Brille vor langer Zeit bei ihnen liegenlassen. Und Lila hat sie in die Tasche gesteckt. Sie wissen ja, was man manchmal alles in der Handtasche mit sich herumschleppt. Ich habe mal mehr als ein halbes Jahr lang ein Pfadfindermesser mit mir herumgetragen, das einem Freund von Jock gehörte. Sie kennen ja diese Messer. Man könnte ebensogut eine ganze Eisenwarenhandlung bei sich haben –«

»Bill kommt es weniger auf die Brille an, Cassie«, sagte Kaye. »Er versucht uns schonend beizubringen, daß August Barker Brett der Bursche ist, hinter dem wir her sind. Der Bursche, den wir wegen der beiden Morde suchen. Er –«

»Aber das ist doch vollkommen absurd«, sagte Dallas kühl. »Dieser Mann soll ein Mörder sein? August ist doch eine Seele von Mensch. Und außerdem ist er in Florida! Cassie, sagen Sie Bill, daß er völlig übergeschnappt ist!«

»Ich glaube, das sind Sie wirklich, Bill«, sagte Cassie. »Ehrlich. Es ist ja möglich, daß diese Brille ihm gehört, aber alles andere ist zu abwegig, um auch nur einen Gedanken daran zu verschwenden. Keine Frage.«

»Wen hat August in Florida besucht?« wollte Leonidas wissen.

»Harvey Campbell – ich habe heute früh mit ihm gesprochen. Harvey Campbell war früher Bürgermeister von Dalton, Bill. Er war sogar Vizegouverneur dieses Staates. Da sehen Sie, wie abwegig es ist, wenn Sie August in Verbindung bringen wollen mit dieser –«

»Augenblick«, sagte Kaye. »Ich weiß nicht – mir kommt das gar nicht so abwegig vor, Dallas. Haben Sie heute früh mit August selbst gesprochen?«

»Nein, mit Campbell. Und fragen Sie mich um Himmels willen nicht, ob ich das genau weiß, ob ich mir sicher bin, wirklich absolut sicher! Ich habe nämlich schon so oft mit ihm telefoniert und kenne ihn und seine Stimme, und es war Campbell!«

»Nun«, meinte Kaye, »das mag sein. Aber ich habe Campbell gerade drüben in Dalton Centre gesehen. Er stürzte sich mitten ins Verkehrsgewühl und hielt direkt vor mir ein Taxi an, dann sind sie mit Vollgas bei Rot über eine Ampel gerauscht –«

»Na und?« fragte Dallas. »Es ist doch durchaus möglich, daß er mit August zusammen aus Florida zurückgeflogen ist, oder etwa nicht?«

»Hmnja, sicher«, sagte Leonidas. »So wird es wohl sein. Verstehen Sie allmählich, Kaye? Wenn Sie nach Florida fahren, um dort einen prominenten Bürger zu besuchen, und wenn Sie mit ihm zurückfliegen, dann können Sie unmöglich einen Mord begangen haben –«

Die Türglocke läutete schrill.

»Ich würde ja laut lachen«, ereiferte sich Dallas, »wenn August da vor der Tür stünde!«

»Er hat, wie Sie wissen, einen Schlüssel«, bemerkte Leonidas. »Haben Sie herausgefunden, wie Zara ihre Wohnung verlassen hat, Kaye? Mit dem Auto, allein – wie?«

»Der Portier sagte nur, sie sei etwa eine Stunde zuvor in großer Eile zu Fuß aufgebrochen – Sie teilte ihm mit, sie habe eine Verabredung mit Colonel Carpenter – Sollen wir nicht aufmachen?« fragte Kaye, als die Klingel von neuem ertönte. »Vielleicht ist es meine Vorladung – Es wird allmählich Zeit, daß der Bursche sich mal wieder blicken läßt –«

»Ich gehe«, erbot sich Leonidas. »Ich –«

»Ich komme mit Ihnen«, sagte Dallas, »damit ich etwas zu lachen habe, wenn – Bill, ich habe Sie ja wirklich gern, aber Ihre Theorie von August als Mörder ist einfach zu – Wirklich, ich werde mich totlachen, wenn das August ist. Er ist eine so treue alte Seele, Bill – ein bißchen pedantisch vielleicht, aber lieb!«

Sie kam ihm an der Haustür zuvor und riß sie auf, bevor er sie zur Vorsicht mahnen konnte. Es war immerhin möglich, daß irgendein verirrter Polizist noch nichts von den Änderungen in Plan Fünf erfahren hatte.

Dallas wies auf den Mann auf der Schwelle und jauchzte.

»Das ist Mr. Campbell, Bill. Fast so gut, als ob – Hören Sie, habe ich heute früh nicht mit Ihnen in Florida telefoniert, Mr. Campbell? Habe ich nicht –«

»Und wo zum Teufel haben Sie sich seitdem herumgetrieben, Miss Tring?« brüllte Campbell sie an. »August ist bei der Suche nach Ihnen fast durchgedreht! Wie konnten Sie sich bloß ausgerechnet heute einen Tag freinehmen! Wenn Sie meine Sekretärin wären, würde ich – Ich würde Sie auf der Stelle hinauswerfen –«

Dallas konnte nur entgeistert seine Tirade über sich ergehen lassen.

»Nun«, sagte sie schließlich, »wenn Sie häufiger solche Anfälle haben, dann kann ich nur dem Himmel danken, daß ich nicht Ihre Sekretärin bin! Was ist los mit Ihnen, Mr. Campbell? Was –«

»Es tut mir leid«, sagte Campbell, sichtlich bemüht, die Fassung zurückzugewinnen, »aber ich bin todmüde, und ich hatte alle

Hände voll mit August zu tun – Er sucht Sie verzweifelt – Ja, ich habe heute früh mit Ihnen telefoniert. Aber ich bin mit ihm zurückgeflogen. Ursprünglich hatte ich es nicht vor, aber der Start verzögerte sich, weil August noch nicht von seinem Angelausflug zurück war, und ich hatte ohnehin geschäftlich hier zu tun. Und ich wollte August nicht allein fliegen lassen. Er ist ziemlich mitgenommen – aber das wissen Sie ja alles.«

»Nein«, sagte Dallas, »Ich habe ihn noch nicht gesehen. Er –«

»Sie haben keine von seinen Nachrichten und kein Telegramm bekommen?« Campbell begann von neuem zu brüllen. »Sie haben – Das glaube ich Ihnen nicht! August hat noch vor unserem Abflug zum ersten Mal versucht, Sie zu erreichen! Und als Sie ihn dann nicht am Flughafen erwarteten –«

»Aber ich habe kein Telegramm bekommen!« Nun erhob auch Dallas ihre Stimme. »Ich habe –«

»Selbst wenn, hätten Sie sich nicht ein wenig bemühen können, Miss Tring? Hätten Sie in dieser Situation nicht ein klein wenig Kompetenz an den Tag legen können? Hätten Sie nicht ein bißchen Umsicht zeigen können? Sie hätten wenigstens einen Wagen zum Flughafen schicken können, der uns – ihn – abgeholt hätte! Einen Wagen, der ihn abholt, das hätte ja wohl Ihre geistigen Fähigkeiten nicht überfordert!«

Leonidas legte Dallas beschwichtigend seine Hand auf den Arm.

»Ähm –«, warf er ein, »Miss Tring hat einen recht schlimmen Tag hinter sich, Mr. Campbell –«

»So, einen schlimmen Tag hat sie hinter sich!« fuhr Campbell ihn an. »Was glauben Sie wohl, was wir für einen Tag hatten? Diese verfluchten Zeitungen haben August dermaßen in Rage gebracht – Ja, ich weiß, sie hatte einen schlimmen Tag. Wir haben diesen Unsinn in den Zeitungen gelesen, ein Mißverständnis, das der Polizei im Zusammenhang mit ihr unterlaufen ist – aber was macht das schon? Was«, unterbrach er sich, als der Taxifahrer die Treppe heraufkam, »was wollen Sie denn? Gehen Sie zurück zu Ihrem Wagen. Ich bin gleich zurück –«

»Ja, aber –«

»Tun Sie in Gottes Namen, was ich Ihnen sage!« brüllte Campbell. »Gehen Sie zurück zu Ihrem Taxi, und warten Sie da auf mich! Wenn Sie sich das mit dem Fahrpreis noch einmal überlegt haben –«

»Nein, ich –«

»Mein Gott«, stöhnte Campbell, »ich hatte keine Ahnung, daß die Welt so voller Tölpel ist! Hier, Miss Tring, geben Sie August das verdammte Ding zurück –«

Leonidas streckte die Hand aus, nahm die Goldrandbrille und dankte Mr. Campbell höflich.

»Sie gehört Mr. Brett, nehme ich an?«

»Wem sonst? Denken Sie etwa, ich würde so ein gottverdammtes Ungetüm aufsetzen? Ich habe sie gerade in meinem Gepäck gefunden, und ich weiß, daß es seine letzte ist. Den Rest hat er über ganz Florida verstreut – In Gottes Namen, Miss Tring, setzen Sie sich sofort mit August in Verbindung. Er braucht Sie, und er –«

»Wissen Sie, wir hatten ihn eigentlich hier erwartet«, sagte Leonidas. »Übrigens, ich heiße Mappin. Staatspolizei. Und – ähm – in Anbetracht Ihrer reichlich erhitzten Gemüter, was diese Angelegenheit angeht, hätten Sie beide es vermutlich leichter gehabt, wenn Sie sich mit der Polizei in Verbindung gesetzt hätten, statt vergebliche Telegramme an Miss Tring zu schicken. Die Kenntnis von Mr. Bretts Plänen wäre uns eine Hilfe gewesen – ähm – Ist Ihnen dieser Gedanke niemals gekommen, Mr. Campbell?«

»Hm«, sagte Campbell, »nein, das ist er nicht. Er – das heißt, Mr. Brett, –«

»Hmnja. Wo befindet sich Mr. Brett jetzt?«

»In seinem Büro«, antwortete Campbell. »Er hatte tausend Dinge zu erledigen, deshalb ist er direkt von meinem Haus aus dorthin gegangen. Wahrscheinlich vermißt er da seine Brille«, sagte er plötzlich mit entwaffnender Offenheit, »aber ich war einfach zu müde, um dorthin zu gehen – Wenn ich daran denke, was das für ein Tag war mit ihm!«

»Hmnja«, sagte Leonidas. »Wie ist es Mr. Brett denn so ergangen – Sie waren die ganze Zeit über mit ihm zusammen, wenn ich es recht verstehe?«

»Oh, er war zum Angeln, hat Golf gespielt und Spazierfahrten unternommen«, antwortete Campbell mit einem Seitenblick auf sein Taxi. »Alles war bestens, bis er diesen Angelausflug unternahm – Ein dreitägiger Angelausflug kann ganz schön anstrengend sein, wenn man so etwas nicht gewohnt ist. Er hat nichts gefangen, erzählte er mir, als er heute früh zurückkam. Und ich glaube, obendrein war er auch noch seekrank. Er sah furchtbar müde aus. Mein Gott, Fahrer, was wollen Sie denn? Können Sie nicht warten, bis ich –«

»Einen Moment!« Leonidas wandte sich derart barsch an den Fahrer, daß Dallas zusammenzuckte. »Sie sind vorhin in Dalton Centre bei Rot über eine Ampel gefahren, nicht wahr?«

»Der Knabe hier hat gesagt, daß ich das soll«, erwiderte der Fahrer. »Er sagt, er hat's eilig –«

»Kommen Sie hier herein«, sagte Leonidas. »Hier in den Flur. Ich möchte –«

»Nun hören Sie mal!« unterbrach Campbell. »Er hat nur eine rote Ampel überfahren, weiter nichts! Was regen Sie sich da groß auf? Wenn es unbedingt sein muß, dann regen Sie sich morgen auf, und ich bringe die Sache in Ordnung – Meine Güte! Ich mache mir die Mühe, mit dieser verdammten Brille hierher zu fahren, und dieser Fahrer, zuerst gibt er Vollgas, und dann geht ihm das Benzin aus – Lassen Sie das auf sich beruhen, sage ich Ihnen! Ich will nach Hause ins Bett! Ich –«

»Sie können sofort gehen«, sagte Leonidas. »Miss Tring, sagen Sie dem Sergeant im Haus, er soll Mr. Campbell mit meinem Wagen nach Hause bringen. Sie können gehen, Mr. Campbell, aber Ihr Fahrer bleibt hier. Ich habe genug von –«

Der Taxifahrer stand verdattert im Flur, während Kaye mit Campbell in Wagen zwanzig davonfuhr.

»Mann«, wandte er sich an Leonidas, »waren Sie das in dem Streifenwagen hinter mir in Dalton Centre? Mir war so, als hätt' ich einen gesehen, aber dieser Knabe da hat gesagt, ich soll mich nich' drum kümmern – Mann, und die Fahrt hat er mir auch nich' bezahlt! Erst feilscht er stundenlang übern Preis, und dann bezahlt der Dreckskerl mir überhaupt nix!«

»Machen Sie sich nichts daraus, guter Mann«, sagte Leonidas herzlich und setzte seinen Zwicker auf. »Man wird Sie reichlich entschädigen. Sie werden eine Belohnung erhalten. Wahrlich, alles, was ich mein eigen nenne, soll Ihnen gehören, wenn das, was Sie da in Ihrer Hand halten, das ist, was es mir zu sein scheint – Es ist ein Brillenetui, nicht wahr?«

Der Taxichauffeur blickte verwirrter denn je drein.

»Stimmt«, sagte er und drückte sich in eine Ecke, als Cassie und Dallas in den Flur gestürmt kamen. »Stimmt. Das isses. 'ne Brillenschachtel. 's is' 'ne Brille drin.«

»Wenn ich die bitte sehen dürfte«, sagte Leonidas. »Aha. Hmnja. Hmnja, wie ich mir –«

»Na so was, das ist ja schon wieder eine von Augusts Brillen!« rief Cassie aus. »Und Dallas hat mir erzählt, daß Campbell auch eine mitgebracht hat – Ist es nicht einfach erstaunlich, wie –«

»Bitte, Cassie«, sagte Leonidas. »Einen kleinen Moment – Ich möchte gern wissen, was es mit dieser Brille auf sich hat. Würden Sie mir – ähm – alles erzählen?«

»Tja«, sagte der Fahrer, »der Knabe von eben, der hat mir gesagt, er muß einem 'ne Brille zurückbringen, klar? Und dann will er mit mir übern Fahrpreis handeln, klar? Und wie wir das geregelt haben, geht uns das Benzin aus, klar? Und wie ich gerade Benzin hole, zack! da fällt mir der Knabe ein, den ich letzte Nacht gefahren hab'. Und der hat die Schachtel mit der Brille vergessen, klar?«

»Sie sprechen«, warf Leonidas ein, »von dem – ähm – Knaben, den Sie vergangene Nacht zum Flughafen gefahren haben. Der hat das Brillenetui verloren, nicht wahr?«

»Ja, der. Der vom Flughafen«, antwortete der Fahrer. Wenn er sich überhaupt gewundert hatte, wieso Leonidas über seinen Fahrgast vom Flughafen Bescheid wußte, dann machte dieses Gefühl jetzt der Erleichterung darüber Platz, daß sie endlich voranzukommen schienen. »Das is' der Knabe, den mein' ich. Er vergißt also seine Brille. Ich hab' sie später gefunden, hab' in das Etui reingesehen, klar? Aber dann hab' ich die ganze Sache vergessen, bis dieser Knabe von eben auftaucht. Der Knabe von eben hat nämlich so 'ne Brille in der Hand gehabt wie die Brille im Etui, klar?«

»Klar«, sagte Leonidas. »Sonnenklar. Erzählen Sie bitte weiter.«

»Na ja, wie ich auf den Knaben von eben warte, fällt mir ein, vielleicht gehörn die zwei Brillen demselben Knaben, klar? So welche sieht man nicht oft, klar? Ist 'ne altmodische Art Brille, so wie Ihre, und –«

»Stimmt genau«, sagte Leonidas. »Doch jetzt zurück zu dem Knaben von vergangener Nacht. Er ist in Dalton eingestiegen?«

»Drüben in Dalton Centre, so um halb zwei, zwei rum. Ich denk', er will nur vom Zug nach Hause, klar, aber er sagt mir, ich soll ihn nach Boston zum Flugplatz fahren, er muß da 'n Privatflugzeug erwischen, das auf ihn wartet, klar? Also fahr' ich ihn rüber, und der is' so in Eile, daß er seine Brille in dem Etui vergißt, und ich find' sie erst, wie ich zurück in Dalton bin, klar? Und da is' zu spät, weil er schon weg is', und außerdem hatte ich vier Besoffene von Mikes Sandwichbude –«

Das Geräusch quietschender Reifen kündigte die Rückkehr von Wagen zwanzig und Kaye an.

»Wenn Sie es eilig haben«, sagte Kaye, als er wieder im Flur war, »dann nehmen Sie einen Polizeiwagen. Kein Zögern, kein Bummeln, kein Anhalten. Junge, Junge, Campbell hat vielleicht eine Wut im Bauch! August hat ihm den Tag über ganz schön zugesetzt – Nun sagen Sie bloß – noch eine Brille? Wo kommt denn die her?«

»Hören Sie erst mal mir zu!« sagte Dallas. »Wir müssen etwas wegen Bill unternehmen! Er sagt – er macht Andeutungen –«

Atemlos gab sie die Gespräche mit Campbell und dem Taxifahrer wieder, der mit großen Augen dabeistand.

»Ohne Zweifel die gleiche Brille, nicht wahr?« sagte Kaye. »Schönes Bindeglied, Bill. Schwester G. und August Barker. Mit dem Flugzeug hätte er das letzte Nacht mit Leichtigkeit schaffen können.«

»Niemals!« rief Dallas. »Er hätte nicht –«

»Oh doch«, sagte Kaye. »Sonderflug, ohne Zwischenlandung – wäre heute morgen angekommen. Er behauptet, er war fischen. Erfährt, was passiert ist, macht kehrt und fliegt auf der Stelle zurück. Das ist des Rätsels Lösung, Bill.«

»Hmnja«, sagte Leonidas. »Ich male mir aus, wie er heute früh bei Campbell von seinem vorgeblichen Angelausflug zurückkommt. Ermüdet, doch seiner Sache sicher –«

»Hören Sie, Mister«, sagte der Taxifahrer ungeduldig, »wenn Sie den Knaben kennen, von dem die Brille is', dann geben Sie ihm die. Ich muß los. Und wegen dem Geld für die Fahrt –«

»Wenn Sie sich bitte noch einen kleinen Augenblick gedulden könnten –«, hob Leonidas an.

Dallas stampfte wütend mit dem Fuß auf.

»Sie glauben wohl«, sagte sie, »daß der arme August der Mann mit dem Schnurrbart war, der Sie letzte Nacht überfahren hat! Der, der aussah wie Benny, weil er auch so einen Schnurrbart hatte –«

»Wenn man genau überlegt«, meinte Kaye, »gibt es eine recht beträchtliche Familienähnlichkeit zwischen Benny und August.

August sähe mit einem Kork-Schnurrbart oder einem angeklebten Schnurrbart oder einem Schnurrbart –«

»Schnurrbart, Schnurrbart!« rief Cassie. »Ich will jetzt nichts mehr von Schnurrbärten sehen oder hören! Wie können Sie jetzt nur über Schnurrbärte reden – und – oh je! Da drin geht irgendwas vor. Margie – sie geht auf Cuff los!« Sie riß die gläserne Verbindungstür zum Wohnzimmer auf. »Margie! Cuff! Was tut ihr da! Kommen Sie hierher, Cuff. Was ist los?«

»Ach, gar nichts! Ich hab' gar nichts gemacht! Bloß –«

»Der Riesentrottel!« rief Margie. »Er hat auf alle Fotos, die auf dem Schreibtisch lagen, Schnurrbärte gemalt. Ein ganzes Fotoalbum mit Schnappschüssen voll. Und in die Bilder hat er auch noch reingezeichnet – da, sehen Sie nur!«

Kaye riß ihr das Bild aus der Hand und brach in ein Triumphgeheul aus.

»He, Bill! Schauen Sie sich das an – August mit einem Bleistift-Schnurrbart – das ist Benny, wie er leibte und lebte. Sehen Sie, Cassie. Sehen Sie, Dallas. Sie«, er schnappte sich den Taxifahrer, »Sie auch –«

»Stimmt«, sagte der Fahrer. »Das hab' ich mir gestern nacht auch gedacht. Daß der so aussieht wie Benny. Benny kenn' ich gut. Hab' ihn schon oft gefahren. Von Mame zu Gert oder auch zu Maizie. Sagen Sie bloß, der wohnt hier? Ich hab' gar nich' gewußt, daß der irgendwo wohnt. Stimmt, das is' der Knabe von letzter Nacht, der, der die Brille vergessen hat. Sagen Sie, Mister, krieg' ich von Ihnen das Geld für die Fahrt?«

»Fahrgeld?« Kaye zog eine Brieftasche hervor und nahm eine Handvoll Scheine heraus. »Hier. Ich weiß nicht, wieviel Sie bekommen, aber nehmen Sie das, und warten Sie draußen, bitte. Bis wir Sie brauchen.«

Der Taxifahrer betrachtete die Scheine und grinste.

»Mann«, sagte er, »dafür wart' ich glatt sechs Wochen.«

»So, jetzt hört mir mal alle gut zu!« sagte Dallas, während der Fahrer glücklich in Richtung Taxi abzog. »Ihr kommt alle mit ins Wohnzimmer, und dann gehen wir die ganze Angelegenheit noch einmal durch! Ich kann es einfach nicht glauben. Niemand könnte das glauben. Mir ist es völlig gleichgültig, wie viele Schnurrbärte und Brillen und Taxifahrer ihr entdeckt! Oder Angelausflüge!«

»Ich habe Ihnen gleich gesagt, daß Sie es nicht glauben würden«, bemerkte Leonidas ruhig. »Sie *sollen* es nicht glauben. Sie sollen es nicht einmal in Erwägung ziehen. Wie gefällt Ihnen die Vorstellung, daß August die Zeitungen durchforstet und die Meldung über meinen Tod sucht? Ich habe keinen Zweifel, daß er tatsächlich so außer sich war, wie Campbell behauptete –«

»Das erklärt die Gabel«, warf Cassie ein.

»Was für eine – ähm – Gabel?« erkundigte sich Leonidas höflich.

»Und die Sardinen und Kräcker. Ich wußte, daß mit denen etwas nicht stimmte. Es war nicht Benny. Es war August.«

»Moment!« rief Kaye. »Eins nach dem anderen, Cassie. Nicht mehr als zwei Schritte auf einmal. Welche Gabel, welche Sardinen und welche Kräcker?«

»Na, die im Vorratskeller, in dem Sie die vergangene Nacht verbracht haben, Kaye. Sie haben doch erzählt, Benny habe eine kleine Stärkung zu sich genommen. Aber er verträgt keinen Fisch. Also war das August, der sich da vor dem Aufbruch gestärkt hat – er ist ganz verrückt nach Sardinen. Er kauft sie kistenweise vom Händler in der India Street. Stimmt es, Dallas? Es stimmt. Sehen Sie. Damit ist die Sache klar. Holen Sie bitte unsere Mäntel, Dallas. Ganz leise. Aber Sie könnten kurz schauen, was Rutherford und Jock so treiben – Wir sollten uns sofort auf den Weg machen, meinen Sie nicht auch, Bill?«

»Ich glaube, ja«, sagte Leonidas. »Ich glaube, je früher wir August aufsuchen, desto besser –«

»Jetzt hört mal her!« rief Dallas. »Ich arbeite für den Mann. Ich kenne ihn. Ich kann mir einfach nicht vorstellen, daß er zu so etwas fähig ist! In all den Monaten, die ich für ihn gearbeitet habe, ist mir nie etwas untergekommen, was nicht gut und anständig war – Denkt doch nur daran, wie gut er Benny behandelt hat! Denkt doch –«

»Hmnja«, sagte Leonidas. »Mrs. Gettridge und ich haben heute nachmittag in der Tat lange darüber nachgedacht, in aller Ausführlichkeit. Dabei bin ich zu dem Schluß gekommen, daß nicht einmal der wohlwollendste Wohltäter seiner Familie jemanden wie Benny jemals ertragen würde, es sei denn –«

»Es sei denn, er wäre dazu gezwungen«, fiel Cassie ein. »Sie meinen, Bill, daß August ihn behalten mußte, genau wie Casimir bei Lieutenant Hazeltine die gräßliche Olga mit Zobeln und Smaragden überschütten muß, damit sie ihn nicht verrät. Wie merkwürdig. Daß ich an so etwas nie gedacht habe! Natürlich würde kein normaler Mensch Benny ertragen, es sei denn, er hätte Angst, etwas anderes zu tun!«

»Angst!« rief Dallas aus. »Bill – Kaye! Cassie! Was ist bloß in euch gefahren? Merkt ihr denn nicht, was ihr da tut? Ihr bezichtigt einen der ehrenwertesten Bürger von Dalton des Mordes! Ihr habt keinerlei stichhaltigen Beweis! Ihr –«

»Dallas«, sagte Leonidas, »denken Sie an den Notgroschen, mit dem Sie Benny aus der Klemme helfen sollten. Bedenken Sie, was August ertragen mußte. Denken Sie in aller Ruhe darüber –«

»Ja, tun Sie das, meine Liebe«, unterbrach Cassie. »Und vergessen Sie die Mäntel nicht. Wir haben keine Zeit zu verlieren. Denken Sie nach, Dallas. Ich bin sicher, Ihnen fällt alles mögliche wieder ein. Genau wie mir die Sardinen. Und wie er immer bei der Gartenarbeit Messerwerfen gespielt hat. Wie oft bin ich draußen im Rosengarten gewesen und habe gesehen, wie er eine Raupe oder eine Schnecke aus sieben Metern Entfernung mit seinem Messer oder seiner Gartenschere – Denken Sie nur, meine Liebe! Wenn man mit ihm sprach, hat er immer gern mit Messern herumgespielt. Stimmt das etwa nicht? Und als er noch jünger war, hat er Tiere und alles ausgestopft – Er ist Spezialist, wenn es ums Erstechen geht, er weiß genau wo, und überhaupt!«

»Ja, ich – Oh je!« stammelte Dallas. »Es fällt mir schwer nachzugeben. Aber ich vermute, Sie – Ich hole die Mäntel. Soll ich Ihren auch mitbringen, Bill?«

»Armes Kind«, sagte Cassie, als Dallas gegangen war. »Es ist ein schwerer Schlag für sie, daß sie für so einen Mann gearbeitet haben soll. Und natürlich ist es schwer, das Urteil über einen Menschen total zu ändern. Besonders, wenn man ihn immer für gut gehalten hat. Aber wenn man erst einmal mit Überlegen anfängt, fallen einem so viele Dinge ein. Ich muß dauernd daran denken, wie er das hübsche kleine Hausmädchen von den Duncans beobachtet hat, wenn sie vorbeiging. Und was Bagley alles von ihm erzählt hat – Ich dachte immer, Bagley sei reichlich gehässig ihm gegenüber, aber jetzt verstehe ich es. Bill, jemand sollte hierbleiben. Hier bei Zara. Soll ich?«

»Überlassen Sie das mir«, sagte Margie. »Sie können nützlicher sein, wenn Sie – Wie wollen Sie den alten Gauner denn zu fassen kriegen, Bill?«

Leonidas schüttelte den Kopf. »Ich weiß es noch nicht. Aber mit Cuffs tatkräftiger Unterstützung und Kayes Linker werden wir schon irgendwie zurechtkommen. Wir müssen uns beeilen – Kaye! Was ist das für ein Geräusch!«

»Das Taxi!« rief Kaye. »Wenn der sich aus dem Staub gemacht hat – Der Kerl ist weg! Er –«

»Cuff!« sagte Leonidas. »Gehen Sie nach nebenan, und sehen Sie nach, ob Dallas noch da ist – schnell!«

Kaye warf ihm einen Blick zu.

»Mein Gott, glauben Sie, die kleine Närrin – Kam mir auch vor, als ob sie ihre Meinung reichlich rasch geändert hatte! Und ich habe dem Taxifahrer nur gesagt, daß er warten soll, bis wir ihn brauchen, also würde er wahrscheinlich nichts dabei finden, sie zu fahren. Bill, diese kleine Närrin ist unterwegs, um August zu warnen!«

Cuff hatte sich hastig in Cassies Haus umgesehen und konnte gerade noch auf das Trittbrett von Wagen zwanzig aufspringen und sich am Türgriff festklammern. Dann ging es in rasender Fahrt die Paddock Street hinunter.

Er machte sich nicht die Mühe, Cassie und Bill und Kaye zu sagen, daß Dallas weg war.

Es hatte, dachte Cuff und klammerte sich an der Tür fest, es hatte den Anschein, daß sie es bereits wußten.

Kapitel 14

Ich weiß, wo er seine Geschäftsräume hat«, sagte Kaye. »In dem Bürohaus Oak Street 200, gleich an der Ecke – und wenn der Taxifahrer da ist, aus dem mach' ich Kleinholz –«

»Nein«, meinte Leonidas nachdenklich, offenbar ohne zu bemerken, mit welcher Geschwindigkeit die Landschaft von Dalton an ihm vorbeischoß. »Nein, ich glaube, das sollten Sie lieber nicht tun, Kaye. Zumindest nicht, bevor er vor Gericht ausgesagt hat. Und Sie sollten auch nicht mit quietschenden Reifen direkt vor dem Haus halten. Biegen Sie um die Ecke. Leise. Hmnja, vielleicht wäre es keine schlechte Idee, wenn wir uns trennten –«

»Ausgerechnet jetzt wollen Sie, daß wir uns trennen!« schnaubte Kaye, während er Wagen zwanzig zwischen zwei Lastwagen hindurch quer über die Schnellstraße steuerte. »Das ist doch völlig abwegig, Bill! Sich ausgerechnet jetzt –«

»Aber ja doch«, sagte Cassie. »Und das ist jetzt schon die zweite rote Ampel, die Sie – Ach, ich hatte ganz vergessen, um so etwas brauchen wir uns ja in diesem Wagen nicht zu kümmern, nicht wahr? Aber der zweite Lastwagen ist über den Bordstein auf den Gehweg geschleudert, haben Sie das gesehen? Er konnte gerade noch – Jawohl, jetzt müssen wir strategisch vorgehen, Kaye. Denn nachdem Dallas ihm nun alles gesagt hat, wird August kaum die Flucht ergreifen – Glauben Sie nicht, Bill? Wo er sich doch vollkommen sicher fühlt. August ist nicht dumm. Wer wegläuft, bekennt sich schuldig. Also läuft er nicht weg. Er bleibt da und leugnet alles ab –«

»Das vermute ich auch«, sagte Leonidas. »Und wenn wir unsere Ankunft publik machen, dann ist er nur um so besser vorbereitet und doppelt auf der Hut. Wir lassen Cuff draußen zurück für den Fall, daß August doch versucht, sich aus dem Staub zu machen. Und dem Taxifahrer geben wir ein paar Anweisungen –«

»Am besten«, meinte Kaye, »wir gehen hinein und schnappen uns –«

»Mit Schnappen allein ist es nicht getan«, warf Leonidas ein. »Wir müssen ihn zum Reden bringen. Ohne ein Geständnis von ihm sind all unsere Theorien hinfällig –«

»Gut, Bill, Sie sind der Boß –«

Kaye bog von der Oak Street ab in die Locust Street und brachte Wagen zwanzig zum Stehen.

»Mensch!« ließ sich Cuff vernehmen. »Mensch, das war vielleicht 'ne Fahrt – «

»Kommen Sie, Bill!« sagte Kaye. »Kommen Sie schon! Verlieren Sie keine Zeit damit, sich so in die Ecke zu drücken – Warum halten Sie mich denn noch auf? Was soll das, warum spähen Sie um die Ecke wie ein –«

Leonidas gab ihm ein Zeichen, still zu sein.

»Warten Sie, Kaye. Das läßt sich besser an, als ich gehofft hatte. Ich glaube, ich habe gerade gesehen, wie –«

»Ja, ich habe sie auch gesehen«, unterbrach Cassie. »Das war Lila, die gerade da hinten im Eilschritt die Oak Street hinunter kam. Ich habe es am Hut gesehen. Sie schwört auf eine kleine Modistin in Carnarvon, und man kann Lila immer an diesen Hüten erkennen. Ich vermute, sie hat so lange geredet, bis man sie aus dem Gefängnis herausgelassen hat, und jetzt eilt sie auf dem kürzesten Weg zu August – und er ist da –, sehen Sie das Licht oben in seinen Büroräumen?«

Zu viert standen sie im Schatten des Ladens an der Ecke und sahen zu, wie Mrs. Gettridge halb im Laufschritt auf den Eingang des zweistöckigen Bürogebäudes auf der anderen Straßenseite zustrebte. Sie hielt einen Moment lang inne und musterte das wartende Taxi, dann eilte sie durch die Tür und verschwand.

»Sie ist erleichtert«, kommentierte Cassie. »Sie glaubt, das ist Augusts Taxi – Sollen wir gehen?«

»Hmnja«, sagte Leonidas. »Cuff, Sie bleiben bitte am Eingang. Wenn der Mann, dessen Foto Sie mit einem Schnurrbart verziert haben, auftaucht, dann halten Sie ihn auf. Mrs. Gettridge halten Sie ebenfalls auf. Wie Sie das machen, ist Ihre Sache–«

Der Taxifahrer, der keine Ahnung hatte, welche Krise mit seiner Hilfe ausgelöst worden war, strahlte Kaye freundlich an.

»Mann«, meinte er, »sagen wir zehn Wochen. Ich hab' den Packen grad nochmal durchgezählt –«

»Und jetzt hören Sie mir mal zu, Mann«, erwiderte Kaye. »Wagen Sie es nicht, sich für irgend jemanden von diesem Fleck zu bewegen – gleichgültig, was er Ihnen dafür bietet –, solange ich es Ihnen nicht sage! Sonst verbringen Sie die zehn Wochen im Krankenhaus – Menschenskind, Bill! Nun beeilen Sie sich doch ein bißchen!«

Kaye wollte die Tür im Sturm nehmen, doch Cassie erstickte seinen Versuch im Keime, indem sie einfach seine Rockschöße ergriff und sich an ihn klammerte.

»Ich wäre wirklich froh«, sagte sie, »wenn Sie Hazeltine läsen! In einem solchen Augenblick sollte man niemals mit der Tür ins Haus fallen! Damit erreichen Sie überhaupt nichts, und Sie setzen alles aufs Spiel –«

Leise grollend ging Kaye gemessenen Schrittes voraus, die ausgetretene Holztreppe am Ende des Flurs hinauf.

Auf dem Treppenabsatz hielt er inne und zog sich dann rasch zurück.

Mrs. Gettridge hämmerte an eine Tür.

»August! August – mach die Tür auf –, schließ die Tür auf!«

Leonidas runzelte die Stirn. August hatte also abgeschlossen – Doch dann fiel ihm ein, daß Dallas von Augusts Angewohnheit, Türen abzuschließen, gesprochen hatte.

»August!«

Sie hämmerte beharrlich weiter.

Die drei kauerten auf dem Treppenabsatz und konnten Mrs. Gettridges schweres, mühsames Atmen hören.

»August! Mach die Tür auf! Ich bin's, Lila –«

Kaye preßte sich an die Wand, als die Tür sich schließlich öffnete und ein Lichtkegel auf den Flur fiel.

»August! Wann hast du – alles in Ordnung? Hast du –«

»Ah. Guten Abend«, sagte August. »Guten Abend. Worum handelt es sich?«

Es war eine höfliche und unpersönliche Frage, gerade so, als sei Mrs. Gettridge eine Fremde, die er nie zuvor gesehen hatte. Im gleichen Tonfall, dachte Leonidas, hätte er mit jemandem sprechen können, der ihm Schnürsenkel oder Bleistifte verkaufen wollte.

Mrs. Gettridge rang nach Luft.

»August! Die Polizei hat mich gerade gehen lassen – Du hast Witherall nicht erwischt, weißt du das? Und ich bin sicher, er hegt einen Verdacht – Was sollen wir tun? Ich wollte bis zu deiner Rückkehr in seiner Nähe bleiben, aber –«

»Gute Frau«, sagte August beflissen, »Sie sind ja vollkommen hysterisch! Vielleicht sollten Sie hereinkommen und Platz nehmen, bis Sie sich beruhigt haben! Ich verstehe nicht – Was haben Sie getan, daß die Polizei –«

Das Trio auf dem Treppenabsatz bewegte sich langsam auf die Tür zu, während August Mrs. Gettridge hineinführte.

Leonidas hörte, wie der Schlüssel sich im Schloß drehte.

»Holen Sie Cuff«, flüsterte er Kaye zu. »Schnell –«

Es war nicht nötig, daß sie ihre Ohren an den Türspalt preßten, Mrs. Gettridges schrille, angsterfüllte Stimme drang deutlich vernehmbar auf den Flur hinaus.

»August! Was ist los mit dir?«

»Mit mir ist alles in Ordnung«, erwiderte August, »aber Sie – Soll ich Ihnen nicht lieber ein Glas Wasser holen? Ich habe sehr den Eindruck, daß Sie etwas brauchen, um Ihre Nerven zu beruhigen – Was ist Ihnen zugestoßen? – Was sagen Sie, die Polizei?«

»Also – Was soll denn das? – August, ich verstehe nicht! Was ist in dich gefahren?«

»Hier, trinken Sie einen Schluck Wasser«, sagte August. »Danach fühlen Sie sich sicher besser –«

Cuff tauchte neben Leonidas auf, der auf das Türschloß zeigte und mit den Händen andeutete, was zu tun sei.

Cuff nickte und zog aus seiner Tasche einen Gegenstand, der an einen Stiefelknöpfer erinnerte.

Es war schon erstaunlich, dachte Leonidas, wie Cuff manche Dinge auf Anhieb verstand. Er begriff sogar, daß er die Tür nur aufschließen, aber nicht öffnen sollte.

Leonidas dankte ihm mit einem ernsten Nicken, und Cuff machte seine übliche ›Ach das war doch nicht der Rede wert‹-Geste.

»Jetzt weiß ich!« Mrs. Gettridges Stimme klang noch immer schrill, aber nicht mehr aus Furcht, sondern vor Wut. »Ich verstehe – Da liegt ja ihr Taschentuch! Du hast dieses Mädchen hier! Das habe ich mir gedacht. Das habe ich mir gedacht, daß du – Wo ist dieses Mädchen? Wo ist dieses Mädchen?«

»Ich versichere Ihnen, ich bin ganz allein«, sagte August. »Und ich verstehe überhaupt nicht, was Sie –«

»Du verstehst sehr gut! Du hast deine hübsche Sekretärin hier bei dir! Ich habe ja schon immer geahnt, daß zwischen euch beiden etwas – Wo steckt sie? Wenn sie hier ist – wenn du vorhast, mit ihr zu fliehen und mich hierzulassen – Sie ist hier! Sie ist hier, und du hattest vor, mit ihr – Ich weiß Bescheid. Ich gehe direkt zur – Was machst du denn da mit dem Messer! Steck das Messer weg! Steck –«

»Wenn du glaubst, du könntest meine Pläne durchkreuzen«, sagte August mit plötzlich veränderter Stimme, »indem du zur Polizei gehst – Ah ja, das hattest du also wirklich vor! Dachte ich mir's doch! Auch Benny hat versucht, meine Pläne zu durchkreuzen. Ebenso Zara. Und jetzt –«

»Und jetzt«, sagte Leonidas. »Hmnja.«

Er stieß die Tür auf.

Irgendwie, er wußte selbst nicht wie, hielt er plötzlich wieder die kleine Pistole in der Hand.

Er richtete sie auf August, dessen lange Taschenmesserklinge Mrs. Gettridges Herz schon bedrohlich nahe gekommen war.

»Da, sehen Sie?« rief Cassie aus. »Er weiß ganz genau, wohin er das Messer stoßen muß –«

Sie durchquerte den Raum, entriß dem völlig entgeisterten August das Messer und warf es in einen Papierkorb. Dann versetzte sie ihm voller Entrüstung eine Ohrfeige.

»Sie gräßlicher Mensch!« stieß sie hervor. »Sie sind genau so, wie Bagley immer gesagt hat! Und was werden die Nachbarn in der Paddock Street sagen, wenn sie das erfahren – Wo ist Dallas?«

August antwortete nicht.

»Cuff«, sagte Leonidas. »In Wagen zwanzig sind Handschellen und diese Dinger für die Fußgelenke – können Sie die bitte holen? Vielen Dank. August, würden Sie sich bitte mit dem Gesicht zur Wand drehen und die Hände heben? Sie auch, Mrs. Gettridge – Wirklich, ich glaube, es wäre klüger von Ihnen gewesen, in Sicherheit bei Mr. Feeney auf dem Revier zu bleiben«, setzte er hinzu, als sie zu schluchzen begann. »Obwohl Sie uns in gewisser Weise einen Gefallen erwiesen haben –«

»Wo ist Dallas?« Kaye packte August an den Schultern. »Brett, was haben Sie mit Dallas gemacht?«

August tat, als höre er die Frage gar nicht.

»Schlagen Sie ihn«, sagte Leonidas, »noch nicht. Sie ist wahrscheinlich in einem der Hinterzimmer. Sehen Sie nach –«

»Abgeschlossen«, sagte Kaye, nachdem er versucht hatte, die Tür zu öffnen. »Ich werde sie eintreten –«

»August hat vermutlich Schlüssel«, sagte Leonidas. »Ähm, filzen Sie ihn, Kaye.«

Kaye fand die Schlüssel im gleichen Augenblick, als Cuff mit den baumelnden Handschellen zurückkam.

»Soll ich sie ihm anlegen, Bill?« fragte er eifrig. »Ich wollt' schon immer mal jemandem –«

»Aber selbstverständlich«, antwortete Leonidas. »Und dann setzen Sie sich hin, und halten Sie mit der Pistole –«

August gab keinen Laut von sich, als Cuff die Handschellen zuschnappen ließ, doch Mrs. Gettridge schrie auf.

»Da«, kommentierte Cuff voller Genugtuung. »Das wollte ich wissen. Es tut immer weh, egal, wer sie anlegt. Der Kerl hier hat sich nicht gemuckst, aber man konnte sehen, daß es ihm wehtat – Geben Sie mir das Schießeisen, Bill. Ich pass' auf –«

Leonidas stürzte in das Büro, wo Kaye und Cassie neben Dallas am Boden knieten.

»Alles in Ordnung«, sagte sie. »Ich kann mich nur noch nicht richtig bewegen. Ich bin vor Angst wie gelähmt. Ich konnte nicht einmal einen Laut von mir geben, als die Gettridge hereinkam. Ich war einfach – Rutherford hatte wirklich recht. So etwas schlägt auf die Stimmbänder –«

»Wasser, Kaye!« kommandierte Cassie und legte den Arm um Dallas. »Kaye, Sie Trottel, Sie sollen ihr etwas Wasser holen! Und bringen Sie meine kleine Handtasche mit. Da ist Aspirin drin und Kölnisch Wasser – Ich habe ihm in Ihrem Namen eine Ohrfeige verabreicht, meine Liebe. Und was für eine! Wollen Sie sich erst einmal richtig ausweinen, Kindchen, oder wollen Sie uns erzählen, was passiert ist?«

»Am liebsten«, meinte Dallas, »beides gleichzeitig. Wissen Sie was? August glaubte, ich wollte ihn warnen, weil ich verrückt nach ihm sei! Und als er merkte, daß er sich geirrt hatte, wurde er ausfallend und zog das Messer – Der Mann ist wahnsinnig. Er ist vollkommen übergeschnappt – Wenn die Gettridge nicht gekommen wäre – Meine Güte! Es kam so aus heiterem Himmel. So ein lieber alter Mann, und plötzlich dreht er völlig durch!«

»Wie bei Oliven«, sagte Cassie. »Wenn man da erst einmal eine aus dem Röhrchen heraushat, dann geht der Rest wie geschmiert. Wahrscheinlich ist es mit Morden genauso. Wenn man erst einmal einen Menschen getötet hat, macht man einfach weiter – Wie fühlen Sie sich?«

»Völlig erledigt«, sagte Dallas. »Aber – Na, jetzt ist ja alles ausgestanden. Ich möchte den ganzen Vorfall vergessen – Geben Sie mir eine Zigarette, Kaye. Bill, Sie sehen ja so besorgt aus.«

»August wird nicht aussagen«, erklärte Leonidas. »Mrs. Gettridge schon, aber er nicht. Und wenn er doch aussagt, dann streitet er alles ab. Ich habe nicht den geringsten Zweifel, daß der Kapitän irgendeines Fischerbootes in Florida bei sämtlichen Heiligen schwören wird, daß August drei Tage lang seekrank war und geangelt hat. Wahrscheinlich wird er sogar Augusts furchtlose Versuche, die Bewohner der Tiefe trotz widrigsten Umstände herzulocken, in den schönsten Farben beschreiben –«

»Was ist mit dem Taxifahrer?« fragte Cassie.

»Ein Taxifahrer«, erwiderte Leonidas, »dessen Revier sich zwischen den diversen Etablissements von Mame, Gert und Maizie sowie Mikes Sandwichbude erstreckt – ich fürchte sehr, daß so jemand ein gefundenes Fressen für einen Strafverteidiger ist. Wir sind genau da, wo wir angefangen haben –«

»Aber wir haben gehört, wie er Lila bedroht hat«, warf Cassie ein. »Wir –«

»Aber gesehen haben wir es nicht«, erinnerte Leonidas sie. »August hat womöglich nur ein Theaterstück geprobt. Und –«

»Ich kann euch nur eins sagen«, sagte Dallas, »mit mir hat er kein Theater gespielt, und eine Probe war es schon gar nicht, es war eher kurz vor Ende des Finales!«

»Wir wissen das«, sagte Leonidas. »Aber seine Versuche, Sie und Mrs. Gettridge ins Jenseits zu befördern, sind noch kein Beweis, daß er Benny und Zara getötet hat. Ich frage mich, was Hazeltine tun würde. Hmnja – Vielleicht – Haben Sie mal eine Zigarette für mich, Kaye?«

Neugierig folgten Kaye und Dallas ihm in das vordere Büro.

»August«, fragte Leonidas höflich, »sind Sie wirklich noch immer entschlossen, die Aussage zu verweigern?«

August sagte nichts.

»Der Kerl ist kein Mensch«, sagte Cuff. »Er hat mit keiner Wimper gezuckt. Aber«, fügte er mit bedeutungsvollem Tonfall hinzu, »wenn ihr mich fünf Minuten mit ihm allein laßt, dann packt der schon aus. Sie haben nicht zufällig 'ne Zigarre, Kaye? Geben Sie mir Ihre Zigarette, Bill. Die tut's auch.«

Beinahe liebevoll betrachtete Leonidas die Zigarette, die er sich gerade angezündet hatte.

»Hmnja«, sagte er. »Hmnja. Sie wollen also damit –«

»Die Achselhöhlen«, ergänzte Cassie, »oder die Fußsohlen. Das machen sie immer bei Hazeltine. Die Bösewichter. Einmal war Casimir kurz davor, Rodney die Augen auszubrennen, aber Lieutenant Hazeltine kam gerade noch rechtzeitig. Warum lassen Sie Cuff nicht einen Versuch unternehmen, Bill? Ich glaube, August hat das verdient. Selbst Lynchen wäre noch viel zu gut für ihn. Nun lassen Sie Cuff doch, Bill. Na los. Lassen Sie ihn.«

»Ich halte das für eine ausgezeichnete Idee«, sagte Leonidas unbewegt. »Ich überlege nur noch, wo wir anfangen sollen. Fußsohlen oder Achselhöhlen? Ziehen Sie ihm die Schuhe aus, Cuff, während wir die verschiedenen Möglichkeiten durchspielen. Da ist auch noch die Frage, ob wir es Cuff überlassen sollen oder ob wir Kaye als Interessenvertreter von Dallas die Sache übergeben? Cuff hat natürlich die größere Erfahrung. Zweifellos. Cuff würde – ähm – saubere Arbeit leisten –«

»Das will ich nicht gehört haben, Bill!« ließ sich Kaye vernehmen. »Geben Sie mir eine Chance, und Cuff wird wie ein Stümper aussehen neben mir. Ich –«

»Sie verfügen über einige Erfahrung mit einer Lochmaschine, nicht wahr?« fragte Leonidas.

»Ich habe eine *erfunden*«, sagte Kaye, der nun erst richtig in Fahrt kam. »Und natürlich habe ich eine halbe Ewigkeit auf dieser Touristenranch zugebracht. Nur für den Fall, daß ich mich doch am Brandmarken versuchen soll. Ziehen Sie ihm die Jacke aus, Cuff – Cassie, Sie und Dallas sollten lieber nach unten gehen. Verbranntes Fleisch riecht immer so unangenehm –«

Leonidas nickte zustimmend, während August sichtlich in sich zusammensackte.

»Aber vielleicht reicht es auch, wenn wir die Fenster aufmachen«, fuhr Kaye fort. »Ach, sieh da – ich habe ja doch eine Zigarre. Wißt ihr was, Cuff kann die Zigaretten haben und eine Hälfte von August, und ich kümmere mich mit der Zigarre um die andere. Geben Sie mal die Streichhölzer rüber, Cassie, damit ich die Zigarre anzünden kann. Einer der Viehtreiber dort hat mir mal von einem Viehdieb erzählt, den sie draußen in Montana gebrandmarkt haben, und stellt euch vor, die Brandwunden sind nie verheilt. Sie –«

»Verbrennungen von 'ner Kippe heilen auch nicht«, sagte Cuff. »Ich kenn' da einen, der hat drei –«

Noch bevor Cuff und Kaye das Thema Brandwunden erschöpfend behandelt hatten, wurde Cassie allmählich übel.

Nach einem Blick auf ihr Gesicht beschloß Leonidas, daß sie weit genug gegangen waren.

»Gehen Sie schon nach unten, Cassie«, sagte er. »Sie auch, Dallas. Überlaßt das uns. So, Cuff. Jetzt können Sie –«

August, dessen Gesicht eine unangenehme graugrüne Färbung angenommen hatte, drehte sich plötzlich um.

»Nein!« schrie er. »Lassen Sie es nicht zu, daß er –! Daß sie –! Ich – ich halte das nicht aus –«

»Was sind Sie doch für ein Feigling!« sagte Cassie. »Sehen Sie nur, Bill, ich glaube, er fällt gleich in Ohnmacht!«

»Der fällt schon nicht in Ohnmacht!« sagte Cuff. »Dafür sorge ich schon –«

August schrie auf, als Cuff mit der Zigarette in der Hand auf ihn zutrat.

»Ich sage alles!« brüllte August. »Alles. Was Sie wollen. Aber – lassen Sie nicht zu, daß er – Nein!«

Leonidas setzte sich an Dallas' Schreibtisch und nahm die Abdeckung von der Schreibmaschine.

»Diktieren Sie, August«, befahl er knapp.

Cuff hörte ein paar Minuten zu, was August diktierte, und lauschte ungerührt den Schluchzern, die Mrs. Gettridges Leib erschütterten. Dann stand er auf und ging ungeduldig im Zimmer auf und ab.

»Nun, Mrs. Gettridge«, sagte Leonidas, als August zum Schluß gekommen war. »Er hat Sie schon weit genug mit hineingezogen, aber es ist besser, wenn wir reinen Tisch machen. Ach, und Ihre Beglaubigung von Augusts Unterschrift, Cassie. Ihre auch, Kaye. Und bitte, Mrs. Gettridge, zwingen Sie uns nicht zu irgendwelchen unerfreulichen Unterhaltungen über brennende Zigaretten. Denn wir werden –«

Unterbrochen von zahlreichen Pausen und mit vielen Ermunterungen von Leonidas kam Mrs. Gettridge der Aufforderung schließlich nach.

»So!« sagte Cassie. »Das ist gut, jetzt können wir gehen und – Cuff, was haben Sie in dem Büro da gemacht? Haben Sie – Was haben Sie da in der Tasche?«

»Er hat den Safe geöffnet!« rief Dallas aus. »Seht nur! Er war an Augusts privatem Wandsafe! Und ich habe mir so gewünscht, daß wir da herankönnten! Kommen Sie her, Cuff. Geben Sie mir das, was Sie da in der Tasche haben. Auf der Stelle!«

»Ach«, meinte Cuff. »Ich hab' überhaupt nichts genommen. Nur 'n paar Umschläge. Ich – ich wollte die Briefmarken für meinen kleinen Bruder. Der hat gern Briefmarken. Der ist ganz verrückt nach Briefmarken. Er sammelt –«

»Da sind überhaupt keine Briefmarken drauf!« sagte Dallas. »Die – Oh, sehen Sie nur, Bill. Hier ist einer, auf dem steht Ihr Name. ›Für meinen Neffen, Leonidas Witherall, wenn er seinen Besitz in Dalton in Augenschein nimmt. Orrin Witherall.‹ Und, Bill, die Siegel sind unversehrt – Machen Sie ihn auf, schnell! Immerhin haben Sie ja heute Ihren Besitz in Augenschein genommen –«

Die Größe der Geldscheine, die der Umschlag enthielt, überwältigte Leonidas.

»Riesen!« seufzte Cuff voll elegischer Ehrfurcht. »Und ich hatte nicht mal 'ne Chance reinzusehen! Tausender!«

Mit einer höflichen Verbeugung überreichte Leonidas Cuff einen der Scheine.

»Das ist für Ihren Beitrag zum Unterhaltungsprogramm des heutigen Tages«, sagte er. »Ihr Gewinn. Ihr Anteil an den Tageseinnahmen – Hmnja, das ist mein Ernst. Geben Sie ihn Margie, damit sie ihn für Sie aufbewahrt – Mein Gott! Was habe ich meinem Onkel Orrin Unrecht getan. Ich vermute, dieses Geld war dazu gedacht, mir so lange über die Runden zu helfen, bis sich das Grundstück ohne Verlust verkaufen ließ. Ähm – August, ich frage mich eins – wußten Sie davon?«

Augusts Gesichtsausdruck ließ keinen Zweifel daran aufkommen, daß er nichts davon gewußt hatte. Und Mrs. Gettridge – wie Cassie später zu berichten wußte – begann beim Anblick des Geldes buchstäblich vor Gier zu zittern.

»Und wie gelegen«, fuhr Leonidas fort, »wäre mir dieser warme Regen gekommen, als ich damals – Ach ja. Vorbei ist vorbei. Das –«

»Wollen Sie damit sagen«, fragte Kaye, mit einem durchaus respektvollen Blick auf das Geld, »daß Paul Gettridge im Besitz dieses Umschlags war – und daß dieser Kerl ihn nie an Sie weitergegeben hat? Bill!«

»Mr. Gettridge«, erwiderte Leonidas, »war ein Mensch, der sich genau an den Buchstaben hielt. Auf dem Umschlag stand, ich solle ihn bekommen, wenn ich meinen Besitz in Dalton in Augenschein nähme, und das habe ich eben niemals getan. Kein Wunder – wenn er wußte, was in diesem Umschlag war – kein Wunder, daß er dachte, ich sei leichtfertig in bezug auf Orrins Erbschaft! Doch nun schnell zurück zu –«

»Warten Sie«, warf Dallas ein. »Cuff hat noch viel mehr. Urkunden und so was. Nun rück schon raus damit, Junge. Die gehören Bill –«

»Oh Mann!« sagte Cuff und leerte in aller Eile seine Taschen. »Das gehört alles Bill? Mensch, das wußte ich nicht, daß das Ihnen gehört!«

»Schon gut, Cuff«, beruhigte ihn Leonidas. »Hmnja. Doch nun zurück zu Rutherford. Kaye, Sie und Cuff nehmen August und Mrs. Gettridge in Wagen zwanzig mit. Dallas, Cassie und ich fahren mit dem Taxi –«

»Ist das auch sicher genug?« fragte Cassie besorgt. »Ich meine, sie können doch nicht entwischen, oder?«

»'s gibt da so 'ne Art Eisenstange in den Streifenwagen«, erläuterte Cuff. »Da haken wir sie einfach ein –«

Die Rückfahrt zur Paddock Street war so alltäglich und ereignislos, daß Leonidas sich dabei ertappte, wie er unverhohlen gähnte.

»Vermutlich«, wandte sich Cassie fröhlich an den Taxifahrer, als sie vor ihrem Haus hielten, »vermutlich sind Sie schrecklich neugierig, was das alles soll, nicht wahr? Das ganze Hin und Her? Sie wundern sich sicher sehr?«

»Lady«, erwiderte der Taxifahrer, »wenn Sie mal so lang wie ich nachts in dieser Stadt gefahren sind, da wundern Sie sich über gar nix mehr. Es is' ja 'ne schöne Gartenstadt, wie's immer heißt, aber was sich da in den Gärten alles tut –«

Dallas lachte, bis Cassie sie an den Schultern packte und sie schüttelte.

»Schluß jetzt!« sagte sie. »Ich habe Rutherford gerade aus dem Fenster des kleinen Vorderzimmers schauen sehen – Wie wollen Sie es ihm denn beibringen, Bill? Wir haben die Geständnisse, und alles hat sich genau so zugetragen, wie Sie es sich gedacht hatten. Alles, bis hin zu den falschen Schnurrbärten und den Terminen an der Meredith-Akademie und dem bestochenen Fischerbootskapitän. Und das Privatflugzeug und so weiter. Aber es wird furchtbar schwierig sein, Bill, Rutherford zu erklären, was heute alles passiert ist! Wo er doch nicht einmal von einem Mord weiß, geschweige denn von zweien!«

»Hmnja«, sagte Leonidas. »Dalton, die Gartenstadt – Cassie, irgendwie habe ich das Gefühl, daß Lieutenant Hazeltine in bezug auf diese Gartenstädte viel verpaßt hat. Hmnja, Rutherford ist ein Problem. Muir ebenfalls. Aber ich habe eine Idee – Ah, Kaye«, fügte er hinzu, als Wagen zwanzig hinter dem Taxi zum Stehen gekommen war. »Alles in Ordnung? Schön. Cuff, Sie bewachen die beiden bitte auch weiterhin. Cassie, ich schlage vor, Sie sehen mal nach, wie es Margie drüben bei den Bretts geht. Kaye, ich brauche Ihre Uniform – Fahrer, Sie bleiben, wo Sie sind!«

»Mich haben Sie vergessen«, erinnerte Dallas ihn.

»Sie«, sagte Leonidas, »gehen ins Haus und zieren Cassies Wohnzimmer. Für den Fall, daß das Boot fertig wird, bevor wir wirklich für Rutherford bereit sind. In den Keller, Kaye – und, Cuff, kann ich bitte die Dienstmarke haben, die Margie Ihnen geschenkt hat?«

»Och«, sagte Cuff, »och, Bill!«

»Nun machen Sie schon«, sagte Kaye. »Ich kauf' Ihnen 'ne neue –«

»Ehrlich?« wollte Cuff wissen.

»Ehrlich«, entgegnete Kaye. »Sagen Sie, Cuff, Sie – Sie hätten wirklich gern so ein Abzeichen, nicht wahr?«

Cuff seufzte. »Ich wollt immer gern FBI-Mann sein«, sagte er. »Oder 'n Bulle. Margie will, daß ich die Aufnahmeprüfung versuch'. Aber – besorgen Sie mir wirklich 'n neues Abzeichen?«

»Wenn er es nicht tut«, versprach Leonidas ihm, »dann tue ich es. Halten Sie die Augen offen, Cuff –«

»Wissen Sie, Bill«, sagte Kaye, während er mit Leonidas in Cassies Keller hinabstieg, »wir können da vielleicht etwas machen. Cuff wäre doch eine Bereicherung für die Truppe. Ich denke mir, er hat eine Menge mehr auf dem Kasten als manche von Rutherfords Bullen. Er wüßte ja auch viel besser, worauf er achten muß – Bill, wie zum Teufel bringen wir denn die ganze Geschichte nun Rutherford bei? Und Muir? Der Gedanke an Muir ist mir besonders unangenehm. Es ist ja nicht undenkbar, daß Muir immer noch nachtragend ist wegen meiner Linken –«

»Suchen Sie seine Uniform zusammen«, sagte Leonidas, »und ziehen Sie Ihre eigenen Sachen wieder an, und dann schauen wir, ob mein Plan funktioniert. Es wäre möglich. Bei Hazeltine hat es einmal geklappt.«

Muir lag noch immer auf dem Fußboden der Speisekammer. Es war eindeutig nicht seine Schuld, daß er noch immer gefesselt und geknebelt war. Muir hatte, vermutete Leonidas, viele nutzlose Stunden mit dem Versuch verbracht, sich dieser Fesseln zu entledigen. Er schien beinahe zu erschöpft, um allzu wütend sein zu können.

»Muir«, sagte Leonidas, »ich heiße Witherall. Dies ist Stanton Kaye. Hören Sie bitte gut zu, denn ich werde Ihnen nun eine recht seltsame Geschichte erzählen. Sie beginnt mit einem struppigen Kater, gestern nacht –«

Der Sergeant bekam große Augen, als Leonidas seine Geschichte erzählte. Als er damit fertig war, sprangen sie ihm fast aus dem Kopf.

»Nun, Muir«, sagte Leonidas. »Hier in der Hand habe ich zwei Geständnisse. Draußen in Wagen zwanzig warten August Barker Brett und Mrs. Gettridge. Ich hoffe, Sie sind ein vernünftiger Mann. Wenn Sie das nämlich sind, dann werden Sie Ihre Uniform anziehen, nach oben zu Colonel Carpenter marschieren und ihm Bericht erstatten, daß zwei Morde vorgefallen sind und daß Sie die Täter gefaßt haben.« Er machte eine Pause. »Sollten Sie kein vernünftiger Mann sein, Muir, dann werden wir mehrere Flaschen von Cassies exzellentem Whiskey dort aus dem obersten Regalbrett nehmen, Ihnen diesen innerlich und äußerlich applizieren und dann den Colonel hierher rufen. Wir werden ihm erzählen – Nun, was wir ihm dann erzählen, können Sie sich ja denken. Sie werden bemerkt haben, daß ich Ihnen kein Ultimatum stelle. Sie haben die freie Wahl –«

»Und lassen Sie Gnade walten, Muir«, sagte Kaye. »Wenn Gnade bei dem Recht steht – Der genaue Wortlaut ist mir entfallen, aber jedenfalls ist Gnade eine wunderbare Sache, Muir.«

»Hmnja«, sagte Leonidas. »Was sagen Sie dazu, Muir? Wollen Sie vernünftig sein?«

Muir nickte.

»Lösen Sie ihm die Fesseln, Kaye«, sagte Leonidas. »Ich könnte mir vorstellen, daß er sich strecken möchte –«

Kaye durchschnitt die Wäscheleine, mit der Muirs Hand- und Fußgelenke zusammengebunden waren. Bevor er den Knebel lösen konnte, war Muirs Linke bereits hervorgeschossen. Es war ein Schlag, den Muir in Gedanken stundenlang geprobt hatte, und er zeigte ebensolche Wirkung wie Kayes Linke am Morgen.

Kaye ging zu Boden wie ein Baumstamm, und Muir war im Begriff, sich Leonidas zuzuwenden.

Zu seiner Überraschung mußte der Sergeant einige Minuten später feststellen, daß er im selben Augenblick wie Kaye wieder zu sich kam und wie dieser auf dem Fußboden lag.

Leonidas, der seine kleine Pistole auf den Knien liegen hatte, betrachtete die beiden von der leeren Orangenkiste aus, die ihm als Sitz diente.

»Wenn Sie es wissen wollen, Muir«, sagte er, »es war eine Dose Muschelsuppe, die Sie von hinten traf. Kein Jiu-Jitsu, auch wenn Lieutenant Hazeltine und ich uns recht eingehend mit dem Problem Jiu-Jitsu befaßt haben. Die Muschelsuppe, das war nicht sportlich. Ich gebe es zu. Aber es schien nicht der rechte Zeitpunkt, mein Wissen über Jiu-Jitsu in der Praxis zu testen – Wollen Sie vernünftig sein, Muir?«

Muir zog den Knebel heraus und atmete tief durch.

»So was wie heute«, lallte er, »hab' ich mein Leben lang noch nicht erlebt! Ich will.«

»Sie reden davon, Sie hätten etwas erlebt!« ergriff Kaye wieder das Wort. »Wo Sie den ganzen Tag friedlich und zurückgezogen in dieser stillen Speisekammer verbracht haben! Junge, Sie machen mich fertig!«

Cassie kam aus dem Brettschen Haus zurück, als Leonidas, Kaye und Muir eben das Wohnzimmer betraten.

»Alles in Ordnug«, sagte sie. »Oh! Muir! Wie geht es Ihnen, Muir? Haben Sie – ähm –«

»Ist das Muir da unten, Cassie?« donnerte Colonel Carpenter vom kleinen Vorderzimmer hinunter. »Sag ihm, er soll hier hochkommen und sich das Boot ansehen – Ihr könnt alle hochkommen! Wir sind fertig!«

»Also los, Muir«, sagte Leonidas. »Bewundern Sie das Boot und – Hier. Nehmen Sie die Geständnisse. Und vergessen Sie Ihren Text nicht!«

Das kleine Vorderzimmer war übersät mit Balsaholzspänen, Klebstoffflaschen, Schnitzmessern, Bindfaden, Nähgarn und zahllosen kleinen Farbtöpfen.

»Da ist sie, harr!« donnerte Rutherford und wies stolz auf die flotte kleine *Santa Maria*, die etwa fünfundzwanzig Zentimeter lang war. »Da ist sie, Donnerwetter! Ist sie nicht eine Schönheit? Wunderbar gelungen. Jock, noch ein Tupfer mehr von dem Okker am Achterdeck – gut so. Wie stehen die Dinge, Muir, alles in Ordnung?«

»Sir«, sagte Muir, »Ich habe zwei –« – er schluckte. »Ich habe zwei Morde zu melden, Sir. Nebenan, Sir. Im Hause Brett.«

»Morde?« fragte Rutherford. »Vorsicht mit dem Achterdeck, Jock. Nicht gegen die Reling kommen. Morde, sagen Sie, Muir? Gleich mehrere?«

»Jawohl, Sir«, stieß Muir hervor. »Zwei, Sir.«

»Zwei?« Rutherford klang verblüfft und ungläubig. Doch Cassie betrachtete ihn nachdenklich. Rutherford war, schien es ihr, ein klein wenig zu verblüfft und ungläubig. »Wann haben – Harr! Zwei Stück! Wann haben Sie Plan Fünf in Kraft gesetzt? Zufriedenstellend funktioniert?«

»Sir«, sagte Muir, »der Mörder und seine Komplizin sind draußen im Wagen zwanzig, Sir. Ich habe hier ihre schriftlichen Geständnisse für den Colonel. Bitte, Sir.«

»Großartig, Muir!« entgegnete Rutherford. »Natürlich nichts anderes von Ihnen erwartet. Wollte immer schon gerne wissen, wie Sie ohne mich zurechtkommen. Harr. Jock, der Kreuzmast, das geht so nicht. Den müssen wir noch besser hinkriegen. Muir, bringen Sie sie zur Wache. Ich werde in Kürze nachkommen. Nicht der richtige Ort, sich über Mord zu unterhalten, Cassies kleines Vorderzimmer. Gute Arbeit, Muir. Bin stolz auf Sie. Wirft gutes Licht auf die Truppe, all das.«

Leonidas versetzte Muir einen Schubs.

»Jetzt«, zischte er.

»Sir«, stammelte Muir, »darf ich Sie um Erlaubnis bitten –«

»Nur zu, nur zu – Da auf dem Tisch liegt ein passendes Stück, Jock. Damit geht's. Harr! – Was haben Sie denn auf dem Herzen, Muir?«

»Sir, bei meiner heutigen Fahndung war mir ein junger Bursche namens Cuff Murray eine große Hilfe. Er – ähm –« Muir wußte nicht mehr weiter.

»Reine Weste«, flüsterte ihm Kaye ins Ohr.

»Er hat keine ganz reine Weste, Sir«, fuhr Muir fort, »doch in Anbetracht seiner heutigen Leistungen möchte ich dem Colonel vorschlagen, die Möglichkeit zu prüfen, ihn in die Truppe aufzunehmen.«

»Findig und kooperativ«, flüsterte Leonidas ihm sein nächstes Stichwort ins andere Ohr.

»Er hat sich als findig und kooperativ erwiesen, Sir, und sein Einfallsreichtum, verbunden mit einer prächtigen Statur, würde die Truppe in hervorragender Weise ergänzen.«

Rutherford, der scheinbar ganz darin vertieft gewesen war, den neuen Mast zu schmirgeln, blickte auf. Die kaum merkliche Andeutung eines Lächelns spielte um seine Lippen.

»Der Bursche muß ja ein Juwel sein«, sagte er. »Genau wie Cassies Dienstmädchen. So habe ich Sie ja noch nie jemanden loben hören. Harr. Bringen Sie ihn morgen vorbei. Gute Männer können wir immer brauchen. Und nun müssen Jock und ich den Mast noch in Ordnung bringen. Mit dem Ruder bin ich auch nicht zufrieden, Jock. Sitzt schief. Muir, ich bin in Kürze bei Ihnen, und dann besprechen wir alles. Jock –«

»Wir gehen gleich nach draußen und erzählen Cuff alles«, sagte Kaye, als sie alle zusammen die Treppe hinuntergingen. »Und er hat nichts gemerkt, Bill! Der alte Knabe hat nichts gemerkt!«

»Da wäre ich mir nicht so sicher«, sagte Cassie. »Sie, Bill?«

Leonidas schüttelte den Kopf.

»Er hat nicht den geringsten Verdacht geschöpft!« beharrte Kaye. »Nicht den geringsten! Muir, nun machen Sie doch nicht so ein Gesicht – Mensch, Sie werden bestimmt zum Lieutenant befördert! Nehmen Sie Ihre Gefangenen mit auf die Wache, und schicken Sie dann Leute zu Bretts Haus. Wir lassen Sie die letzten Einzelheiten wissen, damit Rutherford gar nicht auf die Idee kommt, Verdacht zu schöpfen. Und jetzt erzählen wir Cuff, was wir –«

Er brach ab, als Jock die Treppe heruntergesprungen kam und das Wohnzimmer betrat.

»Wann hat er es erfahren, Jock?« fragte Cassie.

»Mensch, Oma«, sagte Jock, »ich hab' keine Ahnung! Ich hab' erst gemerkt, daß er Bescheid wußte, als er vorhin beim kleinen Vorderzimmer zum Fenster hinausschaute – Ich nehme an, ihr seid von irgendwo zurückgekommen, oder? Jedenfalls hat er da auf seine Uhr geschaut und gesagt, er gäbe euch noch 'ne halbe Stunde, ganz egal, was Charles Otis sagen und denken würde. Das sei eure Galgenfrist. Ich habe gefragt, wer Charles Otis ist, und Onkel Rutherford hat gesagt, er ist ein kluger und gescheiter Professor, harr.«

»Hat er auch gesagt«, fragte Leonidas vorsichtig, »wann und wo er mit Professor Otis gesprochen hat?«

»Irgendwann heute vormittag, glaube ich«, antwortete Jock. »Im Club. Ist Onkel Rutherford nicht unglaublich?«

Leonidas holte tief Luft, und dann lächelte er.

»Die ganze Familie ist unglaublich«, sagte er. »Kaye, jetzt gehen wir hinaus zu Cuff und erzählen ihm –«

Cuff, der sonst alles mit einem unerschütterlichen Gleichmut hinnahm, verlor die Fassung, und die Tränen rollten ihm übers Gesicht, als Kaye ihm von der Chance erzählte, die er bei der Polizei bekommen sollte.

»Wo is' Margie?« fragte er. »Das muß ich ihr gleich – Margie, wo bist du? Komm her, und hör dir das an – Aber ob die mich wirklich nehmen?«

»Muir wird dafür sorgen«, versicherte ihm Kaye. »Und schließlich haben Sie schon mit dem Polizeichef zu Abend gegessen. Sie und der Colonel, ihr seid ja schon Kumpel.«

»Mensch, war der das – Aber der hat mir gefallen!« stammelte Cuff. »Ach Mann! Ach Mann. Ach –«

»Ach Mann!« sagte Kaye plötzlich. »Schaut euch das an, wer da die Straße entlang kommt! Mein Gerichtsbüttel! Und der Bursche hat ein Mädchen bei sich – Dallas, das ist Violet, die Ursache all meines Unglücks. Ich habe ihr die Handelsschule bezahlt – sie war in der Fabrik angestellt, und sie schien ein kluges Mädchen zu sein –, und die Schlange hat aus meinen unschuldigen Briefen eine Anklage wegen gebrochenem Eheversprechen gemacht. Und –«

»Violet?« fragte Cuff. »Violet war das? Mensch, Augenblick mal –«

Cuff stolzierte zu dem Mädchen hinüber, packte sie sich und schüttelte sie, bis ihre Zähne klapperten. Dann legte er sie übers Knie und versohlte sie, mit der Gründlichkeit eines Meisters.

»Und jetz' hör mal zu, Schwesterchen«, sagte er. »Du schmeißt jetz' den Brief hier weg, klar? Du läßt dieses Spiel bleiben, klar? Und wenn ich dich morgen noch in Dalton erwische, dann loch' ich dich ein, klar? Und ich mein's ernst, kannst du Mama und Papa ruhig sagen. Die haben dir das doch eingeredet. Kenn' die doch. Also, du verdrückst dich. Ich bin jetz' bei der Polizei, und da gibt's so was bei meiner eigenen Schwester nich' mehr, klar? Verdrück dich. Das sag' ich dir!«

Wie verschreckte Kaninchen schossen Violet und der stämmige Geselle die Straße hinunter. Cuff lief ihnen drohend noch einige Schritte nach, dann kehrte er um.

»Mit meinem Schwesterchen werden Sie keinen Ärger mehr haben«, sagte er. »Und wenn doch, dann sagen Sie mir Bescheid. Wenn ich mir das vorstelle, daß meine eigene Schwester so was macht!«

Kaye, der sich mit ungeheurer Anstrengung bemühte, nicht laut loszulachen, bedankte sich bei Cuff.

»Ach«, sagte Cuff, »nicht der Rede wert. Nur meine Pflicht.«

»Ich glaube«, fügte Cassie mit erstickender Stimme hinzu, »J. Edgar Hoover wird in Ihnen – Bill! Bill, schauen Sie – das ist ihr Sedan, ich kenne ihn –«

»Meine alte Busenfreundin Estelle!« rief Dallas. »Er, dessen Blick auf den Tiger – Ah. Schwester Otis!«

Mrs. Otis kletterte aus ihrem Sedan und marschierte direkt auf Leonidas zu.

»Es war äußerst schwierig, Sie zu finden«, sagte sie, »aber Charles sagt, ich muß es tun. Leonidas, nachdem ich mir die Angelegenheit habe durch den Kopf gehen lassen, bin ich zu dem Schluß gekommen, daß Ihr Shakespeare-Vortrag allgemein Anerkennung fand. Ich habe beschlossen, keine Schritte gegen Sie zu unternehmen. Charles sagt, ich müsse Ihnen sagen –«

»Meine Güte«, entgegnete Leonidas, »Ihr Gatte hat – ähm – sich durchgesetzt?«

»Charles«, fuhr Mrs. Otis gestrenge fort, »ist der Meinung, ich machte zuviel Aufhebens um eine Angelegenheit, die er, auch wenn ich nicht den geringsten Anlaß dazu sehe, nur komisch finden kann. Kurz gesagt –«

»Kurz gesagt«, nahm Dallas das Wort, »›Er, dessen Blick auf den Tiger geheftet ist, sieht nicht das Vöglein im Baum‹ – das ist doch genau das, was Sie sagen wollten, nicht wahr?«

Mrs. Otis warf ihr einen eisigen Blick zu.

»Ich habe«, sagte sie, »dieses Sprichwort in keinem der einschlägigen Nachschlagewerke östlicher Spruchweisheit finden können. Ich fürchte, Sie haben es sich ausgedacht. Gute Nacht. Gute Nacht, Leonidas.«

Sie marschierte zurück zu ihrem Wagen und fuhr davon.

»Ausgedacht!« sagte Dallas. »Es ist so ziemlich das beste, was mir jemals eingefallen ist – Nun, damit wären wir unsere sämtlichen Sorgen los. Ich –«

»Abgesehen von Ihrem Namen«, sagte Kaye. »Dallas Kaye klingt fürchterlich, aber jeder Name ist besser als Tring. Wie wäre es mit nächstem Samstag? Haben Sie da schon was vor? Nein? Schön. Nächsten Samstag also. Das gibt den Jungs in der Firma noch eine Woche – Ich werde ihnen sagen, sie sollen diese Woche streiken und alles in Ordnung bringen, dann kann ich nächste Woche weg. Die sind furchtbar anständig, allesamt – wahrscheinlich werden sie so überwältigt vor Rührung sein, daß ihr Boß in den Stand der Ehe tritt, daß sie uns eine vergoldete Uhr schenken. Oder ein Tranchierbesteck – Meine Güte, denkt nur an die Tranchierbestecke –«

»Nein!« rief Dallas. »Keine Tranchierbestecke. Nach dem heutigen Tag will ich nie wieder an Tranchierbestecke denken –«

»Gut, dann wünsche ich mir also einen Reisewecker«, sagte Kaye. »Und Cassie wird Trauzeugin – Das machen Sie doch, nicht war, Cassie? Und der zweite Zeuge wird Bill –«

»Wo ist Bill geblieben?« fragte Cassie. »Wo ist er hingegangen? Ich dachte, er wäre ins Haus gegangen, aber da ist er nicht –«

Nachdem er sich seinen Hut, seinen Mantel und seinen Spazierstock aus der Dienstmädchenkammer geholt hatte, war Leonidas nun schon einige Blocks entfernt auf dem Weg zur Schnellstraße und zum Bus nach Boston.

Alles in allem waren es schöne vierundzwanzig Stunden gewesen, dachte er bei sich. So viele Dinge waren zu einem zufriedenstellenden Abschluß gebracht worden. Der einzige Nachteil war, daß er mit dem Manuskript des neuesten Lieutenant Hazeltine zwei Kapitel hinter seinen Arbeitsplan zurückgefallen war, und es mußte schon in drei Wochen fertig sein.

Als er die Haltestelle erreichte, hatte er bereits beschlossen, das, was er bisher geschrieben hatte, in den Papierkorb zu werfen und von vorn zu beginnen. Raumschiffe waren ohnehin eine langweilige Sache. Hazeltine in einer ruhigen Vorstadt, einer Gartenstadt – das wäre einfacher zu schreiben, und es wäre etwas ganz neues.

Erst als er schon dem großen dunkelbraunen Bus winkte, fiel Leonidas Orrins Geld wieder ein, der Umschlag in seiner Tasche und die Besitzurkunden seines Daltoner Grundstücks.

Er brauchte überhaupt keinen Lieutenant Hazeltine mehr zu schreiben, wenn er keine Lust dazu hatte!

Er trat vom Bürgersteig herunter auf den Bus zu, als eine Limousine um die Ecke bog.

Das nächste, was er hörte, war Cassies Stimme.

»Das war doch keine Absicht, Kaye! Das kommt von meinen Zweistärkengläsern – und außerdem soll er doch Ihr Trauzeuge werden. Er ist nicht tot nur ein kleiner Schubs mit der Stoßstange. Sehen Sie, er spricht schon wieder – Was sagen Sie, Bill?«

»Ich werde es doch schreiben«, sagte Leonidas träumerisch. »Mit zwei Dolchmorden – so ein schöner Titel!«

»Er phantasiert«, sagte Cassie. »Wovon reden Sie, Bill?«

Leonidas lächelte.

»Wie ein Stich durchs Herz«, sagte er.

Nachwort

Haben Sie schon einmal überlegt, was Sie in folgender Lage machen würden? Sie gehen abends zum Bus, um aus der Vorstadt in die City zurückzufahren, und werden auf dem Weg zur Haltestelle Opfer eines Mordanschlages mit einem Auto: Ein schnurrbärtiger Mann überfährt Sie absichtlich, plaziert Sie sorgfältig unter das am Straßenrand geparkte Mordwerkzeug, und nur die Tatsache, daß Sie sich geistesgegenwärtig tot stellen, hindert ihn an einschneidenden Maßnahmen. Ein junges Paar befreit Sie aus dieser mißlichen Lage, schellt für Sie einen Arzt aus dem Bett, und während der gerade mit seiner Behandlung beginnen will, verschwindet das sympathische Pärchen mit dessen bester Uhr und dem Familiensilber. Die Brieftasche, die Sie bei sich tragen, ist überraschenderweise nicht die Ihre, mit dem Diebstahl wollen Sie nichts zu tun haben, und so suchen Sie kurzentschlossen das Weite. Sie finden sogar einen Bus nach Boston, doch bevor Sie ihn erreichen, werden Sie erneut überfahren, und als Sie wieder zu sich kommen, sitzen Sie in einem Sessel in einer fremden Wohnung, und Ihnen gegenüber sitzt der Mann, der Sie letzte Nacht mit seinem Auto ermorden wollte, dessen Brieftasche Sie unerklärlicherweise bei sich tragen – und aus seinem Herzen ragt ein Tranchiermesser. Im übrigen ist es seine Wohnung, in der Sie soeben aufgewacht sind.

Auch wenn man beim Diebstahl in der Arztwohnung sich noch der Verantwortung entziehen wollte, sollte man jetzt doch besser die Polizei einschalten und sich auf Erklärungen vorbereiten, die einem sowieso niemand glauben wird – aber die Telefonschnüre sind durchschnitten. Und bevor Sie die Nachbarn alarmieren können, setzt geradezu ein Besucherstrom ein: Eine junge Dame mit Pistole steht vor Ihnen, ein unbekannter Mann klingelt ständig, um nach Öffnen der Tür jedesmal sofort wegzulaufen, einen weiteren Mann finden Sie unter höchst verdächtigen Umständen eingesperrt im Keller des Mordhauses, und schließlich kommt eine liebenswerte ältere Nachbarin, um eine Tasse Zucker auszuleihen. Sie entpuppt sich übrigens als Eigentümerin der Mordwaffe, sprich des Tranchiermessers. Und bevor man nun doch endlich die Polizei verständigen kann, ist man schon Gegenstand einer großangelegten Ringfahndung, und alle Polizeidienststellen der Gegend besitzen eine im Wortsinne peinlich genaue Personenbeschreibung der Verdächtigen.

Es ist wirklich eine unangenehme Lage, in der sich Leonidas Witherall, emeritierter Lehrer eines vornehmen Knabeninternats, an einem grauen neuenglischen Märzmorgen findet. Wie er richtig analysiert, scheinen hier die besten Einfälle des damals populären Sensationsschriftstellers E. Phillips Oppenheim eine Verbindung mit der allgemeinen Atmosphäre eines Irrenhauses eingegangen zu sein. Mit Witherall betritt ein neuer Detektivtyp die Szene: der Detektiv wider Willen. In den acht Romanen, die Phoebe Atwood Taylor (1909–1976) von 1937 bis 1947 unter dem Pseudonym Alice Tilton mit diesem Helden schrieb, variiert sie immer wieder dieselbe Grundsituation: Ohne sein Verschulden gerät Witherall stets in Situationen, an deren Ende nur noch ein Justizirrtum mit seinen Folgen wie Todesstrafe, lebenslänglich Zuchthaus in Verbindung mit mehreren weiteren Jahren wegen Raubes, Diebstahls und Betrugs stehen kann. Und stets tritt Leonidas Witherall, der so viel lieber vor den Bücherwänden seines Arbeitszimmers säße, die Flucht nach vorn an: Zur selben Zeit gegen die Polizei und gegen die Verbrecher kämpfend, die ihm diese Suppe eingebrockt haben, löst er in atemberaubendem Tempo die scheinbar unlösbare Verwirrung und stellt sich der Polizei erst dann, wenn er ihr gleichzeitig den Täter auf einem Silbertablett präsentieren kann.

Es ist eine Märchensituation, die Taylor alias Tilton hier immer wieder variiert: die des ›Halsrätsels‹. Eine Aufgabe muß gelöst werden, bei der das Versagen das Leben kostet. Und wie beim Grimmschen Märchen »Sechs kommen durch die Welt«, das diesen Typ repräsentiert, wird die Lösung gemeinsam gefunden – auch in unserem Fall von sechs Freunden, die nach einer Serie sich jagender Katastrophen letztlich heil den Verwirrungen entgehen. Daß Witherall so schnell Helfer findet, liegt daran, daß jeder ihn zu kennen glaubt. Auch wer vielleicht noch nie seit der Schulzeit ein Buch in der Hand gehabt hat, ist ihm dennoch irgendwann einmal in einer Bibliothek oder einem Schullesebuch begegnet: Er sieht nämlich genauso aus wie das berühmte Shakespeare-Porträt, und so nennen ihn alle schon nach wenigen Stunden gern William oder – familiärer – Bill.

Das Team um ihn ist wie im Grimmschen Märchen ideal zusammengesetzt, um die gestellten Aufgaben zu lösen, und seine Mitglieder stammen – gut amerikanisch – aus den verschiedensten Gesellschaftsschichten. Zunächst sind da zwei ›streetwise kids‹, das Pärchen, das Witherall nach dem ersten Überfahrenwerden unter dem Auto hervorgeholt hat. Der männliche Part des Duos kann einfach nicht widerstehen, wenn sich ihm etwas Mobiles präsentiert, und stiehlt manisch alles, was nicht niet- und nagelfest ist, von der Brief- über die Handtasche bis zum Auto – und unter der Beute sind häufig Gegenstände, die sich für das erfolgreiche Bestehen der Abenteuer als hilfreich erweisen. Seine Freundin versucht immer wieder, ihn auf den rechten Weg zurückzubringen, und ihre Macht über ihn ist so groß, daß er alles Gestohlene bereitwillig zurückgibt oder dem Team zur Verfügung stellt. Zudem ist es natürlich grundsätzlich von Vorteil, jemanden dabeizuhaben, dem keine Zimmer-, Haus- oder Safetür gewachsen ist.

Wichtig ist natürlich ebenfalls, daß man die Privatsekretärin in der Mannschaft hat, die im Auftrag des Onkels für den ermordeten Neffen Schutzengel und ›troubleshooter‹ spielte. Und der im Keller Eingesperrte ist nicht nur wegen seiner äußerst effektiven Linken nützlich, sondern auch wegen seiner Kenntnisse der Daltoner Gesellschaft, zu deren ältesten und reichsten Familien er gehört. Aus dieser Schicht stammt ebenfalls die einfallsreiche und geistesgegenwärtige zuckerborgende Nachbarin, die in allen Damen-Komitees des Ortes sitzt und den Polizeichef zum Bruder hat.

Aber auch der Held selbst, Leonidas-Bill-Witherall-Shakespeare, erweist sich als äußerst fähiger Teamchef und der verzweifelten Lage voll gewachsen. Offensichtlich rüsten ihn seine solide humanistische Bildung und vor allem seine Vergangenheit als Lehrer an einem elitären Knabeninstitut voll munterer Insassen hervorragend für seine Abenteuer aus. Eine zusätzliche Qualifikation bleibt seinen Mitspielern allerdings verborgen: Unter Pseudonym schreibt er eine Thrillerserie um den Supermann Lieutenant Hazeltine, gegen dessen Erlebnisse die Phantasiegeburten des erwähnten E. Phillips Oppenheim blaß und schwächlich sind. So kann er in verzweifelten Situationen bei seinem eigenen Geschöpf mental Hilfe holen: Was würde Hazeltine in meinem Buch jetzt machen? Und da viele seiner Mitspieler begeisterte Hazeltine-Fans sind, fallen seine Vorschläge auf fruchtbaren Boden.

Man hat für die Witherall-Romane einmal die schöne Formel gefunden, sie seien »Thriller im Thriller«. So wie zu dieser Zeit Autoren wie John Dickson Carr bewußt den Realismusanspruch aufgeben und ihre Helden Detektivromane in Detektivromanen erleben lassen, haben Alice Tiltons Akteure im Buch ständig das Gefühl, Akteure in einem Buch oder einem Film zu sein. Tatsächlich treten sie alle zum Schluß über in eine Sphäre potenzierter Künstlichkeit, wenn Leonidas Witherall beschließt, das nächste Hazeltine-Buch mit Dolchmorden auszustatten und in einer friedlichen Gartenvorstadt spielen zu lassen. Und der Titel wird der des Buches sein, das der Leser in diesem Moment zuklappt: »The Cut Direct« – »Wie ein Stich durchs Herz«.

Doch trotz dieses in bester romantischer Ironie gehaltenen Spiels mit der Gattung, trotz der Märchenelemente ist die Handlung wie stets bei Phoebe Atwood Taylor nicht zeit- und ortlos wie das Märchen. Daß Leonidas Witherall Thriller schreibt, nachdem er eine Zeitlang nach seiner Emeritierung sogar als Hausmeister und Gelegenheitsarbeiter sein Geld verdiente, liegt daran, daß er sein Vermögen in der Weltwirtschaftskrise verloren hat, von der sich die USA unter Roosevelt gerade zu erholen beginnen. Die konservativen republikanischen Damen der Daltoner Oberschicht sind da allerdings anderer Meinung: Allein der Ruf »Es lebe Roosevelt« würde hier ausreichen, um noch den feinsten ihrer Clubs in Tumult und Aufruhr zu versetzen. Bei aller Übermacht der Komik wird so die für alle Taylorschen Werke charakteristische Fortschreibung des Gesellschaftsbildes etwa gegenüber dem drei Jahre älteren »Ein Jegliches hat seine Zeit« (DuMont's Kriminal-Bibliothek, Band 1010) auch unter dem neuen Pseudonym weitergeführt.

Phoebe Atwood Taylor hat ihr Alter ego Alice Tilton und deren Helden Leonidas Witherall im selben Jahr 1937 geschaffen, als in den Asey-Mayo-Romanen mit »Out of Order« erstmals das Slapstick-Element die Oberhand über das Lokalkolorit von Cape Cod gewann. Wenn auch die skurrilen Situationen in künftigen Romanen um Asey Mayo nie ganz fehlen werden, bleiben deren

Markenzeichen doch neben dem »Kabeljau-Sherlock« die Landschaft und die Orte und die eigentümlichen Bewohner von Cape Cod. Als Alice Tilton aber konnte Phoebe Atwood Taylor ihrem Hang zur absurden Komik und zum freien Spiel eines schwarzen, aber nie kranken Humors die Zügel schießen lassen, und in dieser verspielten Reinheit und reinen Verspieltheit wurde er zu ihrem und ihres Shakespeares Leonidas Witherall Markenzeichen.

Volker Neuhaus

DuMonts Kriminal-Bibliothek

»Immer mal wieder wird der Detektiv totgesagt. Alles Gerüchte. Endlos wäre die Liste von Helden und Heldinnen, die man gegen die Behauptung vom Detektivtod anführen könnte. Stattdessen sei mit deutlich erhobenem Zeigefinger auf einen vorzüglich gepflegten Kleingarten verwiesen, in dem die Detektivliteratur nur so sprießt: **DuMonts Kriminal-Bibliothek**.« *DIE ZEIT*

Band 1002	John Dickson Carr	**Tod im Hexenwinkel**
Band 1006	S. S. van Dine	**Der Mordfall Bischof**
Band 1011	Mary Roberts Rinehart	**Der große Fehler**
Band 1016	Anne Perry	**Der Würger von der Cater Street**
Band 1021	Phoebe Atwood Taylor	**Wie ein Stich durchs Herz**
Band 1022	Charlotte MacLeod	**Der Rauchsalon**
Band 1025	Anne Perry	**Callander Square**
Band 1026	Josephine Tey	**Die verfolgte Unschuld**
Band 1033	Anne Perry	**Nachts am Paragon Walk**
Band 1035	Charlotte MacLeod	**Madam Wilkins' Palazzo**
Band 1040	Ellery Queen	**Der Sarg des Griechen**
Band 1050	Anne Perry	**Tod in Devil's Acre**
Band 1052	Charlotte MacLeod	**Ein schlichter alter Mann**
Band 1063	Charlotte MacLeod	**Wenn der Wetterhahn kräht**
Band 1070	John Dickson Carr	**Mord aus Tausendundeiner Nacht**
Band 1071	Lee Martin	**Tödlicher Ausflug**
Band 1072	Charlotte MacLeod	**Teeblätter und Taschendiebe**
Band 1073	Phoebe Atwood Taylor	**Schlag nach bei Shakespeare**
Band 1074	Timothy Holme	**Venezianisches Begräbnis**
Band 1075	John Ball	**Das Jadezimmer**
Band 1076	Ellery Queen	**Die Katze tötet lautlos**
Band 1077	Anne Perry	**Viktorianische Morde** (3 Romane)
Band 1078	Charlotte MacLeod	**Miss Rondels Lupinen**
Band 1079	Michael Innes	**Klagelied auf einen Dichter**
Band 1080	Edmund Crispin	**Mord vor der Premiere**
Band 1081	John Ball	**Die Augen des Buddha**
Band 1082	Lee Martin	**Keine Milch für Cameron**
Band 1083	William L. DeAndrea	**Schneeblind**
Band 1084	Charlotte MacLeod	**Rolls Royce und Bienenstich**
Band 1085	Ellery Queen	**... und raus bist du!**
Band 1086	Phoebe Atwood Taylor	**Kalt erwischt**

Band 1087	Conor Daly	**Mord an Loch acht**
Band 1088	Lee Martin	**Saubere Sachen**
Band 1089	S. S. van Dine	**Der Mordfall Benson**
Band 1090	Charlotte MacLeod	**Aus für den Milchmann**
Band 1091	William L. DeAndrea	**Im Netz der Quoten**
Band 1092	Charlotte MacLeod	**Jodeln und Juwelen**
Band 1093	John Dickson Carr	**Die Tür im Schott**
Band 1094	Ellery Queen	**Am zehnten Tage**
Band 1095	Michael Innes	**Appleby's End**
Band 1096	Conor Daly	**Tod eines Caddie**
Band 1097	Charlotte MacLeod	**Arbalests Atelier**
Band 1098	William L. DeAndrea	**Mord live**
Band 1099	Lee Martin	**Hacker**
Band 1100	**Jubiläumsband**	**Mord als schöne Kunst betrachtet – Noch mehr Morde**
Band 1101	Phoebe Atwood Taylor	**Zu den Akten**
Band 1102	Leslie Thomas	**Dangerous Davies und die einsamen Herzen**
Band 1103	Steve Hamilton	**Ein kalter Tag im Paradies**
Band 1104	Charlotte MacLeod	**Mona Lisas Hutnadeln**
Band 1105	Edmund Crispin	**Heiliger Bimbam**
Band 1106	Steve Hamilton	**Unter dem Wolfsmond**
Band 1107	Conor Daly	**Schwarzes Loch siebzehn**
Band 1108	S. S. van Dine	**Der Mordfall Skarabäus**
Band 1109	Ellery Queen	**Blut im Schuh**
Band 1110	Charlotte MacLeod	**Der Mann im Ballon**
Band 1111	Steve Hamilton	**Der Linkshänder**
Band 1112	Phoebe Atwood Tayor	**Todernst**
Band 1113	Lee Martin	**Der Tag, als Dusty starb**
Band 1114	Michael Innes	**Applebys Arche**
Band 1115	Ellery Queen	**Das Geheimnis der weißen Schuhe**
Band 2001	Lee Martin	**Neun mörderische Monate** (3 Romane)
Band 2002	Charlotte MacLeod	**Mord in stiller Nacht** (Sonder-Doppelband)
Band 2003	Charlotte MacLeod	**Der Balaclava-Protz** (Dünndruckausgabe; 4 Romane)
Band 2004	Charlotte MacLeod	**Der Balaclava-Bumerang** (Dünndruckausgabe; 5 Romane)
Band 2005	Anne Perry	**Mehr viktorianische Morde** (2 Romane)

DuMonts Kriminal-Bibliothek
Phoebe Atwood
Taylor
Ein Jegliches hat seine Zeit

Band 1073

Phoebe Atwood Taylor

Schlag nach bei Shakespeare

Martin Jones ist erleichtert, Unterschlupf in »Peters Antiquariat« zu finden. Ihm ist die Polizei auf den Fersen. Und ausgerechnet sein Freund Leonidas Witherall arbeitet hier. Aber dann findet sich im Laden eine Leiche, und Jones wird verhaftet. Zum Glück ist Witherall von seiner Unschuld überzeugt. Nur läßt sich die nicht leicht beweisen.

Band 1086

Phoebe Atwood Taylor

Kalt erwischt

Leonidas Witherall gerät in ziemlich eigentümliche Umstände. Er wird bewußtlos geschlagen und entführt, und kaum dass er endlich wieder bei sich ist, liegt Miss Medora Winthrop leblos in seiner Garage. Selbst für den erstaunlichen Leonidas Witherall ein starkes Stück.

Band 1101

Phoebe Atwood Taylor

Zu den Akten

1942 ist jeder wehrfähige Mann Neuenglands eingezogen. Leonidas Witherall springt ein und macht Karriere. Nach einer Vorstandssitzung von Haymakers Warenhaus wird er niedergeschlagen. Geht man so mit Vorstandsmitgliedern um? Doch Haymaker, bei dem er sich beschweren will, ist tot. Wieder einmal schart Witherall als Detektiv und Hauptverdächtigter die kuriosesten Komplizen um sich.

Band 1112
Phoebe Atwood Taylor
Todernst

Wenn Leonidas Witherall unerwartet eine nie bestellte Tiefkühltruhe geliefert bekommt, ist es kein Wunder, dass dies das Vorspiel zu einer verwirrenden Entdeckung ist: In der Truhe findet sich zwischen allerlei Tiefkühlkost eine Leiche. Der Tote ist niemand anders als der überaus gepflegte Salonlöwe Ernst Finger, ein kleiner Gauner, Betrüger und mehr. Und das ist wie immer nur der Anfang.